해방

해방 UNBOUND

나의 해방일지와 미투 운동의 탄생   타라나 버크 김진원 옮김

MY STORY OF LIBERATION AND THE BIRTH OF THE ME TOO MOVEMENT

TARANA BURKE

피해자이기 때문에 상상할 수 있는 '미래'가 있다

장일호

《시사IN》 기자, 《슬픔의 방문》 저자

모든 사람에게 '유년'이 허락되는 건 아니다. "나쁜 일이 닥치는 그런 부류의 여자아이"의 시간은 다르게 흐른다. 사실은 침묵에 부쳐지고 비밀은 아이에게 너무 무겁다. 몸은 불쾌하고 존재는 불행하다. "징그럽고 더럽고 잘못했다는 기분"은 차라리 안온한 수렁이다. 나 역시 〈시편〉 139편을 펼 때마다 첫 줄부터 눈물을 쏟곤 했다. "주님께서 나를 샅샅이 살펴보셨으니 나를 환히 알고 계십니다." 울며 매달렸지만 끝내 다 믿지 못했다. 신이 정말 있다면, 그래서 알고 있다면, 이럴 수는 없다고 생각했다.

'복음'은 다른 곳에 존재했다. 페미니즘은 내가 경험한 성폭력을 이해하고 해석하려고 애쓸 때 지도地圖가 되어주었다. 지도를 손에 쥐자 '생존자'의 목소리와 존재를 발견하는 건 시간문제였다.

수치심이 내 몫이 아님을 가르쳐준 수많은 여자들이 나를 다시 키웠다. 페미니즘은 내가 '다시 태어나지 않아도' '밑바닥부터 시작하지 않아도' 지금 그대로도 '나'라고, 존재를 미워하지 않는 법을 가르쳤다. 세상을 설명할 말은 배웠지만 나를 해명할 말은 없었을 때, 페미니즘은 기꺼이 그 말을 감당해주었다. '#미투' 운동의 출발선을 만든 타라나 버크의 《해방》을 읽는 동안, 나는 이 책 역시 누군가의 지도가 되어줄 것임을 강하게 예감했다. 특히 《해방》은 나만을 위해서가 아니라 '나 같은 사람'을 위해서 싸워야 할 때 가볼 수 있는 길이 어디인지 안내한다.

"누가 널 괴롭힌 적 없어?"라는 직접적인 질문이 얼마나 막막한지 타라나는 경험으로 안다. 언제나 '올바른' 질문을 기다렸지만 너무 많은 말들이 덮쳐오면 침묵을 선택하게 된다는 것도. 그는 질문 대신 어린 여자아이들 앞에 종이를 펼쳐준다. 자신의 경험을 모두와 반드시 나눌 필요는 없지만 원한다면 쓸 수 있다고. 아무것도 쓰지 않아도 괜찮지만 "나도 당했어"라고 적어도 좋다고(317쪽). 나는 그 장면이 정말 좋아서 몇 번이고 되돌아가 다시 읽었다. 상상 속에서 나는 어린아이가 되어 빈 종이 앞에 앉는다. 머뭇거리며 아무것도 쓰지 못하고 시간을 흘려보낸다. 빈 종이는 집으로 가져갈 것이다. 백지를 약속처럼 품는다. 믿게 될 것이다. 이 세상에 내 이야기를 들어줄 사람이 있다는 걸. 내 고통을 눈치챈 어른이 있고, 내가 원한다면 언제든 사려 깊은 품을 내어주리라는 것도.

돌아온 현실에서, 책 바깥에서, 나는 이제 내가 그런 어른의 역할을 해야 한다는 걸 안다. 수전 팔루디는 《백래시》에 이렇게 쓴다. "하지만 환멸은 출발점이다. 실망과 패배는 다르다." 세상은 페미니즘 때문에 불행할 거라고 이른바 '가스라이팅'을 한다. 그런데 그건 "페미니즘 때문이 아니라 페미니즘이 충분하지 않아서"라고, 수전 팔루디는 이어 쓴다. 타라나가 한때 자신의 '영원한 멘토'인 줄 알았던 파야를 결국 극복하고 떠날 수 있었던 건 그가 '충분하지 않았기' 때문이다. 인종과 빈곤 문제만으로는 해결할 수 없는 성폭력의 과제 앞에서, 파야는 침묵을 선택한다. 우리는 나를 지지하는 사람만이 아니라 나를 미워하는 사람을 통해서도 성장한다. 타라나는 파야 덕분에 '다음'으로 갈 수 있었다. 자신의 역사를 비로소 스스로 써나갈 수 있었다. 타라나가 파야보다 '나은' 어른이 되어야 한다는 걸 깨닫고, 어린 자신에게는 없었던 어른이 되어주기로 결심하는 순간들은 그 자체로 성장드라마다.

타라나와 나의 공통점은 성별뿐이지만, 우리가 '닮았다'라는 걸 깨닫는 데 오래 걸리지 않았다. 특히 여성 독자라면 그의 삶에서 자신의 조각들을 발견할 수밖에 없을 것이다. 아프고 반가운 일이다.

그러나 당신이 이 책을 낯설게 읽을 수 있다면, 축하한다. 당신은 운이 좋았다. 나는 운이 그저 운으로만 머물지 않는 세계를 꿈꾼다. 하필 여자아이를 낳고 길러서 그 아이를 둘러싼 모든 환경을 의심해야 하는 피로가 없는 세상을 바란다. 성폭력을 이해하려거나 용서하려고 노력하지 않아도 되는 세계로 우리가 함께 건너가길 원한다. 그것은 굳이 겪지 않아도 될 고통과 절망을 '아는 사람'이 상상하는 미래다. 피해를 '자원화' 한다는 건 그런 의미다. 내 경험의 쓸모를 의심하는 일에서 쓸모를 다짐하고 믿는 일로 삶의 방향키를 다시 쥐는 것. 타라나가 그랬듯 그 변화를 위해 '나도 말한다'는 것은 쉬운 절망 대신 어려운 희망을 선택하는 일이다.

　　나는 미투를 '나도 당했다'가 아니라 '나도 말한다'라고 매번, 일부러, 힘주어 고쳐 읽곤 한다. 고발보다는 변화를 요구하는 움직임으로 해석하기 때문이다. 성폭력에 대한 이해가 여전히 협소한 세상에서 사회적 낙인과 2차 피해를 무릅쓰고 뚫고 나온 목소리는 공적 성격을 띤다. 누군가는 미투를 과거의 일로 만들고 싶어 한다. 하지만 "이 운동이 하나의 해시태그보다 더 많은 의미를 지니고 있음을, 어느 한 개인에 머무르지 않고 보다 커다란 흐름으로 나아가고 있음을" 모른 체할 수는 없을 것이다. 누군가는 페미니즘을 '맞다'와 '틀리다'의 영역에 가두고자 한다. 하지만 옳고 그름의 세계가 얼마나 자주 맥락을 삭제하는지 기억하자. 그보다는 어떻게 이 경험을 움켜쥔 채로도 함께 나아갈지, 어떻게 '곁'과 '옆'을 지킬 수 있을지를 고민하는 삶이 우리의 페미니즘이 되어야 한다고 믿는다.

많은 이들이 한국 사회에서 미투 운동이 시작한 기점을 서지현 전 검사로 꼽는다. 그러나 서지현이라는 상징적인 인물은 진공상태에서 등장하지 않았다. 2016년 10월 '오타쿠 내 성폭력'으로 시작된 소셜미디어의 '#OO_내_성폭력'은 문화예술계 전반으로 번지며 파문을 예고했다. 미투는 법과 제도 안에서 일어나지 않았다. 그즈음 나는 밤새 조마조마한 마음으로 소셜미디어를 손에서 놓지 못했다. "성폭력 피해 생존자들이 받은 상처를 헤쳐 나갈 수 있도록 도와줄 길을 전혀 마련하지 않은 채 그 경험을 온라인에 털어놓고 나누라고 부추기고 있는 것일까봐" 마음 졸이면서.

그러나 '말하기'는 나아지기보다 달라지는 방향으로 한국 사회를 이끌었다. 무엇보다 말하는 당사자들이 달라졌다. 그 토양 위에서 2018년 1월 29일 서지현은 비로소 말할 수 있었다. 그는 검찰 내부통신망에 200자 원고지 220장 분량의 글을 올리며 '#미투'와 '#검찰내성폭력'이라는 해시태그를 달았다. 성범죄에 한해서는 법조인도 사법 시스템을 믿지 않는다는 점에서 한국 사회에 던진 충격이 컸다. 법을 직업으로 다루는 사람도 법으로 문제를 해결하지 못했다. 여성은 지위와 환경을 막론하고 성폭력에 쉽게 노출된다는 게 증명됐다. 성폭력은 가해자를 처벌하기도 어렵지만, 가해자를 처벌하는 차원에서 수습되지도 않는다. 드러난 성범죄조차 처벌하지 않는 '강간 문화' 자체를 처벌해야 하는 어려운 일이다.

싸우기를 결심한 이들이 걸어야 하는 길은 울퉁불퉁할 수밖에 없다. '강간 문화'가 만연한 사회에서 여성의 고통을 드러내는 일은 중요하다. 하지만 그 과정에서 때로 누가 더 고통받는가를 경쟁하는 길로 쉽게 빠지거나, '2차 가해'와 '피해자 중심주의'라는 개념이 뒤섞이고 오용되는 일이 왕왕 벌어졌다. 이는 가해자로 하여금 쉽게 '반격'의 길을 열어주거나, 사건 해결을 더 어렵게 만드는 식으로 작동하기도 했다. 그러나 그것이 '말하기'를 멈춰야 할 이유는 될 수 없다. 더 나은 방법으로 실패하면서 쓰여온 것이 역사다. 우리는 실패를 반복할 것이다. 여성의 역사라고 다르지 않다.

나는 '변한 게 없다'고 말하는 사람을 믿지 않는다. 고약한 희망사항이다. 그 말은 누구의 편인가. 아무것도 바꾸고 싶지 않은 사람의 편이다. 폭력과 차별의 시대를 용인하는 말이다. 세상이 더디 바뀌는 것 같아도 변했고, 변한다. 적어도 나는 변했다. 나는 변화의 편에 서 있을 것이다. 그리고 점점 더 많은 사람이 그편에 서서 세상의 질서를 바꾸고 새로운 상식을 만들어내고 있다. 두렵다면 따라 걸으면 된다. 타라나 버크 같은 사람이 만들고 있는 길을.

　무언가를 '안다'는 건 대부분 '알아버렸다'에 가깝다. 기쁨보다는 피곤을 동반한다. 무엇보다 그 이전으로 돌아갈 수 없다는 점에서 그렇다. 나는 이것이 '알아버린 사람의 윤리'라고 생각한다. 우리는 이제 타라나의 이야기를 안다. 헤븐과 다이아몬드와 카이아의 이야기를 안다. 그것이 나와 내 주변에서 벌어지는 일들과 다르지 않음 역시, 안다. 하지만 '안다'고 해서 늘 곤두선 채로 살 수는 없다. 내 안의 모순이 있고, 세상의 모순을 견디면서 변화에 대한 믿음을 잃지 않는다는 건 노력이 필요한 일이다. 그래서 페미니즘은 단순히 이념일 수 없다. 삶의 태도여야 한다. 완성형이 아니라 '되어가는' 과정이다. 각자 다른 속도와 불화하고 경합하면서도 협력해야 하고, 할 수 있다. "구조적인 인종차별과 극심한 빈곤 같은 상황 앞에서 성폭력 문제"가 가볍게 치부되지 않도록. 타라나의 자유가 당신과 내가 속박을 벗어던지는 용기가 되고, 뒤에 올 모든 여자아이들의 자유가 될 수 있도록.

자유를 전혀 알지 못한 멀린다를 위해
언제 어디서나 자유를 누릴 카이아를 위해
내가 자유를 찾도록 도운 헤븐을 위해
오로지 자유만을 느낄 엄마를 위해

차례

일러두기

1. 원문에서 대문자와 이탤릭으로 강조한 것은 굵은 글씨로 표기했다.
2. 단행본·신문·잡지 등은 《 》로, 시·영화·음악·편명 등은 〈 〉로 표기했다.
3. 본문의 각주는 모두 옮긴이 주다.

프롤로그

　핸드폰이 웅 울리는 기척에 잠이 깼다. 일요일 아침이었다. 비몽 사몽 겨우 반쯤 눈을 뜨고 바라보니 핸드폰이 침대 옆 탁자 위에서 미끄러지고 있었다. 웅! 웅! 웅! 웅!

　그날 아침 성당에 나가겠다고 마지못해 엄마와 한 약속이 떠올랐다. 그 약속을 일깨울 셈으로 엄마가 팩 내지르는 잔소리임이 틀림없었다. 마음 한구석이 찔려 핸드폰에서 시선을 돌렸다. 문자를 확인하지 않았으니 내용을 모르는 셈이나 다름없다고 속으로 변명을 둘러댔다. 두 눈을 질끈 감고 침대 속으로 파고들었다. 잠이 더 간절했다.

　어제는 밤이 이슥하도록 친구들과 어울렸다. 뉴욕의 가을답지 않게 날이 포근했다. 우리는 즐겨 찾는 할렘가의 한 음식점인 섹시

타코 더티캐시에서 만나기로 일찌감치 정해놓았다. 바텐더인 안토니오는 진정한 칵테일 전문가였다. 어느 날 밤 식당에 찾아 들어간 우리는 안토니오가 '으웱주'라고 부르는 칵테일을 주문했다. 그 후 안토니오는 우리 맛의 지평을 넓히는 일을 자신의 사명으로 삼았다. 안토니오가 바에 있으면 주문할 때 메뉴를 볼 필요가 없었다. 그저 바에 앉아 안토니오가 건네는 새로운 맛의 칵테일을 마시며 **삶의 활력을 재충전했다.** 평범한 흑인 여성이 그러듯 웃음꽃을 피우며 즐겁게 시간을 보냈다. "우아"라거나 "와와" 하는 감탄사를 쏟아내고 깔깔깔 웃음을 터뜨리며 수다를 떨다 보면 어느새 알딸딸하게 취해 하늘로 붕 떠오르는 기분이 되어서 집으로 향하곤 했다. 술이 약하기 때문에 내 주량은 기껏 두 잔이었다.

그 토요일도 여느 때와 별반 다르지 않았다. 바에 앉아 새로운 칵테일을 맛보고 음식을 먹고 실없는 소리를 주고받으며 웃고 떠들다가 할렘가에서의 시끌벅적하고 유쾌한 모임을 마쳤다. 집에 들어와서는 쭉 뻗어버렸다. 그 이튿날 늦잠을 자리라는 건 불 보듯 뻔했다.

핸드폰이 처음 울리고 한 시간쯤 지나서 다시 진동이 울렸다. 이번에는 한 친구가 게시물에서 나를 태그했다는 페이스북 알림이었다. 핸드폰을 열어 눈으로 글을 읽어 내려갔다. 내용은 다음과 같았다.

폭풍 공감. 타라나 버크 활동. 미투Me too. 포식자는 어디에나 있다. 일터, 집, 교회, 그 어디에든.

내가 아는, 성폭행이나 성희롱을 당한 여성 모두가 '#미투'를 써서 소셜미디어에 올린다면…… 사람들이 아는 여성 모두가 그런다면…… 이 문제가 얼마나 심각한지 널리 알릴 수 있지 않을까.

당혹감에 휩싸여 충전기에 꽂혀 있던 핸드폰을 와락 집어 들었다. 게시글을 올린 친구가 전후 사정을 빠짐없이 썼기를 바라며, 보다 꼼꼼하게 한 번 더 글을 읽어 내려갔다. 친구가 나와 먼저 의논하지 않고 글을 올린 것 때문에 무척 당황스러웠다. 나는 여러 해 동안 '성폭력'이라고 언어화된 일에 맞서 투쟁을 벌여왔다. 더불어 그 투쟁에 공감을 불러일으키는 활동도 이어왔다. 친구에게 문자 메시지를 보냈다. 나를 태그해주어서 고맙다는 인사를 건네며 웹사이트를 새롭게 선보이고 '미투'를 중심으로 열심히 활동을 넓혀나가고 있다고 밝혔다. 그러고는 이 활동을 최근 보도된 기사에 분노하여 단순히 해시태그를 다는 행위로 한정하고 싶지 않다고 덧붙였다. 물론 나도, 한 할리우드 거물을 다룬 언론 보도를 잘 알았다. 한 명도 아니고 두 명의 젊고 아름다운 여성이 잇달아 그 거물을 연쇄 여성 포식자로 폭로했다. 그 거물의 몇몇 유명한 협력자들도 수년 동안 은밀히 귀엣말을 속삭이거나 성적 뉘앙스가 담긴 농담을 던졌다고 언급했다.

나 역시 내로라하는 두 여성 배우가 그 거물이 휘두르는 권력에 시달리며 당한 고통스러운 경험을 솔직하고 용기 있게 털어놓은 기사를 읽었다. 오고 간 대화가 공개되면서 소셜미디어로 일파만파 퍼져나가는 과정도 지켜보았다. 그러나 두 여성이 성폭력에서 살아남은 생존자라는 점 말고는 할리우드에서 벌어지는 그 어떤 일도, 오랫동안 우리 공동체에 굳건히 뿌리를 내려온 내 활동과 아무런 관련이 없어 보였다. '미투'는 내 활동과 목적을 토대로 내가 생각해낸 말이었다. 그 말을 우리 공동체 밖 사람들이 쓰는 모습이 달갑지는 않았다.

친구 역시 당혹스러움을 감추지 못했다. 처음으로 게시물을 올린 이도, 해시태그를 붙인 이도 자신이 아니라고 말했다. 내가 오래전부터 이런 활동을 해오면서 그 표현을 써온 사실을 잘 알기 때문에 그저 이전 게시물을 다시 올리며 내 공로를 알리려고 했을 뿐이라고 덧붙였다. 나는 게시물을 내려 '미투'와 관련한 어떤 일이라도 확산되는 속도를 좀 늦추자고 말한다면 혹시 언짢을지 물었다. 성폭력 피해 생존자들이 받은 상처를 헤쳐 나갈 수 있도록 도와줄 길을 전혀 마련하지 않은 채 그 경험을 온라인에 털어놓고 나누라고 부추기고 있는 것일까봐 마음이 졸아들었다. 서로 공감을 나누되 성폭력 피해 생존자들을 보살피는 환경이 먼저 마련되지 않는 한, 감정만 자극하는 위기를 불러올 수 있음을 나는 잘 알고 있었다. 점점 속이 울렁거렸다. 바이럴이 됐다가 자칫 재앙이 일어날지도 몰랐다.

"이러다 말겠지." 그렇게 문자는 보냈지만 불안감이 몰려들고 숙

취가 심해지는 듯하더니 온몸에서 열이 올랐다.

그때 친구가 이렇게 전했다. "인터넷이 미투로 거의 도배됐어."

머릿속이 뒤죽박죽 헝클어졌다. 페이스북 타임라인으로 들어가 스크롤을 마구 올렸다 내렸다 했다. 친구 게시물을 빼고 #미투가 달린 게시물은 단 하나도 눈에 띄지 않았다. 잠시 몸에서 긴장이 빠져나갔다. 그런데 문득 아까 울린 알림을 확인해야 한다는 데 생각이 미쳤다. 다시 보니 엄마가 성당 문제로 날 탓하려고 보낸 글이 아니었다. 다른 친구가 트윗에 달린 타래를 캡처한 사진을 보내며 쓴 글이었다. 트윗에는 모두…… '미투'라는 해시태그가 달려 있었다. 글 끝부분에서 친구는 이렇게 썼다. **"와, 친구. 이거 너야?"**

머리에서 피가 쑥 빠져나간 것 같았다.

침대에 등을 기대앉고는 노트북을 켰다. 30초도 지나지 않아 내 트위터 계정 피드에서 #미투가 붙은 첫 트윗을 보았다. 당시 난 트위터를 자주 쓰지 않았다. 그래서 트위터를 다루는 데 익숙하지 못했다. 곧바로 열아홉 살이 된 우리 아이와 영상통화를 했다. 마음이 따뜻하고 배려심이 깊고 영혼이 자유로운 성별비순응자gender-nonconforming*이자 활동가로서도 제 몫을 톡톡히 해내는 아이였다. 내 활동을 속속들이 이해할뿐더러 이미 트위터 세계에서도 오랫동

---

* 개인의 성 정체성이 해당 문화가 정해놓은 생물학적 성 규범에 불응하는 이들을 말한다.

안 거주하고 있었다.

안녕히 주무셨느냐는 인사말조차 끝까지 듣고 있을 수 없었다. Y세대* 대학생에게는 이 시간이 아직 한밤중이라는 걸 까맣게 잊고 다짜고짜 물었다.

"너, 사람들이 온라인에서 #미투 쓰는 거 봤니?"

아직 보지 못했다는 대답이 돌아오자 분명 무슨 일인가 벌어지고 있는데 잘 찾아내지 못하겠다고 두서없이 말을 늘어놓았다.

"엄마, 그 해시태그를 검색해봐요."

목소리에 귀찮은 기색이 묻어났다.

슬슬 짜증이 난 내가 명확한 설명을 요구하자 아이는 차근차근 화면을 보여주었다. 몇 번 클릭을 하자 트윗 수십만 개가 핸드폰 화면으로 쏟아져 들어왔다. 내 삶이 눈앞에서 주마등처럼 스쳐 지나갔다. 내가 이어온 모든 활동, 내가 헤쳐 나온 모든 일이 화면에 펼쳐졌다. 얼이 다 빠져서 나중에 다시 전화하겠다고 가까스로 말한 후 전화를 끊었다. 스크롤을 아래로, 아래로, 아래로 내렸다. #미투를 볼 때마다 살갗이 바늘에 콕콕 찔리는 기분이었다. 어떤 트윗은 사진을 붙이기도 했고 어떤 트윗은 이모티콘이 그득했으며 어떤 트윗은 허용된 글자의 마지막 한 자까지 꽉 채워 글을 써 올렸다.

---

* 미국에서 제2차 세계대전 이후 1946~1965년 사이에 출생한 베이비붐 세대의 자녀 세대를 말한다. 2000년대의 주역이 될 세대라는 의미를 담고 있다.

그리고 모두 #미투를 달고 있었다.

노트북을 탁 닫았다. 숨을 깊이 들이쉬었다가 내쉬었다. 불안이 가슴속에서 들끓으며 온몸으로 퍼져 나갔다. 침대에서 내려와 거실로 나가 창문을 열었다. 시원한 바람이 살갗을 스쳤다. 마음을 가라앉히는 온갖 방법을 생각나는 대로 모두 시도해보았다. 하지만 심장박동만 빨라질 뿐이었다. 100미터 장애물 달리기 시합에서 전력 질주하는 것 같았다. 핸드폰을 들어 절친한 친구인 버네타의 번호를 눌렀다. 받지 않았다. 그래서 다른 친구인 야바에게 전화를 걸었다. 야바는 전화를 받았다. 알고 보니 버네타와 함께 있었다.

목소리를 차분하게 고르려 했지만 그러지 못했다. 말이 숨 쉴 틈 없이 마구 쏟아져 나왔다.

"있잖아. 누군가 '미투'에 해시태그를 달았는데 인터넷에 쫙 퍼졌어. 도대체 어떡해야 할지 모르겠어!"

야바는 내가 아는 여성 가운데 가장 침착하고 신중한 사람이었다. 쉽사리 감정에 휘둘리지 않았으며 말이나 행동에도 일절 허풍이 없었다. 내 목소리에 어린 고민을 읽은 그는 정확히 어떤 말을 해야 하는지 알고 있었다.

"한 걸음 뒤로 물러선 다음 숨을 크게 내쉬어."

야바의 침착한 목소리에 귀를 기울였다. 하늘이 무너져도 솟아날 구멍이 있는 법이라며 우리의 작은 모임에서 해결책을 찾을 수 있을 거라고 나를 안심시켰다. 가쁘던 숨이 가라앉았다. 두 눈에 눈물이 차오르다가 멈추었다. 눈가에 눈물방울이 대롱거렸다. 천천히 정신을 가다듬으려고 애썼다.

"방금 '미투'와 관련해서 **무슨 일**이 일어났다고 한 거야?"

아침에 겪은 일을 찬찬히 말하고는 트위터에서 #미투가 시시각각 불어나는 광경을 두 눈으로 보았다고 덧붙였다. 보나 마나 페이스북에서도 그럴 터였지만 **우리** 공동체에서는, 다시 말해 흑인들은 두 플랫폼을 대수롭잖게 여겼다. 간신히 참고 있던 눈물이 뺨을 타고 주르륵 흘러내렸다. 어쩌다가 풍선이 부풀어 오르듯 이토록 빨리 퍼져나갔을까 하는 생각이 들었다. "이럴 수는 없어." 말을 이어 나가면서도 눈물이 펑펑 쏟아졌다. "이래선 안 된다고! 다들 알잖아. 백인 여성이 미투에 해시태그를 달아 인기를 끌면 아무도 믿으려 들지 않을 거야. 브롱크스에 사는 한 사십 대 흑인 여성이 **똑같은** 목적으로 바로 그 말을 쓰면서 지금까지 오랫동안 운동을 벌여왔다는 사실을 말이야. 다 끝났어." 이제 나는 목까지 메어 컥컥거리며 흐느꼈다. "그 세월 동안 고생한 일이 다 물거품이 될 거라고!"

야바가 스피커폰을 켜고 버네타와 함께 나를 진정시키며 이 문제를 해결할 방법을 고민했다. 그런데 내 뇌가 돌연 방향을 틀었다. 완전히 통제 불능 상태가 되어버렸다. 나는 느닷없이 이만 가봐야겠다고 말하고는 전화를 끊었다. 야바가 바로 내게 다시 전화를 걸었다. 나는 음성 안내 메일을 보냈다. 잠깐 숨 돌릴 틈도 낼 수 없었다.

핸드폰 화면에 문자가 떴다.

지금 나한테 음성 안내 메일을 보낸 거야? 실수한 거야. 이번만은 그 냥 넘어가줄게. 지금 제정신이 아닐 테니까. 그래도 시간 내서 망할 전화 좀 받아!

야바가 보낸 메시지다워서 피식 웃음이 나왔다. 정신을 가다듬고 전화를 걸었다. 야바가 다시 스피커폰을 켜고는 툭 까놓고 말했다.

"잘 들어. 알다시피 **모두가**, 너를 아는 **모두가** '미투'는 네 거라는 걸 알아. 네가 오랫동안 그 활동에 매달려온 모습을 지켜봤잖아. 요즘 같은 시대엔 영수증을 내밀면 돼. 그러니, 네 영수증을 보여줘! 밖으로 내보이라고. 미투 운동이 이미 존재했다고 사람들에게 알려."

야바 말이 옳았다. 내가 앨라배마주 셀마에 살며 이 활동을 해온 지는 11년이 좀 넘었다. 나는 성폭력 피해 생존자들을 이어주고 세상을 향해 자신의 경험을 선언하는 수단으로 '미투'라는 말을 사용했다. 전국을 돌아다녔다. 공간만 허락한다면 어디든 마다하지 않고 달려갔다. 성폭력 피해 생존자들이 서로 공감을 나누는 일이 치유를 얻고 행동에 나서도록 힘을 실어주는 도구가 될 수 있다고 호소했다. 연수회를 주관했고 토론회에 참석했으며 티셔츠와 스티커를 나누어주었다. 그것만으로도 이 활동은, 이 활동을 한 마디로 압축하는 '미투'는, **내 것**이라고 주장할 권리를 얻고도 남았다고 생각하니 마음이 놓였다. 더구나 수많은 사람과 친분을 맺었다. 사회 정의 활동과 예술 문화 활동과 언론 활동을 하며 오랫동안 다양하게 쌓아온 이력 덕분에 여러 분야에서 친구를 사귀고 동료를 만났다. 내가 부탁하면 기꺼이 내 편에 설 사람들이었다.

정신을 단단히 붙들고 핸드폰을 뒤졌다. 몇 년 전 사촌이 촬영한 동영상이 있다는 사실이 떠올랐다. 2014년 '성폭력 문화 종식을 위한 필라델피아 행진'에서 연설하는 모습이었다. 미투 운동이 무엇인지, 이 운동을 깊이 뿌리내리는 데 왜 함께 나서야 하는지 사람들에게 알리는 연설을 했었다. 검은색 미니스커트에 분홍색과 하얀색 줄무늬가 그려진 블라우스를 받쳐 입고 분홍색 스틸레토 힐을 신었다. 블라우스 위에는 검은색 티셔츠를 입었는데 밝은 분홍색 글씨로 '미투'라고 굵게 새겨놓았다. 우리 활동을 상징하는 티셔츠였다.

동영상을 다시 열어보고 숨을 깊이 들이쉬었다. 내게 필요한 '영수증' 같았다. 동영상과 함께 올릴 글을 썼다. 그러고 나서 내 소셜미디어 계정마다 동영상과 글을 모두 올렸다.

지난주 내내 하비 와인스타인*을 지탄하고 고소인을 지지하는 모습을 빠짐없이 지켜보면서 저는 놀라움을 금치 못했습니다. 특히

---

* 미국 할리우드의 유명한 영화제작자로 2012년 《타임》에서 선정한 '세계에서 가장 영향력 있는 100인'에 오르기도 했으나, 100명이 넘는 여성을 대상으로 30년간 저지른 성범죄 혐의로 유죄 판결을 받았다.

오늘은 소셜미디어에서 여성들이 #미투라는 해시태그로 자신의 이야기를 밝히는 모습을 보았습니다. '공감을 통한 권익 강화'를 위해 '미투'라고 명명한 이 단어를 사용해 성폭력이 얼마나 널리 퍼져 있는지 세상에 알림과 동시에 다른 생존자들이 결코 혼자가 아님을 깨닫게 하는 여성들의 모습을 보고 가슴이 벅차올랐습니다. 지난 10여 년 동안 우리가 미투 운동으로 일구어낸 성과에서 핵심은 여성들이, 그 누구보다 피부색이 짙은 젊은 여성들이 결코 혼자가 아님을 깨닫게 한 일입니다. 다 같이 행동해야 합니다. 해시태그를 다는 정도로 그쳐서는 안 됩니다. 더욱 폭넓게 대화를 나누고 공동체를 근본적으로 치유하는 운동을 시작해야 합니다. 우리와 함께합시다.

게시글을 올리고 난 다음, 내 관계망이 닿는 한 블로거나 언론인, 인플루언서나 작가, 활동가나 조직가, 예술가나 영화제작자에게까지 연락을 했다. 선이 닿으면 누구에게나 내 게시물을 다시 올리거나 리트윗하거나 널리 퍼뜨릴 방법을 찾아달라고 부탁했다.

그러고 나서 기다렸다.

정말이지 출산 이후 그토록 긴 밤은 내 평생 처음이었다. 가족처럼 가까운 사람과 친구 들에게서 지지와 성원이 쏟아졌다. 다들 내가 해온 활동을, 내가 그 활동에 바친 헌신을 잘 알았다. 나와 함께 활동을 이어온 이들도 있었다. 성폭력, 특히 아동 성 학대를 몰아내는 투쟁에 한목소리를 외친 동지들이었다. 조직가이거나 비영리단체 지도자도 있었고 작가나 유명인사도 있었다. 그런 지지를 받았음에도 두려움이 가시지 않았다. 내가 일구어낸 모든 것이 곧 와르르 무너져 내릴 것만 같았다.

내가 올린 글과 동영상이 널리 퍼져나가고 있었다. 동영상 속의 나는 연설을 통해 내가 벌인 이 활동이 악용될까봐 마음이 몹시 무겁고 또 무섭다고 토로하고 있었다. #미투가 소셜미디어에서 들불처럼 번지는 광경을 지켜보는 내 심정이 딱 그랬다. 이런 불안한 심정을 함께 활동하는 몇몇 사람과 단체 대화방에서 나누었다. 얼마나 당황스러웠는지, 올바른 대응 방안을 찾고 웹사이트에 요지를 간추려 글을 올리는 일을 얼마나 짧은 시간에 후다닥 해치웠는지 털어놓았다. 인터넷의 속도를 도저히 따라잡을 수 없어 정말 난감했다고도 하소연했다. 무척 힘겨워서 이 활동에서 그만 손을 떼야 하나 하는 생각이 잠깐 든 적도 있었다. 어쩌면 바로 지금이 이 활동을 그만 포기해야 하는 순간임을 알리는 신호일지도 몰랐다. 오랫동안 이 활동을 확산하려고 애써왔지만 이렇다 할 성과를 내지 못하던 터였다. 자원이 전혀 없었고 지원도 턱없이 모자랐다. 이제부터는 이 활동의 기원과는 아무 상관도 없는 해시태그 바이러스와도 싸워야 할 참이었다. 허탈감이 이만저만이 아니었다.

그때는 #미투가 어떻게 시작되었는지 전혀 알지 못했다. 배우 얼리사 밀라노가 맨 처음 트윗을 했다는 사실도 까맣게 몰랐다. 반응이 정말 뜨거웠다는 점도 알지 못했다. 오래전 연설을 포스팅해

중간에 끼어들려는 내 시도가 이 대화의 판도를 완전히 바꾸고 있다는 점도 전혀 알지 못했다.

핸드폰을 내려놓고 다시 침대로 파고들었다. 눈을 좀 붙이려 했다. 어쩌면 가슴을 활활 태우는 불안을 외면할 수 있을지도 몰랐다. 누웠지만 눈이 말똥말똥했다. 결국 충동을 이기지 못하고 일어난 뒤 노트북을 열어 트위터를 다시 검색했다. 마지막으로 #미투를 확인한 지 불과 한두 시간밖에 지나지 않았다. 확인할 때마다 전혀 새로운 흐름이 생겨나고 있었다. 핸드폰 화면을 계속 넘겨보지 않을 수 없었다.

화면을 넘긴 지 한 시간 남짓이 흘렀을까. 방금 막 링크를 하나 걸며 #미투를 단 트윗을 우연히 보았다. 링크를 눌렀더니 어떤 여성의 개인 블로그가 나왔다. 그 여성은 대학생일 때 당한 성폭행 사건을 블로그에 매우 자세하게 올려놓았다. 그 여성은 #미투가 달린 게시물을 다 보고 나서야 그 일을 사람들 앞에 밝힐 수 있게 되었으며 따뜻한 이해와 지지를 받을 수 있음을 깨달았다고 했다. 오랫동안 끙끙대며 수치심을 안고 살았고 그 상처에 짓눌려 삶에 충실할 수 없었다고도 털어놓았다. 온라인에서 용감하게 '#미투'를 외치는 사람들의 숫자를 보는 것만으로도 혼자가 아님을 느꼈다고도 덧붙였다. 그들과 얼굴 한번 본 적 없지만 많은 사람이 자신처럼 비밀을 간직한 채 살아감을 알게 되는 것만으로도 **혼자가 아님**을 느꼈다고 했다. 또, 다른 낯선 이들이 그런 비밀을 세상에 드러내는 모습을 보는 것만으로도 혼자가 아님을 느꼈다고 했다.

그렇게 수많은 사람들이 가슴 깊이 묻어놓은 곳에서, 마음 깊이 덮어놓은 곳에서 그 같은 기억을 하나둘 꺼냈다. 그들이 앞으로 나선 것은 어떤 일이 다가올지 알고 있기 때문이 아니었다. 그 순간을 그냥 흘러가게 두라는 공동체의 암묵적 강요가 매우 지나치다고 여겼기 때문이었다. 그들은 처음으로 희망했다. 서로 아픔을 나누며 혼자가 아님을 느낄 수 있기를.

목소리를 낼 공간을 찾음으로서 혼자가 아님을 느낀 한 여성이 여기에 있었다. 뼈와 살이 되는 삶의 교훈이 종종 그러하듯 여성이 쓴 게시글은 곧 내 영혼 깊은 곳을 울렸다. 아픔이 가슴을 저몄다. 몸을 일으켜 똑바로 앉았다. 눈물이 다시 뺨을 타고 쉴 새 없이 흘러내렸다. 이번에는 이름도 모르는 여성 때문에 눈물이 솟았다. 그날 내가 본 어마어마한 트윗의 양 때문에 눈물이 솟구쳤다. 이미 지칠 대로 지쳤지만 무슨 일이 닥칠지 분명히 알았기 때문에 눈물이 내리흘렀다.

나는 결코 억누른 목소리로 교훈을 전하지 않는다. 내가 맡은 사명은 일단 드러나면 늘 단순하고 분명하다. 나는 불의를 따르지 않는다. 타고나길 그렇게 타고났다. 불의는 늘 나와 맞지 않았다. 하지만 불의를 무시해서도 안 된다는 점을 대가를 톡톡히 치르고 배웠다. 미투 운동의 탄생에 이른 길도 다르지 않다. 다른 사람이라면 두 손 두 발 다 들고 떠날 만한 희생을 치러야 할 때도 나는 디프사우스*에 남아 아이들과 활동을 계속 이어갔다. 실제 보수를 받는 일에 더해 늘 '공동체 일'을 떠맡아온 이유이기도 하다. 불의에 맞서려면 반드시 조직화를 이루어야 한다고 알아차린 순간부터 그 일을 꼭 해내어 공동체에 이바지하고 싶었다. 십 대 시절부터 나는 내 마음을 자각했다. 종소리처럼 또렷하게 들렸다. 그리고 바로 그날 밤 그 종소리가 다시 내 귓가에 울렸다.

"타라나, 뭐 하고 있어?" 나 자신에게 물었다. 새로운 감정이 온몸에 넘실거렸다. 무시하고 싶어도 도저히 그럴 수 없었다. 기독교에서는 이렇게 번뇌에 휩싸이는 일을 가리켜 '**시험에 든다**'라고 말한다. 나는 이 문제에서 도망치거나 이 운동이 누구 것이냐를 두고 고민할 만큼 어리석지 않았다. 하느님이 나타나서 그 점을 분명히 보여주었다. 하루 종일 마음을 졸이고 머리를 쥐어뜯으며 어떻게 해야 '내 운동'을 구할 수 있을까 궁리에 궁리를 거듭했다. 낯선 이가 솔직하게 털어놓는 고백 덕분에 나는 '내 운동'이 바로 눈앞에서 일어나고 있음을 깨달을 수 있었다. 오래전부터 나는 공동체에 이바지하는 삶을 살기로 결심했고 그리고 지금 이 순간 어떤 사람으로 살아갈지 결정해야 했다. 내가 말하던 그런 사람이 될 것인가? 대답은 분명했다. 누가 무슨 공을 세웠는지에 관해 왈가왈부하고 싶지 않았다.

---

* 미국 남부의 여러 주 가운데 루이지애나주, 미시시피주, 앨라배마주, 조지아주, 사우스캐롤라이나주까지 총 다섯 개 주를 가리킨다.

그저 이 같은 운동이 왜 꼭 필요한지를 세상에 보여주고 싶었다.

2005년 미투 운동을 막 시작했을 당시에는 사람을 모으기가 무척 힘들었다. 공동체 일이라면 발 벗고 나선다는 사람들조차 선뜻 손을 내밀지 않았다. 활동가나 조직가, 청소년 문제에 앞장서거나 사회 정의 문제에 목소리를 높이는 사람들은 이런 활동이 꼭 필요하다며 그 활동을 도맡은 나를 자랑스러워했다. 그러나 막상 우리가 기울이는 노력을 지원하거나 발전시키는 일에는 뜨뜻미지근했다. 내가 이 활동을 계속해나가게 하는 원동력은, 우리가 비밀과 고통을, 수치와 걱정을, 분노와 공포를, 그리고 희망을 함께 나눈다고 믿는, 피부색이 검거나 짙은 어린 여자아이들에게서 나왔다.

그들의 삶에 치유의 씨앗을 심는 데는 자원이 필요하지 않았다. 그들의 편에, 그리고 그들과 같은 사람들의 편에 서는 데는 폭넓은 지원이 필요하지 않았다. 미래가 필요했다. 뜻이 필요했다. 끈기가 필요했다. 용기가 필요했다. 무엇보다 공감이 필요했다.

마음에 그런 생각을 품은 채 잠이 들었다. 이튿날 아침, 잠에서 깨어났을 때 전혀 다른 불꽃이 타올랐다. 누가 귀를 기울일지 알지 못하더라도 내가 이 운동에 거는 비전을 세상과 나누어야 한다는 점은 분명했다. '#미투'라고 해시태그를 다는 사람들이든, 앞으로 나서서 혐의를 제기한 할리우드 여성 배우들이든, 이들과 앨라배마주 셀마에 사는 어린 흑인 여자아이가 필요로 하는 것은 같았다. 그들에게 필요한 것은 이야기를 보여주고 들려줄 공간이었다. 공감과 연민, 치유로 이끄는 길이 필요했다. 그들에게 필요한 것을 꼭 마련해내는 데 작은 힘이나마 보태고 싶었다.

2017년 어느 가을 일요일 아침에 첫발을 떼게 된 이 여정은 분명 여러 번 듣거나 보거나 읽은 내용일 것이다. 이 이야기는 아주 간결하지만 무궁무진한 힘을 담은 한 단어, '미투'라는 운동에 내가 어떻게 이르게 되었는지에 관한 과정이 담겨 있다. 타인을 향한 공감에서 시작된 이 이야기는 우리가 우리 이야기를 묻어두었던 곳, 그리고 내가 내 이야기를 묻어두었던 어둡고 수치스러운 곳을 향한 공감에서 시작한다. 그런 공감이 없다면 미투 운동은 존재할 수 없다.

브롱크스에 살던 어린 흑인 여자아이에게서 흘러나온 용기가, 지금 수백만 여성에게서 쏟아져 나온 용기가, 거대한 바다를 이루며 이 같은 운동을 이루었다. 미투 운동에서 핵심은 일생이 담긴 이야기의 아주 깊숙한 곳에서 찾을 수 있다. 사방이 꽉 막히고 두렵고 수치스러운 곳, 다른 누군가의 수치를 보살펴야 한다는 책임이 나를 구하기 전까지 내가 갇혀 있던 곳, 그곳이 없었다면 지금 **여기**도 없다.

이따금 겁에 질린 어린 여자아이와 함께 그곳으로 돌아가곤 한다. 하지만 이제는 길을 잃지 않도록 미투 운동이 그려준 지도를 보고 집을 찾아갈 수 있다. "나도 당했어"라고 말할 용기를 찾아간 내 이야기를 읽고 당신도 자신만의 길을 찾아 나설 수 있기를 희망한다.

알리바이가 없다

불친절은 연쇄살인마다.

시간이 지날수록 조금씩 독성이 퍼지는 듯한 비열한 말과 잔인한 행동에 굴종해야 하는 것이 사지가 찢기는 죽임을 당하는 것보다 때때로 더 고통스러울 수 있다. 그래서 저 옛 동요를 도저히 참고 듣지 못하나 보다. '막대기와 돌멩이는 내 뼈를 부러뜨릴 수 있어도 말은 내게 손끝 하나 상처를 입히지 못한다네.' 그 노래를 들을 때마다 속으로 생각한다. 거짓말이야. 돌멩이는 피할 수 있다. 하지만 말은 듣지 않을 수 없다. 어떤 의도를 품은 말로 상처 입은 마음과 몸과 영혼은 말짱하게 아물지 않는다.

특히 **못생겼다** 같은 말이 그렇다.

외모가 볼품없다고 여길 때 어떤 이들이 보이는 반응에는 우스운 구석이 있다. 대개는 한 박자 반 동안 꽤 오래 뚫어져라 바라본다. 눈이라도 마주치면 양심에 찔린 듯 보일락 말락 미소를 짓는다. 그러고는 후다닥 눈길을 피한다. 그 모습이 꼭 어디로 향해야 할지 갈피를 잡지 못해 갈팡질팡하는 어린 아기 같기도 하고 침팬지 같기도 하다. 그러다가 갑자기 무언가에 홀린 듯 어깨 너머 허공을 응시한다.

나는 이런 행동에 정말 익숙하다. 너무 자주 겪어서 거리에서 낯선 이를 지나칠 때 걸리는 그 짧은 순간에도 그런 반응을 알아챈다. 불쾌감이 그들의 온몸을 휘젓는 동안 일어나는 작은 변화들을 읽어낸다. 그들의 얼굴에서 아주 잠깐 드러나는 역겨움을 발견한다. 이따금 당혹스러운 감정이 비치기도 한다. 그러고 나서 무뚝뚝하고 쌀쌀맞은 내 눈빛과 마주하면 죄책감을 느끼는 표정을 짓는다.

이런 사정을 잘 아는 이유는 내가 못생겼기 때문이다. 적어도 세상이 매일 내게 말을 건네는 새 방법은 이런 식이었다.

아주 어렸을 때는 우리 동네에 사는 다른 어린 흑인 여자아이만큼은 내가 귀엽다고 여겼다. 그런데 아니었다. 처음으로 그 사실을 깨닫던 순간이 지금도 떠오른다. 나는 약국 앞에서 줄 서 있었다. 어느 다정한 아버지와 예쁘장한 딸과 이야기를 나누고 있었다. 여자아이는 줄 서 있는 내내 내게 말을 붙였다. 그 아버지도 대화에 열심이었다. 두 사람이 약을 다 사고 나자 여자아이가 내게 잘 가라고 인사했다. 그 아버지도 그랬다.

두 사람이 줄에서 벗어나 막 걸음을 옮겼고 나는 줄 앞쪽으로 한 걸음 나아갔다. 그런데 무슨 이유 때문인지 말소리가 들릴 만한 거리에서 그들이 걸음을 멈추었다. 아마도 약국을 나서기 전에 거스름돈이 맞는지 세거나 약을 빠짐없이 샀는지 확인했으리라. 이유야 어찌 됐든 내 귀에 그 어린 여자아이가 말하는 소리가 들렸다. "아빠, 쟤 아마야랑 똑 닮았지, 그치?"

순간 그 아버지가 보이던 따뜻하고 다감한 말투가 온데간데없이 사라졌다. 날카로웠고 반감마저 띤 목소리였다. 이후 수십 년 동안 무척 자주 들을 말투로 그는 대답했다. "무슨 소리! 아마야와 닮았다기에는 너무 못생겼어. 쟤 코 큰 거 봤지? **못생겨도 저렇게 못생길 수가 있나.**" 그러고는 킥킥대며 웃었다.

비수처럼 날아드는 그 말을 알아듣는 데는 시간이 걸렸다. **나를 말하는 걸까?** 계산을 하고 집으로 걸어오는 동안 기분이 찜찜하고 머리가 띵했다. 당혹스러웠다.

내가 그렇게 못생겼을까?

방으로 가서 엄마가 사준 작은 사진첩을 꺼냈다. 겉장 안쪽에 끼워 넣은 사진 몇 장을 꺼내 살펴보았다. 한 사진에서는 내가 머릿속으로 그리는 모델처럼 자세를 취한 채 카메라를 보고 활짝 웃고 있었다. 사진가인 엄마 친구가 어느 날 밤 내키는 대로 찰칵찰칵 찍은 흑백 사진들 가운데 하나였다. 그 사진을 들여다보고 또 들여다보았다. **못생겼다**는 게 무슨 뜻이지? 지금까지 아무도 내게 그런 말을 한 적이 없었다. 나는 키가 컸고 마른 몸에 피부는 갈색이었다. 입술이

36

도톰했고 할머니 말을 그대로 옮기면 '피망 같은 코'를 지녔다. 각 이목구비를 두고 놀림을 받았지만 전체를 놓고 보면 결코 **못생기지** 않았다. 도무지 이해할 수 없었다. 그런데 이해하고 싶었다. **무슨 일이 있어도 꼭** 이해하고 싶었다. 그렇지만 그 아버지도, 그 예쁘장하던 딸도 가버리고 없었다. 혼자 힘으로 알아내라고 나를 남겨둔 채 떠나버렸다. 나는 내가 줄 서던 순간부터 그 아버지가 마지막 말을 내뱉은 순간까지 우리가 주고받던 대화며 행동을 차근차근 곱씹어보았다. 몇 번을 거듭해서 되짚어보았다. 언제나 결론은 하나였다. 정말 모르겠다는 것. 하지만 그 말은 내 마음 한구석에 콱 박혔다. 슬금슬금 고개를 쳐들며 이제껏 모아 놓은 증거를 하나하나 내놓았다.

약국에서 그 아버지가 나를 말썽쟁이로 여기지는 않을지 눈치를 보던 기억이 났다. 착한 아이임을 보여주려고 예의를 차려 소소한 이야기도 나눴다. 더 얌전하게 굴었다. 딸에게는 더 친절하게 대했다. 나는 **착한** 아이였다. 그런데도 그 아버지에게 나는 그저 **못생긴** 아이였다. 어떤 이들에게 '못생김'은 질병과도 같다. 가까이 다가가면 못생김이 옮기라도 하듯 군다. 자신들이 내 얼굴을 보는 것이 내 잘못이라는 양 화난 눈길로 노려본다. 애당초 자신들이 내게 수치심을 안겼으면서도 도리어 나 때문에 자신들이 그럴 수밖에 없었다는 듯 쏘아본다.

불친절은 상처받기 쉬운 독특한 마음을 낳는다. 오히려 상처 입은 사람이 수치스러워하며 괴로움을 짊어지게 된다. 어찌된 셈인지 세상은 이런 불친절함이 예쁜 사람과 한 공간을 쓰려면 마땅히 내야 하는 입장료라고 설득한다. 게다가 우리는 이 사실을 당연하게 여긴다. 아니, 당연하게 여기는 데서 그치지 않는다. 오히려 반긴다. 정도의 차이는 있지만. 사람들은 대개 가볍게 미소를 짓거나 한쪽 눈을 찡긋하지 않는다. 물론 그럴 때도 이따금 있지만 보통은 눈살을 찌푸린다. 어떤 때는 험악한 말을 내뱉거나 어떤 때는 사나운 동작을 취하기도 하며 아주 드물지만 눈물을 보일 때도 있다. 우리 가운데 극히 일부는 그렇게라도 자신이 살아 있다고 느끼거나 자신도 타인에게 보이는 존재라고 여기며 인정이라고도 할 수 없는 그런 행위마저 고맙게 여기기도 한다. 그 이면은 보이지 않는다. 눈에 드러나지 않는다. 그래도 고통의 무게는 똑같다. 중요한 점은, 어느 쪽이든 시간이 지나면서 영혼을 죽이리라는 것이다.

●

새롭게 얻은 '못생김'이라는 이 '정체성' 때문에, 목에 걸린 가시 같은 이 짐 때문에 화가 났다. 정말 화가 났다. 스톡홀름 신드롬*의

기이한 변형처럼 나는 내가 이 세상에서 못생긴 부류에 속한다고 그냥 받아들였다. 고등학생이 되자 얼굴에는 여드름이 잔뜩 났고 한껏 꾸밀 만한 돈도 없었기 때문에 새로운 페르소나를 만들어내기로 했다. 예뻐지거나 귀여워질 수 없다면 하느님이 내게 주신 재능을 살리겠다고 마음먹었다. 나는 머리가 좋았고 운동을 잘했으며 유머러스하고 성격이 시원시원했다. 내 목에 걸린 가시 같은 못생김이라는 짐을 끈질기게 일깨우는 이들에게는 그 불친절함을 약간 빌려와 똘똘 뭉쳐서 곧바로 던져버렸다. 나는 심술궂었다. 내 흉을 보거나 나를 놀림거리로 삼으려면 각오해야 했다. 그런 사람은 드물었고 삶은 그럭저럭 견딜 만했다. 이따금 내 이마에 새겨진, **그만 꺼지라는 은근한 위협**을 눈치채지 못하고 끝내 운을 시험하려 드는 사람도 있었지만.

그럴 때면 마무리가 결코 좋지 않았다.

내 가슴 한가운데 간직한 분노를 조금이나마 터뜨릴 수 있어서 나는 무척 기뻤다. 내가 누구인가에 관한 그 진실, 내가 언제나 밀려나야 했던 그 자리는 영원히 맞닥뜨려야 할 현실이었다. 도무지 어찌해볼 도리가 없었다. 소원을 빌어서, 기도를 올려서, 하다못해 싸워서라도 없앨 수 있는 부분이 아니었다.

한번은 지하철에서 마주친 한 남자아이한테 분노를 터뜨렸다. 친구들과 떠들썩하게 지하철을 탄 남자아이에게 즉시 이목이 집중됐다. 내가 서 있는 자세 때문에 그치들에게는 내 얼굴이 보이지 않았다. 내 엉덩이만 보였다. 나는 춤을 사랑하는 십 대이자 육상부 선수였기 때문에 내 나이 또래 흑인 남자아이라면 누구나 좋아할 만한 몸매를 갖고 있었다. 그래서 내가 뒤돌아서서 얼굴을 마주할 때마다 실망하는 사람들의 표정을 수없이 보아야 했고 수없이 위협을 겪어야 했다. 이 몸매에, 이 얼굴을 하고 별 탈 없이 목적지에 도착할 수 있는 특별한 이동 방법을 터득해야 했다. 가령 몸에 꼭 맞는 옷을 입지 않는 방법 같은 것이었다. 그렇지만 중간 체격에 허리는 가늘고 넓적다리가 굵으며 엉덩이가 큰 육상 선수의 몸매를 여간해서는 감추기 어려웠다. 나는 바로 얼굴을 숙이고 몸을 숨길 만한 자리를 찾았다.

매 순간 눈을 마주치지 않으려고 애쓰면서 걸음을 옮겼다. 하필 그날따라 옷차림이 가벼웠다. 열차 객실 끝 비좁은 자리로 가서 슬그머니 앉으려는데 한 남자아이가 말하는 소리가 들렸다. "이런, 정말 죽여주는데!" 심장이 멈추었다. 이어 무슨 일이 일어날지 예감했다. 나는 모자도 쓰지 않고 머리를 이마 너머로 바짝 넘긴 채였다. 얼굴이 다 드러나 있었다. 남자아이가 다가왔다. 친구들이 모두 지켜보고 있었다. 심장이 쿵쾅댔다. 이를 악물었다. 남자아이가 6미터 남짓 되는 거리 앞에 다다랐을 때 나는 뒤돌아서서 내 얼굴을 다 보여주었다. 남자아이가 걸음을 멈추고는 얼굴을 일그러뜨렸다. 이전에도 수도 없이 보았던 그 **표정**을 지었다. 바로 그 자리에서 휙 몸을 돌려 친구들이 있는 쪽으로 도로 걸어갔다. 나는 머릿속으로 천천히 숫자를 세었다. 남자아이의 한 친구가 무슨 일이냐고 물었다. 정확히 7초가 지나자 천둥이 울리듯 웃음소리가 터져 나왔다. 그쪽으로 눈길을 던졌는데 마침 나를 쏘아보는 눈초리에 목이 졸리는 줄 알았다.

도저히 잠자코 있을 수 없었다. 내 입에서 튀어나오는 소리가 귓가에 맴돌았다. "야, 이 개자식아, 뭘 꼬나봐?" 멍청한 짓임을 잘 알았다. 혼자 지하철을 탔고 이제 열차가 막 지하로 들어갈 참이었다. 하지만 참을 수가 없었다.

내게 다가오던 남자아이가 일어서더니 코웃음을 쳤다. "이 잡년이 지금 나 보고 하는 말이야? 너 지금 사람 잘못 건드리는 거 알고 있지? 입 닥치고 가만히 가는 게 좋아, 땅꼬마."

그렇게 할 수 없었다. 절대 그럴 수 없었다. 나도 너를 가만히 두었으니 너도 나를 가만히 두었어야 했다. 내가 다 옳다고 생각했다. 나는 남자아이를 유혹하지 않았다. 나는 남자아이를 낚지 않았다. 말없이 서서 내 할 일만 했을 뿐이다. 내 처지를 잘 알았다. 그 규칙을 따르고 있었다. 나를 흔들지 마. 나를 내버려둬. 남자아이가 그러지 않았으므로 나도 그럴 수 없었다.

"안 그러면 어쩔 건데?" 나는 말을 되받아치며 그 얼굴을 똑바로 노려보았다. 어떤 위험을 무릅쓰는 건지 잘 알았다. 몸싸움으로 번질 가능성은 없어 보였다. 말싸움보다 몸싸움이 오히려 더 좋았지만. 나는 손을 쓰는 일에는 자신이 있었다. 다만 대갚음하기에는 내가 가진 무기가 보잘것없었다.

"못생긴 애치고는 말이 많네."

아니나 다를까 그 말이 나왔다. 나는 이내 입을 꾹 다물고 얼어붙은 듯 그 자리에 섰다. 마치 꼼짝 않고 가만히 서 있으면 무언가가 나를 어떤 문으로 통과시켜서 못생김과 잘생김이 아무런 차이도 없는 회색 지대로 데려다 놓을 것처럼. 하지만 이전에도 수없이 그랬듯 이번에도 그런 마비 같은 침묵은 나를 배신했다. 갑자기 일식이라도 일어나 나를 감춰주었으면 하고 바라기엔 햇빛 속으로 너무 깊숙이 발을 들인 뒤였다. 남자아이 뒤쪽에 몰려 있던 친구 무리가 "우우" 하고 야유를 던지고 낄낄대며 비웃었다. 다른 승객들은 불편한 기색으로 자리를 옮기면서도 내가 어떻게 되받아칠지 기다리고 있었다.

"꺼져. 멍청한 놈들아!"라고 막 소리를 지르려던 차였다. 그 순간이 영원 같았다. 0.001초 정도 되는 찰나의 순간마저 나를 무너뜨리려 음모를 꾸미는 듯했다. 그 작디작은 시간의 창 속으로 허물어지며 빨려 들어가기 시작했다. 내 영혼 깊숙한 곳에 고여 있던 눈물이 걷잡을 수 없이 흘러내렸다. **날 가만 내버려둬.** 겁에 질린 어린아이처럼 부르짖었다. 자비를 구했다. 하지만 돌아오는 건 남자아이다운 비열한 짓뿐이었다. 그는 끔찍한 욕설을 빗발치듯 쏟아냈고 나는 열차가 다음 역에 멈추자마자 뛰다시피 내려버렸다.

잠시 승강장에 서 있었다. 적어도 세 대가 넘는 열차를 그냥 보냈으리라. 화를 참지 못한 나를 꾸짖었다. 그 일을 되풀이해 들여다보면서 내가 다른 말과 행동을 했었기를 바랐다. 남자아이가 나를 귀엽다고 여겼다면 과연 이 일은 어떻게 끝났을까 생각하며 가상 시나리오 전체를 마음속에 다시 그렸다.

눈물이 왈칵 쏟아졌다. 가시 돋친 이 쓰디쓴 불친절과 그 불친절이 안기는, 온 마음을 갉아먹는 수치의 무게에 짓눌려 결국 내가 죽음으로 내몰리리라는 걸 알았다. 일곱 살 때, 처음으로 혼자임을 깨닫던 그 순간에 내게 내려진 사형선고의 일부였다. 하느님에게 묻곤 했다. **"왜 하필 저인가요?"** 그러나 이제 더 이상 묻지 않았다. 내가 열두 살이던 그날, 약국에서 한 문장으로 된 대답을 찾았다. 내가 **못생겼기 때문이라고.** 앞으로 내 인생에서 무슨 일이 일어날지 미루어 짐작하던 모든 일을 그 말 한마디가 정리해주었다. 나는 그런 일을 당할 만하다고 확인해주었다. 언제 어떻게 그 모든 일에 마침표를 찍을지 아는 일은 하나도 중요하지 않았다. 이는 서서히 옥죄어오는 죽음이었고 내가 짊어져야 하는 십자가였기 때문이다.

오롯이 나 혼자서.

나도 당했어

일곱 살이 되던 해 겨울, 친구들과 밖에서 놀고 있었다. 가깝게 지내던 몇몇 이웃들 가운데에는 '큰 오빠들'이라고 부르던 이들도 있었다. 그중 한 명이 내 손을 잡고 이웃한 아파트 건물 안 어둡고 구석진 곳으로 데려가 나를 성폭행했다.

큰 오빠는 자신이 무슨 짓을 하는지 아무도 보지 못할 곳을 찾는 동안 꼭 잡은 손에서 잠시도 힘을 빼지 않았다. 몹시 불안했다. 날이 차츰 어두워졌고 엄마가 있으라고 한 곳에서 너무 멀리 와버렸기 때문이다. 그렇지만 말 한마디도 입 밖으로 내지 못했다.

우리 아파트 건물은 다른 두 건물과 이어져 있었다. 처음에 큰 오빠는 잇닿은 한 건물의 뜰로 나를 밀어 넣었다. 이어 바깥 계단통을 확인하고는 마음을 바꾼 듯 보였다. 그는 나를 계속해 끌고 건물을 더 돌아 다른 건물로 데려갔다. 점점 겁이 났다. 우리처럼 어린아이는 그런 건물 안까지 모험을 떠나지 않았다. 일부 건물에는 사람이 살지 않았다. 불도 들어오지 않는 곳은 밤이 되면 무서웠다. 큰 오빠는 이번에도 바깥 계단통을 확인했다. 그러고는 몹시 서두르며 나를 층계참으로 밀어 올렸다. 아무 소리도 내지 못했다. 두려웠고 어찌해야 할지 몰랐기 때문이다. 나를 어디로 데려가는 걸까? 왜 데려가는 걸까?

큰 오빠가 차가운 돌계단에 누우라고 말했고 나는 순순히 따랐다. 내가 눕자 큰 오빠가 내 몸 위로 자기 몸을 기울였다. 몸이 굳어 뻣뻣해졌고 겁이 나서 죽을 것만 같았다. 큰 오빠가 내 외투 단추를 끌렀고 내 바지를 무릎 아래로 내렸다. 그러고는 내 다리를 벌렸다. 이어서 손가락으로 내 속을 찌른 뒤 성기를 내 안으로 밀어 넣었다. 공포로 몸이 꽁꽁 얼어붙었다. 작은 내 몸을 내리누르며 압박하던 느낌이 지금도 떠오른다. 밀어 넣고 또 밀어 넣던 모습이 여전히 떠오른다. 그가 마침내 움직임을 멈추고는 몸을 일으켰다. 손으로 자신의 성기를 쥐더니 자꾸 잡아당기기 시작했다. 그러고는 내게 사정했다. 나는 울었다. **사정**이 무엇인지 알지 못해서 몇 년 동안 큰 오빠가 내게 오줌을 쌌다고 여겼다. 개가 길거리 소화전이나 아무렇게나 쌓인 쓰레기 더미에 오줌을 누듯이.

도대체 무슨 일이 일어나고 있는지, 얼마나 심각한 일인지 전혀 이해할 수 없었다. 하지만 옳지 않은 일임은 알았다. 그 때문에 징그럽고 더럽고 잘못했다는 기분에 휩싸였다. **큰 오빠**가 잘못을 저질렀고, **큰 오빠**가 범죄자라고는 깨닫지 못했다. **우리**가 잘못을 범했다고 생각했다.

큰 오빠가 다시 내 손을 잡았다. 내가 사는 아파트 건물로 이어지는 거리까지 나를 데리고 나왔다. 내게 몇 마디 말을 건넸지만 기억나지 않는다. 몇 년 동안 나는 의식적으로든 무의식적으로든 그 빈칸을 채우려고 애썼다. 상상 속 큰 오빠는 이렇게 말했다. **못생긴 여자 아이한테나 일어나는 일이야.** 내 머릿속에서 이 모든 일을 이해하려면 그 말이 필요했다. 실제로 그런 말을 하지는 않았을 것 같다. 아마 그때는 **우리** 비밀을 지키려고 나를 입막음할 만한 말을 하지 않았을까. 어쩌면 내게 으름장을 놓았을까. 나를 살살 구슬렸는지도 모른다.

또렷하게 떠오르는 기억은 단 하나뿐이다. 내가 어긴 여러 규칙을 살펴보는 일이었다.

허락 없이 **절대** 자리를 뜨지 말 것.

밖에서 놀 때 **절대** 시야에서 벗어나지 말 것.

밤늦게 **절대** 위층에 올라가지 말 것.

다 큰 남자아이 **가까이 가지 말 것.**

절대, 절대 아무도 네 은밀한 부분을 만지게 하지 말 것.

내가 커다란 곤경에 빠졌다는 점은 확실했다. 규칙을 거의 어긴 적이 없었다. 분명 **이렇게** 많이 어기지는 않았다.

큰 오빠가 나를 아파트 건물까지 데려다주고는 엘리베이터에 태웠다. 위층에 이르렀을 때 밖에는 어둠이 내리고 있었다. 엄마와 새 아빠가 창문 밖을 향해 큰 소리로 나를 부르고 있었다. 집에 들어서 자마자 나는 울음을 터뜨렸다.

새아빠가 나를 부르다가 뒤돌아서더니 소리쳤다. **"무슨 일이야?"**

엄마가 내게 물었다. 무슨 문제가 생겼는지, 무슨 일이 일어났는지 자꾸자꾸 캐물었다.

나는 겨우 더듬더듬 말했다. "큰 오빠가 나를 괴롭혔어······." 순간 새아빠 얼굴이 싹 바뀌었다. 그런 얼굴은 처음 보았다. 새아빠가 고함쳤다. "큰 오빠 누구? 누가 너를 괴롭혔어?"

내가 애정을 담아 웨스 아저씨라고 부르는 새아빠는 키가 195센티미터가 넘는 카리브해 사람으로 세인트크루아에서 태어나 할렘에서 자랐다. 나이는 엄마보다 스무 살이나 더 많아서 내가 일곱 살 때 쉰을 바라보고 있었다. 저녁 무렵이면 수염이 턱이며 코 밑 양옆으로 소금과 후추를 뿌려놓은 듯 덥수룩하게 자라서 내게 뽀뽀를 하려고 얼굴을 갖다댈 때마다 까끌까끌하니 간지러웠다. 목소리는 해리 벨라폰테*처럼 쉰 듯 거칠지만 더 굵고 낮아 말을 할 때면 목소리가 우렁우렁 울렸으며 늘 위엄이 감돌았다. 새아빠는 자신의 별자리

---

* 자메이카 출신의 미국인 가수로 인권 운동가이기도 했다. 카리브해 음악을 대중화시켜 큰 성공을 거두었다.

인 물병자리를 상징하는 굵직한 금목걸이를 걸고 있었고 새끼손가락에는 작은 다이아몬드가 가운데 박힌 금반지를 꼈다. '엽궐련'이라고 부르는 담배를 피웠고 매일 약이라면서 스미노프 보드카 병의 5분의 1 정도 되는 양의 술을 마셨다. 이따금 새아빠는 친구들과 방에 모여 문을 꼭 닫고 1달러짜리 지폐를 말기도 했다.

웨스 아저씨는 나와 이웃 아이들에게 가장 다정하고 인자하고 온화한 거인 같은 사람이었다. 그렇지만 한번 화를 내면 무서웠다. 내가 기억하기로는 지금까지 **내겐** 딱 한 번 화를 냈다. 하지만 다른 이들에게 화를 내는 모습은 꽤 여러 번 보았다. 우리 동네인 167번가와 지금은 유명해진 하이브리지 계단 바로 위에 있는 앤더슨 애비뉴에서 웨스 아저씨와 친구들은 무시 못 할 존재들이었다. 지미 아저씨는 우리 아파트 건물 아래층에서 술집을 운영했고 켈리 아저씨는 다른 동네에서 술집을 운영했지만 우리 동네에서 살았다. 로셀 아저씨는 우체국에 다녔으며 도박을 즐겼는데 새아빠 말로는 돈을 잘 잃었다. 새아빠가 '푸에르토리코 형제'라고 부르는 조니 아저씨는 아무 근심 걱정 없는 행복한 술꾼이었다. 종종 조니 아저씨가 좁은 골목에서 작은 드럼을 치면 아이들이 장단을 맞추며 흥겹게 구경하곤 했다. 샘 아저씨는 가장 나이가 많았다. 아저씨들은 비공식 위원회처럼 동네를 지켰다. 웨스 아저씨가 단연 대장이었다. 웨스 아저씨는 마을 복권 운영자였다. 마을 복권은 도시에 자리 잡은 흑인 공동체가 자체 발행하고 판매하는 토박이 복권이었다. 운영자는 공동체에서 중요한 일원으로 존경을 받았고 종종 경제적 지원을 일부 약속받기도 했다. 복권은 가게 앞쪽에서 판매했으며 가게에서는 사람들이 신문을 사고 숫자를 고르고 당구를 치고 안쪽에 모여 내기를 하거나 서로 어울렸다. 웨스 아저씨는 재미있는 놀이를 좋아하고 마음씨도 따뜻해 여름이면 분수처럼 펌프로 물을 퍼 올렸고 덕분에 아이들은 물놀이를 하며 더위를 식힐 수 있었다. 해마다 열리는 마을 잔치에 재정적 지원을 보탰으며 엄마와 버스를 몰고 마을 밖에서 여러 가족을 태워오기도 했다. 또한 그는 한국전쟁 때 취사병으로 참전했던 터라 동네 사람들을 먹이려고 산더미같이 푸짐하게 음식을 차리곤 했다. 배를 곯으면 웨스 아저씨가 꼭 먹여 살리리라는 걸 모두들 잘 알았다. 게다가 마을에 문제가 생기면 모두들 경찰을 부르기 전에 웨스 아저씨를 불렀다.

그날 밤에서 그리 오래되지 않았던 어느 저녁 무렵 웨스 아저씨와 친구들이 아파트에 침입한 한 남자를 붙잡아 '손을 봐주었다'. 아저씨들은 아파트 건물 세 동과 이어진 골목길로 남자를 앞세워 행진하듯 끌고 가서 사람들이 빙 둘러서 지켜보는 가운데 남자를 흠씬 두들겨 팼다. 이 일이 일어날 때 나는 집에 있었다. 엄마가 창가로 다가가 내려다보는 동안 엄마 턱 밑에 가만히 서서 빼꼼 고개를 내밀어 무슨 일이 벌어지는지 지켜보았다. 웨스 아저씨와 나머지 아저씨들이 남자를 속옷까지 벗기고 발길질과 주먹질을 해댔다. 내가 소리를 내자 엄마가 나를 얼른 창가에서 떼어냈지만 이미 늦은 뒤였다.

나는 모든 광경을 다 보았고 결코 그 장면을 잊지 못했다.

웨스 아저씨가 누가 나를 **괴롭혔는지** 꼭 알아야겠다고 물었을 때 그 광경이 머릿속에 떠올랐다. 내가 말한다면 큰 오빠한테 어떤 일이 벌어질지 알았다. 골목길에서 맞은 남자보다 더하면 더했지 덜하지 않을 터였다. 더구나 나중에 웨스 아저씨한테 무슨 일이 생길 수도 있다는 걸 알았기 때문에 더욱 불안했다. 웨스 아저씨의 처벌이 두려워 비교적 징벌이 가벼운 곳으로 떠난 동네 사람들도 있었다. 고작 일곱 살이었지만 나는 정말 어른스러운 결정을 내렸다. 운명을 받아들이고 비밀을 묻어버리기로 마음을 굳힌 것이다.

더듬더듬 대답하며 눈물을 꾹 참았다. 웨스 아저씨가 나를 바라보았고 그 눈길에는 의심이 가득 담겨 있었다. 하지만 억지웃음을 짓고 변명을 늘어놓았다. 웨스 아저씨를 곤란하게 하고 싶지 않았고 동시에 나도 혼나고 싶지 않았다. **내가** 어땠는지도 말해야 할 것 같았기 때문에 큰 오빠가 한 짓을 기억에서 몰아내기 시작했다. 내 안의 여러 마음은 이 새로운 정보를 받아들이려고 안간힘을 썼다. 하지만 그럴 수 없었다. 마음들이 분열을 일으켰다. 웨스 아저씨나 엄마에게서 떨어져 있으면 '진짜 나' '나쁜 나'가 튀어나왔다. 그러나 겉으로는 착한 아이인 척했다.

나는 정말 열심히, 거울인 양 '착한 아이' 흉내를 냈다. 그러다가 이따금 '진짜 나'라고 생각하는 나한테 무릎을 꿇었다. 하루는 새크리드하트초등학교 1학년 때 분수대에서 남자아이와 뽀뽀를 했다.

쉬는 시간에 술래잡기를 하다가 남자아이가 나를 붙잡고 뽀뽀를 했는데 그 아이를 그냥 내버려두었다. 남자아이가 부탁하면 구내식당 밖에서 치마를 몰래 살짝 들어 올리기도 했다. 내 본모습을 찾아낸 사람이라면 누구에게나 빚이라도 진 것처럼 이렇게 행동해야 한다고 생각했다. 아홉 살 때 다시 성폭행을 당하고 나서는 분열이 더욱 심해졌다. 산산이 부서지다시피 했다. 나보다 일고여덟 살쯤 많은 다른 이웃 오빠였다. 이번에는 다른 여자아이가 고집을 부려 셋이서 어떤 놀이를 하고 있었다. 여자아이는 그 놀이를 좋아하는 듯 보였다. 하지만 정말인지 아닌지 알아낼 길이 없었다. **나는 정말 싫었다.** 바로 그 이유 때문에 이웃 오빠는 내게 억지로 강요하는 일을 재미있어했다. 그는 자신을 만지라고 했고 자신에게 그리고 서로에게 입을 맞추라고 시켰다. 그러고는 즉석카메라로 사진을 여러 장 찍고 집 안 곳곳으로 자신을 쫓아다니라고 시켰다. 결국 사진들을 돌려받으려면 별수 없이 또다시 그 짓을 되풀이해야만 했다. 이 짓은 수년 동안 지속됐고 사진으로 협박했기 때문에 우리는 꼼짝없이 같은 일을 계속 반복해야 했다.

열두 살 생일을 앞둔 여름, 나는 무너져내렸다. 당시 평발을 바로잡는 수술을 받아 다리에 석고붕대를 감고 있었다. 여름이면 늘 참가하던 캠프에 참석할 수 없다는 의미였다. 그 이웃 오빠가 동네 밖에서 나를 보았다. 얼른 회복하라고 석고붕대에 사인을 해줄 테니 잠깐 자기 집에 들를 수 있는지 물었다. 무슨 일이 일어날지 잘 알았고 그래서 그럴 수 없다고 대답했다. 그러자 그는 언제나처럼 즉석 사진 한 장을 꺼내 내 눈앞에서 팔랑팔랑 흔들었다. 속이 울렁거렸다. 석고붕대를 감고 있어 자유롭게 움직일 수 없었기 때문에 평소보다 더 겁이 났다. 이웃 오빠가 문을 연 채 서 있는 그 집으로 향했다. 이웃 오빠는 자기 방으로 나를 데리고 성큼성큼 걸어가더니 나를 밀어 넣었다. 곧이어 그도 방으로 들어오더니 내게 침대에 누우라고 명령조로 말했다. 조각상처럼 뻣뻣하게 서 있자 내게 다가와 침대로 나를 떠밀었다. 그는 내 위에 누워 몸을 더듬기 시작했다. 땀에 젖어 축축한 피부에서 세균이 곪아가는 냄새가 났다. 메스꺼웠다. 다른 데 집중할 무언가를 찾으려고 애썼지만 시간이 흐르면서 이웃 오빠가 무엇을 하려는지 점점 분명해졌다.

지금껏 이웃 오빠는 자신에게 무언가를 하라고 내게 시킨 뒤 축축한 손으로 한참 성장 중인 내 몸을 아무 데나 내키는 대로 만져댔다. 그런데 이번에는 달랐다. 내 허리띠를 만지작거리는 기색이 느껴졌다. 나는 기도를 올리기 시작했다. 허리띠에는 금속 죔쇠가 달려 있었다. 미끄러뜨려야 딸각하고 잠기는 죔쇠였다. 그런 허리띠가 좋았다. 갖가지 밝은 색깔이 마음에 들었다. 무엇보다 죔쇠가 낡으면 미끄러지면서 열리는 구슬이 뻑뻑해졌다. 그날 기도에 어떤 말을 담았는지 기억나지 않는다. 하지만 내 허리띠를 푸는 데 애를 먹는 이웃 오빠를 보고 하느님이 내 기도에 응답했다고 여겼다. 이웃 오빠가 허리띠를 확 잡아당겼다. 그 바람에 그가 뒤로 휘청거리다 내

석고붕대를 쳤다. 나는 목이 찢어져라 소리를 질렀다. 그 더럽고 어둡고 비좁은 방에 들어서면 늘 소리를 질러대고 싶었다. 그 소원이라도 풀듯이 있는 힘껏 큰소리를 질러댔다. 나한테 손을 댈 때마다 비명을 터뜨렸다. 끔찍한 악몽에서 깨어난 사람처럼 고함을 쳤다. 나는 감히 소리를 지를 수 없었던 일곱 살 어린아이를 위해 크게 소리를 내질렀다.

이웃 오빠가 내게 달려들어 구역질 나는 두 손으로 내 입을 틀어막았다. 하지만 너무 늦었다. 나는 더 이상 겁이 나지 않았다. 두려움이 당신의 몸을 떠날 때면 기묘한 느낌이 든다. 문득 내가 어디에 있는지, 내가 이곳과 얼마나 어울리지 않는지 뼈저리게 깨달았다. 내 투쟁 도피 반응*이 집중되며 침대에서 벗어나려 발버둥 쳤다.

"나한테서 떨어져!"

내가 소리치자 이웃 오빠가 일어서더니 내가 정신 나간 애라는 듯 굴며 어째서 몸을 사리는지 물었다. 그러고는 버럭 소리를 질렀다. "이제 와서 안 좋아하는 척하지 마."

혼란이 분노와 뒤섞였다. 나는 일어나 이웃 오빠한테서 물러섰다. 목발을 짚고 절뚝이며 방을 나섰다. 그때 문손잡이에 걸려 있는 즉석카메라가 눈에 들어왔다. 문손잡이를 비틀면서 순간 내가 해야

---

* 긴박한 위협 앞에서 빠른 방어 행동을 취하거나 문제 해결 반응을 보이도록 교감신경계가 작용해 생리적으로 각성한 상태를 말한다.

할 일을 깨닫고 즉석카메라를 움켜쥐었다. 이웃 오빠가 나를 지켜보고 있었는지는 알지 못했지만 나를 쫓아오지는 않았다. 나는 허둥지둥 그 집 현관문을 나섰다.

그 집에 들어갈 때면 나는 건물 뒤쪽에 난 골목 출입구를 이용했지만 이번에는 앞문으로 나오기로 마음먹었다. 지름길이었지만 엘리베이터가 고장 나 긴 계단을 내려와야 했다. 계단을 하나씩 하나씩 천천히 내려갔다. 잘못하면 미끄러져 굴러떨어질 수도 있었다. 중간쯤 내려왔을 때 목발이 미끄러졌다. 난간을 붙들며 겨우 몸을 가누려다가 그만 카메라를 떨어뜨리고 말았다. 카메라가 계단 저 아래로 떨어지며 이리저리 쿵쿵 부딪혔다. 가만히 서서 카메라를 내려다보았다. 몸이 딱딱하게 굳었다. 마침내 카메라가 바닥에 탁 부딪히더니 멈추었다. 심장이 벌렁거렸다. 다시 걸음을 옮겼다. 조심조심 한 계단 한 계단 밟으며 내려갔다.

두 발에 온 정신을 집중했다. 마지막 한 칸에 발을 막 디뎠을 때 누군가와 부딪혔다. 고개를 들어보니 이웃에 사는 나이가 지긋한 데이비스 아주머니로, 우리 가족과 친구처럼 사이좋게 지내는 사이였다. 나는 아주머니를 따랐고 아주머니도 나를 귀여워했다. 데이비스 아주머니는 정말 멋졌다. 옛날 노래에 나오는 '슈거 샤프Sugar Sharp'*였다. 늘 곱게 화장을 하고 붉게 입술을 칠했으며 형형색색 화려한

---

* 하루 종일 흐트러짐 하나 없이 꽃단장하고 있는 사람을 뜻하는 흑인들만의 속어다.

귀걸이를 달고 커다랗고 멋들어진 선글라스를 썼다. 웨스 아저씨 복권판매소에서 숫자를 고르고 나면 언제나 가족에게로, 공동체 일원으로 되돌아갔다. 나를 보면 늘 함박웃음을 지으며 '우리 강아지'라고 불렀다. 덕분에 나 역시 어린 흑인 여자아이를 거리에서 마주치면 항상 그렇게 부른다.

"안녕, 우리 강아지! 괜찮니?" 데이비스 아주머니가 함박웃음이 차오른 얼굴로 물었다.

"괜찮아요. 건물을 가로질러 집에 가는 길이에요. 하마터면 계단에서 구를 뻔했지만요." 나는 무언가 잘못을 저지른 아이처럼 대답하지 않으려고 애썼다. 하지만 데이비스 아주머니는 입에서 나오는 말보다 얼굴과 몸이 드러내는 말에 더 귀를 기울이는 흑인 어른이었다.

"그래, 괜찮단 말이지……." 데이비스 아주머니의 느린 말소리에 잔뜩 의심이 배었다. "그럼, 저 카메라는 누구 거니?" 데이비스 아주머니가 물으며 땅바닥에 부서진 채 놓여 있는 즉석카메라를 가리켰다. 그러고는 고개를 약간 젖혀 나를 바라보았다. "네가 내려오기 전에 계단 아래로 떨어졌는데."

"주웠어요." 거짓말이 툭 튀어나왔다.

"주웠다고? 좋아. 어디서 **주웠어?**" 데이비스 아주머니가 다시 물으며 반걸음 뒤로 물러섰고 아주머니는 이제 내 머리부터 발끝까지 전부 살펴볼 수 있었다. 아주머니 얼굴에 어린 표정이 곧 미끼를 물 차례라고 말하고 있었다. 나는 30초 가까이 머뭇머뭇 망설이다가 털어놓았다.

"드레이코 오빠네에서 주웠어요. 모리스 씨 아들 말이에요. 그런데 그 오빠가 나를 못살게 굴었어요!" 나는 다시 일곱 살 어린아이가 되었다. 너무 툭 터놓고 말했다.

"너를 못살게 굴었다고? 어떻게 못살게 굴었어?" 데이비스 아주머니가 내 두 눈을 똑바로 바라보았다. 그러고는 서두르지 않고 내가 다시 입을 열 때까지 기다렸다. 나는 한마디도 하지 않았다. 눈물이 차올랐다. 데이비스 아주머니가 내 팔을 잡았다. 손에 살짝 힘을 주며 다시 물었다. 이번에는 어조가 보다 낮고 찬찬했다. "어떻게 못살게 굴었는데?"

과거에도 이런 순간과 맞닥뜨린 적이 있었다. 그때 엄마와 웨스 아저씨한테 말할 기회가 있었지만 나는 말하지 않았다. 다 털어놓는다는 게 어떤 의미인지 잘 몰랐다. 나도 혼나지 않을까 하는 그런 생각이 다시 들었기 때문이다. 어째서 몇 번이나 거듭해서 그 오빠네에 왔는지 대답해야 할 터였다. 온갖 이유를 머릿속에 떠올렸지만 다 멍청한 소리처럼 들렸다. 데이비스 아주머니가 내 말을 믿지 않으면 어떡하지? 데이비스 아주머니한테 잘 보이고 싶었다. 꽁꽁 숨겨놓은 나를 몰랐으면 싶었다. 내가 **착한 아이**라고 아주머니가 믿었으면 싶었다.

두 눈에 눈물이 글썽글썽했다. 내 마음을 읽은 듯 데이비스 아주머니가 목소리를 누그러뜨렸다.

"그래, 마음을 좀 가라앉히렴. 난 네 엄마도 아빠도 아니야. 다시 한번 물어볼게. 괜찮니?"

나는 눈물만 뚝뚝 흘렸다.

"네, 이제 괜찮아요."

"이 작은 카메라 때문에 곤란한 문제가 생긴 거야?" 데이비스 아주머니가 다가가 부서진 카메라를 집어 들었다.

"모르겠어요."

"흠, 이제 카메라는 네 손에 없어. 그렇지? 그리고 본 적도 없어. 맞지?"

무슨 일이 일어나고 있는지 정확히 알지 못했다. 그래서 그 말이 맞는다고 고개만 크게 끄덕거렸다. 그래야 한다고 생각했다.

"좋아, 그럼 이제 기분이 좀 나아졌어? 정말 그런 거야? 우리 강아지?" 데이비스 아주머니가 다시 환하게 웃으며 물었다. "네, 이제 나아졌어요. 고맙습니다. 데이비스 아주머니." 내가 공손하게 대답하며 눈물을 훔쳤다.

데이비스 아주머니는 내가 마지막 계단을 다 내려와 무사히 바닥을 딛도록 도왔다. 그러고는 가던 길을 가려고 돌아섰다가 걸음을 옮기기 전에 나를 불러 세웠다.

"이 어린 남자애들이 빌어먹을 손을 잘 간수하지 못하는구나. 네 새아빠는 너를 지키기 위해서라면 목숨도 내놓을 사람이야. 그러니 조심하렴. 우리에게는 웨스 대장이 꼭 필요하니까."

"네." 내가 얌전히 대답했다. 그 사이 데이비스 아주머니는 계단을 올라가 시야에서 사라졌다.

데이비스 아주머니와 함께 서 있던 몇 분 남짓한 시간은 내가 짧은 삶을 살아오는 동안 가장 친밀한 감정을 느꼈다고 여기던 순간이었다. 내 생각에 데이비스 아주머니는 무슨 일이 일어났는지 알고 있는 것 같았지만 데이비스 아주머니가 마지막 말을 할 때까지 나는 확신하지 못했다. 데이비스 아주머니가 좋은 뜻으로 한 말이라는 점을 잘 안다. 그러나 데이비스 아주머니는 알지 못했다. 사랑해 마지않는 웨스 아저씨가 철창에 갇힐 경우 어떤 파탄이 우리 가족에게 닥칠지 짐작하고 그 파탄으로부터 웨스 아저씨를 보호하려고 겨우 일곱 살인 내가 이 짐을 짊어지기로 이미 선택했다는 점을. 그리고 아마 알지 못했으리라. 아주머니가 우리 사이 이 침묵의 서약을 말없이 꺼내놓았을 때, 모든 비밀들을 간직하려고 내 마음속에 파놓은 무덤이 그득하게 차기 시작했다는 점을. 또 아주머니는 알지 못했다. 내가 정말 절박하게 구명 밧줄을 찾고 있었다는 점을. 그렇게 나는 데이비스 아주머니가 건넨 충고를 받아들이고 다시 내 영혼에 파놓은 저 거대한 무덤에서 이 비밀을 묻을 공간을 찾기 시작했다

●

그들은 내가 말하지 않으리라는 걸 어떻게 알고 있던 건지 늘 궁

금했다. 내게 무슨 문제가 있었을까? 도대체 무엇을 알았던 걸까? '착한 아이' 흉내 놀이를 꿰뚫어 보았던 걸까? 수년 동안 나는 내 안에 웅크린 불안과 외상 후 사고로 가득한 상상으로 그 빈칸을 채워왔다. 하지만 여전히 자신 있게 말할 수 없었다. 정말 '착한 아이'가 되고 싶었던 만큼이나, 어린아이였던 내 마음속에서 적어도 내가 결백하지 않았다는 점은 분명했다. 내 **참모습**이, 엄마나 가족 앞에서의 다정하고 똑똑한 여자아이가 아니라 시커먼 비밀을 품은, 행실이 천하고 상스럽고 못생긴 여자아이라는 참모습이 새로운 현실로 자리를 잡아나갔다. 사춘기가 오기 전에 나는 두 가지를 배웠다. 미소를 지으며 착한 아이 역할을 해내는 법과, 진짜 나라고 여기는 지저분하고 더럽고 헤픈 여자아이를 숨기는 법. 그때는 가족을 향한 사랑과 배움을 향한 열정 말고는 내 삶에서 그 어떤 진정성도 느낄 수 없었다.

여성으로, 어른으로 자라고 나서야 **성폭행**이라는 말을 온전히 이해하면서 내 경험과 이 단어를 연관 지을 수 있었다. **성폭행, 성추행, 성적 학대**라는 언어는 어린 내게 외국어나 다름없었다. 의미도 몰랐고 맥락도 몰랐다. 내 주위에서는 아무도 그런 말을 쓰지 않았다. "그 남자 어린 여자애를 잘 '건드리는' 거 알지"라든가, "그 남자 믿을 수 없어. 애들을 곁에 두면 안 되는 거 알지"라든가 하는 말을 어른들에게서 들어보았을지는 모른다. 하지만 어느 누구도 내게 정확히 설명해주지 않았다. 아무도 "아무개가 여자아이를 성폭행하다가 걸린 거 알지"처럼 말하지 않았다. 내가 살면서 만난 나보다 나이가 많은 여성들은, 엄마든 이모든 같은 아파트에서 살던 아주머니든 나를 사랑스러운 아이로 바라보는 여성들은 나 자신과 내 은밀한 부분을 내가 지켜야 한다고 가르쳤다. **아무도 네 은밀한 부분에 손대게 해서는 절대 안 돼**. 모두 그렇게 말했다. 하지만 그 은밀한 부분을 **왜** 지켜야만 하는지는 듣지 못했다. 그저 반드시 따라야 하는 일이었다. 이런 이유 때문에 내 경험을 돌이켜보았을 때도 나는 성범죄자들에게 책임을 묻지 못했다. 나 자신만 나무랐다. 내가 보기에 저들이 나를 학대한 게 아니었다. 내가 규칙을 어겼다. 내가 무언가 잘못을 저질렀다. 바로 이런 생각 때문에 나를 생존자로 인식하지 못했다. 희생자로 인지하지 못했다.

고등학생 때 여자아이들이 모여 나를 숫처녀라고 놀리던 대화가 기억난다. 그렇게 나를 비웃는 여자아이들을 보고 속으로 생각하곤 했다. **내가 일곱 살 때 '처녀성'을 잃었다는 걸 안다면 뭐라고 할까**. 정말 나는 그렇게 믿었다. 수치심으로 고통스러웠지만 그만한 고통을 겪어도 마땅하다고 여겼다. 계속해 떠오르는 장면과 불안과 공포로 괴로움을 느껴도 당연하다고 여겼다. 어떤 고뇌가 나를 기다리고 있어도 그럴만하다고 여겼다. 내가 규칙을 어겼기 때문에. 그래서 그 짐을 짊어졌다. 등을 무겁게 짓누르고 살을 깊이 파고드는 고통을 참아냈다. 그 무게가 날마다 내 어깨를 서서히 내리눌렀고 마침내 나를 으스러뜨렸다.

주택가 아기

나는 브롱크스 이주민 3세대로 1970년대 초 뉴욕에서 나고 자랐다. 외할아버지 조지프 버크는 1920년대 말 링컨병원에서 최초로 태어난 흑인 아기였다. 할아버지의 어머니인 마사는 1922년에 세인트키츠라는 섬나라에서 엘리스 아일랜드를 거쳐 미국으로 들어왔다. 할아버지가 할머니 윌리 메이를(할머니는 사우스캐롤라이나주에서 자라 일곱 살 때 이주했다) 만난 장소는 라이먼 플레이스였는데 브롱크스에서는 바나나 켈리 구역으로 알려진 곳이었다. 할아버지는 할머니와 당시 할머니 남자친구였던 피트 사이에 불거진 싸움을 말리려고 나섰다. 피트는 할머니한테 손찌검을 하고도 아무 일도 없다는 듯이 넘어갈 수 있다고 보았던 것 같다.

전하는 말에 따르면, 피트가 손을 올려 할머니를 때렸고 할머니가 피트 머리를 한 대 치려는데 할아버지가 나서서 막았다고 한다. 그러자 할머니가 근처 가게 앞에 놓인 빗자루를 움켜 들고 피트를 두드려 팼다. 할아버지는 할머니를 피트에게서 떨어뜨리고 나서 함께 집으로 걸어가며 마음을 가라앉히라고 타일렀다. 그 소동과 할머니네 현관 사이 어디쯤에서, 할아버지는 종종 그러했듯 매우 확고하게 할머니를 '운명의 여인'으로 삼기로 마음을 정했다고 한다. 그는 군에 징집되어 제2차 세계대전에 나가야 했지만 반드시 살아 돌아와 할머니를 찾아가겠다고 약속했다. 지금도 할머니는 그 당시 할아버지한테는 눈곱만큼도 관심이 없었으며 할아버지가 전쟁터로 떠나던 날에도 '일을 하러 갔다'라고 말한다.

군에 복무하는 동안 할아버지는 비행기 사고로 거의 목숨을 잃을 뻔했다. 그래서 18개월 만에 군 복무를 마치고 집으로 돌아왔다. 제대하고 나서 할아버지는 할머니와 한 약속을 지켰다. 할머니의 아버지, 즉 내 외증조할아버지네로 가서 문을 두드렸다. 그리고 할머니와 결혼을 전제로 사귀고 싶다며 허락을 구했다. 할머니는 외증조할아버지한테 전혀 모르는 사람이라고 말했다. 물론 할머니는 한눈에 할아버지를 알아봤지만 할아버지가 얼마나 진지한지 떠보고 싶었던 것이다. 할아버지가 세 번이나 더 찾아오고 나서야 할머니는 첫 만남을 허락했다. 그날, 다시 며칠 뒤, 그리고 다시 며칠 뒤, 할머니는 할아버지와 만났다. 할아버지가 종종 말하듯 할머니는 그렇게 할아버지의 마지막 여자친구가 되었다.

할아버지와 할머니는 브롱크스에서 유복한 삶을 누렸다. 할머니는 간호사였고 할아버지는 제너럴 모터스에서 일했다. 슬하에 자식을 여섯이나 두지 않았다면 노동자층이 아니라 중상류층이 되었을지도 모른다(엄마는 맏이였다). 할아버지는 한 가정의 가장이었고 수장이었다. 의지가 강하고 권위가 높았다. 할아버지 말이 곧 법이고 생각이 곧 복음이었다. 할아버지가 가장 중요하고 가장 우선으로 여긴 가치는 가족이었다. 할아버지에게는 버크네 사람이 그 누구보다 소중했다. 할아버지와 할머니는 자신들처럼 자기 자신을 잘 아는 똑똑한 사람으로 아이들을 길렀다. 할아버지는 독학으로 흑인 역사와 고급 요리를 공부했다. 선지자 마르쿠스 모지아 가비*와 맬컴 엑스의 가르침을 믿었다. 길든 짧든 할아버지 곁에 머물렀다면 누구나 그 점을 알아차렸을 것이다.

우리 가족은 누구 말마따나 친흑인 성향을 띠었다. 할아버지는 매우 다양한 방법으로 흑인을 예찬하는 일이 옳다고 여겼다. 언젠가 맬컴 엑스 생일 바로 다음 날 태어난 손아래 사촌이 누구나 우러르는 그 흑인 지도자가 누군지 모른다고 말했다. 그러자 할아버지가 곧장 밖으로 나가더니 생일 케이크를 사 와서 맬컴 엑스 생일을 축하했다. 그렇게 축하하는 자리를 마련하며 사촌에게 빛나는 흑인 지

---

* 자메이카 출신의 사상가이자 범아프리카니즘 운동을 최초로 제창한 인물로, 1920년 뉴욕에 국제흑인개선협회를 세워 흑인 모세라고 불리기도 했다.

도자에 대해 가르쳤다.

할아버지에게서 깊은 영향을 받았던 엄마는 1970년대 흑인해방 운동에 적극 참여했으며 나를 맡긴 어린이집도 아프리카 중심주의를 교육의 기본 방침으로 삼은 곳이었다. 그곳에서 나는 세 살 때 스와힐리어와 아프리카 춤을 배웠다. 할아버지는 미국에 관해 그리고 미국과의 관계 속에서 우리가 과연 누구인지에 관해, 진실을 밝히는 일이 옳은 일이라고 여겼다. 성조기 색깔인 빨간색이나 하얀색이나 파란색을 몸에 걸칠 수 없었으며 특히 국기에 대한 맹세를 할 수 없었다. 할아버지는 "무엇에 맹세한다고? 미국은 약속을 지키지 않았어"라고 말하곤 했다.

종종 그러하듯 가부장제는 존경받는 가장에 뿌리를 깊게 박고 있다. 따라서 엄마가 대학교 2학년 때 아기를 배자, 가족 사이에 떠도는 말에 따르면 몹시 화가 난 할아버지는 몇 달 동안 엄마와 말도 섞지 않았다고 한다. 물론 내가 태어난 뒤 화를 냈다는 사실은 흔적도 없이 사라졌지만. 할아버지에게 나는 눈에 넣어도 아프지 않을 만큼 소중한 아이였다. 생부는 내 인생에서 없는 사람이나 다름없었다. 한 번도 만나본 적이 없고 아주 드문드문 소식을 전해 듣기만 했다. 나는 엄마 손에 자랐지만, 할아버지는 내가 그의 품에 안긴 첫 순간부터 내게 영웅 같은 존재였다. 1950년대와 1960년대에 태어난 여섯 남매 가운데 맏이로 자란 엄마는 그래서인지 아기를 낳아 키우겠다는 각오가 누구보다 강했다. 냉혹하기 그지없는 뉴욕 같은 도시라도 마다하지 않고서. 하지만 브롱크스는 전혀 다른 곳이었다.

세상이 브롱크스에 관해 아는 내용은 대개 불타버린 건물의 이미지나, 1970년대와 1980년대 신문에 오르내리거나 관음적인 예술 전시회를 여는 가난에 찌든 흑인과 라틴계 젊은이 들의 이미지에서 비롯했다. '브롱크스가 불타고 있다'라는 문구는 당시 내 고향을 말할 때 자주 인용하는 말이었다. 방화가 잇달았기 때문이다. 그 방화들 때문에 인구조사 표준지역 기준으로 거주 가능한 건물이 절반 이상 사라지기도 했다. 하지만 우리 자치구는 언제나 단순한 자치구 그 이상이었으며 내게 이웃들은 또 다른 가족 구성원이나 마찬가지였다. 지금은 널리 알려진 블랙 파워Black Power* 정신에 단단히 뿌리 내린 자치구의 풍부한 문화적, 정치적 토양이야말로 엄마가 나를 키운 방식에 지대한 영향을 미쳤다. 사실 동네에는 자원이 거의 없었다. 하지만 이곳에서 나는 '필요하면 스스로 만든다'라는 유용한 사고방식의 가치를 처음 배웠다. 사람들은 힘겹게 생계를 꾸리면서도 건설의 삽을 떴다. 불타버린 건물을 되찾아 다시 지어 올린 이웃들 이야기는 자주 회자되지 않는다. 그렇지만 치유를 향해 내가 걸어나간 여정을 돌아보면 내 가족과 내 이웃이 지녔던 능력과 회복력과

---

* 미국 흑인해방운동 구호다. 흑인 학생이 주요 구성원인 반전·반차별 운동단체 학생비폭력조정위원회SNCC 의장 S. 카마이클이 1966년 6월에 제창한 개념이다. 1965년에 암살된 맬컴 엑스의 영향을 받았다. 처음에는 단순한 구호에 불과했으나 차츰 하나의 사상으로 발전하여 흑인 대중 속으로 파고들었다.

집념이 상당히 반영되어 있었다.

지금 돌이켜보면 이런 요소들이 도시 깊숙한 곳에 도사린 악으로부터 나나 나와 같은 이들을 보호할 만큼 충분했더라면 얼마나 좋았을까 하는 생각이 든다. 그런데 그러지 못했다. 문제나 상처가 늘 새롭게 생겨났고 무언가가 가까운 곳에 도사린 채 나를 기다렸다가 괴롭혔다. 우리 삶의 든든한 기둥이었던 웨스 아저씨도, 다른 것들처럼, 우리 곁을 떠났다.

웨스 아저씨는 엄마와 거의 10년을 함께 살았다. 버크가家의 확대된 가족관계 속에서도 사랑받는 존재였다. 웨스 아저씨에게는 나 말고도 자식이 넷이 더 있었다. 전 부인들과의 사이에서 낳은 친자식인 록산느와 러모나가 있었고 의붓자식 둘이 더 있었다. 똑똑하고 유쾌하고 매력이 넘치지만 거의 찾아오지 않던 케빈과 앤서니였다. 사람들은 앤서니를 앤트라고 불렀다. 앤서니는 내가 어렸을 때부터 감옥을 들락날락했으며 거리의 삶에 익숙했다. 웃기고 거칠었다. 앤서니가 운동할 때면 나는 그 우람한 근육질 팔에 종종 매달리고는 했다. 또한 나는 발신자 확인 장치가 나오기 아주 오래전부터 그 기능을 담당한 꼬마이기도 했다. 캐러멜 같은 갈색 피부에 울툭불툭한 근육, 누가 봐도 인정할 수밖에 없는 도회적이고 화려한 분위기 때문에 늘 여자들이 전화를 걸어 앤서니를 찾았다. 나는 전화를 받고 그 이름을 크게 말했다. "안녕하세요, 다이앤 언니. 반가워요. 전 타라나예요. 뭘 도와드릴까요?" 앤서니는 이름을 듣고 전화를 건네받아 "내 여동생이야"라고 말하거나 고개를 가로젓곤 했다. 그럴 때면 나는 앤서니가 집에 없다고 말하고 전화를 끊었다.

앤서니는 절대로 집에 오래 머무르지 않았다. 하지만 함께 있으면 늘 즐거웠다. 엄마와 웨스 아저씨는 헤어진 것과 다름없는 관계가 되어버렸고 엄마와 나는 웨스 아저씨네에서 나와 마을 건너편에 있는 우리 집으로 돌아갔다. 그래도 나는 거의 매일 웨스 아저씨네에 들렀다. 학교에 가려면 그 집 모퉁이를 돌아가야 했기 때문이다. 주말에도 친구들과 어울려 다니다가 가끔씩 그 집에 들르곤 했다. 결코 잊지 못할 토요일 밤이 찾아왔다. 7학년 때였다. 나는 엄마와 함께 집에 있었다. 잠자리에 들기 전이라 얼굴을 씻고 있었다. 엄마가 침실로 들어왔는데 표정이 금방이라도 쓰러질 사람 같았다.

"앤서니가 총에 맞았어." 그 말이 내게 날아왔을 때 나는 잠옷 차림으로 세면대 앞에 서서 양치질을 하고 있었다. 아직도 왜 그랬는지 이유를 모르지만 갑자기 웃음이 터져 나왔다. 내가 어렸기 때문에, 죽음을 겪어본 적이 없었기 때문에, 느닷없는 뜻밖의 소식에 충격을 받았기 때문에 그랬을지도 모른다.

"**타라나**, 앤서니가 죽었다고." 엄마 목소리가 날카로워졌다.

웃음이 쑥 들어갔다.

들리는 말로는 앤서니가 만나고 다니던 한 여자에게 오래 사귄 남자친구가 있었다. 그런데 감옥에서 나와 집으로 돌아오면서 두 사람 관계를 알게 된 남자친구가 무리를 이끌고 브루클린에서 브롱크스까지 쳐들어와 앤서니가 여자와 만나기로 약속한 파티에 나타났고 이어서 총격전이 벌어졌다.

누군가 달려가 가까운 곳에 있던 웨스 아저씨한테 이 소식을 알렸다. 웨스 아저씨가 등장하며 권총을 탕탕 쏘아댔다. 앤서니는 총상을 입었지만 아직 살아 있었다. 칼을 썼던 앤서니는 가까스로 남자친구를 찔러 치명상을 입혔다. 이어 일어난 일은 안갯속처럼 흐릿했기 때문에 목격자 진술과 법원 문서로 상황을 짜맞출 수 있었다. 웨스 아저씨가 뒤돌아서며 총을 쏘았으나, 앤서니가 그들 뒤에 있다는 사실은 알지 못했다. 총알은 그대로 앤서니 뒤통수에 박혔다.

엄마가 소식을 전해주었을 때 웃음을 터뜨렸던 일로 나는 몇 년 동안 심한 죄책감을 안고 살았다. 하지만 내게 유독 딱 달라붙어 있던 가장 큰 죄책감은 내가 운 이유 때문에 생긴 죄책감이었다. 앤서니를 좋아했지만 당시 내가 눈물 흘렸던 까닭은 의붓오빠보다 웨스 아저씨가 더 안타까웠기 때문이다. 웨스 아저씨가 체포되고 재판을 받으면서 그해는 모든 것을 스카치테이프로 덕지덕지 이어붙인 채 실낱같은 희망 하나로 간신히 버텨야 했다. 웨스 아저씨의 큰딸인 록산느와 남자친구 마이크는 웨스 아저씨네로 이사를 왔다. 나는 그 전까지 두 사람을 자주 보지 못했다. 어른들 말로는 '맛이 간' 사람들이었다. 록산느는 최근에서야 유행하는 마약인 코카인을 일찍부터 복용했다. 록산느도 마이크도 거리를 헤맸으며 약물 의존으로 힘겨워했다. 그 전까지 나는 틈만 나면 웨스 아저씨네에 들르곤 했지만 그 이후로는 발길을 뚝 끊었다. 웨스 아저씨가 감옥에 갇힌 후 두 사람이 집을 쓰레기 소굴로 만들었기 때문이다. 나는 그저 재판에서 새로운 소식이 있는지 알아볼 양으로 가끔씩 그 집을 지나쳐 갔다.

판결이 나오는 날, 학교를 마치고 웨스 아저씨네 쪽으로 걸어갔다. 마침 집에서 마이크가 나오고 있었다. 우리는 거의 대화를 나누지 않았다. 그냥 마이크를 지나쳐갈 생각이었다. 그런데 안뜰에서 그가 나를 불러 세웠다.

마이크가 담배에 불을 붙이며 말했다. "판결이 나왔어. 잡혀 들어갔어. 이젠 웨스는 여기로 못 돌아온다고!"

나는 그 자리에 가만히 서 있었다.

"무슨 말이에요?" 무슨 뜻인지 정확히 알았지만 그렇게 물었다.

마이크가 험악하게 담배를 한 모금 빨더니 말을 이었다. "잡혀 들어갔다고. 여기로 못 돌아온다고!" 그는 그 말을 되풀이하더니 이번에는 킬킬 웃었다. "꼴좋다."

그러고 나서 걸어가버렸다. 나는 어안이 벙벙한 채 무슨 일이 일어났는지 이해하려고 무진 애를 썼다.

마이크는 아주 대수롭잖게 말했다. 그 모습이 거슬렸다. 웨스 아저씨한테 마음을 쓰지 않는 듯 보였다. 그런 태도 때문에 당장 그 자리에서 대들고 싶었다. 하지만 나이도 몸집도 마이크에게는 상대가 되지 않았다. 내가 주먹을 날린다면 마이크도 주먹을 날릴 터였다.

건물 안으로 들어갔다. 엘리베이터 앞 로비까지는 걸어갔지만 곧 무너지듯 내려앉았다. 교복 차림으로 바닥에 털썩 주저앉아 엄마가 보면 눈살을 찌푸릴 그런 모습으로 엉엉 울었다. 책가방을 집어 던졌다. 종이들이 날리며 온 로비에 사방팔방 흩어졌다. 기어 다니며 종이들을 다시 주웠다. 눈물이 하염없이 흘러내렸다.

위층으로는 올라가지 않았다. 마음을 추스르고 건물을 나와 집으로 향했다.

모든 것이 한꺼번에 내게로 몰려드는 기분이 들었다. 이미 모든 일을 꾹 견뎌내야 했던 상황에서 웨스 아저씨는 내게 든든한 버팀목이었다. 단 한 번도 웨스 아저씨가 드리우는 보호를 이용한 적은 없었지만, 언제나 그 자리에서 그가 나를 지키고 있었음을 알고 있었다. 그런 기분은 아주 특별했다. 보호받기만을 바라면서, 나를 착한 아이라고 여기는 웨스 아저씨 생각에 얼룩을 묻힐 마음은 눈곱만큼도 없었다. 그가 나를 행복하게 바라보고, 자랑스럽게 여길 만한 내 모습을 계속 사랑하기를 바랐다. 거울을 마주할 때마다 내 눈에 보이는 여자아이를 웨스 아저씨는 전혀 알지 못하기를 바랐다. 착한 아이 가면을 써야 했다. 웨스 아저씨를 위해, 엄마를 위해, 할아버지와 삼촌과 이모를 위해.

더 이상 웨스 아저씨가 곁에 없는데 내가 뭘 해야 하는 걸까?

내 영혼을 희생해서라도 막으려던 일이 일어나버린 것이다. 웨스 아저씨가 감옥에 갔다는 것. 나를 고통에 빠뜨린 성범죄자 가운데 한 명을 죽였기 때문이 아니라 뜻하지 않게 내 의붓오빠를 죽

였기 때문에. 내가 이 모든 일을 망친 장본인 같았다. 왜 그런지 이유
는 확실하지 않았지만, 내게 일어난 다른 고약한 일에 모두 같은 식
으로 반응했던 것처럼 이 일도 어느 정도는 내 탓이라고 여길 수밖
에 없었다.

참회의 기도

　나는 혼란에 빠진 어린 흑인 여자아이이자 성폭력 피해 생존자였지만 무엇보다 가톨릭 신자였기 때문에 죽지 않고 버틸 수 있었다. 그런데 돌이켜보면 오히려 그 점 때문에 보다 깊은 혼돈의 나락으로 떨어졌던 듯하다. 우리 집안은 대대로 가톨릭 집안이 아니었다. 할아버지는 카리브해 사람으로 가까운 지인들처럼 가톨릭 문화 속에서 자랐다. 그러나 1930년대에 같은 성당에 다니는 한 소년의 집에서 학대를 당한 뒤 성당과 거리를 두게 되었다. 그 때문에 가톨릭을 바라보는 할아버지의 잣대는 매서웠고, 따라서 여섯 아이들을 성당이라는 울타리 안에서 키우지 않았다. 하지만 그렇다고 성당에 얼씬도 못 하게 하지도 않았다. 대신 아이들이 종교에 대해 제대로 이해할 만큼 나이가 들었을 때 자신만의 종교 활동이나 영적 수련을 선택하도록 했다.

여섯 아이 가운데 맏이였던 엄마는 열두 살 때 가톨릭 신자가 되기로 했다. 당시 집은 세인트아타나시우스성당 맞은편에 있었다. 100년이 넘도록 사우스 브롱크스 지역 주민을, 특히 다른 어느 곳보다 바나나 켈리 지역 주민을 섬겨온 유서 깊은 성당이었다. 성당은 공동체를 떠받치는 주춧돌 역할을 했다. 뉴욕의 성당은 남부의 침례교회와 비슷하다. 어디에서나, 특히 소득이 낮은 이민자 공동체에서는 꼭 성당이나 교회를 볼 수 있다. 브롱크스는 뉴욕의 다섯 개 자치구 가운데 면적으로는 네 번째, 자산 규모로는 꼴찌였지만 성당은 (맨해튼에 이어) 두 번째로 수가 많다.

엄마가 성당에 다니기로 결심한 이유는, 주말이면 성당 건너편 집 현관 계단에 앉아 축제일이며 결혼식이며 세례식 광경을 지켜봤기 때문이다. 엄마 말에 따르면, 사람들은 늘 행복해 보였다. 언제나 엄마를 친절하게 대해주던 기억, 세인트아타나시우스성당의 수녀들이 운영한 지역교육센터인 카시타 마리아에서 마련한 방과 후 교육 과정을 듣는 동안 다정하게 보살핌을 받던 기억도 한몫했다. 엄마는 그 나이에 무슨 이유로 안식처가 필요했을까 궁금증이 인다.

다소 늦게 시작한 종교 생활이어서 엄마는 한 달 안에 성례 수업을 듣고 세례를 받고 첫영성체도 받았다. 그때가 1963년 5월이었다. 이듬해 열세 살이 되고 나서 엄마는 견진성사를 받으며 세 단계 과정을 모두 끝마치고 정식으로 성당의 구성원이 되었다. 10년쯤 지나 내가 세상에 태어났을 때는 엄마가 성당에 꼬박꼬박 나가지 않은 지 꽤 오랜 시간이 지나 있었다. 내가 태어나기 4년 전쯤인 고등학교를 졸업할 무렵부터 엄마는 성당에 아예 발길을 끊었다. 그래도 엄마는 내가 갓난아기였을 때 세례를 받게 했고, 여섯 살이 되었을 때는 브롱크스의 가톨릭 학교인 새크리드하트초등학교에서 1학년을 맞도록 했다. 하지만 이는 독실한 가톨릭 신자가 되려는 마음보다는 노동자 계층의 비혼모가 최선을 다해 자식에게 좋은 환경을 마련해주고 싶은 마음과 더 관련이 깊었다.

학교에 들어갔을 때 나는 신실한 가톨릭 신자가 아니었다. 하지만 오히려 그 가르침을 충실하게 따랐다. 계율은 간단했다. 성경을 읽어라, '복음'을 퍼뜨려라, 타인에게 친절과 아량을 베풀어라, 기도하라, 고해성사를 하라. 우리는 버건디색과 하얀색과 회색이 어우러진 체크무늬 교복을 입고 단추가 달린 하얗고 빳빳한 셔츠에 작은 십자가형 타이를 맸다. 화장실에 가는 일부터 쉬는 시간에 노는 일까지 모든 일 하나하나마다 순서와 방법이 있었다. 스스로 좋은 사람인지 나쁜 사람인지, 올바른 사람인지 그른 사람인지 의심이 들면 늘 곁에 있는 자매나 형제가 일깨워주었다. **착한 아이**임을 세상에 보여주고 싶은 마음이 간절한 어린 여자아이한테는 이런 요법이 필요했다. 죄를 지어 하느님을 거역했을지라도 그런 규칙을 따르면 하느님이 나를 용서해주실 테니까. 내가 지은 죄를 결코 잊지는 않겠지만 하느님의 시야 안에 머무는 것이 허락되는 한 다 괜찮았다. 하느님은 **자비로우니까**.

    미사에 가고 묵주기도를 올리고 '복음'을 읽고 나누는 일은, 내가 저질렀다고 여겼으나 도저히 입 밖으로 꺼낼 수 없는 죄에서 벗어나기 위해 애쓰는 내게 구명줄이나 마찬가지였다. 한편 머릿속에는 어지럽게 뒤엉킨 거미줄이 쳐졌다. 꼬박꼬박 고해성사를 했지만 거짓말이나 욕이나, 진짜 내 안에 꽁꽁 감추어둔 죄 대신 고백할 만한 '드러낸 죄'만을 털어놓았다. 속으로는 감추어둔 죄를 용서해달라고 하느님에게 빌었다. 그러고는 신부가 그 드러낸 죄에 어떤 속죄의 방법을 내놓든 무조건 두 배로 행하면서 마음의 빚을 갚았다. 신부가 묵주기도를 하면서 사도신경을 외우라고 하면 성모송과 주기도문도 같이 외웠다. 내 생각에 두 배로 보속을 늘리면 죄를 용서받을 것 같았다.

    고해성사가 좋았다. 가톨릭 신자가 된 뒤 성찬식 다음으로 좋아하는 의식이었다. 그래서 고해성사를 매우 진지하게 받아들였다. 수업 시간에 고해성사를 했기 때문에 고해소에 들어가는 일이 부끄러울까봐 걱정하지 않아도 되었다. 고해성사는 시간표에 포함되어 있었다. 모든 학생이 반드시 해야 했다. 고해소에서 나오면 곧바로 자리로 가서 묵주를 돌리며 열심히 기도를 올렸다. 입 밖으로 소리를 내지는 않았다. 다른 이들처럼 묵주기도 첫 단계를 시작했지만 기도하는 내내 오늘이 다 가기 전에 모든 기도를 끝내겠다고 하느님한테 약속했다. 내가 착한 아이 가면을 쓰려고 죄를 더 고백하고 따라서 더 많이 기도하는 숙제를 받았다고는 다른 학생들은 짐작도 하지 못했다. 점심시간에 줄을 서면서, 쉬는 시간을 보내면서, 화장실에 다녀오면서 기도를 다 마쳤다. 머릿속으로 기도를 모두 마치는 한 속죄의 약속을 지킨 셈이었다.

학생들이 모두 고해성사를 끝내고 신도석에 앉으면 오도널드 신부가 고해소를 나와 통회기도로 이끌었다.

"하느님, 제가 죄를 지어 참으로 사랑받으셔야 할 하느님의 마음을 아프게 하였사오니 악을 저지르고 선을 소홀히 한 모든 잘못을 진심으로 뉘우치나이다……."

바로 그 순간, 저 부분을 외우는 그 순간에는 정말 스스로가 정직하다고 느꼈다. 정말로 착한 다른 아이들과 나를 갈라놓는 장막 뒤에서 나 자신에게 바깥을 엿볼 수 있도록 허락하는 유일한 시간이었다. 반 아이들을 볼 때마다 꼭 거짓말한 것처럼 착한 아이인 척했던 게 미안했다. 아주 짧은 시간일지라도 진실을 말할 수 있어 마음이 조금 홀가분해졌다.

내 안에는 수치심이 가득 쌓여 있었다. 여느 아이들이 맞닥뜨릴 양보다 훨씬 많았다. 하지만 아픔이나 괴로움처럼, 나이가 적다고 수치심을 느끼지 않는 것은 아니다. 끝이나 시작이 정해져 있지도 않다. 수치심은 하루 종일 머물며 사라지지 않는다. 적어도 자유 의지로는 그럴 의향이 없어 보였다. 운이 좋은 날이면 수치심은 내 영혼에 얇은 먼지 막처럼 앉아 있었다. 수치심이라는 감정을 보고 느낄 수는 있었지만, 방해할 수는 없었다. 운이 나쁜 날이면 진흙투성이 비탈길에서 미끄러지는 기분이었다. 손 한번 써보지도 못하고 구덩이 저 아래로 콱 처박히는 것 같았다.

그렇게 운이 나쁜 어느 날이었다. 내가 설거지를 할 차례였다. 개수대 앞에 서서 배운 대로 그릇을 씻고 있었다. 수세미에 주방 세제를 약간 묻힌다, 수세미로 그릇 안쪽을 거품이 나도록 닦는다, 그릇 바깥쪽과 테두리를 꼼꼼히 닦는다, 물로 깨끗이 헹군다, 식기 건조대에 올려놓는다.

마지막 그릇까지 다 씻은 후 수세미를 빨아 남은 세제를 헹구어 내려고 했다. 그런데 물이 차가워졌다. 세제가 남지 않았는지 수세미를 들어 몇 번이나 확인했지만 작은 하얀 거품이 더 생겨나기만 했다. 찬물에 수세미를 세 번째인가 네 번째인가 헹구었을 때, 문득 세제는 맛이 어떨까 궁금해졌던 나는 겁도 없이 직접 맛을 보려 했다. 고개를 갸우듬하게 기울이고 수세미를 들었다. 차가운 비눗물이 방울지며 입 안으로 똑똑 떨어졌다. 그때 부엌문 쪽에서 엄마 목소리가 들렸다.

"**타라나, 저닌.**" 버럭 내지르는 고함 소리였다.

엄마는 화가 나면 이름과 미들네임을 늘 같이 불렀다.

"**도대체 뭐 하는 짓이야? 정신 나갔어?**"

엄마가 불같이 화를 내며 내게 소리쳤다. 엄마한테 딱 들킨 나는 죄지은 마음이 되어 "아무것도 아니야"라고 더듬더듬 말했다. 내 행동에 나 스스로도 당황스러웠다. 엄마는 어쩌면 그저 비위가 상했던 것일 수 있다. 하지만 고함 소리 때문에 내 행동이 훨씬 심각한 잘못처럼 다가왔다. 엄마가 계속 소리를 질렀다.

"살다 살다 그토록 더럽고 어리석은 짓은 처음 봐! **타라나 저닌**, 그 수세미를 어디에 쓰는지 알기나 해? 어? 알기나 하냐고? 까맣게 탄 더러운 냄비 바닥에서 검댕을 긁어내는 데 쓴다고! 망할 새끼 바퀴벌레를 잡는 데도 쓰고 개수대 아래 들러붙어 죽은 바퀴벌레를 닦는 데도 쓴다고. 네 입속에 아주 더럽고 지저분한 걸 넣은 거야. 이 철부지 어린애야!"

엄마가 소리를 치는 동안 나는 서서 엄마를 뚫어져라 바라보았다. 내 작은 머릿속에 의문이 솟았다. 그렇게 더러운 짓을 나는 왜 했을까?

"이게 너야? 이 더럽고 지저분하고 닳아빠진 수세미가?" 엄마가 법석을 떨며 화를 냈다.

뜨거운 눈물이 내 뺨을 타고 흘렀다. 곧 얼굴이 눈물범벅이 되었다. 엄마가 다그쳤다.

"맞아?"

"아니."

내가 고분고분하게 대답했다. 엄마 목소리가 약간 누그러졌다. 별것도 아닌 일에 반응이 너무 거칠었다고 깨달은 듯했다.

"어서 욕실로 가서 세수하고 양치해. **혀도 꼭 닦고!**"

분명 엄마는 내가 엄마가 질러대는 소리에 속상해서 운다고 생각했을 거다. 고함 소리에 정말 속이 상하기도 했다. 엄마는 험악한 말을 자주 하지 않았다. 사실 거의 하지 않았다. 화가 머리끝까지 치밀어도 욕 한마디 하지 않고 성인 남자한테서 눈물을 쏙 뺄 수 있었다. 가만히 있다가 노발대발 화를 내는 데에도 시간이 얼마 걸리지 않았다. 그렇지만 내가 눈물이 난 까닭은 고함 때문만이 아니었다. 내가 나를 정말 어떤 아이라고 여기고 있는지 확인했기 때문이다. 더럽고 지저분하고 닳아빠진 아이.

●

내가 아직 새크리드하트초등학교에 다니던 때 엄마는 한 남자와 진지하게 교제했다. 그리고 결국 내 남동생을 낳았다. 에디 아저씨는 몇 년 동안 우리 동네에서 살았다. 이웃이기도 해서 자라면서도 자주 마주쳤다. 사실 친구들과 나는 어렸을 때 에디 아저씨를 우러러봤다. 에디 아저씨는 음악을 들으면서 스케이트보드를 타고 거꾸로 언덕 위를 올라갈 수 있었기 때문이다. 에디 아저씨는 웨스 아저씨와 전연 달랐다. 그는 내게 아버지다운 사람처럼 행동할 마음이 하나도 없었다. 감옥에 갇힌 웨스 아저씨를 두고 우스갯소리도 했다. 엄마를 놓고도 그랬다. 내 가족을 함부로 말했다. 아무 까닭 없이 심술궂고 건방지게 굴며 잘난 척했다. 내가 잘 알았고 좋아하던 웨스 아저씨와는 사사건건 정반대였다. 나를 멸시하고 있다고 생각할 정도로 잔뜩 거드름을 피우며 이런저런 명령을 내지를 때 말고는 내게 말도 붙이지 않았다. 나는 에디 아저씨를 잘 알지 못했고 그래서 내게 왜 그러는지도 이해하지 못했다.

에디 아저씨가 엄마와 내 인생에 끼어들면서 엄마와의 관계도 갑작스러운 변화를 맞이했다. 에디 아저씨가 오기 전 할머니와 할아버지 외에 나를 훈육하는 사람은 엄마뿐이었다. 어른이라면 누구든 나를 혼낼 수 있었지만 실제로 나를 가르치는 사람은 언제나 엄마였다. 가족이 아닌 누군가가 내게 손찌검을 하면 엄마는 푸르르성을 냈다. 한번은 학교로 성큼성큼 찾아와 수업 시간에 나를 자로 때린 교사한테 주먹을 휘두르며 가만두지 않겠다고 으름장을 놓았다. 또 한번은 푸줏간 칼을 움켜쥐고 밖으로 뛰쳐나가 공원에서 나를 때린 백인 남자아이와 맞서기도 했다. 에디 아저씨가 나타나기 전까지 엄마는 나를 훈육할 권한이 있다고 여기는 그 누구에게나 무관용 원칙으로 대했다. 내게 손끝 하나라도 댔다가는 큰일이 났다. 훈육이라니, 정말 어림도 없는 소리였다. 그런데 그때 에디 아저씨가 등장했다.

엄마는 나를 시시콜콜 캐묻기 좋아하는 아이로 키웠다. 우리는 서로에게 둘도 없는 사이였다. 비혼모와 딸이 종종 그러하듯 말이다. 나는 책도 많이 읽었고 질문도 쉴 새 없이 쏟아냈다. 그건 어른들과 친해질 수 있는 나름의 방법이었다. 내 또래 아이들은 대개 그러지 않았다. 그런 내 모습은 에디 아저씨가 생각하는 어린아이다운 행동과는 하나부터 열까지 맞지 않았다. 내가 종알거리며 말을 붙이면 벌컥 짜증을 냈다. 솔직히 내가 시도 때도 없이 조잘거리기는 했다. 그런 모습이 이따금 엄마 신경을 건드린 적은 있었지만 그래도 엄마가 사나운 표정을 지으며 내게 입 닥치라고 한 적은 단 한 번도 없었다. 사실 우리 집에서 입 닥치라는 말은 금기어나 마찬가지였다. 유난히 수다스러울 때면 좀 조용히 하라고 잔소리를 했을지도 모른다. 하지만 에디 아저씨가 나에게 뿜어내는 증오와 경멸 같은 감정은 담겨 있지 않았다.

얼마 지나지 않아 나는 에디 아저씨가 다른 어른들과 얼마나 다른지 깨달았다. 그 점이 분명해진 그날 밤 내가 무슨 이야기를 하고 있었는지 지금은 기억조차 나지 않는다. 아마도 텔레비전에 나오는 무언가를 보고 조잘거리고 있었을 것이다. 엄마한테 말하고 또 말하고 또 말했다. 엄마와 이야기를 나누며 하하 호호 웃었다. 느닷없이 에디 아저씨가 침대를 박차고 벌떡 일어나더니 소리를 질렀다. "망할 입 좀 닥쳐! 젠장. 한 시간 넘게 떠들고 있잖아! 애들은 있어도 없는 듯 얌전히 있어야지. 빌어먹을!"

눈앞에서 에디 아저씨를 보고 있었지만 도무지 무슨 말을 들었는지 믿기지가 않아서 머리가 빙글빙글 돌았다. 그는 이때까지 내게 말 한마디 제대로 붙여본 적이 없었다. 그런데 지금 나를 향해 욕을 퍼붓고 있었다. 엄마를 돌아보았다. 엄마가 아저씨에게 망치를 휘두르기를 기다렸다. 엄마는 슈퍼마켓에서 내가 카트에 부딪혔다고 내 뺨을 때린 남자한테 이렇게 일갈한 사람이었다. **"당신이 아무짝에도 쓸모없는 개망나니라고 불리든 말든 내 알 바 아니야. 근데 내 아이를 때 렸어? 넌 이제 곧 죽을 목숨이야."** 그러고는 바로 주먹을 세게 날려 턱뼈를 부러뜨렸다. 엄마는 내가 아는 사람 가운데 눈치 보지 않고 할 말을 다 하는 가장 거센 여자였다.

그런 엄마가 나를 안쓰러운 표정으로 내려다보더니 이렇게 말했다.

"타라나, 다른 방으로 가렴."

그것으로 끝이었다. 나는 어안이 벙벙하여 눈을 휘둥그레 뜬 채 자리에서 일어나 도로시처럼 막 발을 내디딘 이 낯설고 이상한 세계를 이해해보려고 애쓰면서 사방을 두리번거렸다. 얼이 빠져나간 채 다른 방으로 들어가 가만히 앉아 기다렸다. 내 울음소리를 듣고 이 불의를 바로 잡으려 천둥처럼 집 안을 쩌렁쩌렁하게 울릴 엄마 목소리를 기대하며 귀를 기울였다. 엄마가 전에도 여러 번 했던 일, 엄마를 유명하게 만든 그 일처럼 반응하지 않을까 기다렸다. 엄마는 나를 가리키며 늘 이렇게 말했다. **"죽고 싶어 환장한 게 아니면 우리 애는 건드리지 마."** 몇 번이고 약속했다. **"엄만 엄마와 엄마가 사랑하는 사람을 두고 장난치지 않아."** 내가 진실로 알고 있는 사람, 내가 진실로 알고 있는 약속은 그랬다. 그런데 내가 가만히 앉아 기다리는 동안 그 진실들이 변했음이 분명해졌다.

에디 아저씨의 못된 행동은 날로 고약해져만 갔다. 나는 에디 아저씨가 엄마에게 뭐라고 하는 말을 전혀 듣지 못했다. 하물며 폭력과 맞먹는 성질을 터뜨리고 난 후에는 말할 것도 없었다. 하지만 내가 엄마한테 종알거리는 말 때문만은 아닌 것 같았다.

욕설 사건이 일어나고 1년쯤 지나서 남동생이 태어나자 나는 에디 아저씨가 앞으로 이 집을 떠날 일이 없다고 확신하게 됐다. 그런데 아니었다. 그는 셀 수 없을 만큼 집을 떠났다가 다시 돌아왔다. 그럴 때마다 엄마는 점점 더 속이 좁아졌고 내가 알던 여장부의 모습에서 더욱 멀어졌다. 엄마와 나는 한때 단짝이었다. 우리는 옷도 비슷하게 입었다. 티셔츠를 사서 어울리는 글자와 장식을 골라 다리미로 꾹 눌러 새겨 넣곤 했다. 엄마가 웨스 아저씨와 함께 살았을 때는 한 가족처럼 외출도 했었다. 웨스 아저씨의 1980년형 갈색 노바 자동차에 올라타 포드햄 로드에 위치한 비프스테이크 찰리 34번가에 자리한 스테이크 하우스로 향했다. 먹고 웃으며 즐겁게 시간을 보내고 있으면 갑자기 웨스 아저씨가 다 들리게 속삭이곤 했다. **"자, 이거 가방에 챙겨 넣어!"** 웨스 아저씨는 못으로 고정되어 있지 않은 물건을 늘 가져가려고 했다. 그러면 엄마가 나무랐다. **"웨스, 제자리에 돌려놔. 가방에 넣어가지 않을 거야."** 나는 킥킥거리느라 정신이 없었고 엄마는 바짝 짜증을 냈지만 결국 웨스 아저씨의 거짓 결백에 넘어가곤 했다. 웨스 아저씨가 할렘 억양이 잔뜩 들어가고 세인트크루아 말투가 살짝 담긴, 짐짓 성마른 목소리로 물었다. **"왜? 난 세상**

한번 잘 살아보려고 기를 쓰는 가여운 남자일 뿐이라고." 그러면 우린 모두 한바탕 웃음을 터뜨렸다.

엄마는 에디 아저씨 곁에서 그렇게 웃지 않았다. 에디 아저씨가 엄마한테 주술이라도 부린 듯했다. 엄마가 하고 싶지 않은 일이라면 그 누구도 엄마에게 무슨 일이든 시킬 수 없었다. 엄마는 하고 싶은 말을 했고, 하고 싶은 행동을 했고, 살고 싶은 삶을 살았다. 어떤 상황에 처하든 자신을 지킬 수 있었고, 어떤 위해를 보든 그 위해로부터 나를 지킬 수 있었다. 그런데 왜 에디 아저씨를 위해라고 여기지 않았을까? 왜 나를 지키지 않았을까? 내 눈에는 엄마가 우리 가족의 행복보다 에디 아저씨와의 사랑을 선택했다고밖에 보이지 않았다. 내 마음이 갈가리 찢겨나갔다. 엄마 내면에 어린 여자아이가 여전히 살고 있었음을, 계단에 앉아 성당을 드나드는 행복한 사람들의 얼굴을 바라보며 기쁨과 사랑이라는 가치를 애타게 갈망하는 어린 여자아이가 여전히 살고 있었음을 나는 이해하지 못했다. 아주 오랫동안 이해하지 못했다. 더 일찍 이해해야 했건만.

다시 숨 쉬다

 내 삶이 변화를 맞이한 까닭은 엄마와의 관계가 변했기 때문이다. 집에서 지내는 시간이 점점 힘들어지면서 나는 성당에 더욱 의지하게 되었다. 내가 성당에서 견진성사를 받기 직전, 할아버지는 가톨릭을 향한 내 열렬한 사랑을 한번은 식혀줄 필요가 있다고 판단했다. 그러던 어느 날, 내가 엄마의 책 알렉스 헤일리의 《뿌리》를 다 읽고 나자 그 모습을 내내 지켜보던 할아버지는 스스로 '더 나은 역사'라고 부르는 내용을 내게 알려주어도 되겠다고 마음을 정했다.

 할아버지는 나를 데리고 할렘가를 따라 차를 몰아서 가장 즐겨 찾는 장소인 레녹스 애비뉴의 리버레이션서점으로 향했다. 그러고는 내게 책 두 권을 사주었다. 아이번 밴 서티마가 쓴 《그들은 콜럼버스 전에 있었다They came before Columbus》와 레론 베넷 주니어가 쓴

《메이플라워호가 오기 전에Before the Mayflower》였다. 할아버지는 성경과 기독교인에게 악감정이 전혀 없지만, 《뿌리》에 나오는 인물들처럼 많은 이들이 성경에 정신을 옭아매어 자유의 몸이 된 뒤에도 오랫동안 족쇄에 묶여 살아왔다고 말했다. 내가 앞으로 성경을 읽어나갈 생각이면 이 역사책도 함께 읽어야 한다고 덧붙였다.

엄마는 나를 책벌레로 키웠다. 그래서 대개 할아버지가 일러준 책을 읽으면서 8학년을 보냈다. 내가 빠르게 책을 읽어치우면 할아버지는 또 다른 책을 추천했다. 조금씩 고해성사에서 마음이 떠났고 일주일에 한 번 우리 교실을 찾아오는 오도널드 신부에게 점점 어려운 질문을 던졌다.

가톨릭 신자가 노예 상인이었다는 게 사실이에요? 노예로 팔린 아프리카인을 돕지 않아 죽느니만 못한 삶을 살게 했다는 게 사실이에요? 오도널드 신부는 작은 철테 안경 너머로 나를 무섭게 노려보며 내내 더듬거리면서 가톨릭교회가 시간이 흐름에 따라 어떻게 변화해왔는지 설명했다. 나는 오도널드 신부 눈썹 위로 툭 불거진 핏줄을 반항기 섞인 눈빛으로 되쏘아보았다. 내가 어떤 사람이 될지 새로운 목표를 찾아냈다. 급진주의자였다.

●

1987년 가을, 고등학교에 입학했다. 트루먼고등학교에서 1학년을 맞이했다. 1987년 브롱크스에서는 될 수 있는 게 한 가지밖에 없었다. 힙합 소녀round the way girl였다. 엘엘 쿨 제이LL Cool J가 몇 년 뒤 우리를 따라하기도 했지만 피부색이 검은색이든 갈색이든 발랄한 어린 청춘이었다면 이미 때를 잘 알았다. 힙합은 우리 삶의 방식이었다. 옷이며 음악이며 헤어스타일이며 사고방식이며 꿈이며 모든 것이 이른바 '거리의 사운드트랙'에서 흘러나왔다. 그 숨표 하나까지 사랑했다.

나는 가톨릭 학교에서 보낸 8년을 내게서 털어내려고 무진 애를 썼다. 스스로 세뇌라도 해서 이제 급진주의자로 새로이 탈바꿈할 시간이었다. 엄마는 내가 왜 가톨릭 고등학교에서 학업을 이어가지 않고 공립 고등학교로 진학하려는지 이해하지 못했다. 공립 고등학교는 자유로웠다. 게다가 엄마로서는 경제적 부담도 덜 수 있기 때문에 내가 하고 싶은 대로 하도록 엄마도 내버려 두리라고 생각했다.

트루먼고등학교는 학업 성과에 대한 평판이 괜찮았으므로 엄마는 마음을 놓았다. 하지만 동시에 폭력에 관해서도 명성이 자자했으므로 내 마음은 편치 않았다. 여학생이 방과 후에 습격을 당하거나 총에 맞거나 칼에 찔렸다는 온갖 소문이 떠돌았다. 학교는 정문을 빼고 나머지 세 면을 조합 주택단지가 둘러싸고 있었다. 조합 주택단지는 35개 동의 고층 건물로 이루어진 주거 공동체였다. 5만 명에 가까운 주민이 살고 있었으며 내가 사는 브롱크스 주택단지에서는 북쪽으로 약 30분 정도 떨어진 곳이었다. 조합 주택단지는 그 자체로 하나의 도시였다. 대다수가 흑인인 노동자와 중간 계층의 성채였지만 도시의 여러 공공 주택단지처럼 기능했다. 조합 주택단지 사람들은 자신들만의 배타적인 동질감이 아주 끈끈했다. 그들은 늘 자신들이 그곳에 산다는 사실을 누구나 알도록 과시했다. 그저 그 단지에 산다는 점뿐 아니라 특별한 구역에 산다는 점도 내세웠다. 가장 악명이 높은 곳은 제5구역이었다. 학교 정문은 뉴잉글랜드 고속도로를 이루며 길게 뻗은 제95호선 주간고속도로를 마주하고 있었다. 고속도로 건너편은 브롱크스 지역이었다. 거리 번호가 100번인 두 거리가 우연히 만나는 탓에 '더 투the two'나 '더 투 헌드레즈the two hundreds'로도 불렸다. 어찌 되었든 몇 년 사이에 조합 주택단지와, 카브리해 사람이 주로 거주하는 '더 투' 사이에 갈등의 골이 점점 깊어졌다. 트루먼고등학교에 다니는데 이 두 지역에 살고 있지 않으면, 누구와 어울릴지 선택하여 충성을 바칠 대상을 재빨리 결정해야 했다. 규칙은 그다지 살벌하지 않았지만 두 지역이 아닌 곳에 사는 학생이라면 매우 조심해야 한다는 점만큼은 분명했다.

나는 아웃사이더였다. 단지 두 지역에 살지 않는다는 점 말고도 여러 면에서 그랬다. 똑똑했기 때문에 괴롭힘은 없었다. 어떤 부류인지 분명하면 모두들 깔끔하게 인정해주었다. 똑똑한 아이들은 다른 똑똑한 아이들과 어울렸다. 미식축구 연맹이나 과학 동아리에 드는 등 '똑똑한 아이다운 활동'을 했다. 주먹을 잘 쓰는 아이들은 교사한테 대들고 자신의 과녁 안에 들어오는 아이들한테 싸우자고 덤벼

들었다. 외모가 근사한 아이들은 최신 유행하는 옷을 입었다. 그러나 나는 어떻게 해야 할지 몰랐다. 트루먼고등학교에서는 어느 축에도 끼지 못했기 때문이다.

그래서 이도 저도 아닌 곳에 내려앉았다. 엄마는 학교에 갈 때만은 치마를 입어야 한다고, 그것도 긴 치마를 입어야 한다고 고집했다. 내가 가톨릭 학교의 현숙함과 일관성을 계속 유지해가기를 바랐다. 항상 치마를 입는 다른 여자아이들은 제칠일안식일예수재림교회 신자나 여호와의증인 신자처럼 신앙심이 매우 깊었다. 아니면 '자기 인식'이 강했다. 파이브퍼센트 네이션*에 충성을 맹세했다는 의미였다. 이 종교는 네이션 오브 이슬람**의 한 분파로 역사는 보다 짧았지만 권위는 보다 강했다. 나는 이 가운데 어느 곳에도 속해 있지 않았다. 하지만 매일 그런 차림새로 다녔기 때문에 이들 범주 가운데 적어도 한 군데에는 속한 아이로 뭉뚱그려졌다. 1980년대 말 뉴욕에서 당신을 '어스Earth'라고 부르며 그날 치 '계산'을 이야기하자고 다가오는 이단 종교에 빠진 아이들 무리만큼 신경을 곤두서게 하는 일도 없었다. 솔트 앤 페파나 스위트 티 같은 래퍼한테서 영감을 받아 자신을 꾸미는 여자아이들 속에서 나는 단연 눈에 띄었다. 그들

---

* 1964년 뉴욕 할렘에서 알라에 의해 창설된 단체로 이슬람의 영향을 받은 흑인 민족주의 운동을 말한다.
** 1930년에 미국에서 창립된 이슬람교 선교 활동 단체를 말한다. 처음에는 흑인만을 회원으로 받아들이며 흑인과 백인의 분리를 주장했다.

대부분은 현관 노커 같은 귀걸이를 달랑거리고 화려한 가죽 재킷을 걸치며 짧고 긴 머리카락이 복잡하게 섞인 헤어스타일을 했다. 그들은 날아갈 듯 보였다. 그 속에서 나는 길고 촌스러운 치마를 입고 다녔다. 엄마는 여전히 내가 중학생 때 했던 제리 컬이 남아 있는 머리카락을 굵고 긴 머리카락으로 되살리려고 애쓰는 중이었다. 그러니 머리를 비대칭으로 자르거나 탈색하겠다고 엄마한테 허락받을 방도는 전혀 없었다. 내게 돌아오는 건 반항아라는 꼬리표뿐이었다. 다른 것을 할 수 없다는 데에서 오는 결핍감을 채우기 위해 나는 정규 수업 이외에도 수업을 더 듣기로 결심했다. 시험을 쳐서 여러 상급 과정과 고등 과정에 들어갔고, 책만 파는 학구파와 (나같이) 똑똑하게 타고났다며 은근히 건방진 태도를 보이는 공부벌레 사이 어디쯤에 들어맞는 아이들, 그도 아니면 백인인 아이들과 하루 대부분을 보냈다. 내가 속한 반은 운영 방식이 좀 달랐다. 아침마다 어떤 지침도 없이 무작정 아무 교실에 들어가 보고를 하고 잘 알아들을 수 없는 공지를 들으며 출석을 확인했다. 우리 반 학생들은 제멋대로였다. 중학교 때까지 가톨릭 학교에 다녔던 나로서는 아이들이 교사한테 그토록 무례하고 불손하게 구는 모습을 이해할 수 없었다. 물론 새크리드하트중학교 학생들도 거짓을 약간 보태 뒷담화를 늘어놓기는 했다. 그렇지만 교사한테 대놓고 욕을 한다고? 말을 전혀 듣지 않는다고? 수업 중에 교실을 들락날락거린다고? 듣도 보도 못한 일이었다.

1학년 때 반은 야생 그 자체였다. 몇 번 이름을 제멋대로 바꿔 불린 것 말고는 사실 따돌림을 당한 적은 없었다. 그런데 언제부턴가 우리 반 여자아이들이 내가 매일 입고 다니는 치마를 놓고 이러쿵저러쿵 입방아를 찧기 시작했다. 일주일 가까이 놀림을 당하고 나서 엄마의 여동생인 세실리아 이모를 찾아갔다. 세실리아 이모는 내게 이모라기보다는 언니 같았다. 내가 아는 사람 가운데 가장 세련되었고 엄마와 할머니를 빼고서는 둘째가라면 서러울 정도로 괄괄했다. 입씨름이나 말다툼을 벌이다가 이모가 **"다른 건 몰라도 내가 이거 한 가지는 알아"**라고 말하는 소리가 들리면, 그리고 스스로 후회할 짓을 하고 싶지 않다면, **그 한 가지**에 주의를 기울이는 편이 현명했다.

나는 우리 반 상황을 이모한테 설명했다. 이모는 엄마가 고수하는 치마 방침을 바꾸도록 엄마를 설득하고 있는 장본인이기도 했다. 침착하게 내 눈을 들여다보고 이렇게 말했다. "네가 전전긍긍하고 있다는 모습을 절대 보여선 안 돼." 이 충고의 말을 이모한테서 듣고 또 들었다. 그리고 또 다른 한 문장을 힘주어 또박또박 말하는 연습을 해서 그 소리를 듣는 누구나 내 말을 믿도록 만들라고 했다. 그 문장은, "엿이나 먹어!"였다. 이모는 설령 내가 겁을 집어먹더라도 목소리가 크고 또렷하기만 하면 대개 궁지에서 벗어날 수 있다고 덧붙였다.

"대신 **항상** 맞서 싸울 각오를 해야 해." 이모가 경고했다. 그러자 엄마가 거리에서는 어떻게 대처해야 하는지 알려줬던 충고가 떠올랐다. 4학년 때 집으로 돌아오는 길에 여자아이 세 명이 내게 달려

들었다. 내가 그런 일을 겪었을 때 엄마가 이렇게 말했다. "또다시 그런 일을 당하면 말이 가장 많은 아이를 한 명 골라 그 얼굴에 주먹을 날리거나 다리 사이를 발로 차. 계속 그 아이만 때려. 절대 도망치게 두지 말고." 엄마는 할아버지한테서 그 조언을 들었고 늘 효과가 있었다고 장담했다.

한 달 뒤, 우리 반의 한 여자아이가 내 손가방을 훔쳤다. 구찌 짝퉁이었지만 정말 잘 만든 손가방이었다. 조이 삼촌이 서던 중심가로 데려가 늦은 생일 선물로 사준 것이었다. 그 여자아이는 내가 보지 않는 사이에 책상에 있던 손가방을 훔쳐갔을 뿐 아니라 이튿날 내 물건이 고스란히 담겨 있는 손가방을 버젓이 들고 교실에 들어왔다. 나는 그게 내 손가방인지 한껏 예의를 갖춰 물었다.

여자아이가 펄쩍 뛰더니 소리를 질렀다. "나더러 도둑이라는 거야? 네 걸 훔쳤다는 거냐고?" 내가 미처 상황을 파악하기도 전에 여자아이가 나를 향해 주먹을 휘둘렀다. 그 애는 키가 컸다. 아마 178센티미터 정도 됐을 테고 나는 165센티미터 정도였다. 그 주먹이 빗나가는 순간 내 본능이 꿈틀거렸다. 나는 책상 위로 뛰어올라갔다. 여자아이가 다시 다가와 덤벼들자 나는 그 아이 입에 정통으로 주먹을 날렸다. 모두가, 특히 그 애가 가장 깜짝 놀랐다. 그 애가 뒤로 물러서더니 다시 내게로 다가들었다. 하지만 교사가 그 애를 붙잡고 팔을 잡아당겼다.

그러자 그 애는 내게 침을 뱉었다.

전에도 한 여자아이가 내게 침을 뱉은 적이 있었다. 초등학교에 다닐 때였다. 내 친구가 나보다 그 여자아이를 더 좋아하자 질투심에 사로잡힌 내가 그 아이를 따돌렸다. 서로 말다툼이 벌어졌고 여자아이가 내게 침을 뱉었다. 아마 내가 여자아이를 때려눕히거나 뭐 그랬을 것이다. 그 싸움은 시작하자마자 끝났다. 웨스 아저씨가 나를 데리러 학교에 왔고 집에 도착하자 내게 왜 싸웠냐고 물었다. 여자아이가 내게 침을 뱉었기 때문이라고 대답하자 웨스 아저씨는 내심 그런 반격에 흡족한 듯 보였다. 곧 엄마에게 전화를 걸었고 나는 수화기 너머로 엄마가 야단을 떠는 소리를 들을 수 있었다. 웨스 아저씨가 말했다. "걔가 타라나한테 침을 뱉었어……." 엄마가 전화기 건너편에서 펄펄 뛰며 화를 냈다. 흑인 사회에서 누군가에게 또는 누군가를 향해 침을 뱉는 행위는 가장 무례한 행위다. 엄마는 자식이 그런 일을 당하면 절대 참지 않을 사람이었다. 그 아이를 따돌린 일이나 그 때문에 벌어진 싸움 때문에 혼나지 않았다. 대신 엄마는 내게 가르쳤다. 누군가 입을 벌려 내게 침을 뱉는다면 그 혀를 뽑아 버리라고.

우리 반 그 여자아이가 내게 침을 뱉은 순간 무언가가 뚝 끊어졌다. 내가 조금씩 천천히 갚아먹고 있던 착한 아이 장벽이 마침내 무너져 내렸다. 한 걸음 앞으로 나서서 여자아이를 힘껏 쳤다. 교사는 상황을 다시 통제하려고 엄청 애를 썼다. 급기야 경비원을 교실로 호출하여 도움을 받았고 우리는 둘 다 교장실에 불려갔다. 여자아이가 내 손가방을 훔치고 먼저 주먹을 휘둘렀다는 사실이 밝혀지고 나는 교내 정학 처분에서 풀려났다. 서류상으로만 봤을 때 나는 뛰어난 학생이었다. 교장선생님은 폭력 같은 나쁜 습관에 물들면 안 된다고 단단히 주의를 주었다. **폭력에 둘러싸여 있는데 어떻게 폭력이 습관이 되지 않을 수 있느냐**고 따지고 싶은 마음을 꾹 참았다.

동시에 무언가 다른 일도 일어났다. 이번에는 내가 강하다고 느꼈다. 힘이 세다고 여겼다. 잠시였지만 자유로움마저 맛보았다. 누군가 나를 괴롭혔고 나는 그 자리에서 그에게 따끔한 맛을 보여주었다. 그런 행동이 마음에 들었다. 그런 행동이 필요했다. 가톨릭 학교에서 나라는 존재 자체는 '착한 아이' 되기에 달려 있었다. 그런데 그날 내 분노가 터져 나왔고 그러자 수치심도 사라졌다.

고등학교 1학년 생활을 마칠 때까지 적어도 여섯 차례나 싸움이 더 붙었다. 대개는 다른 사람이나 나를 지키기 위해서였다. 교외 정학과 교내 정학을 다 합쳐 정학 처분을 일곱 차례나 더 받았다. 새로운 페르소나가 생겨났다. 중학교에서는 하나부터 열까지 그토록 두려움에 떨었던 여자아이가 두려움을 모르는 길을 찾아냈다. 기분이 좋았다.

●

트루먼고등학교를 다니는 내내 내 생활은 롤러코스터를 타는 것 같았다. 새로운 길에 첫발을 내디뎠을 때는 눈만 댕그랗게 뜰 줄 알았지 아무것도 몰랐다. 어쩔 수 없이 그랬다 하더라도 나 자신을 지키고 맞서 싸우자 정말 내 힘이 세진 기분이 들었다. 하지만 이 힘에는 극도의 불안도 따라왔다. 밤이나 낮이나 늘 그랬다. 싸움에 또 휘말릴까봐 조마조마했다. 붙잡힐까봐 초조했다. 엄마가 결코 인정하지 않을 친구들과 어울릴까봐 걱정스러웠다. 성적이 곤두박질칠까봐 염려스러웠다. 무엇보다 이 사람들이 어찌어찌하여 내가 거짓말쟁이인 걸 알아챌까봐 무서웠다. 우등반 여자아이들과는 친하게 지내지 않았다. 이른바 부적응자라고 볼 수 있는 아이들과 어울렸다. 그들과 함께 있으면 내가 내 자신처럼, 적어도 내 자신의 일부처럼 여겨졌다.

친구들 중에는 킹이라는 한 남자아이가 있었다. 늘 익살을 잘 떨었고 나한테 알랑거렸다. 그가 내 환심을 사려는 모습을 보고 나를 좋아하고 있음을 알아챘다. 내가 그 아이를 좋아하는지 아닌지는 잘 몰랐다. 하지만 누군가 나를 좋아한다는 사실이 좋았다. 이따금 우리는 입맞춤을 나눴고 그 친구가 내 몸을 만졌다. 나머지 아이들한테는 그저 시답잖은 짓에 불과했지만 내게는 엄청난 사건이었다. 이전에는 어떤 남자아이도 내 허락 아래 나를 만진 적이 없었다. 또 그런 욕망을 드러낸 남자아이도 없었다. 나도 그가 나를 만지면 좋았지만 그 이상의 요구까지 흔쾌히 받아들일 만큼 좋지는 않았다. 그저 나는 이 새로운 느낌을 시험해보고 있었다.

어느 날 한 친구네 아파트에서 친구들을 만났다. 어딘지 분위기가 사뭇 달랐다. 아무도 나와 눈을 마주치려 들지 않았다. 하지만 서로 눈짓을 주고받는 표정을 보아하니 나만 빼고 말없이 대화를 나누는 듯 보였다. 마침내 한 아이가 나를 구석으로 데려갔다. 내 남자친구 킹이 내가 오기 전에 '리틀 스테파니'라고 부르는 한 여자아이와 같이 잤다고 털어놓았다. 리틀 스테파니가 킹과 실제로 성관계를 맺었다는 것이다. **내** 남자친구랑. 나를 좋아한다고 자신하던 내 남자친구랑. 내게 입을 맞추어도, 나를 만져도 괜찮다고 내가 허락한 남자친구랑.

마음을 가라앉히고 생각을 가다듬는 동안 친구들은 말없이 앉아 있었다. 한 아이가 입을 열었다. "여자앤 지금 여기 있어. 네가 올 때까지 붙들어놓았어." 남자친구는 가고 없는데 여자아이는 거기 있었다. 나는 남자친구한테 고함을 치거나 비명을 지르지 않고 여자아이를 때리는 것으로, 아주 심하게 패는 것으로 만족했다. 솔직히 여자아이한테 별로 화가 나진 않았지만 친구들이 나를 부추겼다. 이런 광경이 보고 싶어 여자아이를 붙들어놓았으니까.

여자아이는 가련한 몰골로 앉아 있었다. 어쩌다 그런 일이 일어났는지 구구절절 늘어놓으며 내게 빌었다. 나는 너무 어렸고 금방 분위기에 휩쓸려 올바른 질문을 던지지 못했다. 친구들이 나를 부른 이유는 색다른 볼거리가 보고 싶었기 때문이다. 친구들을 실망시키고 싶지 않았다. 나는 사납게 달려들어 우리 엄마를 때린 사람이라도 되는 양 여자아이를 패기 시작했다. 여자아이는 내가 휘두르는 손질과 발질을 이기지 못하고 복도로 나갔고 나는 아래층과 건물 밖까지 쫓아가 싸웠다. 여자아이는 치아교정기 철사를 입 밖으로 비죽이 내민 채 멀어졌다. 끔찍했다. 더욱 끔찍한 점은, 친구들이 하나같이 내가 여자아이를 걷어찰 때마다 환호성을 지르며 응원을 보냈다는 것이다. 여자아이가 그날 아침에 일어났을 때는 친구라고 여겼을 그 아이들이. 여자아이는 계속 미안하다고 말하면서 자신을 지키려고 애썼다. 한 번도 맞서 싸우지 않았다. 한 번도 용서를 빌던 자세를 바꾸지 않았다. 내가 아무리 세게 때려도, 내가 아무리 독한 소리를 내뱉어도.

싸움이 다 끝나자 몹시 피곤했다. 아무 일도 없었다는 듯 집으로 돌아갔다. 싸웠던 흔적은 거의 남아 있지 않았다. 그날 밤 일기에다 싸움 이야기를 썼다. 그날 싸움에 앞서 일어났던 일도 빠짐없이 썼다. 나는 여전히 십 대의 자아라는 거품에 갇혀 있었다. 피가 얼마나 많이 났는지, 여자아이가 얼마나 겁을 집어먹었는지 자랑삼아 떠벌리며 험악한 말을 쏟아내는 와중에도 얼마나 안심했는지는 쓰지 않았다. 남자친구가 다른 여자아이와 성관계를 한 것이 그 일에서 벗어났다는 의미라고 여겼으면서도 내가 지고 있던 마음의 짐이 얼마나 가벼워졌는지는 쓰지 않았다. 그리고 내가 곤경에서 벗어난 것이라면, 그건 내게 무슨 일이 벌어졌었는지 다른 사람에게 말할 필요가 없다는 뜻이기도 했다. 여자아이는 나처럼 비밀을 혼자 간직할 만큼 운이 따라주지 않았다. 이튿날 학교에서 친구들을 만나 점심을 먹으러 갔다. 마침 그 여자아이가 혼자 식당에 앉아 있었다.

"헤픈 애가 저기 있네! 도덕심이 마비된 사람이랑은 아무도 같이 밥 먹고 싶지 않나봐!"

한 친구가 큰소리로 외쳤다. 학생들 상당수가 고개를 돌려 여자아이 쪽을 바라보았다. 나는 웃었지만 대놓고 웃지는 못했다. 우리 둘은 이른바 친구라고 여기는 이 아이들이 생각하는 것보다 서로 훨씬 닮아 있었다.

몇 년이 지나 새로 사귄 친구들한테 이 일을 다시 이야기할 때에서야 한 가지 질문이 떠올랐다. 이제껏 내가 그 여자아이한테 얼마나 화가 났는지 말하면서, 내 '거친 십 대 시절'의 연장선 정도로만 이 일을 떠올렸었다. 그런데 이야기를 하면서 다른 일이 기억이 난 것이다. 남자친구와 단둘이 있을 때 남자친구가 손을 가만히 두지 않았다는 점이. 당시 여자아이가 남자친구와 성관계를 했다는 사실에 안심한 이유는 나와 성관계를 맺을 때까지 남자친구가 만족하지 않으리라는 점을 알았기 때문이다. 남자친구는 싫다는 대답을 오랫동안 견디는 부류가 아닌 것 같았다. 아마 그러지도 않았을 것이다. 이제야 깨달았지만, 그때 내가 묻고 싶었던 질문은 이것이었다. **너도 좋다고 말했어?** 그 가여운 여자아이가 억지로 성관계를 했을지도 모른다는 생각, 사람들이 우글거리는 집에서 성폭행을 당했을지도 모른다는 생각, 사람들이 내가 미끼를 물어 여자아이를 죽도록 팰 때까지 참을성 있게 기다리는 동안 붙잡혀 있었을지도 모른다는 생각이 들자 기분이 푹 가라앉았다. 수많은 흑인 여자아이가 걸려드는 함정이다. 고통에 빠진 척 연기하거나 고통을 견디는 척 연기하면서.

나는 엄마가 갖고 있는 엔토자케 샹게의 브로드웨이 창작극 오디오북 《자살을 생각한 유색인종 소녀들을 위하여/무지개가 떴을 때For colored girls who have considered suicide/when the rainbow is enuf》*를 들으면서 자랐다. 엄마가 이 작품을 수없이 들은 탓에 중학생일 무렵 상당 부분을 술술 외웠다. '레이디 인 레드'가 공연하는 마지막 편 〈보 윌리 브라운의 밤a nite with beau willie brown〉이란 작품에는 이런 구절이 반복되어 나온다. "여지가 없었다there was no air." 나는 이 구절에 사로잡혔다. 그 구절을 되풀이해서 말하곤 했다. 까닭은 모르겠지만 그럴 때마다 조금씩 자유로워지는 기분이 들었다. 자라면서 짧은 감정 목록을 만들어 일주했다. 기쁨과 슬픔, 두려움과 화가 전부였다. 다른 감정은, 이를테면 수치나 비탄, 취약함이나 감정적 고통은 잘 느낄 수 없었다. 불안도 이해하지 못했다. 그래서 시도 때도 없이 나를 마비시키는, 가슴이 벌렁거리는 느낌이나 뱃속이 바위처럼 딴딴히 뭉치는 느낌을 설명할 길이 없었다. 이런 일들을 어째서 나 혼자 끙끙대

---

* 흑인 여성 극작가 엔토자케 샹게가 창작한 이 연극은 시 낭송, 무용, 음악, 노래를 결합한 작품으로 '무용시극choreopoem'이라는 새 장르를 개척했다. 공연예술과 여성주의 문학 역사에서 기념비적인 작품으로 꼽힌다.

며 간직하고 있어야 하는지 이해하지 못했다. 그래야 하는 줄만 알았다. 계속 연기해야 했다. 숨통을 틔울 여지가 없었다. 피부가 검고 상처를 입고 이용만 당한 흑인 여자아이인 내가 숨통을 틔울 여지는 없었다. '사람들'이 말하는 내가 아니라 내가 진정 되고 싶은 내가 될 수 있도록 숨통을 틔울 여지가 없었다. 나 같은 여자아이에게는 울음을 앙 터뜨리고 부끄러움을 탁 풀어놓을 여지가 없었다. **너랑 싸우고 싶지 않아. 네가 나랑 닮았다는 점 말고는 그토록 미친 듯이 화낼 이유를 찾지 못하겠어. 도대체 난 어떤 사람이야?** 이렇게 물을 만한 여지가 없었다. 우리가 다시 태어날 수 있도록, 따뜻하게 보듬을 수 있도록 숨통을 틔울 여지가 없었다.

햇살과 비

트루먼고등학교에서 지내는 동안 내게 온갖 혼돈이 닥쳐왔지만 그래도 우등반은 내 똑똑함을 뽐낼 수 있고 늘 방어 태세를 취하지 않아도 되는 곳이었다. 나는 당당하게 의견을 내놓고 걸맞은 보상을 받았다. 숙제를 잘 해내거나 시험이나 소논문에서 좋은 성적을 받는 일이 묵주기도가 있던 자리를 쉽게 차지했다. 우등반에서는 다른 사람들이 나를 어떤 사람이라고 여길까 끊임없이 고민하지 않아도 되었다. 두 자아가 동시에 존재한다는 불안감은 여전했지만 이 역할에 몰입하며 나아갈수록 이 모습이 진짜 나처럼 느껴졌다.

내가 가장 좋아하는 수업은 심화영어였다. 내가 문학과 사랑에 빠진 이유는 엄마 때문이었다. 우리 집은 흑인 여성문학의 보고였다. 책 수백 권이 집 안 곳곳에 널려 있었다. 대다수가 우리가 평생 사랑하고 존경하는 흑인 여성 작가가 쓴 책이었다. 토니 모리슨과 앨리스 워커, 궨덜린 브룩스와 엔토자케 샹게, 니키 지오바니와 마야 안젤루 책이 특히 많았다. 예쁜 표지와 흥미로운 제목에 자연스레 끌렸다. 무엇보다 마야 안젤루의 책은 내 눈과 마음을 모두 사로잡았다. 마야 안젤루의 책을 읽어도 되는지 물어볼 때마다 엄마는 조금 더 커야 한다고 대답했다. 엄마 말을 따라 책을 제자리에 내려놓았지만 호기심은 커져만 갔다.

어느 날 엄마가 외출하자 나는 도저히 참을 수 없었다. 책장에서 《새장에 갇힌 새가 왜 노래하는지 나는 아네》를 몰래 꺼냈다. 열두 살 무렵이었다. 내용이 너무 어려워 내가 이해하지 못할까봐 엄마가 책을 읽지 못하게 말렸다고 생각했다. 하지만 단어들이 그다지 어렵지 않았다. 곧 책에 푹 빠져버렸다.

첫 장에서 어린 마야가 오줌을 싸는 바람에 교회에서 뛰쳐나가는 장면을 읽고 나 역시 비슷한 일을 겪으며 당혹스러워하던 순간이 떠올랐다. 어른들한테 혼나고 아이들한테 놀림을 당하리라는 걸 뻔히 알면서도 그런 난처한 경험을 조소하듯 풀어놓는 글을 읽으면서 이상하게 위안을 받았다. 겁에 질려 있더라도 나 자신에게 조소를 날리는 법을 배우고 싶어 마야 안젤루와 친구가 되기를 소망했다. 책에서 눈을 떼지 못했다. 마야 안젤루가 생각과 감정을 이야기하는 방식에, 내가 느끼는 내 자신이 상당히 반영되어 있는 글에, 혼이 쏙 나가버렸다.

그리고 그때 프리먼 씨가 등장했다.

이 책을 어린 내가 읽을까봐 엄마가 왜 우려했는지 이제는 이해한다. 마야 안젤루는 겨우 여덟 살 때 엄마의 남자친구 프리먼한테 성추행을 당하고 성폭행을 당했던 일에 대해 썼다. 우리 엄마는 내 삶이 이 책에 고스란히 담겨 있다는 사실을 전혀 알지 못했다. 내가 운 나쁘게 이미 겪은 추악한 현실에서 나를 지키려고 그 책을 읽지 않기를 바랐을 것이다. 잔뜩 겁에 질린 채로 끊임없이 질문을 던지지 않고서도 내 삶을 영원히 바꿀 어떤 진실과 맞닥뜨리고 있었다. 열두 살밖에 안 된 내 머리로는 아무 죄 없는 **다른** 여자아이한테도 그런 일이 일어난다는 점을 이해하지 못했다. 그런 일은 바로 나한테나 일어난다고 생각했다. 아니면 적어도 나 **같은** 여자아이한테나 일어난다고 생각했다. 나는 나쁜 일이 닥치는 **그런 부류의** 여자아이라고 생각했다. 어린 마야 안젤루한테 일어난 일을 읽고 나서야 비로소 나 자신에게 허용하지 않은 방식으로, 다시 말해 아무 죄 없는 존재로 어린 마야 안젤루를 바라볼 수 있었다. 마야는 얌전하고 착한 아이였다. 하느님이 그런 아이한테 그토록 끔찍한 일이 벌어지도록 내버려두었다니 가혹하기 짝이 없었다. 마야 안젤루 같은 어린 여자아이도 내가 겪은 그 일을 겪을 수 있다고 처음 깨달은 순간이었다.

책을 다 읽었다. 나는 이제 우리의 비밀이 된 그 일을 마음속에 간직하기로 했다. 그동안 내 열두 살 자아한테 마야 안젤루는 엄마

책꽂이에 꽂힌 책의 또 다른 이름일 뿐이었다. 그러나 이제 그는 더이상 존경받는 시인이자 작가이자 활동가이자 다재다능했던 전설적 인물인 마야 안젤루 박사가 아니었다. 나와 같은 비밀을 공유한, 책을 쓴 한 여성이었다. 내 영혼의 친구였다. 나는 더 이상 혼자가 아니었다.

고등학교에 들어갈 무렵 마야 안젤루와 그 작품을 향한 내 사랑은 커져만 갔다. 그래서 심화영어 수업에서 마야 안젤루의 대표시 〈경이로운 여인Phenomenal Woman〉을 읽고 해석하는 과제를 맡았을 때 뛸 듯이 기뻤다. 피트 선생님은 동글동글한 중년의 백인 남성으로 지저분한 금발 머리를 뒤로 빗어 넘기고 부스스한 콧수염을 덥수룩하게 길렀다. 동료 남성 교사들이 입는 카키색 바지나 반팔 면 티셔츠보다는 짧은 모직 외투를 주로 입고 투박한 단화를 즐겨 신었다. 그의 몸에서 늘 풍기던 햄 냄새가 지금도 기억난다. 하지만 선생님은 고정관념에서 벗어나 사고하는 자기 자신에게 자부심이 높았고 여러 동료 교사들과 달리 매일 물밀 듯 밀려드는 갈색 얼굴에 싫증난 기색도 보이지 않았다. 참신하고 독창적인 학습 방법을 내놓는데 자긍심이 컸다. 우리와 통했다는 생각이 들 때는 능글맞은 웃음이 얼굴에 살살 퍼졌고 발걸음에도 비밥 리듬이 살짝 실렸으며 순수한 백인 자유주의자의 영광을 누렸다.

피트 선생님이 〈경이로운 여인〉을 수업에 소개한 날은 그런 '영광스러운 나날' 가운데 하루였다. 자료를 나누어주며 이렇게 말했다.

"이 시를 사랑하지 않고는 **못 배길** 거예요!" 피트 선생님은 흑인 역사의 달 학습 과정에 이 시를 넣어서 무척 자랑스러운 듯 보였다. 반 아이들 대다수는 그 시를 잘 몰랐다. 마야 안젤루가 누군지도 몰랐다. 하지만 자료에서 그 이름을 보는 순간 내 몸에는 기쁨의 전율이 흘렀다. 피트 선생님 입에서 누가 그 시를 크게 읽어보라는 말이 나오기가 무섭게 손을 번쩍 들었다.

반 아이 한 명과 내가 번갈아 가며 시를 읽었다. 읽는 내내 몸이 윙윙 울렸다. 내 안의 세계들이 충돌했다. 심지어 엄마가 교실에 서서 나를 꼭 지켜보았으면 하고 바라기까지 했다. 낭독 분위기에 완전히 젖어들었다. 천천히 한 행 한 행 읽어나갔다. 연극을 하듯 무척 또박또박 발음했다. 반 아이들이 미소를 띠기를 바랐다. 하지만 무엇보다 **마야 안젤루의** 언어를 말하고 있는 스스로가 자랑스러웠다.

우리가 낭독을 마치자 피트 선생님이 수고했다고 말하고는 나머지 반 아이들을 바라보며 물었다. "이 시의 주제가 무엇이라고 생각하나요?"

몇몇이 재빨리 손을 들었다. 그리고 이름이 불리기를 채 기다리지도 않고 한목소리로 대답했다. "자신의 근사한 매력을 세상에 알리는 것입니다."

반 아이들이 웃었고 피트 선생님이 고개를 크게 주억거리며 학생들이 밝힌 견해를 이용해 자신만의 해석을 내놓았다. "'세상아, 나를 봐, 나는 흑인 여성이지만 여느 백인 여성 못지않게 멋져!'라고 말하는 마야 안젤루 특유의 방식입니다."

피트 선생님이 내놓은 설명이 조금 거슬렸지만 그 이유를 정확하게 짚어낼 수는 없었다. 피트 선생님이 곧이어 아이들을 조용히 시키고 나서 마야 안젤루가 시를 암송하는 동영상을 틀었다. 그때 어떤 생각이 반짝 스치고 지나갔다.

반 아이들은 모두 마야 안젤루가 암송하는 장면에 열심히 귀를 기울이며 앉아 있었다. 나는 숨도 쉬지 않았다. 지금까지 내내 마야 안젤루의 삶, 마야 안젤루의 힘, 마야 안젤루의 언어를 추앙해왔다. 그런데 실제 목소리는 한 번도 들어본 적이 없었다. 위엄이 서린 음색이나 어조, 말끝을 끄는 어투까지, 전부 흑인 여성에게서 결코 들어보지 못한 것들이었다. 아주 낯설었고 그만 넋을 잃었다. 마야 안젤루는 검은색과 은색이 섞인 드레스를 입고 연단에 서서 가장 푸르고 가장 따뜻한 미소를 지었다. 가벼운 농담을 건네자 청중 사이에서 웃음이 살짝 일었다. 혀를 굴리고 목소리를 낮추며 단어를 또박또박 소리 냈다. 단어 하나하나가 자신의 창조물인 양.

마야 안젤루는 더할 나위 없이 성스러웠다.

엄마가 늘 칭송하는 예술가는 패티 라벨이었다. 나는 늘 그 존재가 거대하고 장엄하며 **신성하다고** 여겼다. 잔뜩 부풀린 머리와 반짝이는 의상과 귀를 사로잡는 멋진 목소리 때문이었다. 여기 연단에 선 마야 안젤루는 물론 아름답게 차려입기도 했지만 오로지 언어만으로 그런 존재감을 불러일으켰다.

그토록 자신감과 자긍심이 넘치는 태도로 당당히 자신의 주장을 펼수 있었을까? 나는 화장실에 다녀오겠다고 양해를 구한 다음, 복도를 따라 걸었다. 이윽고 아이들이 잘 오지 않는 한 계단 구석에 이르러 자리를 잡고 앉았다. 그러고는 내가 얼마나 비명을 질러대고 싶은지, 얼마나 눈물을 쏟고 싶은지 깨닫고 깜짝 놀랐다.

내가 알던 모든 것이, 어린 마야 안젤루와 그 어린아이가 겪은 일을 기억하며 성스럽게 간직해온 모든 것이 방금 들었던 말들과 정면으로 부딪혔다. 수업 시간에 자리에서 일어나 '경이로운 존재'가 될수 있는 권리를 지성적으로는 옹호했지만 솔직히 무엇을 의미하는지, 어떻게 가능한지 감정적으로는 이해하지 못했다. 내가 분노를 삭이며 새로운 위안을 찾는 동안 마야 안젤루는 미소를 지었다. 내가 닦아세우는 동안 마야 안젤루는 빙긋이 웃으며 아름다운 시를 낭송했다. 어째서 **성**을 내지 않았을까? 어째서 백인이나 다른 이들한테 욕을 하고 침을 뱉지 않았을까?

문득 내 이중성을 똑바로 응시했다. 마야 안젤루가 전하는 말 덕분에 어쩌면 더럽고 지저분하고 행실 나쁜 여자아이나 가톨릭 교리를 완벽하게 따르는 여자아이, 둘 중에 하나가 꼭 되지 않았을지 모른다. 의식을 일깨우는 힙합 노래에서 외치듯 어쩌면 검은 여왕이될 수 있을지도 몰랐다. 항상 인정하지 않을지라도 마야 안젤루는 언제나 내게 어떻게 세상으로 나아가야 할지, 어떻게 세상 사람들이 믿도록 해야 할지 귀감이 되어주었다. 이 전까지 나는 마야 안젤루가 '사람들과 잘 어울리며 살아나가는 법'이나 아니면 '성공할 때까지 아닌 척 속이는 법'을 알려주는 어떤 청사진을 내게 보여준 다고 여겼다. 그가 나처럼 이중적인 삶을 살아왔다고 믿어 의심치 않았다. 그런데 마야 안젤루가 직접 말하는 모습을 보자 내가 생각 했던 그 어느 것도 진실이 아님이 분명히 드러났다. 그 목소리를 듣 고 있자니, 저 시의 음절 하나하나를 완벽하고 정확하게 소리 내는 그 입술을 보고 있자니 그가 내뱉는 단어마다 자신을 담았음을 깨 달았다.

나는 마야 안젤루를 믿었다.

마야 안젤루가 내가 이제껏 보지 못하던 대담성과 진실성을 담 아 시의 각 행을 읽어나갈 때 그는 내게 정말 '경이로운 여인'인 양 다가왔다. 마야 안젤루가 어떤 고통을 가슴에 묻을 수밖에 없는지 짐작할 수 있었다. 나도 똑같은 고통을 안고 하루하루 살아왔으니 까. 그런데 그는 어디로 수치심을 날려버렸을까? 어떻게 그 수치심 이 세포 속으로 스며들지 않았을까? 설령 스며들었다 하더라도 어 떻게 씻어냈을까? 아픔과 부끄러움과 두려움이 여전히 존재한다면 마야 안젤루는 내가 그 얼굴에서 보고 그 목소리에서 들은 위엄이 깃들 만한 공간을 어디서 찾아냈을까? 그 부드러움은 도대체 무엇 이었을까? 기쁨은 어디서 샘솟은 걸까? 그날 밤 나는 집에서 일기를 쓰며 궁금증을 털어놓았다. 마야 안젤루는 정말 어떤 사람일까? 내 가 어쩌다 마야 안젤루를 오해하게 되었을까?

무엇보다도, 내 치유의 여정에서 결국 중심을 차지한 다음 질문을 곰곰이 생각했다. 내가 본 그의 모습이 진짜 모습이라면, 그런 아픔을 품은 몸도 기쁨을 품을 수 있을까?

권력에 투쟁하라

트루먼고등학교를 다닌 기간은 고작 1년이었다. 그 모든 싸움과 정학과 속임수 들을 겪고 나자 엄마는 그 학교에서 나를 빼내야겠다고 마음을 굳혔다. 뉴욕시에는 학생이 위해를 당할 위험에 처한 경우 학교를 옮길 수 있는 안전 전학이라는 제도가 있었다. 내가 휘말린 싸움의 횟수만으로도 자격이 충분했다. 하지만 내가 전학을 가지 못하도록 훼방하는 교장선생님의 노력까지 막을 수는 없었다. 교장선생님은 내가 우등반의 든든한 자산이라고 말했다. 엄마는 거듭되는 내 징계 회의에 점점 신물이 났고 결국 엄마의 선택을 방해하는 교장선생님을 가만히 두고 보지 않기로 했다. 여성 가장이 혼자 꾸리는 가정이 대개 그러하듯 엄마는 여유가 없고 팍팍했다. 설령 일터를 빠지는 날이 있더라도 가뭄에 콩 나듯 했다. 그저 사정이 허락

되지 않을 뿐이었다. 그래서 엄마는 교장실로 성큼성큼 걸어 들어가 따끔하게 한마디 했다. 그로부터 며칠 뒤 리먼고등학교로 전학을 갈 수 있는 승인이 떨어졌다.

리먼고등학교는 브롱크스 지역에서 괜찮은 학교에 속한다는 자부심이 있는 듯했다. 학교에는 컴퓨터실과 새롭게 단장한 과학실이 있었다. 학생 가운데 약 60퍼센트가 백인이었다. 당시 토지사용제한법이 명시한 바에 따르면, 특별전형 학교 등 몇몇 학교를 제외하고 모든 고등학교는 학생 수의 90퍼센트가 학교가 위치한 지역 출신이어야 했다. 리먼고등학교는 스록스 넥이라는 한 브롱크스 지역에 있었다. 이 자치구는 흑인과 라틴계 사람도 많이 살았지만 백인 인종 집단이 압도적으로 많이 거주하는 곳이었다. 대개 이탈리아와 알바니아, 폴란드와 아일랜드 출신이었다. 그런데 그 지역 끝자락, 한 줄로 길게 늘어선 개인 소유 주택들을 지나면 나오는 한적한 곳에 스록스 넥 주택 단지가 있었다. 학교에 다니는 소수의 흑인과 아시아계 학생 대다수가 이곳에 살았다. 내 증조할머니 역시 그곳에 살고 있어서 그 주소 덕분에 확실하게 학교를 옮길 수 있었다.

전학은 나 자신이 새롭게 탄생할 수 있는 또 하나의 기회처럼 다가왔다. 싸우고 싶지 않았다. 수업을 빼먹고 싶지도 않았다. 〈경이로운 여인〉을 읽던 그날 수업에서 얼핏 보았던 '나'를 받아들이고 싶었다. 우등반은 백인 학생이 대부분이었다. 학교 교사들도 마찬가지였다. 피부색이 검거나 짙은 학생을 돕는 활동도 드물었다. 그래서 나는 매번 대중 매체나 학교에서 다루는 이런저런 쟁점을 두고 학생에게든 교사에게든 다 따지고 들었다.

고등학교 2학년 세계사 수업 시간이었다. 매기 선생님이 아프리카와 지금은 중동이라고 불리는 곳에 관해 가르치고 있었다. 예수 그리스도가 이 지역에서 태어났다고 말하는 순간 내 귀가 쫑긋 섰다. 손을 들지 않을 수 없었다.

"타라나, 질문이 있나 보구나?" 이 역시 질문이었지만 그 말투 때문에 확실한 대답처럼 들렸다.

내가 말했다. "네. 예수가 이 지역에서 태어났다면 어째서 백인은 늘 예수를 금발 머리에 파란 눈으로 묘사하나요? 분명 당신네 백인보다는 우리와 더 비슷할 텐데요."

반 전체가 불평이 담긴 소리를 냈다. 한 남자아이가 말했다. "이야, 파라한*이 여기 납셨네."

반 아이들이 웃음을 터뜨렸다. 나는 웃지 않았다. 앉은 자리에서 고개만 돌려 반 전체를 쓱 둘러보았다.

그리고 한 마디 한 마디 힘을 주어 외쳤다. "양털처럼 곱슬곱슬한 머리에 구릿빛 피부였어. 예수는 **아프리카인**이었다고!"

다른 남자아이가 내게 경멸 어린 표정을 지었다. "그래서 지금

---

* 루이스 파라한을 가리킨다. 네이션 오브 이슬람을 이끄는 종교 지도자로 흑인우월주의자이자 반백인주의자다.

이렇게 말하는 거야? 예수가……." 남자아이가 말끝을 흐렸다. 그때 매기 선생님이 끼어들었다.

"**알았어**, 이제 그만!"

나는 이미 자리를 박차고 일어나 있었다. "너, 무슨 말을 하려던 거야?"

우리가 옥신각신 말싸움을 벌이자 몸집이 자그마한 매기 선생님이 싸움을 말리려고 안간힘을 썼다. 선생님은 마지막엔 사정하다시피 하다가 결국 벌점 카드를 꺼내 들었다. 수업이 끝난 뒤 남아야 한다는 뜻이었다. 그제야 우리는 입을 다물었다.

매기 선생님이 발끈 성을 내며 나를 똑바로 바라보았다. "분명히 말하자면 예수는 우리가 이제껏 보아왔던 모습과 비슷하지 않을 겁니다. 하지만 사하라 사막 이남에서 태어나지 않았어요. 그러니 정확하게 말해서 아프리카인이라고도 볼 수 없어요."

나는 고작 열다섯 살이었다. 하지만 아프리카인의 피가 흐르는 이 커다란 코는 1킬로미터 밖에서도 백인우월주의 냄새를 맡을 수 있었다. 매기 선생님은 저 백인 남자아이가 잘못 알도록 놔둘 수 없었지만 아프리카가 예수의 고귀한 명성을 더럽히도록 놔둘 수도 없었다. 우등반 학생들이 보통반 수준으로 전락하기 전에 바로잡아야 했다. 역사 교사인 매기 선생님이 그토록 비겁한 태도로 인종주의를 은근히 드러내자 결국 나는 참지 못하고 온 힘을 끌어모아 내가 할 수 있는 말을 외쳤다. 하나밖에 없었다.

"꺼져버려!"

당연히 바로 교장실로 불려갔다. 하지만 아랑곳하지 않았다. 이 문제에 관한 한 할아버지는 초등학생 때부터 나를 교육한 바 있었다. '블랙 파워 소녀'라는 명성을 가뿐히 새로 얻었을 뿐이다.

리먼고등학교에서는 내가 갈 길을 재빨리 찾았다. 나는 육상동아리에 가입했다. 여섯 살 이후 달리기를 계속했지만 트루먼고등학교에 들어가서 그만두었던 터였다. 나는 육상동아리에서 친구와 소속 집단을 찾았다. 왕성한 교우 관계를 유지하며 외모 경쟁에도 빠졌다. 1980년대 말이었다. 게스나 저버 청바지, 노스페이스나 트리플 F.A.T 오리털 파카를 입지 않으면 차라리 집에 틀어박혀 있는 편이 나았다. 물론 내게는 그 어느 것도 없었다. 엄마가 사주지도 않았고, 나는 일을 하지도, 돈을 벌지도 못했다. 엄마는 내가 학교에 입고 다니는 옷에 관심이 없었다. 관심을 왜 두어야 하는지도 몰랐다. 그러다가 마침내 적어도 내가 튀지 않기를 바라는 마음이 털끝만큼은 생긴 것 같았다. 엄마가 그렇게 마음먹은 것이 고마웠지만 고등학교에서는 유명 상표 짝퉁 옷을 걸치느니 차라리 마대자루를 뒤집어쓰는 게 나았다. 남쪽에 사는 이모와 모의하기 전에 용기를 내어 이 점을 말했더라면 좋았을 텐데. 이모는 내게 타깃의 시크 청바지를 보냈다. 할머니는 러너로 데려가 등이 파인 짧은 윗옷을 생일 선물로 사주었다.

고등학교에서는 몸을 강박적으로 가리고 다녔다. 엉덩이와 가슴이 하루가 다르게 변하는 모습을 못 본 척하려고 무진 애썼다. 딱 맞는 청바지와 등이 파인 짧은 윗옷은 내게 엄청난 파격이었다. 하지만 어찌 되었든 귀엽다고 여겼다. 새 옷을 차려입고 친구들과 함께 스케이트장으로 향했다. 스케이트를 신고 스케이트장을 빙 돌 때는 나도 평범한 십 대라고 느꼈다. 그런 느낌은 매우 드물었다. 자신감이 넘치고 웃음이 내내 떠나지 않았다. 근사한 밤이 지나고 있었다. 그런데 우리가 떠나려 할 때 싸움이 벌어졌다. 총소리가 크게 울리자 친구들과 나는 다른 아이들과 함께 기차역을 향해 뛰어갔다. 아수라장에서 아주 멀리 떨어졌을 때에서야 멈춰 서서 숨을 골랐다. 이제 거의 모든 사람이 제각각 다른 방향으로 흩어지고 몇몇 남자아이들만 우리 주변을 어슬렁거렸다. 그 남자아이들 때문에 신경이 곤두섰다. 일이 어떻게 흘러갈지, 그들이 내게 무엇을 원하는지 전혀 몰랐다. 얼어붙은 듯 서 있기도 하다가 크게 소리를 지르며 대들기도 하다가 내 안으로 움츠러들기도 했다. 그때 한 남자아이가 뒤로 다가와 손가락으로 내 등을 쓸어내렸다. 안전한 곳을 찾아 피하느라 정신없이 달린 뒤여서 등에 송골송골 땀이 맺혀 있었다. 남자아이가 그 땀을 닦았다. 등에 손길이 닿자 화들짝 놀랐다. 펄쩍 뛰며 몸을 돌려 손의 주인을 노려보았다. 그러자 남자아이가 두 손을 허공에 들어 올리며 뒤로 물러섰다.

그러고는 웃으며 말했다. "이런, 미안. 근데 얼굴이라도 한 대 칠 기세처럼 돌아보네. 그저 등에서 땀을 닦아주었을 뿐인데."

"날 만졌잖아!" 퉁명스레 따졌다. 잠자코 그냥 지나갔으면 싶었다.

"아하, 넌 만질 수 없어? 그렇게 말하는 거지?" 남자아이가 킬킬거리며 나를 뒤돌아 세우더니 내 등에 손바닥을 댔다.

"야! 손 안 치워?" 내가 소리를 질렀다. 싸우고 싶지 않았다. 남자아이들이 **여자애와 싸우는** 부류인지 아닌지도 알지 못했다. 더구나 남자아이가 꽤 귀여웠고 아직 밤공기가 상쾌했다. 태도를 약간 누그러뜨렸다. 아니, 나로선 있는 힘을 다했다.

"허락도 구하지 않고 왜 이렇게 두 손을 등에 얹는 거야?" 내가 엄청 부끄러운 척하며 말했다.

"어, 미안. 손을 얹어도 될까요? 아가씨? **이러면 돼?**" 그러면서 남자아이는 팔을 슬며시 밀어 올려 내 목에 둘렀다. 순간 후끈한 열기가 살갗으로 퍼졌다. 우리는 잠시 함께 걸었다. 남자아이가 질문을 던졌고 나는 아무렇지 않은 척하려고 애썼다. 우리 뒤쪽에서 목소리가 들렸고 살짝 마음을 놓으려는 **참이었다.**

"오, 예, 쟤가 입은 청바지 어디 브랜드야?" 몸이 얼어붙었지만 심장은 빨리 뛰었다. 새로 사귄 친구들이 걸음을 멈추고 되돌아가려 했다. 그 순간 상황이 이제 끝났음을 깨달았다. 내가 발길을 돌리기도 전에 남자아이가 한 걸음 뒤로 물러서더니 몸을 굽혀 청바지 상표를 확인했다.

"와, 시크 청바지네!" 남자아이가 친구들에게 외쳤다. 믿기지 않는다는 말투였다. "시크 청바지를 입었다고!" 남자아이가 다시 꽥 소리를 질렀다. 나는 걸음을 더 재촉했다. 하지만 곧 따라잡혔다.

"그래, 시크 청바지를 입었단 말이지. 시크 청바지를. 젠장! 우선 물어볼게. 어디서 찾았어?"

앞만 바라보고 계속 걸음을 옮겼다.

"그냥 넘어갈 수 있다고 생각했어? 그거 참 궁금한데."

말없이 고개를 숙이고 걸음에만 집중했다.

"내 말은, 죠다쉬나 리 청바지를 둘렀더라면 넘어갈 수 있었다는 거지. 그런데 이런, 시크 청바지라니. 그건 안 될 말이지. 너도 잘 알잖아? 안 그래?" 도무지 믿을 수 없다는 말투를 보니 진지한 것 같았다. 너무 진지하게 나와서 화조차 낼 수 없었다.

"그럼, **나도 알지.**" 그렇게 말하며 내가 한숨을 내쉬었다. 한숨 소리에 남자아이가 낄낄거렸다.

"누군가 그 청바지를 입혔을 거야. 그렇지? 어떻게 된 사정인지 잘 알아. 아마 엄마였을 테지. 맞지?"

고개를 끄덕였다. 남자아이를 따라서 웃음까지 지었다. 남자아이 친구들이 시크 청바지를 입고 스스로 놀림감이 된 여자아이에 관해 더 알려달라고 소리를 질러댔다. 놀랍게도 남자아이는 조용히 하라고 고함을 되질렀다. 그러고는 다시 나를 돌아보더니 이렇게 말했다.

"들어봐. 한번은 엄마가 페이바에서 나온 농구화를 신기려던 적이 있었어. 앞부리에 조개껍질 같은 고무를 씌운 신발 말이야!"

내가 키들거렸다.

"맞아, 딱 한 번 그 망할 것을 신었지. 어떻게 해야 신고 싶은 신발을 손에 넣을 수 있을까 줄곧 머리를 굴렸어. 그때 이후 엄마한테 신발을 사달라고 할 수 없었거든! 결국 일을 구했고 돈을 벌어 신발을 샀어."

내가 고맙다는 뜻으로 미소를 지었다. "엄만 내가 일을 못 하게 해. 학교 공부나 뭐 그런 거에 지장을 줄 거라고 말이야."

남자아이가 이해한다는 듯 고개를 끄덕였다. 학교 공부가 무엇보다 우선이라는 데 공감했다.

"그쪽에서 일하는 흑인을 한 명 소개해줄게. 청바지를 사줄 거야." 남자아이는 이제 내가 사람들 앞에서 촌닭이 되지 않도록 이 일생일대의 난관을 뛰어넘는 일에 몹시 적극적이었다. 내가 말했다.

"남자아이한테 선물은 받을 수 없어."

"이런. 어, 그래, 넌 엉덩이가 통통하니깐 이 우스꽝스러운 시크 청바지를 입더라도 괜찮을지 모르지. 긴 셔츠나 스웨터를 걸치면 아무도 뒤에 있는 글자를 읽지 못할 테고. 그 청바지, 정말 거지 같으니까." 남자아이가 '그냥 말해주는 거야' 같은 표정을 지어 보였다. 내가 발끈하지 않도록 차근차근 말해준 남자아이가 무척 고마워서 나는 그렇다고 말했다.

"천만에. 너 귀엽다. 그리고 똑똑한 아이라는 걸 알겠어. 난 똑똑한 여자애가 좋거든." 그 말에 내 뺨이 아주 살짝 발그레해졌다. 남자아이가 말을 이었다. "하지만 내 전화번호를 너한테 줄 수는 없어. 촌스러운 시크 청바지를 **입고** 있으니까! 으하하하하!"

남자아이가 웃으며 친구들한테로 달려갔다. 내가 뒤통수에다 대고 농담처럼 외쳤다.

"입 다물어!" 하지만 화가 나지는 않았다. 남자아이가 뒤돌아 가볍게 인사를 하고는 친구들을 따라잡으려고 뛰어갔다. 나는 기차역 계단 맨 아래 칸에 서 있었다. 함께 간 친구들이 내게 다가오기를 기다렸다가 방금 있었던 일을 다 이야기했다. 집으로 돌아오는 길에 일을 찾고 스스로 돈을 조금이라도 모아야 할 때라고 마음을 굳혔다. 엄마가 뭐라고 말하든 간에.

내가 다니던 고등학교에는 학업 중단 예방을 위한 제도가 있었다. 우리는 '직업소개소'라고 불렀다. 십 대 학생이 학점을 받을 수 있는 일자리를 찾도록 도와주었기 때문이다. 그래서 나는 육상 훈련을 받기 전 '직업소개소' 주변을 맴돌기 시작했다. 엄마는 일을 하면 학업 시간을 빼앗긴다며 여전히 편집증에 맞먹는 반응을 보였다. 하지만 나는 절실했다. 엄마를 설득할 방법을 찾아냈다.

그날도 자연스럽게 보이려 애쓰면서 '직업소개소' 주변을 어정거렸다. 그때 '직업소개소'를 책임지던 아얄라 선생님 눈에 띄었다.

아얄라 선생님은 내 마음을 읽은 듯 이렇게 물으며 한 가지 제안을 했다. "여기서 일하는 거 생각해본 적 있어요? 어찌 되었든 늘 여기서 널 보니까. 게다가 서류 정리 방법이나 학생들도 잘 알고. 아무튼 늘 여기서 보니까."

살면서 그토록 빨리 '예'라고 대답할 일이 생기리라고는 생각하지 못했다. 매일 시간이 날 때 그리고 일주일에 세 번 방과 후에 '직업소개소' 사무실에서 일한다는 조건이었다. 그날 밤 집으로 가서 엄마를 어렵게 설득했다. 사무실에서 계획하고 있는 온갖 특전이나 상담이나 대학 견학 등 내가 알고 있는 내용을 바닥날 때까지 떠들고 또 떠들었다. 마침내 엄마가 누그러졌다. 끝까지 돈 때문이라는 말은 하지 않았다. 그런데 엄마가 한 가지 조건을 달았다. "성적이 떨어지는 건 못 봐. 단 1점도. 알아들었니?"

엄마가 서류에 서명하도록 무슨 약속이든 다 했고 이튿날 기쁨에 들떠 학교로 갔다. 이제 최저임금이라도 벌 터였다. 당시에는 시급이 약 3달러 50센트였다. 2주마다 수표로 30달러에서 50달러 사이를 받았다. 하지만 내게는 천 달러에 버금갔다. 돈도 돈이지만 일을 해서 좋았다. 쓸모 있는 사람이 되어서 좋았다. 나를 활활 불살랐다. 아얄라 선생님이 내 곁을 지나며 미소를 짓곤 했다. 내가 맹렬하게 서류를 정리하거나 자질구레한 사무 업무라도 맡겨진 일이라면 무엇이든 결연히 해내는 모습을 보고 풋 하고 웃음을 터뜨리기도 했다. 하루는 아얄라 선생님이 그냥 지나가지 않고 내 곁에 섰다.

"내 상관인 데이비스 해리스 씨 알지? 청소년을위한일자리센터 소장. 이번 봄에 워싱턴 D.C.로 리더십개발연수회에 보내고 싶은 학생이 있는지 물으셨어."

아얄라 선생님이 나를 보고 눈썹을 치켜올렸다. 내가 기회를 놓칠세라 연신 고개를 끄덕댔다. 아얄라 선생님이 다른 학생들도 나처럼 가고 싶어 하니 잘 생각해보라고 말했다. 나는 꼭 가겠다고 약속했다. 곧 머릿속으로 어떻게 하면 엄마한테 '갔다 와'라고 허락을 받을 수 있을지 궁리하기 시작했다.

우리 집에서 중요한 부탁을 할 때는, 특히 돈과 관련된 부탁을 할 때는, 여러 단계를 조심스럽게 계획해야 했다. 첫 단계는, 말 그대로 부탁이다. 이 단계에서는 엄마한테 언제 부탁할 것인지 정확한 시간을 포착하는 것이 관건이었다. 일을 마치고 막 집에 돌아왔을 때는 적당한 때가 아니었다. 엄마는 현관문으로 들어서면서 해야 할 집안일 목록을 작성하는 동시에 집 안 구석구석을 살피기 시작했기 때문이다. 두 번째로 엄마가 즐겨 보는 방송 프로그램이 방영하는 동안에도 부탁을 하면 안 되었다. 한 귀로 듣고 바로 한 귀로 흘리기가 십상이었고 텔레비전 시청 시간을 방해하면 화를 부를 게 뻔했기 때문이다. 이 두 경우는 피하기가 제법 쉬웠다. 하지만 세 번째 시간은 무척 까다롭고, 숙련된 기술과 강한 끈기와 뛰어난 직감이 필요했다. 엄마가 '기분'에 잠겨 있을 때였다. 그저 기분이 나쁠 때만이 아니었다. 어떤 기분에든 젖어 있을 때를 피해야 했다. 엄마가 화가 났을 때 부탁하면 거절당하거나, 느닷없이 엄마가 내키는 대로 고른 어떤 사항을 두고 정밀 조사를 당하는 일을 자초하는 셈이나 마찬가지였다. 엄마가 기분이 정말 좋을 때 부탁하면 엄마 기분이 금방 상할 수도 있었다. 내가 엄마가 기분 좋은 틈을 타 무언가를 얻어내려 한다고 생각했기 때문이다. 엄마가 애바를 때, 이는 엄마가 고지서를 살펴보거나 청구서가 든 우편물을 열어보거나 다른 현금이 관련되어 엄마에게 짜증을 일으킬 문제를 들여다볼 때를 가리키는데, 그때 뭔가를 부탁하면 말없이 죽일 듯 노려보는 엄마의 눈초리가 돌아왔다. 대개는 무덤 속 조상도 깨울 만한 고함이 뒤따랐다. 아니면 침묵과 더불어 '안 돼'라는 대답이 깔린 채로 타협이 불가한 요지부동의 반응만을 얻었다.

방향을 가늠하기엔 으스스한 영토였지만 십 대를 지나면서 몇 가지를 깨우쳤다. 나만의 특별한 전략을 고안해내기도 했다. 바로 기분을 자아내는 법이었다. 주로 엄마가 어떤 기분에도 휩쓸려 있지 않은 순간을 골랐다. 엄마와 나 모두에게 좌절감을 안기는 (진짜든 가짜든) 이야기를 주고받았다. 주로 엄마를 늘 열받게 하는 백인의 멍청한 짓을 이야기했다. **"엄마, 오늘 집에 오다가 말이에요, 버스에서 한 백인 아줌마가 어떤 행동을 했는데 아마 못 믿을걸요?"** 아니면 학교 공부를 도와달라고 말한다. 엄마를 짜증나게 할 만큼 어려워서도 안 되고 엄마가 나를 바보라고 여기게 할 만큼 쉬워서도 안 되었다. 엄마가 뿌듯하다고 여길 정도면 되었다. **"엄마, 무어인에 대해 읽어본 적 있어요? 흑인이었다는 거 알아요?"**

그날 밤, 운이 좋아서 간단한 학교 숙제 문제로 첫 단계를 수월하게 통과했다. 이제 두 번째 단계로 넘어갔다. 돈이었다. 얼마가 되었든 돈이 들어가지 않을까? 이 단계는 오히려 빠르게 지나간다. 하지만 속사포처럼 쏟아지는 질문에 대답할 준비를 단단히 하고 있어야 했다.

"얼마나 들어가는데?"

"공짜예요."

"세상에 공짜는 없어. 먹는 거는?"

"이미 포함되어 있어요."

"주말 내내 먹을 음식이 몽땅? 그럼 어떻게 갈 건데?"

"전세 버스로요."

"흠, 누가 그 비용을 대는데?"

"사람들이요."

"**어떤** 사람들이?"

"학교 프로그램에서 내요."

"휴게소에서는 어떻게 할 건데?"

"음식을 싸 갈 거예요."

"내 돈 주고 사놓은 **내** 음식을 싸 간다고?"

"돈이 좀 있어요. 샌드위치 큼지막한 거 정도는 살 수 있어요."

"네 돈을 쓰는 게 **낫겠네**. 정확히 어디를 가는데?"

내가 알기로 질문이 돈에서 세부사항으로 넘어가면 세 번째 단계가 막 끝났다는 신호다. 엄마를 겪을 만큼 겪은 나는 만반의 준비를 했다.

"메릴랜드주 체비 체이스요. 우리 학교와 다른 학교에서 학생들이 많이 올 거래요. 4-H 센터에서 머물고요. 금요일 아침에 학교 앞에서 출발해서 일요일 오후에 돌아올 예정이에요. 한 방에 학생 세 명이 머물고 각 층마다 지도 선생님이 계세요."

"남자애들은 어디에 머문대?"

"다른 건물에요."

거짓말을 해버렸다. 정말 그런지 나도 알지 못했지만 모든 질문에 똑같은 태도로 대답해야만 했다. 솔직하게 말해서 하나라도 **흠**이 잡혔다가는 다시 첫 단계로 돌아가야 했다.

"여기 서류와 허가서가 있어요. 아얄라 선생님이 질문 사항이 있으면 언제든 서류에 적힌 전화번호로 연락해도 된다고 말씀하셨어요."

엄마가 서류를 훑어보는 동안 짙은 정적이 내려앉았다.

깊은 한숨.

"언제까지 알려줘야 하는데?"

이 질문에는 언제나 함정이 숨어 있었다. 엄마는 늘 마지막 순간에 일부러 실수를 이끌어냈다. 이 전략에서 가장 중요한 요소는 타이밍이었다. 김칫국부터 마시고 너무 이르게 부탁을 해서는 안 되었다. 어리석은 짓으로 벌을 받거나 여행이 취소당하는 위험을 무릅써야 할 수도 있으니까. 또 이삼일 안이라고 부탁할 수도 없었다. 안 된다는 대답이 돌아올 게 뻔하니까. 그 순간 내가 할 수 있는 가장 적절한 대답을 했다.

"곧."

"알았어. 알려줄게." 드디어 엄마가 말했다.

"고마워요, 엄마." 나는 인사하며 빙그르르 몸을 돌리고서 속으로 빙긋 웃었다. 한 단계만 더 넘으면 됐다. 이쯤 되자 이 여행을 갈 수 있으리라는 확신이 들었다.

마지막 단계만 남았다. 일단 절반은 허락을 받은 셈이었다. 앞으로 기다려야 하는 시간은 약 일주일. 이삼일 뒤 엄마가 전화를 걸어 이 여행에 대해 이것저것 더 알아보았다. 내가 말한 내용을 하나하나 확인했다. 그러고 나서야 나는 허가서를 받았다. 이제 사흘 남았다. 주말을 보내면서 마음이 뒤숭숭했다. 행동거지를 조심하고 또 조심했다. 자칫 **아주 조그만 실수라도** 하면 여행이 취소될 수도 있었기 때문이다. 엄마 집에서는 떠나는 날까지도 여행을 갈 수 있을지 없을지 정말 알 수 없었다. 그런데 내가 해냈다. 여행을 떠나게 된 것이다. 한 단계 한 단계가 제 몫을 톡톡히 해냈다. 이제 내 인생은 이전과 전혀 새로운 방향으로 도약할 터였다.

난 무엇을 할 수 있을까

워싱턴 D.C.에서 열린 청소년리더십연수회는 내게 여러모로 처음을 의미했다. 외박을 하는 학교 여행은 처음이었다. 워싱턴 D.C.도 처음이었다. 육상대회가 아닌 곳에서 브루클린이나 맨해튼의 여러 학교에서 온 학생들을 만나 어울리기도 처음이었다. 뉴욕의 다른 학생을 만나고 나서 곧이어 다른 주에서 온 학생들도 만났다. 우리는 구내식당에서 열을 지어 섰다. 규칙을 듣고 방 배정을 받고 주의사항을 들었다. 구내 어디선가 음악소리가 들려와 그곳이 어딘지 알고 싶어 좀이 쑤셨다. 정식 절차가 끝나자 단합대회에 참석해야 한다고 알려주었다. 운동장을 가로지른 다음 줄을 지어 천천히 다른 건물로 들어갔다. 가까이 다가갈수록 음악 소리가 점점 커졌다. 피아노가 연주되고 드럼 소리가 피아노를 받치고 있었다. 친구에게 무슨 공연이나 구경거리인지 물었다. 친구는 어깨만 으쓱할 뿐이었다. 이윽고 문이 열렸다. 음악이 쾅쾅 울리며 돌풍처럼 불어닥쳤다. 우리 모두 소스라치게 놀랐다. 천천히 발걸음을 옮기며 커다란 강당으로 조심스럽게 들어갔다. 드럼 소리와 더불어 학생들이 한껏 목청을 높여 부르는 노랫소리가 우리에게 어서 오라고 손짓했다.

강당에 들어가 보니 학생들이 소리 높여 노래를 부르고 젬베에 맞춰 자리에 앉거나 서서 춤을 추고 있었다. 우리 학교 단합대회와는 아주 딴판이었다. 우리 학교에서는 1년에 두 번 정도 단합대회를 열었는데, 미식축구 선수들이 강당으로 달려 들어올 때 대개 백인인 치어리더들이 환호를 보내는 게 전부였다. 가장 인기 있는 선수가 등장하거나 흑인 치어리더가 어찌어찌하여 나왔을 때 잠시 소란이 이는 정도였다. 지금 이 강당에서 일어나는 이런 광경을 본 건 처음이었다. 모두 거리낌 없이 활짝 웃음을 지으며 녹음기에서 흘러나오는 음악이 아니라 직접 연주하는 음악에 맞춰 크게 노래를 불렀다. 모두 서로 팔짱을 끼거나 껴안거나 기쁨에 넘쳐 폴짝폴짝 뛰었다. 누가 구경하든 개의치 않았다. 눈앞의 아이들은 자유로워 보였다. 정말 보기 드문 분위기였다. 그 공간에는 마법이 흐르는 것 같았지만 그 마법으로 무엇을 불러내고 있는지 나는 알지 못했다.

그곳에 가만히 서 있었다. 자유로움이 흘러넘치는 한가운데 서서 도대체 어떤 모습을 보여야 하는지 헤아려보려 애썼다. 그때 걸걸한 목소리가 군중 속에서 울려 나왔다. 한 여성이 나타났다. 목소리로 미루어 짐작했던 것보다는 몸집이 작았다. 하지만 두 눈에서 쏘아대는 눈빛이 형형했다. 처음 보는 여성이었지만 이 여성을, 이 여성과 닮은 여성을 나는 **알고 있었다**. 가닥가닥 나누어 땋아 자연스럽게 내려뜨린 머리에는 별보배조개 껍데기와 장신구 들을 무심하게 흩뿌려두었고 켄테* 무늬 머리끈을 써서 머리를 뒤로 비틀어 묶었다. 머리카락 한 가닥이 빠져나와 얼굴 앞에서 달랑거렸는데 그 여성이 움직일 때마다 그 끝에 달린 별보배조개 껍데기가 앞뒤로 휙휙 날아다녔다. 밝은색 티셔츠에 앙카라** 무늬의 고무줄 통바지를 입었고 팔에는 화려한 남아프리카 구슬 팔찌를 팔꿈치까지 빽빽하게 차고 있었다.

"아고오오오오오!" 여성이 소리를 질렀다. 깊고도 거친 목소리를 힘껏 내지르더니 곧 높은 가성으로 넘어갔다.

아이들이 모두 제자리에 멈춰 서서 여성이 외치는 소리에 한목소리가 되어 천둥처럼 응답했다.

"아메에에에에에!"

어렸을 때 아프리카 춤 수업에서 이런 부름과 응답을 들은 적이 있지만 이 정도까지는 아니었다. 새로 도착한 아이들이 강당 뒤쪽에 섰다. 어깨가 절로 들썩거렸지만 당장은 어떻게 어울려 들어가야 할

---

* 아프리카의 전통 직물로 화려한 색깔이 유명하다.
** 역시 아프리카의 전통 직물로 알록달록한 색깔과 독특한 디자인이 특징이다.

지 잘 알 수 없었다.

"아고오오오오오오오!" 이번에는 군중이 보내는 응답에 흥이 돋는 듯 여성이 내지르는 목소리에 더욱 힘이 넘쳐났다.

젊은이들이 더욱 크게 응답했다. "아메에에에에에에!"

침묵이 온 강당에 내려앉았다. 아이들이 제자리에 앉았다. 우리는 다음에 무슨 일이 일어날지 기다렸다.

이 연수회를 후원하는 단체 '21세기청소년리더십운동'은 4년 전인 1985년에 발족했다. 1960년대와 1970년대 펼쳐진 다양한 운동, 특히 시민권과 블랙파워, 노동과 인종차별 철폐와 농업협동조합 등 여러 운동을 이끌던 활동가들이 주축을 이룬 단체였다. 창립의 첫 싹을 틔운 것은 셀마 투표권 운동***의 21번째 기념 행사에서였다. 이후 해마다 이 운동의 지도자와 풀뿌리 조직원들이 돌아와 피의 일요일Bloody Sunday****을 비롯해서 분수령을 이룬 순간과 그 전후로 일어난 여러 사건을 기념했다. 셀마에서 벌어진 투쟁의 결실은 미국에서 흑인 투표권을 보장하는 데만 한정되지 않았다. 조합이나 노동이나 블랙파워 같은 다른 여러 영역에서도 운동이 일어날 수 있도록 토대를 놓았다. 연륜으로나 지혜로나 앞서 있던 창립 활동가와 조직

*** 미국 흑인 참정권 운동의 상징적 사건으로, 흑인들의 참정권을 요구하는 시위대들이 앨라배마주 셀마에서 몽고메리까지 87킬로미터를 행진한 것을 뜻한다.
**** 1965년 3월 7일, 셀마에서 다리를 건너려는 시위자들을 경찰이 공격한 사건을 말한다.

가는 자신들이 시작한 이 활동이 다음 세대로 꼭 명맥을 이어나가길
바랐다.

'선배'라는 애정 담긴 별칭으로 불리는, 작지만 강한 집단이 단체
가 출범하도록 도왔다. 하지만 실은 전부 파야 로즈 메리 투레 샌더
스라는 한 여성에게서 나온 생각이었다. 저 우렁찬 목소리의 주인공
이었다. 모두 그를 로즈 샌더스나, 샌더스 부인이라고 불렀으며 유방
암 투병 후에 법적으로 이름을 바꾸고는 파야라고도 불렸다. 그는 앨
라배마주에서 가장 큰 흑인 법률회사의 파트너였다. 유력한 상원의
원이자 남편인 행크 '더 록' 샌더스, 그리고 킹 박사의 앨라배마 법률
팀 소속이었던 J. L. 체스트넛 주니어와 법률 회사를 공동 설립한 사
람이었다. 샌더스 부부는 이제껏 살면서 만나오던 다른 어른들과 달
랐다. 바로 그때, 그 자리에 앉아 그 여성이 하는 말에 귀를 기울이면
서 나는 앞으로 내 인생이 송두리째 바뀌게 되리라는 걸 직감했다.

뉴욕 학생들은 함께 노래를 부르거나 자리에서 일어서거나 손뼉
을 치지 않았다. 그저 뒤쪽에 앉아서 이 모든 광경을 지켜보았다. 어
떤 아이들은 농담을 던지며 비웃었다. 어떤 아이들은 자유분방하고
혈기왕성한 그의 모습에 투덜거리며 불평했다. 나는 다른 이들도 나
처럼 가슴이 펑 터져버리지 않도록 애를 먹는지 궁금했다.

파야가 우리 모두 자리에서 일어서서 **맹세**를 하라고 요구했다.
무슨 맹세를 가리키는지 알지 못했다. 국기에 대한 맹세를 암송하라
는 게 아님을 알았지만 떨떠름한 기분으로 일어섰다. 파야가 무대

에서 내려와서 곧장 우리가 서 있는 쪽으로 당당하게 걸어왔다. 뉴욕에서 막 떠나온 우리는 적어도 80명쯤 되었지만 뉴욕이 아닌 다른 도시에는 거의 가본 적이 없었고 불량한 태도로 평판이 좋지 않았다.

"이 자리에 참석한 뉴욕 청소년을 환영하고 싶어요. 따뜻한 박수로 맞아주세요!" 나머지 아이들이 우렁찬 박수와 환호를 터뜨렸다. 그러는 동안에도 우리는 말 없이 서서 파야가 다음에 무슨 말을 할지 의문에 차서 바라보았다. 나는 따뜻한 기운이 가슴속으로 파고들며 영혼 구석구석에 퍼지고 있음을 느꼈다.

파야가 뒤돌아서서 우리를 마주 보았다. "여러분이 우리를 보며 이렇게 말하고 있는 거 알아요. **이 앨라배마 애들은 도대체 뭘 하고 있는 거지? 그렇죠?**"

두세 명이 고개를 끄덕였다. 다른 아이들이 킥킥거렸다. 그런데 파야가 이렇게 물었다.

"여러분 가운데 스스로가 지도자라고 생각하는 사람이 몇이나 있나요?"

아무도 대답하지 않았다. 아이들이 못마땅한 표정을 짓고 묵묵부답으로 일관하자 분위기가 썰렁해졌다. 파야가 우리 앞을 떠나 강당 앞쪽에 앉은 앨라배마주 아이들 앞으로 되돌아갔다. 그러고는 똑같은 질문을 던졌다. 한 사람도 빠짐없이 손을 번쩍 들었다.

"여러분 가운데 스스로가 지도자라고 **알고** 있는 사람이 얼마나 되나요?"

앨라배마주 아이들이 호들갑스럽게 손을 흔들었다. 어떤 아이들은 자신이 불리지 않으면 자연발화라도 할 것처럼 뛰어올랐다. 그런데 파야는 이미 통로를 따라 다시 우리 쪽으로 다가오고 있었다. 그는 우리를 똑바로 바라보면서 약간 힘을 더 실어 똑같이 물었다.

"여러분 가운데 스스로가 지도자라고 **알고** 있는 사람이 얼마나되나요? 자, 어서 대답해보세요. 뉴욕 여러분!"

아이들 몇몇이 주위를 둘러보며 서로 바라보다가 우리를 이곳으로 데려온 선생님들을 쳐다보았다. 나는 파야한테서 눈을 떼지 않았다. 온몸의 세포 하나하나가 손을 들고 싶어 했다. 하지만 뇌 속 세포하나하나는 낯간지럽게 굴지 말고 가만히 있으라고 경고를 보냈다. 파야가 들고 있던 마이크를 한 뉴욕 학생에게 들이댔다. 자신이 하는 말을 따라 하라고 지시했다.

"나는 지도자다." 학생이 우물우물 입속말로 중얼거렸다. 파야가 다정하게 팔을 두르며 마이크를 더 가까이 갖다 댔다. 그러고는 그 말을 되풀이해보라고 다시 시켰다. 하지만 조금 더 **크게**.

"나는 지도자다." 학생이 다시 말했다. 이번에는 목소리가 아주 살짝 커졌다.

"정말?"

강당 앞쪽에 앉은 다른 아이들이 불쑥 끼어들며 큰소리로 외쳤다. "정말이요!" "맞아요!"

학생이 고개를 끄덕였다. 분명 언짢아하고 있었다. 어깨에 두른 파야 팔의 무게를 느끼며 거북해하고 있었다. 마치 칼이 어깨를 후벼 파는 듯 파야를 원망스럽게 쏘아보았다.

파야가 몸을 돌렸다. 학생을 똑바로 마주 보았다. 마이크에 대고 느긋하게 말했다. "곤란하게 해서 미안해요, 학생. 그런데 난 알려주어야만 해요. 학생이 이곳에 온 까닭은 학생이 지도자이기 **때문이에요**. 내가 학생을 지도자로 성장시킨 게 아니에요. 오늘 아침 저 버스에 오르기 전에 학생은 이미 지도자였어요. 오늘 아침 잠에서 깨어났을 때 학생은 이미 지도자였어요. 강인한 **흑인**이기 때문에 지도자예요. 학생은 지도자로 태어났어요."

파야가 빙그르르 몸을 돌리고 다시 무대로 향했다. 그는 마이크에 대고 '우리는 모두 지도자다'라고 외쳤다. 모인 아이들의 기분을 쉴 새 없이 북돋웠다. 모두 파야를 눈으로 좇으며 주의를 기울였다. 나는 그 학생을 지켜보았다. 그의 눈에서 눈물이 차올랐다. 숨소리가 거칠어지고 성난 황소처럼 콧구멍이 벌름거렸다. 나는 그런 감정을 잘 알았다. 피부 표면 바로 아래에서 자유로워지고 싶어 애걸복걸하는 감정들을 억눌러야 하는 몸부림을 잘 알았다. 함께 온 친구들이 학생을 골렸다. 어떤 순간을 막 맞이하고 있는 학생에게 그 순간에서 벗어나라고 꾀었다. 나는 학생한테서 눈길을 거두고 파야에게 오롯이 집중했다. 그때 파야가 자신이 하는 말을 따라 하라고 지시했다. 다음은 그 맹세였다.

나는 21세기 지도자다.

나는 **몸과 영혼과**

무엇보다 마음을 단련해야 한다.

꼭 때를 놓치지 않고.

나는 빛날 것이다.

너는 빛날 것이다.

우리는 빛날 것이다.

사랑과

정의와

평화의 빛은

21세기에

과거와는 전혀 다르게

빛날 것이다.

나는.

너는.

우리는.

21세기 지도자다!

　　파야가 힘주어 부르짖는 말을 또박또박 따라 하자 믿게 되었다. 오랫동안 내 정체성을 거듭 정의하고 거듭 확립하려 해왔지만, 이 말들이야말로 내가 누군지 알려주었다. 내가 어떤 사람인지 일깨웠다.

파야와 다른 21세기청소년리더십운동 선배들은 나를 조직가와 지도자로, 그리고 어느 모로 보나 생존자로 처음 인정한 사람들이었다. 할아버지와 엄마는 내게 흑인 역사와 흑인 의식을 단단히 가르쳤다. 21세기청소년리더십운동은 그런 의식을 활용하여 공동체에 변화를 일구어낼 수 있는 도구와 용기를 마련해주었다. 전략을 짜고 조직을 세우고 불의를 밝혀내어 투쟁에 나서도록, 나이와 상관없이 자기 자신을 지도자로 여기도록 훈련했다. 우리가 앞으로 나서서 외치든, 뒤로 물러서서 맡은 역할을 다하든.

첫 주말이 끝나갈 무렵 뉴욕으로 돌아갈 채비를 하면서 우리만의 21세기청소년리더십운동 지부를 꾸리기 시작했다. 나는 이 단체에 푹 빠져들었고 회합이며 연수며 빠지지 않고 참석했다. 나는 리먼고등학교 지부장이 되었고 학교 주변으로 내 블랙파워 페르소나를 늘리는 계기가 되었다. 이제 나는 두려움을 모르는 조직가였다.

그해 말 흑인 소년 다섯 명이 센트럴파크에서 한 백인 여성을 폭행한 일로 기소당했다. 매우 유명한 센트럴파크 조거Central Park Jogger case* 사건이었다. 기소된 소년들 가운데 한 명인 유세프 살람이 우리 학교 여학생과 만나고 있었다. 이 여학생 또한 21세기청소년리더십

---

* 1989년 센트럴파크를 조깅하던 백인 여성이 범인에 대해 전혀 기억하지 못하자, 경찰은 사건 당시 공원을 배회하던 십 대 흑인 다섯 명을 무작위로 선별해 체포한다. 무차별 폭행을 당한 소년들은 집에 가기 위해 거짓으로 자백하고 8~12년 형을 선고받아 복역한 사건을 말한다.

운동 회원이었다. 우리는 유세프를 잘 알지 못했다. 그렇지만 비록 얼굴만 알고 있었더라도 우리가 아는 누군가가 그토록 악랄한 사람이 되어 온 언론을 떠들썩하게 장식하는 광경을 보는 일은 그 자체만으로도 강렬한 인상을 남겼다. 21세기청소년리더십운동 회의에서도 이 사건을 논의했다. 언론이 어떻게 소년들을, 있는 그대로의 아이들이 아니라 범죄자나 야만인으로 그려내는지 이야기를 나누었다. 우리 가운데 어느 누구도 소년들이 조깅하는 사람을 때려눕혀 성폭행을 가했다고 믿지 않았다. 이 사건으로 뉴욕의 인종 갈등이 깊어졌고 언론 보도가 그 갈등에 불을 지폈다. 비슷한 시기에 브루클린의 벤슨허스트에서 유세프 호킨스라는 열여섯 살 흑인 소년이 백인 소년 무리한테 죽임을 당했다. 이어 찰스 스튜어트 사건이 일어났다. 보스턴에 사는 이 백인 남성은 임신한 아내의 돈을 훔치고 살해했다고 추정되는 한 흑인 남성을 찾아 온 도시를 뒤지는 수색전을 펼치게 했다. 정작 아내를 죽인 범인이 자신이었음에도 말이다. 흑인이 잘못 기소되는 일이 다반사였다. 센트럴파크 조거 사건의 다섯 소년에게, 아니 평범한 흑인 청소년에게 이토록 야비한 방식으로 수치심을 안기고 그들을 악마로 그려내는 이 상황을 가만히 팔짱만 끼고 보고 있을 수 없었다. 당시에는 조깅하던 여성이 성폭력 피해 생존자라는 사실에는 공감하지 않았다. 피부색이 검거나 짙은 어린 소년들과의 유대감이 더 깊었다. 단지 피부색이 검은색이나 갈색이라서 가치가 없다는 이유만으로 그들의 삶이 파괴됐지만 사회는 수단과 방법을 가리지 않고 오로지 백인 희생자에게 유리한 '정의'를 찾는 데만 관심을 쏟았다. 조깅하던 여성은 다섯 흑인 소년이 가해자임을 확인할 수도 없었다. 그럴 수밖에 없었다. 공격을 받았던 당시 기억을 모조리 잃어버렸기 때문이다. 한참 시간이 흘러 성폭행 진범이 밝혀지기 전까지 나는 그 재판을 성폭행 재판이라고 여기지도 않았다.

당시 나는 내가 성폭행을 당했다는 엄연한 현실도 아직 똑바로 마주하지 못했지만 그 부작용을 다루는 데는 적극 나섰다. 흑인의 몸을 폄하하고 파괴하는 일에 맞서 싸우면서 내 검은 몸을 폄하하고 파괴하는 일은 줄어들었다. 소속감과 연대감, 보고 들으면서 살아나는 감정들 덕분에 분노를 돌리고 수치를 감출 만한 공간이 생겼다. 나로서는 오히려 반가웠다.

21세기청소년리더십운동은 전 세계 곳곳에 퍼져 있었다. 전 세계의 학생 가운데 많은 이들이 인격을 형성하는 시기에 함께 모여 배우고 자라고 나누고 공동체를 일구면서 시간을 보냈다. 우리는 언제나 앨라배마주의 셀마에서 혹은 앨라배마주의 HBCU*에서 모였다. 엄마는 본인과 같은 브롱크스 사람이며 지금은 내 정신적 스승이 된 해리스 선생님을 만나고 나서 마음의 빗장을 풀었다. 21세

---

* 아프리카계 미국인을 대상으로 1964년에 설립된 미국의 고등교육기관으로, 'Historically Black Colleges and Universities'의 약자이다.

기청소년리더십운동의 하나하나가 엄마가 지금까지 나를 키운 방식과 맞물렸기 때문에 다음 여행을 떠날 때는 훨씬 쉽게 허락을 받을 수 있었다. 그 후 나는 이루 셀 수 없을 만큼 많이 여행을 다녀왔다. 앨라배마주가 제2의 고향처럼 다가왔다. 앨라배마주에 나와 피가 한 방울이라도 섞인 사람은 단 한 명도 없었지만 핏줄이 아니라 사랑과 경험으로 이어진, 가족처럼 가까운 사람들이 있었다. 우리는 아직 젊었지만 서로 의지하며 출산과 죽음, 졸업과 중퇴, 체포와 이별, 삶의 수많은 일을 함께 굽이굽이 헤쳐 나갔다.

결코 잊지 못하는 날

고등학교 2학년 때 남자친구를 사귀었다. 이름이 숀이었는데 나는 그때 '처녀성'을 잃었다. 내 자유의지에 따른 일이었다. 우리 둘다 지나칠 정도로 적극적이지는 않았지만 관계를 맺었고 그럴 때마다 피임기구를 썼다. 엄마는 내가 여름방학 기간 중에 사우스캐롤라이나주의 이모네에 가 있는 동안 내 일기장을 읽고 그 사실을 알아버렸다. 엄마가 보인 반응은 감때사나웠다. 이모한테 득달같이 전화를 걸어 불같이 화를 내면서 나를 예정보다 일찍 집으로 보내라고 다그쳤다. 내 은밀한 생각과 감정이 담긴 일기를 몰래 읽은 행위에는 조금도 부끄러움을 느끼지 않았다. 오히려 이때를 놓칠세라 내수치심을 더 높이 쌓아 올렸다. 요 몇 년 동안 내가 정말 더럽고 지저분하고 행실 나쁜 여자아이라는 증거를 찾고 있다가 마침내 그 증거를 잡은 듯이 행동했다. 적어도 나는 그렇게 느꼈다.

집으로 돌아오자 엄마가 다짜고짜 나를 데리고 산부인과를 찾았다. 사전 준비나 이렇다 할 설명 한마디 없었다. 그저 이렇게 쏘아붙였다. "이제 성관계를 했으니 몸에 질병이나 다른 질환이 생기지 않았는지 반드시 검진을 받아봐야 해." 아이를 양육하는 태도가 아니었다. 수치심과 평가만 있을 뿐이었다. 엄마와 노스센트럴병원 산부인과 대기실에 말없이 앉아 있는데 간호사가 다가와 의사가 곧 나를 진찰할 거라고 전했다. 나는 자리에서 일어났다. 엄마는 그대로 앉아 있었다. 간호사 말을 잘못 들었거나 너무 빨리 일어섰나 싶어서 다시 자리에 앉았다. 그러자 엄마가 딱 잘라 말했다. "네 이름을 불렀어. 내 이름이 아니라."

평소에는 진료를 받기 위해 병원 대기실에 있다가도 내 이름이 불리면 엄마와 함께 들어가곤 했었다. 이번에는 왜 다를까? 엄마가 정말 나와 같이 들어가지 않을 심산인지 알아보려고 엄마 눈을 살펴보려 했다. 내 눈에 저 익숙한 표정이, 엄격하고 확고하고 공허한 엄마의 표정이 들어왔다. 엄마만이 지닌 초능력이었다. 엄마도 잘 알았다.

"가." 엄마가 간호사를 따라가라며 나를 떼어냈다. 혼자 가야 한다는 점이 분명해졌다.

나를 진료실로 안내한 간호사는 머리를 바짝 뒤로 묶어 쪽을 졌고 회녹색 진료실 옷을 입고 있었다. 소아과 병원 안내 접수처 간호사가 입던 재미있고 알록달록한 간호복이 그리웠다. 걸어가는 동안 간호사는 소아과 진료실 간호사들처럼 학교생활이나 대중문화 같은 화제로 긴장을 푸는 말을 건네지는 않았지만 괜찮은지는 물었다. 간호사라 기색을 잘 읽을 테니 분명 내 마음속에 두려움이 쌓이고 신경이 곤두서고 있음을 눈치챘음이 틀림없었다.

"산부인과에 온 건 처음이에요?" 간호사가 아까보다 상냥한 말씨로 물었다.

"네, 처음이에요." 솔직히 털어놓으며 진료실로 이어지는 짧은 복도를 따라 걸었다.

그러고는 더 나아가 실은 무척 무섭다며 어떤 일을 예상해야 하는지 모르겠다고 막 입을 떼려는데 간호사가 이렇게 말했다. "겁내지 마세요. 그렇게 못 견딜 정도는 아니에요. 약간 불편하겠지만요. 이제 한 여성으로 성장하려면 거쳐가야 하는 일이에요." 그런 말들이 얼마나 무시무시한 예언처럼 들렸는지 그 간호사는 과연 알았을까.

간호사가 브래지어만 빼고 옷을 모두 벗은 다음, 진찰대 가장자리에 놓여 있는 종이 가운을 입으라고 지시했다. 옷을 다 갈아입고서 진찰대 끝에 앉아 있으면 의사가 곧 올 거라고 덧붙였다. 그러고 나서 간호사가 나갔다. 나는 지시대로 한 다음, 진찰대에 앉아 무슨일이 일어날지 기다렸다.

문을 가볍게 똑똑 두드리는 소리가 나더니 중년의 백인 여성 의사가 들어와서 자신을 소개했다. 그러고는 자궁경부암 검사를 할 거라고 말했다. 자궁경부암 검사가 무엇인지, 어떻게 검사할 것인지 설명하는 목소리가 차갑고 딱딱했다. 이어서 진찰대 뒤쪽으로 물러나 앉은 다음, 발걸이에 한 발씩 올려놓으라고 손짓을 했다.

뒷무릎에 땀이 차기 시작했다. 내 아래 깔아놓은 보호용 종이에 땀이 배어났다. 내키지 않았지만 엉덩걸음을 치며 물러나자 보호용 종이가 찢어졌다. 의사가 짜증으로 얼굴을 구기며 진찰대에서 일어나라고 말했다. 내가 어설프게 몸을 옆으로 돌리고 내려왔다. 엉덩이가 보이지 않도록 종이 가운을 꽉 여몄다. 의사가 새 보호용 종이를 뽑아 진찰대에 폈다. 내가 뒷무릎에 난 땀을 훔치고 나서 뒤쪽으로 엉덩걸음을 치지 않으려고 진찰대 옆쪽으로 올라갔다. 의사가 기구의 발걸이에 한 발씩 올려놓은 뒤 최대한 아래쪽으로 내려오라고 지시했다. 이제 나는 다리를 벌린 채 누워 있었다. 가운이라고 부르는 얇은 종이 말고는 아무것도 걸치지 않았다. 아무도 이런 내 모습을 보지 못했다. 심지어 남자친구도 보지 못했다. 여름 캠프 때 공용 욕실에서도 이런 적이 없었으며 수업 때문에 옷을 갈아입을 때도, 육상 경기를 마친 후에도 이런 적이 없었다. 단 한 번도. 나는 이런 일에 **매우** 조심스러웠다. 그런데 지금 내가 이해하지도 못한 이유 때문에 낯선 백인 여성 앞에서 벌거벗다시피 한 모습으로 누워 있었다. 게다가 의사는 내 깊은 구멍을 자세히 들여다보며 지금껏 한 번도 본 적 없는 무언가를 집어넣으려고 했다. 가슴이 두방망이질을 쳤다. 호흡이 가빠지고 거칠어졌다. 차분히 가라앉히려 애썼다. 감정이 마구 쏟아져 나올 위험에 처할 때 어디로 방향을 잡아야 할지 알고 있었다.

의사가 팔을 들어 손에 쥐고 있는 도구를 보여주었다. 도구를 사용하기 전 각 단계마다 이러저러하다고 알려주었다. 하지만 나는 뒤따르는 과정에 대해 전혀 마음의 준비를 하지 못했다.

어떤 성폭력을 당했든 성폭력 피해 생존자에게 가장 끔찍한 고통은 일정 시간 동안에 자신의 몸과 관련하여 결정을 내릴 힘을 잃어버린다는 점이다. 다른 누군가가 통제권을 휘두른다. 그들은 몸싸움을 하든 우격다짐을 하든 통제권을 앗아간다. 그러면 이루 말할 수 없을 정도로 인간성이 짓밟히는 느낌이 든다. 그런 까닭으로 이후 내가 내린 결정 하나하나가 내게는 더없이 중요했다. 한없이 소중했다. 그러나 그날 산부인과에 가는 일은 내가 내린 결정이 아니었다. 엄마가 결정했고 나는 따라야만 했다. 진찰대에 누워 있는 동안 두려움을 입 밖에 낼 수도, 질문을 던질 수도, 한 동작과 한 동작 사이에 잠시 쉬어갈 수도 없었다. 그렇다. 나는 성관계를 가졌다. 하지만 내 선택이었다. 그 점이 내게는 중요했다. 이런 일을 겪는 데에는 어떠한 마음의 준비도 되어 있지 않았다. 엄마는 의사가 내 안에 이상한 물건을 집어넣으리라는, 그 과정이 채 2분도 걸리지 않으리라는 말을 건넬 배려조차 하지 않았다. 나는 두렵고 부끄럽고 당황스러운 기분에 휩싸인 채 진찰대에 누워 있었다. 의사가 나를 쿡쿡 찌를 때마다 진료 부위가 아팠고 쏟아지는 질문 공세를 견디어야 했다.

145

"성관계를 가진 지 얼마나 되었나요?"

"얼마 안 되었어요." 기어들어가는 목소리로 대답했다.

"엄마가 이렇게 데려와서 다행이에요. 콘돔을 쓰나요?"

"네."

"매번?" 의사가 숨 쉴 틈도 없이 질문을 이어갔다.

"네."

의사 눈썹이 살짝 올라갔다. 표정에 의심이 어렸다. 확인을 요구하자 나는 고개를 돌려 굽힌 다리 너머를 바라보며 의사와 눈을 마주쳤다. 의사는 콘돔 사용이 얼마나 중요한지 일장 연설을 늘어놓았다. 바나나에 콘돔을 씌웠던 보건 수업에서 여러 차례 들었던 내용과 비슷했다. 반쯤 듣고 반쯤은 흘려버렸다. 진찰 공간을 에워싼 감청색 병원 커튼에 시선을 꽂았다. 커튼은 흔한 샤워 커튼 고리를 달고 녹슨 은색 봉에 달려 있었다. 맨 끝 고리는 어디론가 빠져 달아났고 두 번째 고리만 빼고 나머지 고리는 모두 하늘색이었다. **아무도 알아차리지 못할 거라고 여겼을까?** 궁금했다. 전문의 진료실에 흔해 빠진 샤워 커튼 고리를 달다니 정말 볼품없었다. 죄죄대는 의사한테 뱃심 좋게 고리가 어쩌고 말하려는 순간 느닷없이 의사가 손가락으로 항문을 찌르는 느낌이 들었다. 억 하는 소리를 지르고 나도 모르게 엉덩이를 꼭 오므렸다. 의사가 짜증을 냈다. 의사는 생방송으로 진행하던 해설식 콘돔 광고 단계에서 이제껏 한 번도 남에게 보여준 적이 없는 내 몸의 한 구멍을 집게손가락으로 찔러보는 단계로 넘어간 게 확실해 보였다.

의사가 손가락을 빼며 불퉁스럽게 말했다.

"집중하세요. 이미 경험한 일과 다르지 않아요!"

나는 고개를 돌리고 아랫입술을 악물었다. '**아니요, 이건 내가 이미 경험한 일과 전혀 달라요. 손가락을 내 몸속에 집어넣잖아요!**' 나는 소리치고 싶은 걸 간신히 참았다. 대신 아프다고 말했다. 그러자 의사가 뻔뻔한 사람들이 많이들 하는 일을 했다. 내 느낌을 부정한 것이다.

"**아픈 게** 아니에요. 조금 **불편할** 뿐이에요. 그 정도 **불편**은 참을 수 있어요."

나는 고개를 다시 누이고 의사가 내 경험을 멋대로 정의하도록 내버려두었다. 아픈 게 아니라고 스스로를 타일렀다. 하지만 아팠다. 이런 순간이 지나가는 속도를 따라잡지 못하는 내 머리가 아팠고 이미 두드려 맞을 대로 맞은 내 마음이 아팠다. 이 같은 순간에는 침묵이야말로 가장 든든한 친구라는 점을 오래전에 배운 적이 있었다. 그래서 말없이 진찰대에 누워 있었다. 수치와 고통을 견디며.

다 끝나자 의사가 옷을 입으라고 지시했다. 그러고는 엄마와 상담하러 밖으로 나갔다. 진찰대에서 몸을 일으켰다. 종이가운을 벗고 천천히 내 옷으로 갈아입었다. 의사가 이미 벌어진 일에 관해 엄마에게 어떻게 말하고 있을지 머릿속으로 그려보았다. 진료실을 나가자 엄마가 안내 접수대에서 서류를 작성하고 있었다.

어느 자리든 떠나기 전에 늘 그랬듯 엄마가 물었다. "빠뜨린 거

없이 다 챙겼어?"

"네, 다 꼼꼼히 챙겼어요."

"그럼, 이제 가자."

엄마가 서류를 안내 접수처에 다시 내고 우리는 아무 말 없이 복도를 따라 걸어 나왔다. 엄마가 손을 흔들어 택시를 불렀다. 같이 택시 뒷좌석에 올라탔다. 엄마는 내 눈을 마주치지도 않고 진료실에서는 어땠는지 물었다. 목소리에는 여전히 성난 기운이 배어 있었다.

"별거 없었어요."

"별거, 없었다고?" 엄마가 내 말을 따라 하며 내 쪽으로 고개를 돌렸다.

"의사가 검사했고 몇 가지 질문을 던졌고 그게 전부라고요."

"알았어." 엄마가 대답했다. 내게 더 이상 대답을 얻어내려 밀어붙이지 않을 듯 보였다.

몇 분 동안 말없이 택시를 타고 가다가 내가 불쑥 뿔따구를 냈다. "의사가 내 엉덩이에 손가락을 집어넣었다고!"

엄마가 쿡 웃음을 터뜨렸다. 나도 웃음이 터졌다. 실은 농담을 즐길 기분이 정말 아니었지만 긴장을 깬 것만으로도 고마웠다.

"맞아, 그러려고 가는 거야. 의사들이 하는 일이 그런 거지!" 엄마가 혼자 클클거렸다.

웃음이 터지던 순간에는 대화의 장이 열리지 않을까 생각했다. 하지만 택시를 타고 집으로 오는 내내 우리는 다시 침묵 속에 깊이 가라앉았다.

그날 저녁 늦게 엄마가 엄마 친구와 진료 예약 어쩌고 하며 전화로 주고받는 이야기를 들었다. 침실에 있어서 대화 일부만 들을 수 있었다. 엄마는 깔깔 웃으며 의사 손가락이 길을 헤맸네 말았네 하며 떠들었다. **그게 왜 우스울까?** 나로서는 이해가 가지 않았다. 경박함은 어째서 늘 다른 사람 차지일까? 택시에서 웃음이 터졌을 때 나는 잠시 우리가 통했다고, 아니면 엄마가 이 모든 과정이 담고 있는 교훈을 설명해주리라고 여겼다. 내가 열일곱 살을 앞두고 성관계를 실험했다는 이유만으로 그토록 불같이 화를 내지는 않았을 터였다. 그런데 여느 때처럼 나는 홀로 남겨져 궁금증만 키울 뿐이었다. 엄마와 나 사이에 오고 가는 대화는 심문 아니면 위임이었기 때문이다. 주고받은 말을 전부 듣지 않더라도 엄마 목소리에 담긴 익숙한 어감만으로도 나는 점점 나락으로 떨어졌다.

4년 전 엄마와 다른 병원에 갔던 적이 있었다. 늘 다니던 소아과가 아니라 인근 지역 병원이었다. 당시 나는 열두 살이었고 음부에 탈이 생겼다. 발진 같은 게 돋았다. 작은 뾰루지들이 났고 몹시 가려웠다. 엄마한테 말하자 엄마가 자세히 들여다보았다. 하지만 엄마도 원인을 알 수 없었다. 어디에 갔었는지, 아랫도리로 무엇을 했는지 엄마가 온갖 질문을 퍼부었다. 하지만 아무것도 찾아낼 수 없었다. 일주일 전쯤 웨스 아저씨네의 오래된 화장실을 사용했다는 사실밖에는 떠올리지 못했다. 의붓언니와 남자친구가 이사 온 그 아파트

말이다. 그곳은 더 이상 내가 어린 시절 살던 집이 아니었다. 마약 소굴이나 다름없었다. 결국 두 사람은 쫓겨났고 건물 관리인이 엄마에게 연락해 아파트를 세놓아야 하니 귀중품을 가져가라고 전했다. 엄마가 아파트를 치우러 갈 때 나도 함께 갔다. 종종 궁금했다. 엄마는 나를 왜 그곳에 데려갔을까. 어쩌면 한때 내가 살았던 집이었기 때문인지도 모른다. 어쩌면 내가 집을 보아야 한다고 생각했을지도 모른다. 어쩌면 일손이 필요했는데 친구나 자매를 부르기가 민망했을지도 모른다. 이유야 어찌 되었든 어릴 적 살던 집이 폐허로 변한 모습은 엄청난 충격을 안겼다. 우리가 키우던 개 피버는 의붓언니와 마약에 찌든 패거리한테 버려져 영양실조로 죽어 있었다. 오줌과 개똥과 마약 냄새가 온 집을 집어삼키고 있었다. 지옥의 가장 깊숙한 곳에서 냄새가 난다면 그런 냄새이지 않을까 생각했다. 엄마랑 문턱을 넘는 순간 도망치고 싶었다. 하지만 엄마를 따라 안으로 들어갔다. 그 집에서 서성이는 동안 화장실을 썼다. 엄마는 내가 화장실을 썼다고 무척 화를 냈고 우리는 곧 그 집을 나왔다. 하루쯤 지나고 나서 음부가 가렵기 시작했다.

엄마가 할머니와 함께 나를 데리고 병원에 갔다. 엄마는 진찰실에 나와 함께 앉아 있었다. 의사가 여느 때처럼 진찰을 했다. 배를 눌러보고 심장 소리를 들었다. 바지를 벗게 한 다음, 속옷 한쪽을 조금 들추어서 재빨리 훑어보고는 면봉으로 음부를 쓱 문질렀다. 나는 바지를 벗자마자 다시 입었다. 그러고 나서 대기실로 가서 할머니와 앉아 기다렸다. 그 사이 엄마가 의사와 이야기를 나누었다. 우리 집은 길 바로 아래쪽이었다. 엄마와 할머니와 함께 병원을 나섰다. 엄마는 내게 단 한마디도 하지 않았다. 할머니에게는 의사와 나눈 이야기를 자세하게 설명했다. 우리 집 건물 옆 커다란 횡단보도를 건너 모퉁이를 돌 때 엄마가 걸음을 멈추고 나를 돌아보았다.

"성병을 앓는다면 네가 성관계를 맺은 사람들 명단을 빠짐없이 제출해야 해. 알고 있지?"

나는 그 자리에 얼어붙었다.

"의사들이 사람들한테 전화를 걸어 그 사실을 알려야 하니까!"

엄마가 정나미가 뚝 떨어진다는 표정을 지었다. 엄마 목소리도 딱 그랬다. 나는 말없이 엄마를 쏘아보았다. 내 눈빛은 입으로는 차마 옮길 수 없는 그런 의미를 분명 담고 있었으리라. 엄마가 이렇게 말했기 때문이다. "그런 눈으로 보지 마. 네 탓이니까!"

엄마 어깨 너머로 할머니를 슬쩍 올려다보았다. 집행유예를 바랐는지도 몰랐다. 그러나 할머니도 한마디도 하지 않았다. 우리는 다시 걷기 시작했다. 엄마가 할머니와 대화를 이어나갔다. 그러는 사이 내 주위에서 세상이 소용돌이치며 빙빙 돌았다. 표정을 고치려고 걸음을 늦추었다가 엄마한테 또 한소리를 들어야 했다. 울지 않으려고 온 힘을 짜냈다. 집에 도착하자마자 내 방으로 들어갔다. 침대에 앉아 엄마가 날린 경고를 다시 떠올렸다. 어지럽고 어리벙벙했다. **성관계를 맺은 사람들이라니?** 엄마는 내가 남자아이랑 성관계를 했다고 생각하는 걸까? 내 자유의지로? 내가 성병에 걸린 걸까? 수많은 질문이 머릿속에 떠돌았지만 단 한 가지 질문으로 되돌아갔다. 엄마는 왜 나를 그토록 미워하는 걸까?

엄마는 이런저런 이유로 내게 늘 화를 내는 듯 보였다. 자라면서 그런 엄마 모습에 점점 익숙해졌다. 에디 아저씨가 우리 삶에 들어온 뒤로는 더욱 그랬다. 도대체 나를 어떻게 생각하고 있기에 내가 피해자일 수 있다는 점은 전혀 고려하지도 않고 열두 살짜리 **매춘부** 라고 믿어버리는 걸까? 너무 어리고 겁에 질려 그 질문은 차마 던질 수 없었다. 나이가 들어가면서, 아빠를 닮았다는 이유로 자식들에게 원망을 쏟아내고 학대한다는 여성들 이야기를 듣곤 했다. 그 아빠들은 가족을 버리거나 여성을 괴롭혔다. 그렇지만 나는 엄마를 빼다 박았다. 엄마가 어렸을 때 사진과 내가 어릴 때 사진을 본 사람들이 우리를 종종 분간하지 못할 정도다. 생부를 거의 알지도 못한다. 물론 내가 태어났을 때 상황이 엄마한테 무척 고통스러웠으리라는 점은 짐작한다. 몇 년이 흐른 뒤에서야 엄마는 내가 아니라 엄마 자신을 미워한 게 아닐까 하는 생각이 들었다. 어렸을 적에는 내게서 언뜻 보이는 엄마 모습이 고통과 기억을 불러일으켰고, 어쩌면 엄마는 자신의 고통과 기억을 그런 식으로 표현한 것일지도 모른다고 여겼다.

자기혐오가 진심을 다해 온전히 사랑할 능력에 심각한 한계를 지운다는 점에는 의문의 여지가 없다. 능력과 의욕은 별개 문제다. 사랑을 논할 때는 특히 그렇다. 나 역시 홀로 자식을 키우며 실수 자국을 길게 남긴 어른이었다. 그러고 나서야 엄마가 나를 진정 사랑했다고 확신에 차서 말할 수 있었다. 그 마음을 분명하게 깨달은 때는 내가 지닌 능력의 한계에 부딪히고 나서였다. 내 아이를 사랑하고 싶은 의욕이 제아무리 크더라도 내가 묻어두려고 한 망령들이 내 발목을 붙잡았다. 나는 그 망령들을 완벽하게 잠재우지 못했다. 종종 튀어나왔다. 내가 엄마와의 관계 속에서 쌓아온 경험이 없었더라면 내가 내 능력을 갖추기 위해 그토록 치열하게 싸웠을지 자신할 수 없다. 내 의욕에 안주하는 것만으로는 내가 원하는 방식으로 아이를 사랑하고 자유롭게 키우는 데 턱없이 부족하다. 수많은 여성이 어떤 목적을 띠고서, 관계를 이어붙인다거나 사사로운 흠모와 추앙의 원천이 된다거나 가치를 보여주는 증거가 된다거나 하는 등 여러 목적을 이루려고 아이를 낳아 기른다. 그들처럼 이제는 나도 잘 안다. 각자의 삶에는 고유한 목적이 있으며 아이들의 삶이라도 다르지 않음을 깨달을 때, 그리고 그 목적은 우리가 내세우는 필요로 결정되지 않음을 깨달을 때, 그 깨달음이 얼마나 큰 충격으로 다가오는지를.

●

그날 이후로도 나와 엄마는 병원을 찾은 일을 놓고 단 한 번도 깊이 있는 대화를 하지 않았다. 마찬가지로 다음번 산부인과 방문을 두고도 대화를 나누지 않았다. 성병이 아니었으리라고 짐작한다. 더이상 병원을 찾지 않았기 때문이다. 명단을 작성하여 제출하라는 요구도 없었다. 그날 밤 에디 아저씨는 좌욕하는 법을 알려주며 엉덩이를 담그고 있으라고 말했다. 욕조에 대야를 놓고 따뜻한 물을 부은 다음, 골든실과 블랙시드오일을 비롯해 다른 몇 가지 천연 제품을 풀어 넣고는 자신이 문을 똑똑 두드릴 때까지 앉아 있으라고 했다. 두 번 정도 더 좌욕을 했고 일주일쯤 지나자 불긋한 부스럼이 말끔하게 사라졌다.

에디 아저씨가 말했다.

"어디든 화장실에 가거나 휴지로 닦을 때는 조심해야 해. 알았어? 아직 꼬마 숙녀니까 조심해야지."

에디 아저씨는 이런 모습으로 다정한 마음씨를 보여주었다. 아주 드문 순간이었지만 마침 꼭 필요한 때에 어쩐지 마술을 부리듯. 내게 무슨 일이 일어났는지, 어떻게 그런 일이 일어났는지 묻는 법이 없었다. 그가 직접 물었다고 해도 내게 대답할 말이 있었는지도 확실하지 않지만. 엄마와 할머니와 함께 길모퉁이에 서 있던 그 순간에는 비밀을 털어놓을 단 한 번의 기회가 찾아왔다고 여겼다. 그런데 그 순간은 진짜 기회가 되기도 전에 가뭇없이 사라져버렸다.

새날

졸업반이 되기 전에는 조지아주에 있는 클라크애틀랜타대학교에 가기로 마음먹었다. 21세기청소년리더십운동 연수회를 마치고 집으로 돌아오다가 그 대학 교정에 잠깐 들른 적이 있었다. 그때 주차장에서 학생 조직가 무리와 딱 마주쳤다. 그들은 학교에 대해, 자신들이 학교뿐 아니라 학생으로서 시도하는 도전을 얼마나 사랑하는지에 대해 우리에게 열심히 이야기했다. 고등학교를 졸업한 뒤에도 나는 뜻이 맞는 사람을 찾을 수 있고 공동체에 이바지하는 조직화 활동을 계속 이어갈 수 있으며 지적으로 성장해갈 수 있는 곳으로 가고 싶었다. 클라크애틀랜타대학교 학생 활동가들과 이야기를 나누고 나자 그 대학에 꼭 가고 싶어졌다. 스파이크 리*의 〈스쿨 데이즈〉와 〈전혀 다른 세상A Different World〉에서의 모습 말고는 (전통적으로 흑인이 다니는 대학이나 대학교인) HBCU에 대해 잘 알지 못했다. 하지만 그것만으로도 충분했다. 그런데 클라크애틀랜타대학교를 비롯하여 스펠먼칼리지와 모어하우스칼리지와 모리스브라운대학이 자리 잡고 있는, AUC라는 이름으로 더 잘 알려진 애틀랜타 대학 단지에서 겪은 경험이 더해지자 다른 곳은 아예 눈에 들어오지도 않았다. 그해 봄에 들어섰을 때 나는 몹시 들떴다. 하지만 내가 지원받을 수 있는 학자금이 등록금을 감당하지 못한다는 사실을 알고 나선 금세 기쁨이 사그라들었다.

엄마는 뉴욕에 있는 대학에 진학했었다. 따라서 학자금 지원으로 등록금을 다 댈 수 있으며 뉴욕에서 지낼 수 있어 기본 생활비가 거의 들지 않는 대학이 있는데 내가 왜 굳이 멀리 있는 학교로 가려는지 이해하지 못했다. 연방 정부와 주 정부가 지원하는 제도 이외의 학자금 지원을 얻어내는 일이 엄마에게는 아주 낯설었다. 더구나 나는 우등반과 대학수학능력평가반에 있었고 성적도 뛰어났으며 SAT 점수도 꽤 높았다. 게다가 엄마와 할머니를 비롯해 우리 가족 여러 사람이 대학을 나왔음에도, 지도교사는 '형편을 보아하니' 브롱크스커뮤니티칼리지에 지원하는 게 나에게는 최선이라고 여겼다. 내가 어느 대학을 지원하든 전형료 납부 면제를 도와주지 않았다.

---

* 미국의 영화감독 겸 배우로 흑인 차별 문제를 직접적으로 다룬 영화를 제작했다. 대표작으로 〈똑바로 살아라〉 〈정글 피버〉 〈맬컴 엑스〉 등이 있다.

내가 합격했다고 해도 학자금 지원을 알아보도록 도와줄 성싶지 않았다. 나 혼자서 알아보아야 했다. 나는 똑똑했고 역량을 갖췄다. 현명하고 올바른 결정을 내리려고 애썼다. 그래도 고작 열일곱 살이었다. 결국 한 학기 동안 일을 해서 돈을 모은 다음, 내년 봄 학기에 클라크애틀랜타대학교에 지원하기로 결심했다.

후원 단체인 청소년을위한일자리센터 내 21세기청소년리더십운동 뉴욕 지부에서 일을 찾았다. 하루는 파야에게서 전화를 한 통 받았다. 파야는 꽤 자주 전화했다. 우리가 얼마만큼 성장하는지 확인하고 여러 읽을 책이나 끝마쳐야 할 활동을 정해주었다. 능력을 키워나갈 수 있도록 도움을 아끼지 않았다. 그래서 전화를 받고 파야의 목소리를 들었을 때도 전혀 놀라지 않았다. 8월이 저물어갈 무렵이었다. 파야는 내가 전화를 받자마자 가을에 어느 대학으로 진학할 작정인지 물었다. 나는 한 학기 동안 뉴욕에 남아 있어야 한다고 대답했다. 재정 상황을 설명하고 내년 봄에 클라크애틀랜타대학교에 지원하겠다는 계획을 자세하게 덧붙였다.

전화기 너머에서 순간 침묵이 흘렀다. 이어 한숨 소리가 들렸다. 파야가 내게 별명처럼 붙인 이름을 불렀다.

"타와나. 내가 아는 한 그렇게 남은 사람들은 모두 애초의 계획으로 돌아가지 않을 이유를 찾아요. 날 믿어요?"

내가 풋 웃었다. 이제까지 내게 그렇게 물었던 어른은 없었다.

"물론이죠. 믿어요." 대답하면서 동시에 심장이 빨라졌다. 우리

가족 이외에 누군가를 믿는 일은 익숙하지 않았다. 우리 가족이 나를 위해서라면 어떤 식으로든 늘 발 벗고 나서리라는 건 알았다. 할아버지는 누누이 그 점을 강조했다. 학교에서도, 과외 활동에서도 믿을 만한 어른들이 주위에 있었다. 하지만 그들이 나를 위해 어떤 희생을 무릅쓰리라는 기대는 전혀 품지 않았다. 파야는 달랐다. 내게 기대를 품게 했다. 그는 연금술사였으며 꿈을 엮는 장인이었고 전사였다. 우리가 성장하고 성공하도록, 우리가 자신이 지닌 무한한 역량을 즉각 발휘할 수 있다고 믿는 사람으로 변신하도록 하나의 세계를 빚어 왔다. 우리가 이미 지도자라고 확신을 불어넣었다. 물론 나는 파야를 믿었다.

파야는 내가 앨라배마주립대학교에 들어갈 수 있다면서 설명을 이어갔다. 잠시 짤막하게 이야기한 뒤 자신을 믿는다면 보다 자세한 내용을 알아보고 다시 전화하겠다고 덧붙였다. 나는 그를 믿는다고 했고 파야가 다시 전화를 걸어왔다. 파야는 내 고등학교 졸업증명서 사본을 입학사무처에 팩스로 보내고 한 여성에게 전화를 걸라고 일러주었다. 나는 서류를 준비해야 해서 내일 전화를 걸겠다고 대답했다.

그날 밤 집으로 돌아왔다. 엄마한테는 파야와 통화한 내용을 말하지 않았다. 내가 그해 가을에 클라크애틀랜타대학교에 가지 않으리라는 점이 확실해졌음에도 엄마는 앞으로 어떻게 할 계획인지 진지하게 묻지 않았다. 나 역시 돈을 모은 다음, 나중에 갈 계획이라고 먼저 이야기하지 않았다. 사실 그 무렵 엄마와 나는 더 이상 솔직하게 대화를 나누지 않았다. 나는 매일 학교에 다니고 있었다. (대개는) 엄마가 정해놓은 규칙에 따르고 있었지만 엄마와는 거의 접점이 없는 생활을 해나갔다. 졸업식이 다가왔고 지나갔다. 리먼칼리지나 브롱크스커뮤니티칼리지에 갈지 고민 중이라고 운은 떼었지만 구체적으로 계획을 세우지는 않았다. 엄마는 내가 여름 내내 일을 한다고만 알고 있었다. 집에 오자 외로움이 마음을 적셨다. 새로운 기회가 다가왔지만 누가 학비를 댈 것인지를 비롯해 어떻게 대답해야 할지 전혀 감조차 잡지 못하는 수천 가지 질문 공세에 맞닥뜨리고 싶지 않았다. 이후 무슨 일이 닥칠지 알 수 없었다. 그 계획이 아주 이례적이라는 사실도 별 도움이 되지 않았다. 그래서 입을 꾹 다물었다. 이튿날 일터로 돌아갔다. 손에는 졸업증명서를 든 채였다. 나는 파야가 지시한 대로 한 단계 한 단계 밟아나갔다.

사무실 전화기를 들었다. 파야가 알려준 전화번호를 꼭꼭 눌렀다. 그 여성을 찾았다. 목소리에는 파야 같은 온기가 전혀 묻어나지 않았다. 내게 짧고 딱딱한 질문을 던졌다. "누가 내 전화번호를 알려주었나요?"

모음을 길게 늘인 굵은 남부 억양이며 사뭇 정색하는 태도며, 그는 마치 내가 드라마 보는 시간을 방해한 듯이 질문을 이어나갔다.

"셀마의 파야 로즈 메리 샌더스 변호사입니다."

몹시 떨렸다. 어떤 상황에 놓였는지, 이 대답이 먹힐지 짐작조차

하기 어려웠다. 그런데 말이 떨어지기 무섭게 여성의 말투가 바뀌었다.

"아아아아아, 파야! 아, 맞아, 저기…… 네가 졸업증명서를 보낸 학생인가 보구나?"

뾰족하게 날 섰던 목소리가 사라졌다. 깜짝 놀랄 만큼 야단스러운 호들갑이 그 자리에 들어섰다.

"네, 몇 분 전에 제가 보냈습니다."

여성이 내게 잠깐 기다리라고 하고는 다시 돌아와 몇 가지 필요한 사항을 말해달라고 요구했다. 주소와 주민등록번호, 생년월일과 다른 개인정보들을 알려주자 그는 메모를 받아 적으라면서 이 전화를 끊은 뒤 다시 전화를 걸어야 할 이름과 전화번호 들을 줄줄이 댔다.

"학자금 지원 관련 부서로 전화해서 연방정부대학학자금보조신청서를 어떻게 제출해야 할지 알아보아야 해요. 갖고 있지요?"

"네, 갖고 있어요."

"좋아요. 잘했어요. 주거 관련 부서로도 전화해서 어떻게 진행하는지도 알아보아야 해요. 알다시피 이미 학생들이 기숙사에 들어가 있고 방을 배정받았기 때문이에요."

"아, 알겠습니다."

"좋습니다. 지금 서류 한 장 팩스로 보낼게요. 작성해서 바로 나한테 보내주어야 해요. 그렇게 할 수 있죠?"

"네, 할 수 있어요. 팩스기가 옆에 있어요."

"잘 됐어요. 그 서류를 꼭 갖고 있으세요. 다른 곳에 전화할 때 필요할 테니까 말이죠. 다른 서류들은 작성한 다음에 바로 나한테 보내고요. 알았죠? 두 번째 쪽에 나오는 마지막 질문은 걱정하지 않아도 돼요. 되도록 빨리 나머지 서류를 내게 보내주세요."

"네, 그렇게 하겠습니다. 감사합니다."

전화를 끊으면서 도대체 뭐가 뭔지 어리둥절했다. 온 정신을 집중해 들으며 이름과 전화번호 들을 받아 적었다. 하지만 이 정보들이 무슨 의미를 띠는지 전혀 이해하지 못했다. 당혹감이 물밀 듯이 밀려드는 사이에 팩스기가 울렸다. 당혹은 곧장 의심으로 바뀌었다. 서류가 한 장 들어왔는데 첫 문장이 이랬다. '**앨라배마주립대학교 입학을 축하합니다.**' 이어 서류가 또 여러 장 들어왔다. 그 첫 장 상단에 굵은 글씨로 이렇게 쓰여 있었다. **입학지원서.**

분명 엄청난 사건이었다. 파야가 나를 그 대학교에 입학시키려고 누구에게 전화를 걸고 무슨 수를 썼는지 나는 알지 못했다. 하지만 서류만 보자면 정식이었다. 파야를 믿고 한번 도전해보겠다고 결심한 지 고작 스물네 시간밖에 지나지 않았는데 이미 나는 대학교 등록 절차를 밟고 있었다. 그날 오후 내내 전화를 몇 군데 더 돌리고 추가 서류 작업을 마친 다음에 팩스로 보냈다. 그러고는 내용을 빠짐없이 공책에 정리해놓고 엄마와 결판을 지으러 집으로 향했다. 마음이 몹시 들떴다. 이야기를 어떻게 제대로 풀어나가야 할지 전혀 신경 쓰지 않았다. 집에 도착하자마자 두서없이 이야기를 몽땅 쏟아냈다. 말을 마치기가 무섭게 엄마가 나를 쏘아보고는 입을 열었다.

"이렇게 갑자기?"

"네, 이렇게 갑자기요." 목소리에 너무 좋아하는 기색이 드러나지 않도록 조심하며 대답했다.

"그럼 언제 표를 끊고 앨라배마에 있는 대학으로 떠날 예정인데?"

"다음 주까지 앨라배마로 가야 한대요. 그래야 방을 얻을 수 있대요. 파야가 이미 보증금을 내고 방을 잡아놓았어요."

"책이며 준비물이며 온갖 필요한 물건은 어떻게 하려고?"

"파야가 그런 걱정은 하나도 하지 말라고 했어요. 오기만 하면 된댔어요."

"파야가, 파야가. 흥."

폭탄이 쾅 터지기를 기다렸다. 엄마는 늘 폭탄을 지니고 있었다. 엄마를 자극하지 않도록 들뜬 마음을 가라앉혔다. 엄마는 단 1달러도 쓰지 않고 자신도 모르는 사이에 내게 넘치도록 많은 선물을 베풀었다. 그 가운데 으뜸인 선물은 내가 언제 엄마의 허락을 가장 절실하게 필요로 하는지 알았다는 점이다. 엄마가 허락한 덕분에 책을 읽고 새로운 활동에 도전하고 21세기청소년리더십운동을 만나는 여행을 떠날 수 있었다. 내가 자랄수록 엄마가 '좋아'라고 허락할 때마다 더욱 폭넓고 나은 기회가 다가왔다. 하지만 허락을 얻기가 점점 어렵게 여겨지고 더불어 엄마의 분노도 점점 치미는 듯 보였다. 엄마가 내게 마련해준 토대, 교육과 문화를 중요시한 태도가 없었더라면 파야가 내게 열어주는 문을 알아보지 못했을 것이다. 하지만 엄마 때문에 이따금 그 문을 열고 들어가는 일이 마치 지뢰밭을 헤치고 나가는 기분이 들었다. 이제 엄마가 무언가를 해줘야 하거나 돈과 관련된 모든 일은 준비되었다. 단 한 가지만 빼고.

"그럼 앨라배마까지는 어떻게 갈 거야?" 엄마가 물으며 내 눈을 똑바로 바라보았다. 마침내 꼬투리를 잡았다는 표정이었다.

"난…… 엄마가 표를 끊어주어야 해요." 내가 더듬거렸다. 속으로는 **망할**이라고 중얼거렸다. 내 등줄기를 타고 흐르는 식은땀을 들키고 싶지 않았다.

사실 파야는 이미 내게 비행기 표를 끊어주겠다고 제안했다. 그런데 내가 비행기 표는 엄마가 사주실 거라며 정중히 사양했다. 엄마가 그 정도는 해주어야 한다고 생각했기 때문이다. 지금은 괜히 호의를 사양했다는 후회가 스멀스멀 기어올랐다. 나는 우리 집 재정 상황을 상세하게 알지 못했지만 돈이 늘 빠듯하다는 것쯤은 알고 있어서 무리가 되거나 나만 생각한다 싶은 일은 요구하지 않으려 애썼다.

"무슨 돈으로? **타라나 저닌?**"

내 미들네임까지 다 들리는 순간 덫에 걸렸음을 알아챘다.

엄마가 내 미들네임까지 들먹일 때는 자신의 주장을 절대 굽히지 않겠다는 선전포고를 하는 것과 마찬가지였다.

"앨라배마로 날아갈 여비를 너 스스로 찾아야 한다고 봐. 이렇게 갑자기, 표를 끊고 떠날 결심을 한 사람은 너잖아?" 그러고는 키득키득 웃기 시작했다. 재미있어서 웃는 웃음이 아니었다. '하, 너가 그렇지 뭐'가 깔려 있는 '참, 어이없네'에 더 가까운 웃음이었다. 나는 잠자코 있었다. 이 빈정거림이 끝나야 한다는 걸 알고 있었다.

"좋아, 타라나." 엄마가 머리를 가로저으며 한숨을 내쉬었다. "두고 보면 알겠지. 난 약속할 수 없어. 이런 일에 쓸 돈을 미리 헤아려 두지 못했거든."

나는 얼른 자리를 떴다. 내 방으로 사라졌다. 뜨거운 눈물이 뺨을 적셨다. **엄마는 도대체 왜 이럴까?** 엄마는 나를 곤경에 빠뜨리는 일을 즐기는 듯했다. 내가 바람 앞의 등불 같은 처지라는 걸 알고서, 엄마가 허락하느냐 허락하지 않느냐 여부를 애타게 기다리고 있음을 알고서 어떤 권력이라도 쥔 듯 행동했다. 내가 대학에 들어가기를 바라지 않았던 걸까? 비용을 최대한 적게 부담하는 길을 찾았는데도 엄마는 기쁘지 않았던 걸까? **어째서 내가 잘되는데도 기뻐하지 않을까? 한번이라도 나를 자랑스럽게 여길 수는 없는 걸까?** 울다 지쳐 잠이 들었다. 이튿날 마음을 단단히 먹었다. 자존심을 굽히고 결국 비행기 표를 사달라고 파야에게 말할 작정이었다.

잠에서 깨어나 보니 남동생의 아버지인 에디 아저씨가 집에 와 있었다. 내가 고등학교 3학년이 되기 몇 년 전부터 에디 아저씨는 우리와 함께 살고 있지 않았다. 그래도 마음이 내킬 때면 오며가며 지냈다. 에디 아저씨가 미소를 띠며 내게 인사를 건넸다. 무척 드문 일이었다. 그러고는 나를 꼭 안으며 내게 뽀뽀를 했다. 이 또한 아주 드문 일이었다.

"축하할 일이 있다고 들었어." 특유의 번지르르하면서도 울림이 깊은 목소리로 그가 말했다. 이런 목소리는 에디 아저씨와 엄마가 다시 '만나고' 있을 때나 나왔다. 그 만남은 시시때때로 끝났지만. 나는 여전히 에디 아저씨가 싫었다. 대개는 엄마 때문이었다. 내가 보기에 엄마는 어느 누구보다 대우받을 자격이 충분한 사람이었다. 다만 에디 아저씨가 자주 사라졌으므로 그나마 나와 에디 아저씨 사이는 무던할 수 있었다. 에디 아저씨는 늘 나를 상대해주지 않았지만 내가 커가면서 나를 대하는 태도가 좀 느긋해졌다.

"무슨 소리예요?" 졸린 눈을 비비며 물었다. 에디 아저씨가 특유의 너털웃음을 터뜨렸다. 그 바람에 정신이 번쩍 들며 잠이 홀랑 달아나버렸다.

"엄마가 그러던데. 네가 **대학**에 가게 됐다고!"

나는 웃는 둥 마는 둥 했다. 에디 아저씨가 왜 이토록 호들갑을 떠는지 이해하려고 애썼다.

"표정이 왜 그렇게 시무룩해? **대학**에 간다니 기쁘지 않아?"

에디 아저씨는 '대학'이라고 말할 때마다 백만 **달러**를 말할 때처럼 힘주어 말했다. 매우 기이하게 들렸다. 앨라배마주립대학교에 진학할 기회가 생겨 무척 들떠 있으나 여전히 오리무중이라고 겨우 대답했다.

"오리무중이라니?" 에디 아저씨가 못 믿겠다는 듯 외쳤다. 정말 드문 일이었다.

"네 엄마가 비행기 표만 있으면 된다던데. 또 뭐가 더 필요한 거야?"

문득 감이 왔다. 엄마가 내게는 눈곱만큼도 기쁜 내색을 보이지 않았지만 에디 아저씨한테로 가서 한바탕 자랑을 늘어놓은 것이었다. 그럴 때마다 엄마와 에디 아저씨가 벌이는 이상한 게임에서 말이 된 기분이 들었다. 엄마가 자랑을 늘어놓았음을 깨닫자 억지로라도 웃지 않을 수 없었다.

"제가 생각하기에는 없어요. 비행기 표만 있으면 돼요."

"아, 다행이네. 그 정도야 뭐, 내가 끊어줄 수 있어. 말해봐! 다른 거 뭐 필요한 거 없어? 옷이나 책이나 새 신발은 어때? 또 뭐가 필요해?" 에디 아저씨가 안달을 부리며 내게 말을 붙였다.

조심스러우면서도 다른 한편으론 호기심이 나서 에디 아저씨 얼굴을 찬찬히 살폈다. 우리 사이가 조금 좋아졌다고는 하지만 이 정도까지는 아니었다. 에디 아저씨가 지금처럼 미끼를 던져놓고 한껏 부푼 감정을 꾸며내어 엄마를 꾄 다음, 엄마가 에디 아저씨를 따라 같이 감정을 키울라치면 찬물을 확 끼얹어버리는 모습을 종종 본 적이 있었다. 그런데 이번에는 달라 보였다. 에디 아저씨가 이토록 들뜬 모습은 아무래도 이상했지만 전염성이 점점 높아졌다. 더 이상 감정을 억누를 수가 없었다. 에디 아저씨가 얼마나 희색만면해하며 의기양양한지 보자 순간적으로 웃음이 크게 터져 나왔다.

내가 깔깔 웃어댔다. "얼떨떨해요. 이 모든 일이 다 어제 일어났다니까요!"

그때 엄마가 방으로 들어왔다. 어제와는 태도가 사뭇 달랐다. 엄마는 그날 우리 둘이 당장 외출해서 가게에서 무엇을 사야 하는지, 이를테면 세면도구처럼 꼭 필요한 물건들이 무엇인지 쭉 이야기했다. 그러고는 학교로 전화를 걸어 꼭 가져가야 할 물품 목록이 있는지 알아보라고 말했다. 내가 어젯밤에 잠을 자러 들어가 오늘 아침 잠에서 깬 그사이에 무슨 일이 있었는지 알 수 없었다. 하지만 개의치 않았다. 이미 일이 벌어지고 있었으니까.

일주일이 채 지나지 않아 짐을 다 꾸렸고 떠날 채비를 마쳤다. 비행기를 타보기는 난생처음이었다. 하지만 대학이라는 굉장한 모험에 비교하면 하찮게 여겨졌다. 나는 이 새로운 출발에 온통 집중했다. 내 안의 모든 것이 이어서 펼쳐질 이 장에 달려 있었다. 나를 아는 사람은 아무도 없었다. 내 비밀을 아는 사람도 아무도 없었다. 새롭게 다시 태어날 또 다른 기회였다. 내가 어떤 사람이었든 간에 대학 교정에 발을 내디딜 때 내가 평생 되고자 한 그런 사람으로 태어날 참이었다. 그런 사람이 어떤 사람인지 찾아내고 싶은 마음이 간절했다. 그동안 잔뜩 옹그리며 비밀을 안고 오는 동안 의도치 않게 내 안의 여러 장점도 꽁꽁 옭아버린 터였다. 정말 자유로워지고 싶었다. 내가 흘끗 훔쳐만 보아오던 삶을 살아가고 싶었다.

즐거운 우리 집 앨라배마

집을 떠나 대학에 들어갔을 때 나는 불과 열일곱 살이었다. 집에서 멀리 떨어져 있었지만 전혀 두렵지 않았다. 지난 몇 년 동안 셀마를 비롯해 여러 곳으로 여행을 다닌 덕분이라고 생각했다. 옷이나 음악 취향 탓에 무리에서 도드라지긴 했어도 어떻게 처신해야 할지 잘 알았다. 그리고 마침내 대학에 도착했다.

21세기청소년리더십운동에서 겪었던 경험은 내가 디프사우스의 HBCU에서 엮어나갈 삶을 준비하는 데 아무런 소용이 없었다. 내 주변에는 희망에 부풀어 공동체를 발전시키고자 애쓰는 젊은 지도자가 더 이상 없었다. 나는 초저음역 스피커 속 〈누가복음〉 비디오 세트 안에 살게 되었다. 지나가는 자동차들은 하나같이 어찌나 크게 베이스 음악을 틀어놓는지 늘 탈수하는 세탁기 위에서 사는 기분이었다. 남학생들은 자전거 탈 때나 입는 짧은 반바지를 보란 듯이 입고 다녔다. 여학생들은 예전 솔트 앤 페파의 뮤직비디오에서 방금 튀어나온 듯 머리를 높이 쌓아 올렸다. 잔머리는 젤을 발라 사춘기 소녀처럼 이마에 착 붙였다. 나는 2주 늦게 도착했다. 이미 친해진 사람끼리 무리를 지어 다니고 있었다. 첫 주가 지나가는 동안 교실 안에서나 밖에서나 말없이 걸어 다녔다. 친구를 사귀기보다는 워크맨을 꽂고 고향을 떠오르게 하는 키드 카프리 노래를 들으며 교정을 거닐었다.

내가 처음 만난 아이는 프레드였다. 기숙사 앞에 앉아 있을 때였다. 차대를 낮춘 자동차 한 대가 또 교정을 가로지르며 다가오더니 섰다. 디제이 매직 마이크의 〈드롭〉이 쾅쾅 울려 나왔다. 굵은 저음이 풍부해서 남학생이나 여학생이나 모두 발을 구르고 몸을 흔드는 노래였다. 그 자동차가 길을 따라 올라오는 모습을 보자마자 자리에서 일어나 워크맨을 켰다. 재생 버튼을 막 눌렀을 때 누군가 손으로 내 어깨를 툭툭 쳤다. 나는 펄쩍 뛰어오른 다음, 한 바퀴를 빙 돌면서 맞서 싸울 태세를 취했다. 그러고는 누가 내 어깨를 쳤는지 자세히 살펴보았다. 180센티미터 정도 되는 키에 피부색이 밝은 남학생이 서 있었다. 평범한 얼굴에 수염이 잔뜩 나 있었다. 머리끝에서 발끝까지 풍기는 분위기가 〈더 프레시 프린스 오브 벨 에어The Fresh Prince of Bel-Air〉*에서 곧장 튀어나온 듯했다.

"이런, 미안. 놀라게 할 생각은 없었어!" 그가 싱긋 웃으며 손을 거두는 모습이 저 텔레비전 시트콤에서 윌이 재즈에게 그랬듯 기꺼이 옆구리에서 5달러 지폐라도 건넬 품새였다. 나는 그 남학생에게, 이어 그의 손에, 다시 그 남학생에게 눈길을 주었다. 내 귀에 꽂히는 음악소리를 줄이지도, 죽일 듯이 노려보는 표정을 풀지도 않았다.

"제에에에에엔장!" 남학생은 모음을 아주 오랫동안 혀 위에 올려놓았다. 그러는 사이 주먹으로 내내 입을 가렸다. 나는 헤드폰 한쪽을 벗고서 남학생이 왜 아직도 내 앞에 서 있는지 알아내려고 했다. 뚝뚝한 표정으로 물었다.

"젠장, 뭐? 무슨 문제라도 있어?"

나는 여전히 그를 쏘아보았지만 다른 여러 학생처럼 나를 무시하지 않는 태도에 호기심이 일었다. 남학생은 무심해 보였다. 솔직히 말하자면 그는 즐기고 있었다.

"뉴욕, 맞지? 너, 뉴욕에서 왔구나!" 그는 내 대답을 기다리지도 않았다. "아, 난 프레드야. 다들 보스턴이라고 부르지만. 왜냐하면, 맞춰봐. 왜 그런 것 같아?"

그는 입을 헤벌쭉 벌리고 어리숙하지만 환하게 미소를 지으며 나를 가리켰다. 내가 그 질문에 대답하려고 줄을 서서 기다리고 있다는 듯이.

---

* 1990년 NBC에서 방영된 시트콤으로 흑인 사회 내부의 갈등과 이슈를 위트 있게 풀어냈다.

"필라델피아에서 왔나보지." 내가 톡 쏘아붙이자 남학생이 마구 웃었다. 저 깊은 뱃속에서 울려 나오는 웃음소리였다. 소리가 무척 컸고 전염성이 강했다. 30초도 안 되어 나도 그 웃음에 감염되어 같이 웃었다. 내가 뉴욕 출신이라는 점을, 저 음악이 멈추지 않거나 사람들이 꺼벙한 질문만 계속 던진다면 이 대학을 그리 오래 다니지 않으리라는 점을 확실히 깨달아가는 중이었다. 프레드는 내가 아직 제대로 된 사람들을 소개받지 못했다고 확신했다. 그러고는 오직 나를 위한 맞춤 대학 안내자를 자처했다.

프레드가 가장 먼저 한 일은 북부 지역인 '저 꼭대기'에서 또는 동부 연안에서 온 아이들 모두에게 나를 소개시키는 것이었다. 여기 디프사우스 대학 교정에서는 고향에서는 결코 듣도 보도 못한 일이 벌어졌다. 다리와 터널 그림자가 지지 않는 이 새로운 곳에서는 저지 출신이라는 점도 뉴욕이나 퀸스나 브롱크스 자치구 출신이라는 점만큼이나 매력으로 다가왔다. 게다가 코네티컷주나 델라웨어주 같은 곳 출신도 한데 어우러졌다.

나는 바로 '저 꼭대기' 동아리에 섞여들어갔다. 다소 작은 무리였지만 기숙사에서 만난, 멋지게 꾸미느라 여념이 없는 여학생들과는 그저 그런 평범한 사이로 멀어졌다. 기숙사를 쓰는 학생들은 미국 전역에서 온 터였다. 한 방을 나눠쓰던 친구는 시카고 출신이고 그의 절친한 친구는 저지 출신이었다. 이들과의 관계는 더욱 느슨했다. 그래도 친하게 지낸 친구가 세 명 있었다. 고등학생 때부터 알고 지내던 사이로 두 명은 애틀랜타에서 왔고 한 명은 퀸스에서 왔다. 몇몇 괜찮은 남학생들도 있었다. 프레드는 약방의 감초처럼 끼지 않는 데가 없었다. 이 외에도 포킵시 출신이라서 우리 모두 짧게 줄여 킵이라고 부르는, 키가 2미터에 이르는 거대한 몸집에 피부색이 밝고 머리를 하우스풍으로 촘촘히 땋아 내린 빅 더블유Big W, 엉뚱하면서도 사랑스러운 면이 있지만 무서우리만치 힘이 센 오오, 그리고 할렘 출신으로 피부색이 짙고 아름다우며 가닥가닥 길게 땋은 머리가 멋진 롭이 있었다. 롭의 두툼한 입술은 무뚝뚝한 성격을 그대로 드러냈고 목소리는 무척 깊어서 으르렁거리며 말할 때면 저 윗동네까지 소리가 울렸다. 나는 롭에게 반했다. 롭이 교정을 걸어 다니는 모습을 볼 때면 더없이 반가웠다. 롭은 천천히 그리고 침착하게 걸음을 옮기며 물수제비를 뜨듯 이 사람 저 사람과 이야기를 나눴다. 한쪽 입 끝에 막대 모양 치석 제거제를 물고는 늘 따뜻한 인사를 건넸다. 나는 고등학생 때 사귄 남자친구 숀과 여전히 만나고 있었다. 모임 가운데 한 여학생은 롭에게 드러내놓고 호감을 표현했다. 그래서 나는 단 한 마디도 내색하지 못했다. 하지만 롭과 함께 어울릴 수 있는 기회라면 놓치지 않았다.

여러 아이와 함께하는 파티에도 다니고 행사에도 다녔다. 고향에서는 그런 일이 몹시 드물었는데 대학교에서는 아주 흔했다. 내게 익숙하던 사교 규칙은 무용지물이었다. 한번은 새로 사귄 친구들과 파티에서 어울리고 있는데 한 남학생이 방을 가로질러 갔다. 남학생은 산악용 가죽 신발을 신고 있었는데 끈이 느슨하게 묶여 있었다. 사실상 다 풀려 있었다. 그 남학생이 칠칠맞지 못한 사람임을 드러내는 결정적인 증거였다. 그는 선발 투수가 입는 웃옷을 입고 있었다. 나는 다정하고 쾌활하게 보이려고 애썼다. "안녕. 요즘 어때? 너, 뉴욕 출신이야?" 미소를 던지며 이렇게 물었다.

남학생이 머리를 휙 돌렸다. 너무 빨리 돌리는 바람에 나는 어쩔 수 없이 약간 뒤로 물러섰다.

"나보고 말한 거야?" 묻는 듯도 보였고 불쾌한 듯도 보였다. 내가 미처 대답하기도 전에 남학생이 내게 몸을 다 돌리고는 바로 내 발 앞에서 그 두툼한 가죽 신발을 쾅 굴렀다. 그러고는 온 방이 다 들리도록 큰소리로 외쳤다. "마운트 버넌이야. 어쩔 건데?"

나는 남학생 주변에 있던 아이들이 그의 이 객기 가득한 허세에 감명을 받았음을 깨달았다. 그뿐만 아니라 동시에 그 남학생이 스스로 다시 태어날 기회를 갖기 위해 대학에 들어온 사기꾼임을 꿰뚫어 보았다. 아마 자기 동네에서는 매일같이 집으로 쫓겨 들어갔을지라도.

생각도 하기 전에 입이 먼저 열렸다. "친구, 네가 헤비 디나 앨 비슈어를 사랑하는 뚱보가 아니라면, 뭐. 정말이야. 아무도 마운트 버넌을 두고 이러쿵저러쿵 **욕하지** 않아. 친구, 난 브롱크스에서 왔어. 그 거릴 건너가보고 싶진 않을 텐데!"

내가 확실하게 기세를 잡았다. 남학생과 나를 빼고 아무도 내가 무슨 말을 하는지 알지 못했다. 그건 중요하지 않았다. 이제 주위로 사람들이 몰려들었고 남학생이 뒤로 물러나려 기를 썼다.

"오오오오, 브롱크스 출신이라고! 오오오오오! 그래, 집에서 우스꽝스러운 부기 다운을 추는 곳 말이지!"

남학생이 나를 자극하려고 애썼다. 그 때문에 더욱 짜증이 났다. 하지만 결국 그가 허세를 가라앉혔고 나도 감정을 누그러뜨렸다. 그러는 편이 더 멋있게 여겨졌기 때문이다. 내가 한발 물러서며 뒤돌아 자리를 뜨려는 순간 남학생이 소리쳤다. "이제부턴 널 부기 다운 프로덕션이라고 부를 거야!" 그러고는 세차게 웃음을 터뜨렸다. 다른 남학생들도 덩달아 웃었다.

나는 발을 옮기다가 그대로 굳어버렸다. 내가 7학년일 때 저 유명한 엠시 KRS-원이 이끄는 힙합 그룹 BDP, 즉 부기 다운 프로덕션이 세상에 나왔다. 이후 나는 KRS-원과 비교당하며 끊임없이 놀림을 받았다. 8학년 때 그 소리를 처음 들었다. 같은 반 여학생이 뒤돌아보며 무심코 이렇게 물었다. "너, KRS-원이랑 닮은 거 알아?" 그러고는 킬킬 웃으며 스스로 아주 흡족하다는 표정을 지으며 다시 돌아앉았다. 솔직히 그 힙합 그룹을 정말 좋아했다. 하지만 KRS-원의 생김새는 전혀 몰랐다. 말하는 그 태도가 모욕처럼 들렸다. 고등학교 때도 같은 일이 일어났다. 숀과 사귀기 시작할 때였다. 숀의 한 친구가 숀과 내가 함께 있는 모습을 볼 때마다 BDP 노래를 입에서 나오는 대로 흥얼거리곤 했다. 급기야 숀이 그러지 말라고 으름장을 놓았다.

이 경험은 늘 내게 생뚱맞은 경멸처럼 여겨졌다. KRS-원과 나는 둘 다 여느 아프리카인처럼 코가 크고 넓적했으며 입술이 두툼했다. 나는 아프리카인다운 모든 점을, 특히 내 코처럼 나를 더욱 아프리카인답게 해주는 모든 특징을 사랑하도록 키워졌다. 할아버지는 언제나 업신여기는 투로 피부색이 더 밝은 사람이 얼마나 '백인스러웠는지', 우리가 아직 한눈에도 아프리카인임을 알아볼 수 있다는 것이 얼마나 운이 좋은지를 늘 일깨웠다. 더구나 나는 KRS-원인 크리스 파커를 좋아했다. 내가 이제껏 가장 좋아하던 래퍼이자 어렸을 때는 나만의 영웅이었다. 그러나 그런 건 더는 아무 상관 없었다. 나는 그저 피부색이 검고 입이 큰 흑인 여자아이일 뿐이었다. 감히 눈에 띄게 앞으로 나서서 의견을 내세우다니. 백인들이 스치듯 지나가며 흑인들한테 한마디 지껄이더라도 고분고분 받아들여야지. 이런 모욕들은 나를 강제로 내 자리로 돌려놓으려는 수작이었다. '**못생긴 애치고는 말이 많구나**'를 보다 명확하고 완곡하게 풀어놓은 말이었다.

그 자리에 그대로 서 있었다. 처음에는 곧장 오래된 상처로 되돌아가나 싶었다. 그런데 그때 내게는 마쳐야 할 임무가 있다는 생각이 떠올랐다. 이곳에서 처음으로 만난 꼴같잖은 남자아이가 던지는 이 케케묵고 어처구니없는 모욕에 걸려 넘어지고 싶지 않았다. 이 새로운 곳에서 스스로 다시 태어나겠다고 결심한 사람은 이 얼뜨기뿐만이 아니었다. 마운트 버넌에서 온 남학생들을 몇몇 알았고 그들에게는 배울 점이 많았다. 이 남학생은 마운트 버넌 출신이 아니었다.

내 몸속 뼈마디 하나하나가 남학생이 '머저리'라고 확신하고 있었다. 어쩌면 그 사실을 턱밑까지 바짝 들이밀어 아예 이 남학생의 대학 생활을 끝장내버릴 수도 있었다.

하지만 악을 쓰며 되받아쳤다. "야, 망할, 뭐가 되었든 부르고 싶은 대로 불러. 그런데 네가 아는 한 난 늘 최고일 거야!" 이는 BDP가 부른 가장 유명한 노래에서 인용한 말이었다. 우리를 에워싼 몇몇 아이들은 아마 이 말을 이해하지 못했을지 모른다. 하지만 남학생은 아니었다. 내 등 뒤에 버티고 서서 내내 응원을 보내주던 새로 사귄 친구들도 아니었다. 그 후 남학생은 교정에서 나를 볼 때마다 늘 위아래로 훑어보며 쿵쿵 발소리를 내며 지나갔다. 나는 나를 괴롭히는 한 악마를 눈에 불을 켜고 노려보았다. 결코 지지 않았다.

●

대학에서 나와 같은 부류를 찾아내자 모든 문이 나를 향해 활짝 열린 것 같았다. 어느 날 밤이었다. 친구들과 잔디밭에서 시간을 보내며 시시닥거리며 수다를 떨었다. 그러다 내가 한 번도 술을 마셔본 적이 없다고 말했다. 그러자 롭이 처음으로 목소리를 냈다.

"오, 이제 마셔볼 때도 됐지!"

고등학생 때 나는 반항하고 성질을 뿔끈거렸지만 몰래 빠져나가 술을 마시거나 파티에 다닐 정도로 불성실한 학생은 아니었다. 고등학교 1학년 때에는 담배를 피워보려고도 해봤지만 십 분 내내 정신 없이 기침을 해대고 나서 바로 곯아떨어졌다. 내 신체적, 정신적 능력을 잃는다고 생각하니 술을 마시는 것도 마음에 들지 않았다. 언제 어디서 무슨 일이 터질지 모르니까 늘 정신을 또렷하게 차린 채로 있고 싶었다. 대학에서는 술에 취하지 않고도 파티 분위기를 흥겹게 돋울 수 있었다. 게다가 종종 사람들은 내가 술을 마시지 않는다는 걸 깨닫지 못했다.

롭을 바라보았다. 두툼한 입술 위로 능글맞은 웃음이 퍼졌다. 나는 그 모습에서 눈을 떼지 못했다.

"잘 모르겠지만, 친구들." 다른 남학생이 커다란 갈색 가방을 내밀었다. 무심코 가방 안을 들여다보니 술이 두 병 들어 있었다. 손에 잡히는 대로 아무거나 한 병을 꺼냈다. 그리고 큰 소리로 또박또박 읽었다.

"M, D, 20, 20…… 이게 뭐야? 술병에 쿨에이드 주스를 담은 거 같아!"

모두들 왁자하게 웃었다.

"매드 독이라고 못 들어봤어?" 누군가 묻자 내가 대답했다.

"못 들어봤어. 근데 이름이 고주망태 술주정뱅이처럼 들려."

그때 롭이 술병을 빼앗고는 나를 똑바로 바라보았다. "좋아, 지금이야말로 술을 맛볼 순간이야, 자."

롭이 술병을 탁 따더니 내게 내밀고는 자신은 하이네켄 맥주를 벌컥벌컥 들이켰다. 나도 얼른 입 안 가득 술을 머금고는 한 번에 꿀꺽 삼켰다. 숨이 막히는 줄 알았다. 포도 맛 알사탕을 녹인 액체에 소독용 알코올을 섞은 듯한 톡 쏘는 맛이 목구멍 안쪽을 강타했다. 모두 내 우거지상을 보고 웃음을 터뜨리며 더 마시라고 부추겼다. 꿀꺽꿀꺽 두세 모금을 더 마셨다. 신맛이 나는 인공감미료가 뱃속으로 들어가 자리를 잡았다. 어느 순간에 나는 계단에 앉아 있었다. 다음 순간에는 우렁차게 말하는 내 목소리가 들렸다. 그런데 언제 이야기를 시작했는지 기억이 나지 않았다. 이제는 소리를 질러댔다. 현실 세계를 들락날락하며 나 자신을 지켜보고 있는 착각이 들었다. 간밤에 무슨 일이 일어났는지 생각해내려고 했지만 조각조각 흩어진 기억만 떠올랐다. 코치 무릎에 앉으려고 한 바람에 농구 시합을 방해했다. 너무 오래 너무 빤히 노려보는 구경꾼과 불꽃 튀기는 말씨름을 벌였다. 친구들을 졸라서 교정에서 달리기 경주를 했다. 목청이 터져라 노래를 부르고 랩을 쏟아냈다. 그날 밤은 속이 뒤집힌 채 안주를 던지는 일로 끝났다. 하지만 나는 옷을 입은 채 그대로 뻗어 잠에 곯아떨어졌고 누군가 나를 공처럼 뻥뻥 차며 온 교정을 돌아다닌 듯한 기분에 휩싸여 다음 날 잠에서 깨어났다. 당황스러웠다. 남자 친구와 술을 마시다가 취해버려 성폭력을 당했다는 여성들 이야기가 떠올랐다. 그날 늦은 오후가 되어서야 모두 모여서 전날 저녁에 있었던 술주정에 대해 서로 이야기를 주고받으며 깔깔 웃어댔다. 나는 두 가지를 깨달았다. 내가 행복한 사람에서 고약한 술꾼으로 한

순간에 바뀔 수 있다는 점과 이 친구들과 있으면 안전하다는 점.

롭을 향한 내 짝사랑은 그날 밤 이후 깊어만 갔다. 하지만 고향에 있는 내 남자친구한테 충실하겠다고, 그리고 쉴 새 없이 롭 이야기를 해대는 내 친구를 존중하겠다고 마음먹었다. 나 스스로를 마음껏 풀어놓는 순간이 있다면 춤출 때뿐이었다. 고등학생 때는 나 자신을 진정 자유롭게 풀어놓을 기회가 전혀 없었다. 남자친구는 질투가 심했고 사사건건 간섭했으며 엄마는 파티에 가는 걸 결코 허락하지 않았지만 여전히 나는 춤추기를 정말 좋아했다. 때때로 내 방에서 춤을 연습하곤 했었다. 그리고 롭과 함께 파티에 간 날 음악이 바뀌어 댄스 음악이 흘러나왔을 때 롭과 나 사이에 무언가가 통한 것을 느낄 수 있었다. 롭은 나처럼 카리브해 사람 혈통이 아니었다. 그런데도 뉴욕 사람 못지않았고 춤을 추면서 진정한 생기를 뿜어냈다. 파티장에서 댄스 음악은 오래 틀어두지 않았다. 두 곡 정도였을까. 하지만 댄스 음악이 흘러나올 때마다 롭과 나는 서로를 찾았다. 둘 다 무시하려고 애쓰며 억눌러왔던 성적 기류를 풀어냈다. 주위에 아무도 없는 듯이, 짝짓기 의식을 치르는 듯이 춤을 추었다. 우리 두 사람 가슴속에서 불꽃이 활활 타올랐다. 그 모든 한순간 한순간을 사랑했다. 누군가 내 몸을 탐하지 않은 분위기에서 안전하게 내 성적 매력을 탐색해보기는 살면서 이때가 처음이었다. 나는 롭이 내 연인이라도 되는 양 함께 춤을 추었다. 하지만 우리는 그때 그곳에 그 감정을 남겨둔 채 떠났다. 그해에 우린 입맞춤조차 나누지 않았다. 오히려 수단을 발휘해 롭과 롭을 무척 사귀고 싶어 하는 여학생이 늦은 밤에 만날 수 있도록 자리를 마련해주기도 했다. 여학생에게 롭과 사귀지 않겠다면 내가 사귈 거라고 농담까지 던지면서.

머지않아 나는 대학 생활에 완벽하게 적응했다. 성실하게 수업을 들었고 공부를 하지 않는 저녁이면 친구들과 어울렸다. 여학생 사교 클럽에 입회 서약하는 꿈도 꾸었다. 전에는 한 번도 생각조차 해본 적이 없는 일이었다. 그리고 '어머니 아프리카의 후예Descendants of Mother Africa, DOMA'라는 학생 조직에 가입했다. 고향에 있을 때부터 내 연애는 이미 결딴이 나 있었다. 그나마 이 친구들이 있어 삶이 견딜 만했고 기운을 추스를 수 있었다.

두 번째 학기가 시작할 즈음이었다. 숀이 다른 여자를 임신시켰다고 털어놓았다. 억장이 무너져내렸다. 그동안 나는 숀에게 무척이나 충실했기 때문에 숀이 복도 공중전화로 전화를 걸어올 때마다 기숙사 여학생들이 나를 찾아오곤 했다. 숀과 처음 함께 잤을 때 나는 결심했다. 숀이 나의 첫 남자이니 마지막 남자여야 한다고 말이다. 이미 오래전에 일어난 일을 딛고 마침내 앞으로 나아가기 위해서 선택할 길은 단 하나밖에 없었다. 우리는 함께하는 삶을 꿈꾸었다. 그런데 숀은 이미 그 꿈을 날려버렸다. 내가 그에게 그토록 충실했던 이유는 무엇일까? 나는 롭과 거리를 두는 일을 비롯해 내가 숀을 위해 해야 한다고 생각하는 일이라면 무엇이든 다 했다. 그런데도 숀은 나를 배신했다. 꼬박꼬박 듣던 수업도 빠졌다. 몇 주 동안 내 방에

틀어박혔다. 그러는 사이 학기가 반 이상 흘러갔다. 그때 로드니 킹 재판에서 배심원단 평결이 내려졌다.

1991년 봄 고등학교 졸업반 때였다. 당시 핸드폰에는 카메라가 달려 있지 않았다. 그마저도 마약상이나 자동차 판매원들만 종종 사용하던 시절이었다. 로드니 킹이라는 한 남성이 일상적인 음주운전 단속 체포 과정에서 로스앤젤레스 경찰관 네 명한테 구타를 당해 목숨을 잃을 뻔한 사건이 터졌다. 체포에 불응하는 경우, 경찰이 무력을 쓸 수 있었다. 그런데 근처에서 비디오카메라를 들고 있던 한 남성이 이 과정을 전부 영상에 담았고 지역 방송국으로 보냈다. 곧 미국뿐 아니라 세계 곳곳의 방송국에서 그 영상을 앞다투어 내보냈다. 이 사건으로 인종차별적인 수사 관행과 공권력이 자행하는 만행을 언론에서 전면으로 다루었다. 나는 뉴욕의 조직가로서 이미 유세프 호킨스 살인 사건과 센트럴파크 조거 사건에 깊이 발을 들인 적이 있었다. 로드니 킹 사건은 로스앤젤레스에서 일어났지만 그 장면을 보자 꼭 우리 집 뒷마당에서 일어난 일 같았다. 로드니 킹의 폭행 사건이 일어나기 얼마 전에는 로스앤젤레스에서 라타샤 할린스라는 흑인 소녀가 51세 한국인 편의점 주인한테 살해당한 사건이 있었다. 편의점 주인은 라타샤가 물건을 훔쳤다고 고소했다. 앨라배마주립대학교에서 첫 번째 학기를 보내는 사이, 편의점 주인은 자발적 과실치사로 유죄 판결을 받았다. 그런데 판사는 권고 형량 16년을 기각하고 수감 생활을 하지 않아도 되는 형을 선고했다. 그리고 지금

1992년 봄, 경찰관 네 명이 과도한 공권력을 행사하여 로드니 킹을 살해하려 한 사건이 무죄 판결을 받은 것이다. 경찰관 네 명 모두가 풀려났다. 로스앤젤레스 도시 전체가 폭발했다. 사람들이 거리로 쏟아져 나와 시위를 벌였다. 1960년대 이후 미국이 보아왔던 시위와는 양상이 다른 폭동이었다. 이 폭발로 미국 전역이 술렁였다.

그 판결이 내려졌을 때 나는 아직 내 방에서 눈물짓고 있었다. 누운 채로 이리저리 뒤척거리며 슬프고 느린 즉흥 연주 선율에 귀를 기울이고 있었다. 그런데 이 소식을 듣자마자 침대에서 벌떡 일어났다. 옷을 갈아입고 계단을 구르다시피 내려갔다. 교정에서 무슨 일이 벌어지는지 알아보았다. 기숙사 로비에는 돌아다니는 사람이 아무도 없었다. 교정으로 나가보니 여느 때와 조금도 다름없었다. 발길이 멈추는 대로 사람들을 붙잡고 로드니 킹 사건을 물어보았다. 내가 무슨 말을 하는지 아는 이가 하나도 없었다. 사람들은 내 안에서 부글부글 끓어오르는 분노를 예사롭게 무시해버렸다.

교정을 돌아다닌 뒤 도서관으로 향했다. 손으로 짧은 전단지를 썼다. **"로드니 킹과 라타샤 할린스 사건에 분노한다면 내일 정오에 학생 식당 앞에서 모이자."** 그러고 나서 내가 잘 따르는 한 입학처 직원을 찾아 전단지 몇 장을 복사해달라고 부탁했다. 그는 복사를 해주면서 학장실에서 도장을 받지 못하면 곧 뜯겨나갈 거라고 충고했다. 나는 학장실로 당당하게 걸어 들어갔다. 학장실에서는 사전 승인과 서류 작업에 관해 장황한 설명만 잔뜩 늘어놓았다. 전단지를 들고 기숙사로 다시 향했다. 한 선배가 건넨 조언이 기억났다. "허가를 기다리느니 사과를 하는 편이 나을 때도 있어."

　기숙사 방으로 돌아와 대학에서 어떻게 집회를 조직해낼 수 있을까 고심을 거듭했다. 집회가 제지되어서는 안 되었다. 거울에 비친 내 모습을 바라보았다. 커다란 검은색 머리 두건을 두르고 큼지막한 고리 모양 귀걸이를 걸고 있었다. 지극히 나다운 차림새였다. 두건은 곱게 짠 면직물로 길이가 2미터가량 됐다. 내 머리 위로 60센티미터 이상은 감아올릴 수 있었다. 그런 내 모습을 찬찬히 살펴보다가 문득 해답을 떠올렸다. 두건을 풀고 가위를 꺼냈다. 두건을 조심스럽게 접은 다음, 기다란 조각천이 가능한 여러 장 나오도록 잘라냈다. 그 조각천과 전단지를 들고 다시 밖으로 나가 친구들을 찾았다.

　우리는 학생식당으로 향했다. 한낮이면 교정에서 가장 붐비는 곳이었고 갖가지 활동으로 북적대는 곳이었다. 계단 꼭대기로 올라갔다. 내 목소리를 확성기 삼아 크게 외치며 시위 소식을 알렸다. 한 친구가 전단지를 돌리고 다른 친구가 검은 조각천을 나누어주었다. 21세기청소년리더십운동 지부에서 활동하던 때가 아련히 떠올랐다. 아드레날린이 솟구치며 심장이 요동쳤다. 갑자기 감정이 격앙된 탓에 슬픔조차 느껴지지 않았다. 동료 학생들한테 우리들의 목소리에 귀 기울여달라고, 연대의 표시로 검은 조각천을 오른쪽 팔에 묶어달라고 호소했다. 많은 학생이 일부러 우리를 무시했다. 하지만 마침내 사람들이 모이기 시작했다. 학생들이 조각천을 두르고 전단지를 읽었다. 다른 학생들은 우리를 지지한다고 소리쳤다.

계단에서 내려오자 나보다 나이가 많은 두 학생이 기다리고 있었다. 그들은 총학생회장이 나와 이야기를 나누고 싶어 한다고 전했다. 총학생회장과 개인적인 친분이 전혀 없었다. 나는 신입생이었고 총학생회장은 상급생이었으니까. 하지만 총학생회장이 남학생 사교 클럽인 오메가사이파이Omega Psi Phi fraternity*의 회원, 즉 '큐'라는 사실은 알고 있었다. 여학생들이 총학생회장 이름이 나올 때마다 환호했기 때문에 **모두가** 그를 좋아하는 것 같았다.

두 상급생이 나를 총학생회장실로 안내했다. 총학생회장은 양복을 차려입고 있어서 꼭 젊은 행정사무관처럼 보였다. 환한 미소로 우리를 맞이하며 이렇게 운을 뗐다. "문제가 좀 있습니다." 이어 대학 학장이 우리가 느끼는 분노, 우리 이면에 쌓인 분노를 잘 알고 있다고, 총학생회도 그렇다고 말했다. 그러고는 반드시 '올바른 방식'으로 집회가 이루어지길 바란다고 덧붙였다. 내가 벌인 활동은 허가를 받지 못했기 때문에 학교 측이 금지할 것이라고 말할 때는 목소리가 사뭇 차가웠다. 이에 집회는 허가받을 필요가 없으니 개의치 않는다고 대꾸했다.

"게다가 집회를 불허하면 온 언론에 도배될 거예요."

총학생회장이 놀란 표정을 지었다. "언론에 알렸다고?"

---

* 1911년 설립된 아프리카계 미국인 형제회 단체를 뜻한다.

"물론이죠. 파야 로즈 메리 샌더스가 연설하러 오실 겁니다."

거짓말이었다. 하지만 '샌더스'라는 이름이 대학에 어떤 힘을 발휘하고 있음을, 적어도 사람들이 자세를 바로 하고 귀를 기울이게 할 수 있음을 나는 알고 있었다. 총학생회장이 재빨리 말을 바꾸고는 우리가 동등하게 참여할 수 있다는 안을 내놓았다. 그러고는 어찌 되었든 무언가를 계획하고 있다고 밝혔다. 실행 방안을 두고는 이야기를 약간 더 나누었다. 총학생회장실을 나올 때는 기운이 펑펑 샘솟는 기분이 들었다. 조직하는 일이 좋았다. 결실을 맺는 일이 좋았다. 이제 파야를 끌어들여야만 했다. 난감한 상황에 빠지고 싶지는 않았으니까. 법률사무소로 전화를 걸어 파야를 찾았다. 이미 사람들에게 파야가 연설하러 올 예정이라고 말했다고 털어놓았다.

전화기 너머에서 귀에 익은 껄껄거리는 웃음소리가 들렸다.

"귀여운 타라나, 조가 이미 전화를 걸어왔단다. 네가 연설할 거라고 말했어." 조 리드는 대학 이사회 내에서 중요한 이사였다. 온몸이 찌릿찌릿 저려왔다. 나도 모르게 전화기에 대고 소리를 질러댔다. **"할 수 없어요, 파야."**

"왜 할 수 없어? 넌 이런 일을 하고 싶어 했어. 자, 도전해봐. 그리고 쟁취해내렴. 네가 하지 않으면 저 몽고메리의 멍청이들이 그 자리를 낚아챌 거야. 우리에게는 물러서지 않고 당당하게 맞설 21세기 지도자가 필요해."

얼이 빠진 채로 알겠다고 대답하고는 전화를 끊었다. 집회를 어떻게 이끌어야 하는지는 알고 있었다. 학생들을 선동할 수는 있었다. 그런데 연설은 어떻게 해야 하는지는 알지 못했다. 이제까지 두어 번 해본 게 전부였다. 흥분과 두려움이 내 속에서 뒤엉켰다. 하지만 만반의 준비를 갖추고 등장해야만 한다는 걸 잘 알았다.

총학생회는 이제 언론 행사가 된 이 일에 온갖 수단을 동원했다. 실제로 언론사를 섭외하고 연사 명단을 정리하고 음향 시스템과 연단을 비롯해 하나부터 열까지 모두 담당했다. 내 발상과 행사를 도둑맞은 기분이 들 정도였지만 짧은 시간 내에 체계를 세워서 해낸 일은 내가 손품을 판 전단지와 오려낸 두건 조각천으로 이루어낼 수 있는 일 그 이상이었다. 여전히 고리타분하게 여겨졌지만 열정만큼이나 협업과 준비가 참으로 중요하다는 교훈을 얻었다.

연사들이 잇달아 연단에 올라섰다가 내려섰다. 행정 당국에서 나온 대다수 어른은 로스앤젤레스 시민처럼 폭동을 일으키거나 대응해서는 안 된다고 학생들을 타일렀다. 그때 총학생회장이 등장해 신중하지만 열의를 담아 연설하자 군중 사이에서 약간의 호응이 올라왔다. 계단에 앉아 그런 광경을 지켜보며 내 차례를 기다렸다. 총학생회장이 연설을 마치고 내게 어서 나와서 마이크를 잡으라고 손짓했다. 내 귀에는 친구들이 포효하듯 외치는 환호와 내 이름만 들렸다. 계단을 올라갔다. 한 계단 한 계단 올라갈 때마다 더욱 신경이 곤두섰다. 난 타고난 대중 연설가가 아니다. 많은 이들이 그러하듯 나도 내 목소리가 싫다. 앨라배마주에 있으면서는 자의식이 더욱 강해졌다. 내 브롱크스 억양이 앨라배마주 토박이들 사이에서는 무척 두드러졌기 때문이다. 내가 연설하면 사람들이 막된 소리로만 들을 것 같았다. 그런데 마이크 앞에 탁 서자 그런 생각이 싹 사라졌다. 나는 활활 타올랐다. 이윽고 입을 열었다.

"저는 오늘 여러 가지 말을 들었습니다. 그런데 제가 듣지 못한 말이 딱 한 가지 있습니다. 바로 라타샤 할린스라는 이름입니다." 내가 그 이름을 말하자마자 군중 속에서 환호성이 터져 나왔다. 모두 그 이름을 거듭 외쳤다. 나는 있는 힘을 다해 파야와 교감했다. 과연 연설을 할 수 있을까 하는 두려움과 미리 적어놓은 서너 가지 요점은 동료 학생들이 행동에 나서고 또 행동을 멈추지 말아야 한다는 열렬한 탄원으로 바뀌면서 휙 날아가버렸다. 나는 내가 가장 잘하는 일을 해냈다. 군중을 하나의 기치 아래 결집하는 것.

연단에서 한 걸음 한 걸음 멀어졌다. 내 안에서 불꽃이 피어올랐다. 바람피운 남자친구도, 그동안 빼먹은 수업도, 모두 잊었다. 학년 말이 코앞으로 다가와 있었다. 드디어 내 발판을 찾은 것 같았다. 이듬해에는 학교로 돌아오지 않을 생각을 품고 있었지만 이제 그런 생각이 말끔히 자취를 감추었다. 힘이 솟았다. 내가 나 자신을 다시 태어나게 할 작정이었다. 하지만 밑바닥부터 시작할 필요가 없다는 것이 밝혀졌다. 먼지만 털어내면 되었다. 가장 빛나는 고갱이는 이미 거기에 존재하고 있었기 때문이다.

헤븐

집에서 멀리 떨어져 있고 다른 학생들과 똑같은 자원을 누릴 수 없다는 점은 무척 힘들었지만 그런 만큼 나는 내 길을 열어나갔다. 앨라배마주립대학교 2학년이 되어 다시 학교로 돌아왔을 때 내 친구들 가운데 절반은 사라지고 없었다. 가장 가깝게 지낸 몇몇 여학생 친구도 돌아오지 않았다. 롭은 뉴욕에 있는 학교로 다시 옮겨갔다. 나 역시 사정이 바뀌었고 3학년이 되었을 때는 행정처에 한바탕 파란이 일어나면서 오롯이 학생으로만 지내기가 어려워졌다. 새로 부임한 대학 총장이 대대적인 변화를 일으켰는데 학생을 우선순위에 두지 않는다는 점이 분명해 보였다. 이런 변화들 가운데 하나가 학자금 지원을 받는 학생들이 등록금을 먼저 낸 다음에 연방정부 지원금이 들어오면 돌려받는다는 것이었다. 많은 저소득층 학생이 학교에 다니는데 그런 정책으로는 도무지 학교에 다닐 방법을 찾을 수 없었다. 거세게 반발하며 맞서 싸웠다. 결국 많은 정책이 폐기되었다. 그래도 피해는 고스란히 남았다. 어쩔 수 없이 어려운 결단을 내렸다. 앨라배마주립대학교에서 빠져나오는 대탈출에 합류하여 몽고메리에 위치한 오번대학교로 학교를 옮겼다. 전통적으로 흑인이 다니는 대학교HBCU에서 백인이 힘으로나 수로나 우위를 차지하는 대학교Predominately White Institution, PWI로 옮기는 일은 문화적인 면에서 볼 때 대재앙이나 마찬가지였다. 하지만 동시에 교정에 발을 내디딘 흑인 학생 수가 워낙 많았기 때문에 그 충격은 어느 정도 완화됐다. 어느 저녁때든 오번대학교 교정을 자전거로 지나도 흑인 대학교 교정을 지나는 것과 크게 다르지 않았다.

오번대학교에서 보낸 몇 년 동안 나와 친구들이 무엇보다 매진한 활동은 학내에서 흑인 학생을 지원하는 일이었다. 21세기청소년리더십운동에 함께 참여했고 나와 가장 절친한 사이였던 에디는 내가 설득해서 내가 2학년일 때 앨라배마주립대학교로 옮겨온 적이 있었다. 그런 에디가 다시 나와 같이 오번대학교로 학교를 옮겨갔다. 우리 둘은 페리 바너와 더불어 새로운 동아리를 꾸렸다. 페리는 몽고메리에서 모르는 사람이 없었다. 그는 우리를 오랜 친구나 가족인 양 사람들한테 소개했다. 행정처는 교정에 새로운 물결이 되어 밀려드는 흑인 학생을 맞이할 준비가 되어 있지 않았다. 에디와 페리와 나는 아프리카계 미국인 학생 연합African American Student Alliance,

AASA이라는 단체를 결성했다. 이 단체는 소속과 상관없이 다양한 흑인 학생들을 하나로 묶는 조직으로 성장했다. 어떤 남학생 클럽에 서약했든 어떤 여학생 클럽에 서약했든, 사회적으로 누구를 지지하든, 중요하지 않았다. AASA는 영세중립국인 스위스 같은 곳이었다. 그 때문에 여러 활동을 벌일 수 있었다.

4학년이 되자 내가 앞으로 어떤 길을 걸어가야 할지 뚜렷해졌다. 비영리 행정가였다. 앨라배마주에 있었기 때문에 대학교에 다니는 내내 21세기청소년리더십운동과 매우 활발한 관계를 이어온 터였다. 한 계단 한 계단 밟아 올라갔고 조직의 이사까지 맡게 되었다. 조직의 내부 활동을 지켜보았으며 어떻게 기금 모금을 하는지, 어떻게 해야 문을 계속 열어놓을 수 있는지 배웠다. 졸업한 뒤에는 포드나 록펠러처럼 규모가 큰 재단에서 일해야겠다고 결심했다. 경험에서 우러난 참된 지식, 자금을 현장으로 끌어내는 데 도움이 되는 지식을 지니고 그 지식으로 조직을 이끄는 활동가가 되고 싶었다. 21세기청소년리더십운동 같은 조직이 더 이상 재정 지원을 구걸하지 않도록 하고 싶었다. 이런 계획을 이사회에서 당당하게 밝혔다. 짤막한 연설을 마치자 파야의 남편이자 21세기청소년리더십운동의 공동창립자인 샌더스 상원의원이 의자에서 몸을 앞으로 당기며 나를 똑바로 바라보았다.

"정말 좋은 생각이에요, 타라나, 정말 그렇게 되어야지요. 젊은이들한테서 그런 열정을 발견하니 감사하기 그지없군요. 그런데 내가 다른 제안을 한다면 어떻겠습니까?"

샌더스 상원의원은 이제껏 내게 한 번도 직접 말을 건넨 적이 없었다. 그래서 무슨 제안을 할지 짐작도 하지 못했다. 긴장한 채 웃음을 지으며 말했다. "좋습니다. 어떤 제안입니까?"

샌더스 상원의원이 오직 나만을 바라보더니 말을 이어나갔다. "셀마로 가서 21세기청소년리더십운동에서 일을 하면 어떨까요?"

턴테이블 위에서 돌아가는 레코드판을 앞뒤로 밀어낼 때 나는 소리가 들렸다. 탁 벌어진 입이 다물어지지 않았다. 샌더스 상원의원이 계속 말했다.

"조직에 쓰일 자금을 모으는 일에 집중할 자원개발 담당자가 필요해요. 그 일을 몹시 반기리라고 봅니다. 당신이 21세기청소년리더십운동을 얼마나 아끼는지 잘 알고 있어요. 기꺼이 그 일원이 되어주리라는 것도요. 아주 딱 맞는 적임자라고 생각합니다."

어안이 벙벙했다. 당시 나는 뉴욕으로 돌아가거나 아니면 손과 함께 메릴랜드로 옮겨갈 계획을 세우고 있었다. 손과 나는 그 모든 일에도 불구하고 다시 '연인'이 되었다. 비 온 뒤 땅이 굳는 것처럼 관계가 단단해졌다고 여겼다. 그런데 이제 새로운 기회가 내 눈앞에 펼쳐졌다. 모든 아귀가 딱 들어맞는 더할 나위 없는 기회였다. 일자리를 찾을 필요가 없었다. 내가 사랑하고 신뢰하는 조직에서 온 열정을 바쳐 활동할 수 있었다. 남자친구와 함께 꾸릴 삶이나 뉴욕으로 다시 돌아가 꾸릴 삶에는 아직 확신이 없었다. 이것이야말로 속이 꽉 찬 알짜 기회였다. 현명하게 판단해야 한다고 여겼다. 그렇게 그 기회를 받아들였다.

대학을 졸업하자마자 21세기청소년리더십운동이 나를 불렀다. 알고 보니 나만이 아니었다. 샌더스 부부의 세 자녀 가운데 첫째이자 최근에 대학을 졸업한 말리카 샌더스도 불러들였다. 말리카는 조직 속에서 나와 함께 성장했다. 셀마의 지역 청소년 지도자인 라토샤 브라운도 있었다. 라토샤는 21세기청소년리더십운동 내에서는 두각을 나타내지 않았지만 나와 오번대학교를 함께 다닌 동기였다.

사람들이 셀마를 떠올릴 때면 대부분은 시위자를 무참히 구타한 피의 일요일이나, 인종주의자 보안관 짐 클라크가 선거인 등록을 하려고 했다는 이유로 애니 쿠퍼를 땅바닥에 내동댕이치는 오래된 다큐멘터리 장면을 떠올린다. 해마다 수천 명이 에드먼드 페터스 다리를 건너는 연례 걷기 행사에 참여하거나 구경하며 역사적인 사건을 기념하기도 한다. 하지만 셀마는 그 운동이 일어난 이후나 일어나기 전이나 여러 면에서 달라지지 않았다. 도시는 가난했다. 흑인은 공권력 남용에 시달리고 부당한 대우를 받았다. 농장 노예를 향하던 폭력이 공공연하게 그리고 은밀하게 여전히 자행되었다. 말리카와 라토샤와 나는 이 조직을, 그리고 셀마의 운동을 21세기라는 무대로 끌어올리는 임무를 맡았다. 당시에는 이 일이 얼마나 힘겨울지 상상도 하지 못했다.

21세기청소년리더십운동이나 대다수 소규모 풀뿌리 조직 내 다른 일이 모두 그러하듯, 사실 직함에 따라 **정해진** 일만 하지 않았다. 나는 자금을 모으는 일로 고용되었지만 필요하다면 무슨 일이든 닥치는 대로 해야 한다는 점이 곧 분명해졌다. 여기에는 이 조직에서 내가 가장 좋아하는 일, 캠프도 들어 있었다. 리더십캠프야말로 21세기청소년리더십운동의 꽃이었다.

1996년 내가 21세기청소년리더십운동에서 일을 시작하던 그해 우리는 남부 전역과 뉴욕이나 보스턴이나 시카고 같은 대도시에 40개 이상의 지부가 있었다. 이외에는 말리에 국제 지부가 한 개 있었다. 각 지부는 독자적으로 운영되었지만 1년에 세 번 모든 지부가 한자리에 모여 훈련을 받고 공동체 의식을 다졌다. 우리들의 캠프였다. 사흘간 짧게 열리는 캠프는 봄과 겨울에 HBCU 교정에서 번갈아가며 열렸다. 열흘간 길게 열리는 캠프는 여름에 셀마에서 열렸다. 청소년 회원이 되어 내가 이 운동에 발을 들인 1989년 이후 나는 딱 두 번 캠프에 빠졌다. 한 번은 1990년 12월이었는데 벌을 받고 있었고 그 벌로 엄마가 터스키기에서 열리던 겨울 캠프에 가지 못하게 했다. 다른 한 번은 1994년이었는데 내가 거세게 반대했음에도 뉴욕 지부가 자체적으로 뉴욕에서 여름 캠프를 열기로 결정했다. 당시 새 뉴욕 지부장은 캠프를 위한 여행, 특히 여름 캠프를 위한 여행이 모든 과정을 마무리하는 데 꼭 필요하다는 점을 이해하지 못했다. 많은 지부가 재정 사정이 여의치 않아 회원을 주말 캠프에 보낼 수 없어 대개는 자원을 모아놓았다가 여름 캠프에서 썼다. 여름 캠프는 무척 중요하기 때문에 빠져서는 안 되었다. 내가 이 조직에 사랑과 헌신을 쏟는 이유였다. 가족과 같은 사람들을 만난 곳이었다. 열흘 동안 웃고 울고 노래하고 춤추고 고백하고 외치고 조직하고 배우고 가르치고 사랑했다. 우리 대다수에게는 이제껏 받아온, 또는 주어온 사랑 그 이상의 의미였다. 여름 캠프는 신성한 공간이었다. 사람들은 마음에 깊은 상처를 안고 왔다. 그 상처를 다루는 일이 21세기청소년리더십운동이 내거는 공식 의제가 아니었지만 우리 대다수가 상처를 품고 있었기 때문에 이 부분을 다루지 않을 수 없었다. 조직은 피부색이 짙든 덜 짙든 젊은이들의 요구와 경험과 미래를 중심에 두었다. 그리고 우리 가운데 많은 이들이 집이나 고향 마을에서 일어난 여러 비극으로, 벌어질 대로 벌어진 상처를 입은 채 도착했다. 나도 다르지 않았다. 그 전까지는 그 점을 깨닫지 못했을 뿐이었다.

나는 청소년 캠프 지도자로서 공동체 의식이 강했다. 캠프에서 지도자로서의 역량을 키워 공동체로 돌아가 활기를 불어넣어 변화를 꾀할 수도 있었다. 조직에 소속된 사람으로서 다음 청소년 세대가 나와 같은 경험을 쌓을 수 있는 공간을 꼭 일구어내고 싶었다.

1996년 여름, 나는 처음으로 개즈든주립커뮤니티칼리지에서 캠프를 이끌었다. 그때 나는 스물두 살이었다. 고등학생 때에는 청소년 지도원으로, 대학생 때에는 내내 지도원으로 참가했고 1년 동안은 청소년 캠프 총책임자를 맡기도 했다. 하지만 처음부터 끝까지 캠프를 설계하고 우리만의 방식으로 구상하는 일은 어마어마한 일이었다. 해마다 그랬듯이 앨라배마주 전역에서, 미국 각지에서 청소년들이 도착했다. 셀마에서 온 청소년은 우리 지역 지부 청소년들과 파야가 다니면서 모집한 사람들과 뒤섞여 있었다. 파야는 단연 뛰어난 모집자였다. 이는 다행스럽게도 우리가 계속 성장하고 있다는 의미였다. 하지만 예산이 적었고 조직의 규모는 훨씬 더 작았다. 이는 우리가 이따금 살짝 무리수를 둔다는 의미이기도 했다.

피부색이 검은색이거나 갈색인 어린아이들이 종종 범죄자 취급을 받고 악마처럼 묘사된다는 점을, 무죄 추정의 원칙이 지켜지지도 않을뿐더러 성장할 공간조차 없다는 점을 깨달은 조직으로서 우리는 처벌보다는 책임에 우선순위를 두었다. 안전한 캠프를 위해 청소년들이 지켜야 할 행동 지침을 조목조목 정해놓았다. 지침에 동의하는 리더를 모아 지침을 따르지 않는 청소년 참가자를 문책할 위원회도 구성했다. 이는 지침을 따르지 않는 누군가를 두고 때때로 즉석 증언과 토론이 이어지는 긴긴밤을 보낸다는 의미였다. 하지만 이런 체계는 지도자들이 청소년을 바라보고 이야기를 들어준다는 자신감을 낳았고 그 결과가 엄정한 판단이 아니라 사랑하는 마음에서 비롯되었다는 믿음을 주었다. 이런 접근은 체계가 엄격한 다른 환경에서 흔히 쓰이는 무관용 정책이나 가차 없는 처벌에 익숙한 캠프 참가자에게는 매우 낯설었다. 그래서일까. 참가자들은 우리가 베푸는 사랑과 수용의 한계를 시험하곤 했다.

1996년 여름 캠프를 진행하는 동안 그 한계까지 나를 가장 많이 밀어붙인 캠프 참가자가 헤븐이었다. 헤븐은 셀마에서 온 아이들과 함께 캠프에 왔는데 나는 그를 전혀 알지 못했다. 소형 버스에서 소란을, 그것도 크게 피우지 않았더라면 파도처럼 끊임없이 밀려드는 피부색이 짙은 다른 사춘기 전 아이들 얼굴과 뒤섞여 눈에 띄지 않았을 것이다.

"누구였든 상관없어. **우리** 엄마가 **아니니까.**" 내가 헤븐과 함께 막 도착한 아이들에게 다가갔을 때 내 귀에 들린 첫 말소리였다. 아이들을 안내하던 한 어른이 헤븐에게 큰소리를 내지르기 일보 직전이었다. 안내자 눈에 짜증이 가득했다. 나는 안내자에게 그만 가보라고 손짓하고 소란을 피우는 여자아이한테 눈길을 돌렸다. "넌, 이름이 어떻게 돼?" 차분한 목소리로 물었다.

"뭐? 왜?" 여자아이가 내 말에 대꾸하면서 고개를 이리저리 돌리며 주변을 자세히 살펴보았다.

"어, 안에서 무슨 일을 하려는데 일손이 좀 필요해서. 나랑 같이 가서 도와주지 않을래……" 내가 말꼬리를 늘리며 여자아이가 자신의 이름을 이어붙이기를 기다렸다.

"헤븐." 여자아이가 대답했다. 목소리가 약간 누그러졌다. 내가 적의를 담아 거친 말을 내뱉지 않으리라는 기대감으로 낮아진 목소리였다.

내가 밝게 그 이름을 불렀다. "헤븐이라. 정말 **예쁜** 이름이야! 참, 네 도움이 꼭 필요해! 가자."

혜븐과 함께 온 아이들 가운데 내가 아는 다른 두 아이도 불렀다. 셋이 내 뒤를 따라왔고 우리는 한 건물로 들어갔다. 아이들 가운데 한 명이 물었다.

"무얼 할 거예요?" 나도 몰랐다. 그 셋도 이런 사실을 몰랐으리라. 빨리 머리를 굴려 생각을 짜내야 했다.

"혜븐, 넌 다음 버스가 들어올 때 건물로 들어오는 학생 수를 세어야 해. 알았지?"

힐끗 보니 혜븐이 얼굴을 잔뜩 구기고 있었다.

"저 애들을 **몽땅** 세라고요? 저 많은 애들을요? 저 애들은 어디로 튈지 모른다고요."

혜븐은 마치 누군가의 나이든 이모처럼 말했다. 목소리가 약간 걸걸했다. 귀여운 억양이 간지러웠다. 몸을 돌려 혜븐의 얼굴을 찬찬히 살폈다. 하루에 담배를 한 갑씩 피우는 육십 대 여성 같은 목소리에, 윈딕시 슈퍼마켓 맨 끝 계산대에서 마지막 교대 근무를 하는 듯 보이는 사람의 헤어스타일을 하고 있었지만, 작은 갈색 얼굴은 동그랗고 오동통하니 천사처럼 사랑스러웠다. 혜븐은 이마에 주름을 그리며 이 고된 임무에 지시 사항이 더 없는지 내 말을 기다리며 서 있었다.

"아무에게도 말을 건넬 필요가 없어. 그저 여기 서서 아이들이 들어올 때 숫자를 세면 돼. 어느 지역에서 왔는지 물어보고 그 지역과 숫자를 적어도 돼. 종이와 연필을 갖다 줄게." 막 걸음을 떼려는데 헤븐이 나를 가로막았다.

"나더러 비키라고 하면 어떡해요?" 헤븐은 진지했다. 그 표정에 이 일을 잘 해내겠다는 각오가 서려 있었다. 그 모습을 보니 풋 웃음을 터뜨리고 싶었지만 짐짓 엄하게 대하려고 애썼다.

"누가?"

"모르죠, 누군가는 그러겠죠." 그러고는 손가락으로 문밖을 겨누며 소형 버스 안에서 야단치던 여자를 가리켰다.

"잘 들어. 여기 똑바로 서서 숫자를 세. 누군가 네게 뭐라 하면 타라나 선생님이 널 여기 세워놓았고 당신에게 도움이 되려고 이 일을 하고 있다고 말해." 내 목소리는 권위를 담아 이런 지시를 내릴 수 있는 진짜 캠프 총책임자처럼 들렸다.

"선생님이 정말? 책임자예요?" 헤븐이 확인하고 싶어 했다.

"내가, 맞아. 책임자야." 나는 헤븐에게 미소를 지었다. 자부심이 차올랐다.

"알겠어요. 그럼…… 선생님, 이름이 뭐라고 하셨죠?"

"타라나 선생님, 티 선생님이라고 불러도 돼." 대답하면서도 왜 그렇게 말했는지 좀 후회스러웠다. 다른 학생들에게는 내 이름을 짧게 줄여서 말해도 된다고 한 적이 없었기 때문이다. 하지만 생각을 이어갈 만한 또는 잘못을 바로잡을 만한 시간을 갖기도 전에 헤븐이 이미 마음을 정해버렸다.

"아, 티 선생님이라고 부를래요. 그게 괜찮을 거 같아요."

나는 빙긋이 웃으며 좋다고 말했다. 하지만 걸어 나가면서 속으로는 올여름 캠프는 헤븐 때문에 골치깨나 썩겠다고 생각했다. 겨우 첫째 날이었다.

　　골치깨나 썩겠다는 말은 겉잡은 표현이었다. 곧 헤븐은 나에게, 그리고 캠프 내 다른 모든 이에게 자신의 행동이 그 이름을 철저하게 배반한다는 점을 잇달아 보여주었다. 둘째 날에 나는 헤븐을 내 특별 관리 대상으로 삼아야겠다고 마음먹었다. 하루도 빠지지 않고 누군가 내게 헤븐이나 헤븐의 '태도'에 불평을 터뜨리는 일로 인사를 대신했다. 아니면 헤븐이 다른 사람보다 먼저 득달같이 달려와 스스로를 일러바치는 매복 공격을 당해야만 했다. 헤븐은 종종 소리를 크게 질렀으며 언제나 반항하는 태도로 빈정거리기 일쑤였다. 하지만 큰 잘못을 저지르는 경우는 아주 드물었다. 헤븐은 내가 그 나이 때 어떤 사람이 되고 싶어 했는지를 자주 떠올리게 했다. 걸핏하면 화를 내고 까칠하게 굴었으나 자신도 어쩔 수 없다는 듯 그 감정의 이유를 알지 못했다. 그렇지만 늘 어떤 정의를 좇았다. 가슴속에는 불의를 참지 못하는 분노가 있었다. 나는 헤븐에게서 쉽게 그 냄새를 맡을 수 있었지만, 아직 그 원인을 알아낼 수는 없었다. 헤븐은 어떤 지도원이 다른 캠프 참가자에게 말하는 태도가 사람들이 용인하는 문화에서 벗어난다고 생각되면 곧장 따지고 들었다. 한 캠프 참가자가 다른 캠프 참가자를 존중하지 않거나 수상쩍은 티가 나면 그 역시 따지고 들었다. 헤븐과 나는 따로 자리를 마련하여 헤븐의 말투나 태도나 발표에 관해 마음을 터놓고 적잖이 이야기를 나누었다. 헤븐은 **항상** 무언가를 말했다.

어느 날 밤, 소등 후 나는 기숙사로 쓰이는 건물로 들어갔다. 마침 헤븐이 한 선배한테 혼나고 있었다. 선배들은 우리가 언제나 늘 존경을 보내는 존재였다. 온갖 공을 들여 틀을 만들고 우리를 빚어낸 이들이었다. 셀마-몽고메리 행진 25주년을 기념하며 자신들이 그린 이상理想을 전하고 그 조직을 21세기로 이끌어낼 수 있도록 우리를 준비시키고 싶어 했다. 헤븐이 누구보다 엄격한 피츠 선배 앞에 앉아 있는 모습을 보는 순간, 심장이 덜컥 내려앉았다. 헤븐이 도를 넘을 만큼 고약스러운 말이나 행동을 하지 않기를 바랐다. 피츠 선배한테 꾸지람을 듣고 우리가 이제껏 일구어온 여정에서 뒤로 물러서는 일이 벌어지지 않기를 바랐다. 내가 재빨리 그 사이로 끼어들었다. 목소리에 어떤 기색도 드러내지 않으려고 애쓰며 물었다.

"별일 없죠?"

"이 꼬마 숙녀께서 잠이 오지 **않아서** 잠자리에 들지 **않겠다고** 말하는 참이었어." 피츠 선배 얼굴에는 짜증스러운 빛이 역력했다.

"지금 자고 싶지 않아요. 뭔가 읽고 싶어요." 헤븐이 애원하다시피 말했다.

피츠 선배가 다시 헤븐을 바라보았다. "꼬마 숙녀님, 그건 아주 칭찬받을 만한 일이야. 그런데 지금은 책을 읽을 시간이 아니라 잠을 자야 할 시간이라고!"

언제나 감탄스러울 정도로 머리가 잘 돌아가는 헤븐이 톡 쏘아붙였다. "**몰래 공부**라면서요. 그래서 몰래 책을 읽고 싶어요."

고개를 숙여 헤븐이 손에 들고 있는 책을 보았다. 청소년 참가자라면 누구나 도착할 때 흑인 역사 학습 안내서를 받는데 바로 그 책이었다. 각 캠프 참가자들은 소집단으로 나뉘어 주중에 수시로 만나서 이 학습 안내서의 한 부분을 공부했다. 주말에는 그동안 공부한 내용을 바탕으로 퀴즈 대회를 열었다. 각 소집단은 상을 놓고 서로 경쟁을 벌였다. 우리는 그 활동을 '몰래 공부'라고 불렀다. 노예들이 이른바 '몰래 모임'이라고 불렀던 일을 가리켰다. 흑인이 읽기를 배우는 건 불법이었다. 사형에 처하는 죄였다. 그래서 어둠을 틈타 몰래 모여 글을 깨쳤다. 나는 그 책을 보고 헤븐이 피츠 선배한테 설명하는 내용을 듣자 웃지 않으려고 안간힘을 써야 했다.

"좋아, 헤븐. 어찌 되었든 네게 할 말이 있어. 따라오렴." 새어 나오려는 웃음을 간신히 참은 채 말하자 헤븐이 물었다.

"또 혼나나요?"

내가 목소리를 낮춰 들릴락 말락 속삭였다.

"아니. 그냥 날 따라와. 그래야 안 혼나니까."

우리는 피츠 선배 앞을 떠났다. 피츠 선배가 머리를 절레절레 흔들며 본관 건물로 다시 돌아갔다. 헤븐이 사무실에 앉아 있는 동안 나는 몇 가지 일을 끝내고 하루를 마무리하면서 잘 준비를 했다. 우리는 이런저런 수다를 떨었다. 헤븐이 학습 안내서에서 이해하지 못하는 내용에 대해 몇 가지 질문을 던졌다.

"헤븐, 캠프 활동이 좋으니?"

"네, 선생님. 아이들이 내 신경을 긁지 않을 때면 재미있어요." 헤븐이 대답하며 짜증스럽다는 표정을 지었다. 그러고는 참을 수 없다는 듯 웃음을 터뜨렸다.

고작 셋째 날인가 넷째 날밖에 안 되었지만 난 이 아이가 좋았다. 장밋빛이 도는 통통한 뺨을 볼 때나 저 뱃속 깊은 곳에서 터져 나오는 웃음소리를 들을 때면 내 온 마음이 환해졌다. 내가 무엇을 하고 있는지 알 것 같은 기분이 들게 하기 때문인지도 몰랐다. 아니면 지금 무슨 일이 벌어지고 있는지 알고 있기 때문인지도 몰랐다. 이전에도 수없이 보아온 변신을 지켜보고 있었다. 내가 워싱턴 D.C.의 크고 넓은 강당에 서 있었을 때 겪었던 그런 변신을, 내가 알기로는 수많은 21세기청소년리더십운동 식구들이 지도자로 서는 자신만의 여정 어디쯤에서 겪었던 그런 변신을. 우리는 그 경험을 '21세기청소년리더십운동 정신'이라고 부른다. 꼭 집어 뭐라고 설명할 수는 없지만 우리 모두 그 정신을 품고 그 정신을 누리며 그 정신을 지키고 있음을 모두 인정했다. 헤븐이 그 정신으로 한발 다가서는 모습을 나는 기쁨에 차서 지켜보고 있었다.

그래서 다음과 같은 말을 하게 되었다고 확신한다. "그러니까, 이제 너는 우리야. 21세기 지도자이고. 우린 네 가족이야."

헤븐이 웃음을 멈추고는 나를 다시 똑바로 바라보았다. 다른 젊은이들에게도 이런 식이든 저런 식이든 똑같이 말한 적이 있었다. 21세기청소년리더십운동 조직에서 내가 맡은 역할에는 대표 사절과 성공담을 전하는 일도 포함되어 있다고 여겼다. '고등학교를 마치고 대학교에 들어갔다'는 내용의 성공담이 아니라 '미래가 보이지 않을 만큼 캄캄한 곳을 떠나 공동체와 소명을 찾았다'는 내용의 성공담 말이다. 21세기청소년리더십운동 덕분에 나는 내가 쓸모 있는 사람이라고 느끼게 되었다. 그저 쓸모 있는 사람일 뿐만 아니라 내가 이미 쓸모를 발휘한 일 이외에 다른 일에도 쓸모 있는 사람이라고 여겼다. 여기 있는 어느 누구도 나를 잘 알지 못했었다. 그럼에도 여기 있는 어느 누구도 개의치 않았다. 헤븐도 그런 경험을 했으면 싶었다.

"우리가 **가족**이라고요?" 헤븐은 갑자기 며칠 전 소형 버스에서 내리던 그 여자아이로 돌아간 듯 보였다. "우리는 가족이 아니에요, 티 선생님. 그렇게 말하면 안 돼요."

"그렇게라니? 우리는 가족**이야**! 여기서 우리는 서로를 돌본다고. 네가 앞으로 평생 알고 지낼 사람을 이곳에서 만날 수 있어."

"그렇지만 가족이라면 책임져야 해요. 먹이고 그리고…… 엄청나게 사랑해야 한다고요. 무조건."

하던 일을 멈추고 헤븐 얼굴 가까이로 다가가 두 손으로 그 아이의 뺨을 감쌌다.

"헤븐, 내가 널 사랑하지 않는다고 생각하는구나." 내가 말하며 눈을 마주쳤다. 밀크 초콜릿 같은 작은 두 뺨이 손안에서 곧 녹아내릴 것 같았다. 나는 헤븐에게 대답할 시간도 주지 않고 말을 이었다. "그렇지만 사랑한단다." 그리고 헤븐 이마에 입을 맞췄다.

헤븐이 빙그레 웃었다. 정말, 환하게 빛이 났다. 헤븐이 나를 안았다. 어깨동무하듯 한쪽 팔을 내 어깨에 두르고 오래 안았다. 쿡 하는 웃음이 다시 터졌다.

나는 물건을 챙겨 들고 헤븐과 함께 기숙사로 다시 발걸음을 옮겨 헤븐이 묵는 방까지 데려다주었다. 성취감을 느꼈다. 이번 주를 시작할 때는 헤븐이란 이름의 이 아이가 골칫덩이가 되리라고 여겼다. 그런데 지금은 헤븐이 지닌 그런 면모를 사랑하기로 마음먹었다. 고작 며칠밖에 안 되는 아주 짧은 시간을 이곳에서 보냈지만 헤븐은 이미 내 보호를 받으며 말랑해지고 있었다. 바로 이런 방식으로 21세기청소년리더십운동에서 선배들이 나를 일으켜 세웠었다. 바로 이런 방식으로 우리들이 모였을 때 사랑을 주고받고 그 사랑을 주변으로 퍼뜨렸었다. 헤븐이 다른 건 몰라도 이것만은 꼭 알았으면 싶었다. 하지만 그때 나는 헤븐이 알아야만 하는 게 얼마나 더 있는지 깨닫지 못했다.

다음 날 여느 때와 다름없이 캠프 활동이 시작되었다. 청소년들이 모여 운동하고 먹고 단합대회를 열었다. 단합대회가 끝난 뒤 잠시 시간을 내어 그날 저녁 어떤 일정이 기다리고 있는지 설명했다. 여러 차례 캠프에 참석한 사람들은 이 발표가 무엇을 가리키는지 바로 알아차렸다. 다들 한껏 들떠 환호성을 올렸다. 여학생들이 유난히 반겼다. 처음 참석한 이들은 그런 열광에 어리둥절해하며 질문을 퍼부었다. 그날 저녁에는 해마다 열리는 '자매 대 자매' '형제 대 형제' 활동이 열릴 예정이었다. 우리 캠프의 오랜 전통으로, 청소년들과 함께 모여 자유롭게 대화하고 싶은 우리 캠프 특유의 성향에서 시작된 활동이었다. 우리는 이런 시간을 따로 마련해두었고 청소년 참가자들은 그 순간이 다가오고 있음을 알았다. 내가 더 어렸을 때이 '자매 대 자매' 활동은 캠프에서 가장 기다리면서도 가장 조마조마한 시간이었다. 모든 것이 숨김없이 드러나는 시간이면서도 언제나 깔깔거리고 키득거리는 웃음꽃이 한바탕 피어나는 시간이었다. 선배들과 지도원이 강당 문을 열고 들어왔고 우리에게는 어떤 질문이든 마음껏 던질 기회가 주어졌다.

여러 해 동안 우리는 어떤 흐름을 발전시켜오고 있었다. 그 활동이 열리는 밤은 머리라든가 옷이라든가 음악이라든가 늘 우스꽝스럽고 '계집애 같은' 질문으로 막을 열었다. 분위기가 풀어진다 싶으면 한 담찬 여자아이가 남자아이에 관해 질문을 던졌다. 그러면 그 시간을 맡은 어른들이 대화를 이끌어갔다. 종종 이 시간을 보내면서 누가 어느 남자아이와 어떤 관계를 맺고 있는지, 누가 무엇을 원하는지 알게 되었다. 늘 얼마 전에 '순결을 잃은' 이들이, 호기심을 보이는 이들이, 곧 첫 관계를 코앞에 둔 이들이 속에 담아둔 말을 꺼냈다. 그리고 마지막엔 어김없이 이야기가 되었든, 고백이 되었든,

증언이 되었든, 어떤 여자아이가 성적으로 또는 신체적으로 학대당한 경험을 밝히는 말들이 터져 나왔다. 내가 캠프에 참가했을 때는 나 스스로 겪은 경험에서 아직도 헤어 나오지 못한 시기여서 지나간 시간을 다시 들여다보고 싶은 마음이 눈곱만큼도 들지 않았다. 하지만 이제 나는 새로운 사람으로 거듭났다. 지도자가 되었다. 그래서 내 미래의 자매 지도자들이 속마음을 쏟아냈을 때 귀담아들었고 눈물을 흘렸고 아픔을 다독였다. 이따금 움찔 몸서리도 쳤다. 하지만 내 이야기는 털어놓지 않았다. 21세기청소년리더십운동 식구들은 내가 나 자신에 관해 사람들이 알았으면 싶은 내용만 알았다.

　그날 밤 우리는 '자매 대 자매' 활동을 하려고 도서관에 모두 모였다. 여자아이들이 모두 잠옷 차림이어서 곧 떠들썩한 밤샘 파티가 열릴 장소처럼 보였다. 어떤 여자아이들은 팔다리를 쭉 뻗어 편안하게 누웠고 어떤 여자아이들은 의자에 앉았으며 어떤 여자아이들은 담요를 깔고 눕거나 짝을 지어 모여 앉았다. 얼굴이 하나같이 어떤 기대감으로 빛났다. 내가 도서관으로 들어섰을 때 몇몇 여자아이들이 몹시 반기면서 내 이름을 외치고 손뼉을 쳤다. 나는 여자아이들을 아주 솔직히 대하는 '멋진' 어른이었다. 그들에게 인사를 보내고 도서관을 훑어보며 헤븐을 찾았다. 헤븐은 맞은편에 있었다. 헤븐과 나 사이에 여자아이들로 이루어진 거대한 바다가 가로놓여 있었다. 그래서 헤븐을 향해 손만 흔들고 한쪽 눈을 찡긋했다. 그러고는 자리에 앉으며 여자아이들 속으로 섞여 들어갔다. 하지만 헤븐에게서 눈을 떼지 않았다. 헤븐은 캠프에서 몇몇 여자아이들과 갈등을 빚었다. 헤븐이 보이는 태도가 거칠었기 때문이다. 헤븐이 괜찮은지 확인하고 싶었다.

그날 밤도 순조롭게 흘러갔다. 한바탕 꺄꺄거리고 킥킥거리며 새퉁스런 말들이 쏟아졌다. 이어 월경 주기를 주제로 꽤 활발하게 대화가 오고 갔다. 속으로 생각했다. '아, 올해는 간증 같은 고백을 피하려나 보다.' 역시 섣부른 생각이었다. 어떻게 물꼬가 트였는지는 잘 모르겠다. 잠시 뒤 한 여자아이가 학교에서 성폭행당한 일을 이야기했다. 어른들에게 나이가 많은 학생과 만나는 일이 괜찮은지 안 괜찮은지를 묻고 있었다. 어른들이 일제히 행동에 돌입했다. 전에도 이런 상황에 맞닥뜨린 적이 있었기 때문에 각자 자신이 맡은 역할을 했다. 내 역할은 대개 확인하는 것이었다. 누군가와 이야기할 필요가 있는지, 집으로 돌아가도 괜찮은지 물었다. 우리는 어떤 상처든 상처를 입은 청소년들을 더욱 따뜻하게 보살피고 더욱 성실히 책임 지려고 혼신의 힘을 다했다. 분명 우리는 여러 훌륭한 강점을 지니고 있는 조직이었지만 성폭력을 다루는 데에는 취약하다는 약점이 있었다.

오래전 캠프부터 여자아이들은 가슴 깊숙한 곳에 꽁꽁 숨겨놓은 경험을 쏟아냈다. 하지만 21세기청소년리더십운동은 이런 활동을 지휘할 훈련된 전문가를 부르지 않았다. 다수의 여자아이들과 소수의 남자아이들에게서는 집조차 안전하지 않다는 티가 또렷하게 보였다. 그럼에도 그냥 그들을 돌려보냈다. 어떤 보호책도 없이, 어떤 의지할 만한 대상도 없이. 지금도 이 사실은 여전히 내 마음에 가장 짙은 그늘을 드리우고 있는 부분이다. 사람들이 아픔을 치유해나가며 지속적인 지원을 받을 수 있도록 도와줄 자원을 마련해놓지 않은 채로 편안한 분위기를 만들어 속을 털어놓게 하는 일은 몹시 무책임하다. 당시 우리는 지식도 짧고 자원도 적었지만 최선을 다했다. 그렇다 하더라도 나는 우리가 더 해낼 수 있기를 바랐다.

종종 그러듯이 누군가 고백을 하면 곧 다른 이들도 따라서 고백했다. 이어 여기저기서 자신의 경험을 허심탄회하게 나누었다. 그때 나는 아낌없이 그들을 지지했다. 이름들을 적어놓았고 눈물을 닦으라고 휴지를 건넸다. 확인하고 위로를 보냈다. 나 자신도 거의 알아차리지 못하는 채 그렇게 했다. 어느 순간 헤븐을 확인하지 못했다는 생각이 문득 들었다. 두 눈으로 강당을 휙 훑어보며 헤븐을 찾았다. 헤븐은 내가 자신을 바라보고 있는지 알아차리지 못했다. 그곳에 없었기 때문이다. 헤븐의 몸은 그 자리에 있었지만, 주변에서 온갖 소란과 법석을 떨어도 아무런 감정도 내비치지 않은 채 꼼짝하지 않고 앉아 있었다. 그 얼굴과 모습에서 나는 눈을 떼지 못했다. 무언가를 알아낼 양으로 그 두 눈을 들여다보지 않아도 되었다. **헤븐은 나였다.** 그 모습에 나는 곧바로 열다섯 살이나 열여섯 살의 나로 돌아갔다. 그때 내가 앉아 있던 강당에는 십 대 소녀들이 가득했다. 울며불며 끔찍한 이야기를 이어나갔다. 내게 무슨 일이 벌어졌는지 그 진실과 도저히 마주할 자신이 없어 단 한 번도 내 입에는 담아내지 않던 이야기들이었다. 나는 내 마음속에서 꼭꼭 숨어 들어갈 장소를 찾았다. 사람들이 나를 확인해보아야겠다는 생각을 하지 않도록 들키지 않을 만큼 매우 조심스럽게 그 장소를 찾아냈다. 쥐 죽은 듯 숨을 죽인 채 눈에 띄지 않는 사람이 되었다. 그리고 지금 내 눈앞에서 헤븐이 그러고 있었다. 자신만의 안전한 세상으로 사라져버렸다. 늘 입 안 가득 할 말을 물고 있던 여자아이가, 누구든 자신을 지키지 못하는 사람이라고 여기면 기꺼이 그 방패막이가 되고자 하던 여자아이가 스스로를 지켜내려고 안간힘을 쓰고 있었다.

헤븐에게로 다가가지 않았다. 이 밤이 다 가기 전에 다시 사실을 확인해보아야겠다고 다짐만 했을 뿐이었다. 그 시간이 마무리되고 나서 감정을 다 쏟아낸 여자아이들이 잠자리에 들었다.

다음 날 아침 나는 다시 일상으로 돌아왔다. 헤븐도 그랬다. 누군가 다가와 내게 헤븐이 아침을 먹다가 말싸움에 휘말렸다고 알려주었다. 이런 보고가 들어오면 대개는 직접 가서 헤븐을 데리고 나와 이야기를 나누거나 어떤 과제를 주었다. 어떻게 해서든 나머지 하루를 보다 잘 보낼 수 있도록 조치를 취했다. 하지만 그날은 그렇게 하지 않았다. 오전이 다 지나갈 무렵 헤븐과 내가 본관 건물과 기숙사 사이를 지나다가 서로 마주쳤다. 헤븐이 나와 나란히 걸으며 다 들리게 속삭였다. **"선생님께 꼭 해야 할 이야기가 있어요."** 내 맥박이 빨라졌다. 헤븐이 꼭 해야 할 이야기가 무엇인지 알고 있었다. 그런데 내 안에 도사린 그것 때문에, 내 안을 온통 차지한 그것 때문에 그 대화를 나눌 수 없었다.

내가 입을 열었다. "좋아!" 그러나 이미 머릿속으로는 그 대화를 피할 방법을 궁리하고 있었다. 오후가 저물어갈 무렵 내가 헤븐을 피하고 있다는 게 분명해졌다. 한 주가 거의 끝나가고 있었다. 헤븐이 이곳에 있는 내내 이렇게 지낼 수는 없었다. 하지만 내가 왜 헤븐을 피하는지 나조차도 온전히 이해하지 못했다. 적어도 내 이성은 그 이유를 입 밖으로 꺼내놓지 못하게 막고 있었다.

아무 생각 없이 구내식당에서 나왔을 때 갑자기 헤븐이 나를 향해 다가왔다.

"티이이이이 선생님!" 헤븐이 큰 소리로 나를 부르며 달려오더니 두 팔로 나를 안았다.

반가운 척하려고 애썼지만 땀이 삐질삐질 나기 시작했다.

"어디 계셨어요? 할 얘기가 있다니까요." 헤븐이 성을 냈다.

나는 헤븐을 떼어내고 어서 이 자리를 떠나고 싶어 이렇게 부탁했다. "오늘은 바빴어. 이따 이야기할까?"

"싫어요! 당장 얘기해야 해요." 헤븐이 물러서지 않았다.

내 가슴이 요동쳤다.

헤븐이 나를 잡고 한쪽으로 이끌었다. 헤븐이 내 손을 잡는 순간 내가 몹시 겁을 먹고 있음을 깨달았다.

헤븐이 바로 내 눈앞에 섰다. 두 눈에는 고백하고 싶은 마음이,

실토하고 싶은 마음이, 해방되고 싶은 마음이 간절히 일렁였다.

"티 선생님, 지난밤은…… 후우."

헤븐이 입을 열고 나서 잠시 자신을 추슬렀다.

"엄청났어요."

내 오줌보가 부풀어 올라 골반을 압박하는 듯했다.

"내게 일어난 일을 말해야만 해요……. 지금까지 아무에게도 말한 적이 없어요."

나는 아악 비명을 지르고 싶었다. 속으로는 이미 비명을 **지르고 있었지만.**

"그러니까, 의붓아버지가, 실은 엄마 남자친구인데 내게 몹쓸 짓을 했어요……."

헤븐이 말을 이어나갔다. 그 뒤로 내 귀에 들린 단어나 문장은 이것들뿐이었다. **끔찍했어요, 싫었어요, 무서웠어요, 의붓아버지가 미웠어요, 역겨웠어요.**

시간이 얼마나 흘렀는지 알지 못한다. 헤븐이 얼마나 이야기했는지도 알지 못한다. 어느 순간에 이르러 내가 단 1분도 더는 견딜 수 없음을 깨달았다. 이 여자아이가, 내게 여러모로 나 자신을 떠올리게 하는 이 여자아이가, 내가 절대 있고 싶지 않은 곳으로 나를 밀어 넣고 있었다. 더 이상 참을 수 없었다. 말허리를 잘랐다.

"그래!" 내가 생각보다 큰 소리로 말했음이 틀림없다. 헤븐이 깜짝 놀랐으니까. "그래, 헤븐. 이건 내 영역이 아니야. 말리카 선생님과 이야기해야 해."

"말리카 선생님이랑요?" 헤븐 얼굴에 곤혹스러운 표정이 떠올랐다. "어느 분이신데요?"

헤븐이 목소리를 낮추었다. 도대체 무슨 일인지 이해하려고 애쓰고 있었다. 자신이 털어놓은 이야기에 내가 보인 반응을 이해하려고 기를 쓰고 있었다.

"머리 두건을 쓰신 분. 내가 가르쳐줄게. 네게 나보다 더 도움을 주실 거야. 알았지?" 나는 벌써 몸을 돌려 헤븐에게서 멀어지고 있었다. 아주 능숙하게 멀어졌다. 매우 능란하게 달아났다. 이 일로부터. 이 모든 일로부터. 나는 항상 발을 뺐다.

헤븐은 자신에게서 도망치는 어른으로서 나를 만나지 않았다. 자신에게로 다가서는 어른으로서 나를 만났다. 자신을 끌어안은 어른으로. 자신이 가족이라고, 자신을 사랑한다고 말해주는 어른으로.

"티 선생님?" 헤븐 목소리에서 놀라움이 배어 나왔다. "이대로 가 버리시겠다고요?"

비수가 내 가슴을 푹 찌르는 듯했다. 그 목소리에 묻어나오는 실망감이 비수를 비틀어 더 깊이 찔렀다.

"아냐, 헤븐. 가버리는 게 아냐. 내가 지금은 너무 바쁘고 이런 일은 말리카 선생님이 더 잘하시니까 그래." 헤븐의 가슴속에 실망감이 쌓이고 있었다. 하지만 헤븐이 내 말을 듣기를 바랐다. 그래서 내가 달아날 수 있기를 바랐다. 당장이라도 숨이 꽉 막힐 것 같았다.

"말리카 선생님이 말이죠?" 헤븐이 되풀이해서 말하며 나를 쏘아보았다. 내게 다시 생각해볼 시간이라도 주려는 듯이.

"맞아, 헤븐." 나도 고집을 꺾지 않았다. 비겁함이 목덜미 뒤를 타고 스멀스멀 기어올랐다.

헤븐이 여전히 믿기지 않는다는 눈빛으로 잠시 더 나를 쏘아보더니 가만히 말했다. "알겠습니다."

그러고는 휙 돌아서서 총총 걸어가다가 이내 다시 몸을 돌리고는 내게 마지막으로 한 번 더 따가운 눈빛을 던졌다. 찰나에 불과한 시간이었지만, 그 작고 동그랗고 어여쁜 갈색 얼굴에 비웃음과 혐오를 잔뜩 담아 입꼬리를 씩 비틀어 올린 표정을 볼 수 있을 만큼 길었다. 캠프 참가자들이 점심을 먹으려고 구내식당으로 몰려들었다. 하지만 헤븐의 등에서 눈을 뗄 수 없었다. 헤븐이 아이들 속으로 사라질 때 자세가 바뀌었다. 우리가 그토록 부수려고 애썼던 갑옷이 내 눈앞에서 되살아나는 듯 보였다.

나는 잘못했음을 깨달았다.

나는 몹시 두려워했음도 알았다.

나는 삶을 바꾸는 사람이 되었어야 했다.

나는 모범이 되어 이끌고 누군가 가능성으로 한 발 내디뎠을 때 무엇을 할 수 있는지 보여주었어야 했다.

나는 거기 있었다. 그럴듯하게 '포장된' 사기꾼으로.

나는 그렇게 하고 싶지 않았다. 열두 살짜리 어린아이가 나를 내동댕이쳐 산산이 부숴놓으리라고는 꿈에도 몰랐다. 그런데 그런 순간에도 여러 해 동안 내가 품어온 생각들과 감정들에 구분을 짓고 우선순위를 매겼다. 내가 한 발 한 발 내디딜 때마다, 21세기청소년리더십운동의 지도자가 되고, 육상 경기에서 뛰어난 성적을 내고, 학생 활동가가 되고, 21세기청소년리더십운동 조직에 본격적으로 몸담으면서 밝은 방향으로 한 걸음 한 걸음 내디딜 때마다 내 삶에 웅크리고 있는 어두운 부분에서 점점 멀어졌다. 그런 문제로 애끓지 않아도 되는 사람으로 재구성되었다. 그런데 5분도 안 되는 시간 동안 헤븐이 내가 세워놓은 질서를 무너뜨리겠다고 위협을 가한 것이었다. 헤븐이 내가 헤븐에게 약속했던 가족과 연대와 사랑으로 마음을 기울이는 동안, 나는 헤븐이 내게 일깨우는 모든 것, 배신과 상실과 수치로부터 죽을 둥 살 둥 도망치려고만 했다. 집에 불이라도 난 사람처럼 마음속에서 이 방 저 방 도망만 쳐댔다. 내 뇌는 내가 훈련해뒀던 그대로 움직였다. 보호 상태로 들어갔다.

넌 사회복지사도 상담사도 아니야. 나는 내 마음속 쓸쓸하기 그지없는 곳에 갇혀 고집을 부렸다.

헤븐이 내게서 멀어지며 걸어가는 동안, 어쩌면 영원히 그렇게 멀어져 갈 수도 있는 시간 동안, 헤븐이 마침내 나를 불러 멈춰 세우고 그 이야기를 들려주었을 때 어떤 얼굴을 하고 있었는지를 계속 떠올렸다. 헤븐이 내게 어떤 이야기를 하려는지 잘 알았다. 그런데 그의 두 눈에는 두려움이 전혀 없었다. 오히려 안도하는 눈빛이었다. 도대체 그런 용기가 어디서 나는 걸까 궁금했다. 나는 열두 살인 헤븐보다 두 배나 더 살았는데도 어떻게 해야 할지 아직 길을 찾지 못한 상황이었다. 헤븐은 어떻게 그토록 용감한 일을 해낼 수 있었을까? 헤븐이 젖 먹던 힘까지 끌어모아 용기를 냈을 때 적어도 그런 헤븐을 마주 바라보아야 했다. 어째서 나는 그렇게 할 수 없었는지 의문이 들었다.

조직화 훈련을 받은 지 얼마 되지 않았을 때 선배들은 유능한 조직가가 되려면 사람들이 서 있는 바로 그 자리에서 만나야 한다고 우리에게 말했다. 나와, 내가 가닿으려는 사람들 사이에 공통분모를 찾아야 했다. 나와 어떤 이해관계가 있는지, 내 활동이 어떻게 사람들의 기본 요구를 충족시키는 데 도움이 되는지 알려주어야 했다. 바로 이 자리에서 그런 지침이 유용하게 쓰일 수 있다는 생각이 그 순간에는 전혀 떠오르지 않았다. 내가 이 자리에 결코 서 있어본 적이 없기 때문에 떠오르지 않은 것이었다.

내가 헤븐에게 무엇을 주어야 했는지, 내가 헤븐에게서 무엇을 감추고 싶어 했는지 생각하지 않았다. 결국 내가 품은 이야기를 나는 선물로 여기지 않았다. 그저 수치로만 여겼다. 내가 헤쳐 나온 일을 단 한 사람일지라도 다른 누군가가 이해한다는 일이 어떤 기분인지 알고 있었다. 마야 안젤루가 내게 그런 존재였듯이 나 역시 헤븐에게 그런 존재가 될 수 있었다. 그런데 헤븐을 떠나보냈다. 헤븐이 나를 만나 힘들어진 것보다, 헤븐을 떠나보낸 내가 더 힘들어지고 말았다.

나를 온통 흔들어놓은 건 헤븐이 겪어냈던 세세한 경험 때문이 아니었다. 그 경험이 헤븐에게 드리운 감정이었다. 혼란과 의문, 분노와 슬픔이었다. 헤븐에게는 탈출할 문이나, 앞으로 나아갈 길이 절실했다. 헤븐이 털어놓는 내내, 내가 마지못해 나눈 건 딱 한 가지밖에 없었다. 다른 누군가가 내 귀에 대고 속삭이는 듯했다. 여기 이 자리에 서서 죽을힘을 다해 무감각해지려 애쓰는 사람은 타라나, 네가 아니야. 하지만 내 안의 또 다른 나는 이렇게 말했다. **너도 헤븐에게 털어놔. 헤븐은 알아야 해. 지금 어떤 기분인지 알려줘. 너 자신을 함께 나눠. 네가 되고 싶은 그런 사람이 돼.**

그러고는 딱 한 가지 말만 내 귀에 되풀이해서 울렸다. **헤븐에게 솔직히 말해. 너도 똑같은 일을 당했다고.**

●

이틀 뒤 캠프가 막을 내렸다. 이제는 헤븐이 나를 피하고 있었다. 나는 내가 한 일이 몹시 부끄러워 헤븐을 내버려두었다. 내가 직접 헤븐의 상황을 알아보지는 않았지만 말리카에게 헤븐을 찾아 무엇이든 필요한 게 있는지 물어봐달라고 부탁했다. 밀려왔다가 밀려가는 감정들을 하나하나 들여다보았다. 대개는 비겁함 속에 파묻혀 있었지만. 마지막 날, 드디어 나는 어른이 되기로 결심했다. 적어도 잘 가라는 인사는 해야겠다고, 어쩌면 사과를 건네야겠다고 마음먹었다. 그런데 헤븐을 찾을 수 없었다. 여기저기 물으며 다녔다. 그러다 셀마에서 온 아이들이 작은 무리를 지어 이미 소형 버스에 올라탔다는 사실을 알아냈다. 헤븐이 함께 탔을 가능성이 높았다. 헤븐은 그대로 떠나버렸다. 갑자기 내 인생과 헤븐의 인생 모두가 내가 이 잘못을 바로 잡는지 아닌지 여부에 달렸다는 생각이 들었다. 셀마에서 온 사람들을 붙잡고 물어보았다. 다들 다른 누군가에게 가보라고 대답했다. 누가 헤븐과 접점을 갖고 있을지, 내가 그 접점을 어떻게 다시 찾을 수 있을지 애가 타서 알아보았다. 하지만 찾아가보면 늘 헤븐은 없었다. 캠프가 끝나고 며칠이 흘렀다. 여전히 헤븐 생각을 지워낼 수 없었다. 죄책감과 수치심이 날카롭게 가슴을 후벼팠다. 우리 사이에 있었던 일과 더불어 내가 하고 싶다고 말한 활동과 연관 지어 내가 헤븐에게 보인 반응이 어떤 의미를 지니는지 파악하려고 애썼다. 사기꾼이라는 저 익숙한 느낌이 내 영혼 속으로 슬그머니 기어들었다. 그런 느낌이 너무 싫었다. 대선배인 테드가 내게 전해준 지혜가 기억났다. 테드는 우리에게 어린 청소년 참가자 한테 절대 거짓말을 해서는 안 된다고 주의를 주었다. 이따금 그들을 위해 비밀을 지켜야 할지도 모르지만 결코 거짓말은 하지 말라고 일렀다. 청소년들은 사냥개처럼 거짓과 가짜의 냄새를 잘 맡을 수 있다며, 일단 그 낌새를 알아채면 그 관계를 다시 돌려놓기 위해 할 수 있는 일이 많지 않다고 충고했다. 청소년과의 관계에서 자산은 신뢰뿐이며 그 신뢰를 반드시 지켜내야 한다고 강조했다. 그날 헤븐과도 이렇게 이성적으로 사고하고 관계를 풀어갔더라면 얼마나 좋았을까 바라고 또 바랐다.

　이제 한 가지 질문만 남았다. 다음에는 어떻게 해야 할 것인가? 이 모든 일을 되풀이하는 우를 범하지 않으려면 어떻게 해야 할 것인가? 그 길을 찾는 데 몰두했다. 원고를 쓰고 연극하듯이 대화를 읽고 태도를 연습했다. 하지만 어딘가 밋밋했다. 욕실로 가서 거울을 똑바로 바라보았다. 하지만 머리를 쓰는 것만으로는 세세하고 정교한 표정을 지어내기에 역부족이었다. 몇 번이나 고개를 젓고 나서야 헤븐을 마음속에 그려보았다. 눈을 감고 동그란 갈색 얼굴을 떠올렸다. 눈을 꼭 감은 채 세면대 앞에 서서 거울을 정면으로 마주 보고 섰다. 천천히 두 눈을 떴다. 몇 번을 더 시도해보았지만 결국 나 자신만 노려볼 뿐이었다. 겨드랑이가 따끔거리고 숨이 빨라지며 호흡이 거칠어졌다. 여전히 거울에 비친 나 자신만 쏘아보고 있을 뿐이었다. 하다못해 헤븐이 찾아냈던 용기의 한 쪼가리만이라도 끌어내야 했다. 여기 이곳에는 나 말고 아무도 없었다. 적어도 스스로는 진실의 편에 서 있다고 믿을 수 있는지 알고 싶었다. 최대한 숨을 천천히 내쉬었다. 말이 저 깊은 뱃속에서 목구멍 뒤쪽을 향해 아주 조금씩 올라왔다. 그러다가 딱 멈추었다. 목에 단단히 걸린 듯했다. 나 자신에게 계속 숨을 쉬라고 명령했다. 말이 거의 다 올라왔다. 입을 열었다. 말이 기어 나왔다. 한 번에 한 음절씩 아주 작게.

나는 성폭행을 당했다.

나는 성추행을 당했다.

나는 원하지 않았다.

나는 싫었다.

정말 마음 아픈 일이었다.

이것이 내가 느꼈던 마음이다.

이것이 내가 그 오랜 시간을 들여 굽히고 비키고 비틀고 뒤틀며 피해왔던 상처다. 이 말이다. 이 진실이다.

엄마가 한 번도 묻지 않던 진실.

가족도 친구도 아무도 몰랐던 진실.

아무도 인정하려 들지 않던 진실.

오랫동안 외면하던 진실.

하지만 나도 잘 알고 있듯이 내가 풀어야만 하는 진실이었다. 나 자신을 위해서가 아니더라도, 나처럼 살아남을 수 있는 다른 아이를 사랑하기 위해서라도. 내가 앞으로 만날 헤븐 같은 아이를 위해서라도. 아마 아주 많을 테니까. 진실이 처음으로 내 몸 밖으로 나왔다. 그래도 나는 여전히 숨 쉬며 살아 있다. 아직 두 다리로 서 있다. 몸 밖으로 나온 진실과 더불어.

최면

내 배 속에서 새 생명이 자라고 있음을 알게 된 순간, 딸이 아니기를 기도했다. 그 바람이 너무나도 간절한 나머지 아들이기를 빌며 남자아이 이름을 수십 개나 골라 놓았다. 마음이 매우 불안해서 아기 성별을 알려고도 하지 않았다. 그래서 무척 알고 싶어 하던 남자 친구에게만 알려주라고 간호사에게 부탁했다. 나는 아기를 몹시 바랐지만 나와 같은 운명을 살아야 할지도 모르는 어린 여자아이를 세상에 내놓는다고 생각할 때마다 소름이 끼치도록 무서웠다. 세상에는 나 같은 어린 여자아이를 낡고 더러워지면 쓰다가 버릴 행주쯤으로 여기는 불친절한 남자들이 우글거렸다. 그런 불친절한 세상에서 내 미래의 '어린 여자아이'를 구해내고 싶었다.

나는 엄마한테 보호를 받기는커녕 엄마가 오히려 내게 수치심을 안긴다고 여기면서 오랫동안 고통 속에서 살았다. 엄마가 나를 보호하는 능력에, 엄마가 보호라는 행위를 이해하는 데 한계가 있으며 그 한계에 부딪히고 있음을 깨닫지 못했다. 나이가 들어가면서 또래 여자 친구들과 생각을 주고받고, 또 내가 해나가는 활동 속에서 어린 흑인 여자아이들이 털어놓는 이야기를 들으며 여러 가지가 한데 얽힌 수치심을 이해하게 되었다. 그 수치심은 거의 언제나 내 삶 속의 한 나이든 흑인 여성으로 이어졌다. 그 여성은 되풀이해서 엄마였다가 이모였다가 매우 아끼는 누군가가 되었다. 대체로 이들 여성은 엄마가 나를 사랑하듯 어린 여자아이들을 사랑했다. 자신들이 올바른 일을 하고 있다고 믿었다. 엄마도 그랬으리라.

이제 아기를 품고 나니 엄마가 된다는 기쁨이 온몸에 뿌듯이 차올랐다. 하지만 몹시 두렵기도 했다. 아들이라면 내 운명을 피할 가능성이 더 크다고 여겼다. 물론 아들이라도 불친절에는 면역이 없을 터였다. 분명 어린 흑인 남자아이를 세상에 내놓는 일 역시 불안했다. 하지만 그 정도 두려움은 견뎌낼 수 있었다. 그 정도 불안은 떼어낼 수 있었다. 아들이라면 미국에서 흑인 소년을 기다리는 고약한 위험에 휘말리지 않도록 준비시킬 수 있다고 스스로 다독였다. 억울하게 누명을 쓴 너무나도 많은 흑인 소년이 등에 과녁을 매단 채 삶을 살아가야 함을 잘 알고 있으면서도, 그런 현실을 내 마음이 감당해낼 수 없음을 잘 알고 있으면서도 그랬다. 하지만 나를 닮은 아이를, 내가 견뎌야 했던 일을 헤쳐 나가야 하는 아이를 낳는다는 두려움과는 달랐다. 도무지 걷잡을 수 없을 만큼 밀려드는 무서움과도 달랐다. 만져도 좋다는 허락을 받지 않았음에도 전혀 아랑곳하지 않고 마구 몸을 더듬는 남자아이들의 손길. 왜 내가 전화번호를 주고 싶지 않은지 혹은 왜 내가 추파에 반응하고 싶지 않은지 이해하지 못하고서 버럭 소리를 질러대고 보는 남자아이들의 분노. 나를 보호하기는커녕 나의 천진난만함을 빼앗는 남자아이들의 폭력 같은 배신. 그래서 내 배 속의 아기가 딸인지 아들인지 알고 싶지 않았다. 얄궂게도 내가 딸을 가졌다는 사실은 아기 생부와 헤어지는 과정에서 그가 무심결에 내뱉은 말 때문에 알게 되었다. 그 말은 내 마음속에 묵직이 내려앉아 내 기도를 바꾸어놓았다. 이제 딸임을 알았으니 하느님에게 간절히 빌었다. 적어도 아이가 나는 닮지 않게 해달라고.

아기의 생부는 사귀다 헤어지고 다시 사귄, 고등학생 시절 남자친구였던 숀이었다. 숀은 뉴욕을 떠나 앨라배마주로 옮겨온 뒤 내가 21세기청소년리더십운동에서 일하는 동안 함께 살았다. 우리 관계는 시작부터 떠들썩했다. 우리는 열다섯 살 때 처음 만났는데 그때 숀은 엄마를 병으로 잃었고 나 역시 엄마가 만난 운명의 남자 때문에 엄마를 잃은 상태였다. 우리는 서로가 현실에서 도망칠 수 있는 도피처가 되었다. 숀은 '불량 학생'이었다. 규칙이나 제도와는 매우 험악한 관계를 유지했다. 내 학구열이나, 심화 수업과 육상 운동과 다른 과외 활동을 오가며 단련하는 내 삶과도 거리가 아주 멀었다. 하지만 보드랍고 다정한 면이 있었다. 우리는 풋풋하면서도 거침없이 사랑했다. 일거수일투족 세심하게 살피면서도 쓴소리든 잔소리든 서슴지 않았다. 숀은 지적 호기심이 강하고 자유로운 영혼을 지녔으며 안정된 관계를 갈망했다. 주변 어른들은 숀이 바라는 것을 주지 못했다. 누군가 나에게 진심 어린 관심을 보여서 내가 고마움을 느꼈다면, 숀은 자신이 사로잡힌 거리의 페르소나에게서 잠시 한숨을 돌릴 수 있어서 내게 고마워했다. 우리는 우리만의 세계에서 살았다. 작은 비누방울에서 살았다. 그렇게 이름을 붙였다. 현실에서 달아날 수 있는 도피처라는 의미가 담겼다. 그런데 어느 순간부터 나는 숀의 마음에 서서히 쌓여가는 독을 보지 못하게 되었다.

내가 아기를 임신했을 때 우리는 아이나 다름없었다. 나는 스물세 살이었고 숀은 생일이 나보다 세 달 늦었다. 두 어른이 서로 사랑하고 보살피고 믿는 관계가 어떤 모습인지 배울 만한 올바른 모범을 본 적도 없었다. 내 엄마는 싸움꾼이었다. 남자와 죽일 듯이 몸싸움을 벌이는 광경을 보곤 했다. 철천지원수인 양 주먹다짐을 벌였다. 그러고는 아무 일도 없었다는 듯이 웃음을 터뜨리거나 미소를 짓거나 달콤한 입맞춤을 나누었다. 숀의 삶도 다르지 않았다.

우리가 처음 함께 살림을 차렸을 때는 깨가 쏟아졌다. 어느 연인인들 그렇지 않을까. 우리가 고등학교 내내 만나고 내가 대학에 들어간 후로도 2학년 때까지는 교제했다고 해도, 숀이 앨라배마주로 옮겨왔을 때 나는 더 이상 숀이 예전에 알던 그 어린 여자아이가 아니었다. 숀은 멀리 떨어져 있었기 때문에 과거 뉴욕에서 내 삶이 안긴 수치와 내 삶이 내린 평결에서 벗어나 나만의 길을 찾으면서 새롭게 거듭난 나를 전혀 만날 수 없었다. 우리가 서로에게 해로운 존재가 된 지는 꽤 오래되었지만 숀과 사랑에 빠져 다시 십 대로 돌아간 나는 그 점을 못 본 척했다. 언젠가 우리가 고등학생이었을 때의 일이다. 숀이 나를 꾀어 자신이 사는 아파트 건물 옥상으로 데려갔다. 그러더니 대학 때문에 멀리 떠난다면 나를 아래로 던져버리고 자신도 뛰어내리겠다며 위협했다. 나를 움켜쥐고 난간 너머로 밀어젖히면서 사랑을 고백했다. 나는 애원했다. 숀을 떠나지 않겠다고 맹세했다. 숀이 하던 행동을 멈추고 자신이 방금 무슨 짓을 저질렀는지 깨닫고는 흐느꼈다. 나는 **숀을** 위로했다. 이런 행동을 폭력이라고 여기지 않았다. 폭력이 어떤 것인지 내가 알고 있다고 생각했기 때문이다. 숀이 나를 향한 사랑을 지나칠 정도로 표현했을 뿐이라고 꾸며댔다. 그럴싸한 변명에 불과했으나 더 생각할 여지를 두지 않았다.

나는 이제 강인해졌고 더 이상 그런 '사랑'을 지지하지 않았다. 자라는 동안 엄마와 이모를 비롯해 주변 다른 여성들에게서 보고 배운 것을 받아들였다. 숀이 또 그런 망나니짓을 저지르면 맞서 싸우겠다고 결심했다. 엄마가 나를 편편약골로 키우지 않았음을 보여주기로 단단히 마음먹었다. 앨라배마주 아파트에서 인정사정없이 주먹을 휘두르다가 지쳐 쓰러져 차갑고 딱딱한 부엌 타일 바닥에 누워 숨을 가쁘게 몰아쉬면서 숀에게 내뱉은 말도 바로 그것이었다. 특별한 이유 없이 시작한 싸움이었다. 결국 숀이 셀 수 없을 만큼 주먹을 내리지르고 내가 손의 턱이며 뒤통수며 주먹이 가닿는 곳이면 어디에나 주먹을 갈기는 것으로 끝이 났다. 우리 둘 다 몸을 가누지 못할 정도로 힘이 빠져 나가떨어졌다.

"타라나, 너 이 미친. 덤비는 게 망할 들짐승 저리 가라야. 제기랄." 손이 헐떡이며 말하자 내가 대꾸했다.

"나 미치지 않았어. 엄마가 물렁이로 키우지 않아서 네가 열받은 거지." 나도 거의 숨을 못 쉴 지경이었다.

우리 관계가 늘 살얼음판 같지는 않았다. 우리가 사랑에 빠진 이유는 서로가 자신이 지닌 결핍을 채워줬기 때문이다. 나는 종종 탐색해보지 않았던 내가 되었다. 말랑하고 바보 같고 요염한 내가 되었다. 손에게는 내가 자신의 배경이 지닌 한계를 넘어 스스로 뻗어나갈 수 있는 공간이 되었다. 그는 마음을 열었고 내게 경계를 풀었다. 그런 공간을 누리는 흑인 남자아이가 그리 많지는 않았다. 덕분에 우리는 같은 문화를 즐겼다. 뉴욕 닉스 프로 농구와 힙합, 조폭 영화와 원대한 포부. 그런 이유로 우리는 유대감을, 그것도 아주 깊은 유대감을 느꼈다. 애면글면 우리가 키운 비누방울을 보호했다.

그러던 때였다.

내가 아기를 임신했다는 사실을 알기 바로 전날, 나는 시의회 회합에 참석했다. 셀마의 인종주의자 시장이자 시의회 의장이 차기 시의회에서 시 공무원 임명권을 빼앗아 오려고 교활한 술수를 쓰고 있었기 때문에 그 회합을 지켜봐야 했다. 흑인이 시의회에서 과반수를 차지한 경우는 시 역사상 처음이었다. 우리는 지난 수개월 동안 시장이자 시의회 의장에게 경찰서장이나 재무 감독관 같은 중요한 직책에 사람을 임명할 권한을 주려는 억지 행보에 항의해오고 있었다. 그런데 시의회가 임명권을 놓고 표결에 붙이는 그날, 흑인 시의원 한 명이 결석했다. 찬반 득표수가 똑같이 나와야 했다. 다른 흑인 시의원이 모두 찬성표를 던지리라고 예상했다. 흑인 시의원들도 공식 회견에서 자신들의 권한을 되찾기를 바란다고 발언했다. 그런데 놀랍게도 시의원 네 명 가운데 두 명이 기권표를 던졌다.

나는 자리에서 벌떡 일어났다. 변절한 시의원을 향해 욕설을 퍼부었다. 우리는 조직화에 정말 공을 많이 들였다. 그런데 결과가 고작 이거라니. 시장이 경찰서장한테 나를 체포하라고 지시했다. 경찰서장과 두 보좌관이 나를 시의원실에서 끌어냈고 나는 시 교도소에 갇혔다. 우리 조직가들 사이에서는 꽤 흔한 일이었다. 그곳에서 보석금이 지불되기를 기다렸다.

한 시간도 못 되어 보석금이 지불됐고 나오자마자 법률사무소로 서둘러 달려갔다. 변호사를 만나기 위해서가 아니라 전략 회의에 참석하여 다음 행동을 어떻게 취할지 의논하기 위해서였다. 그리고 그곳을 나와 국립투표권박물관으로 가서 다른 자원봉사자와 그날 밤 열릴 예정이던 '자유를 향한 발자국Footprints to Freedom' 기념식 준비를 도왔다. 그런데 한창 안내 책자를 복사하고 있을 때 박물관 복사기가 고장 났고 나는 다시 법률사무소로 달려가 복사 작업을 마쳐야 했다. 마침 그날은 숀과 함께 저녁을 만들어 먹자고 이미 약속을 해둔 상태였다. 숀을 만나 저녁거리를 사러 갔다. 숀이 혼자서 사러 가겠다고 선뜻 나서지 않아 약간 짜증이 났다. 시장 본 걸 집에 내려놓고 다시 박물관으로 돌아가 기념식에 참석했다. 기념식이 끝났을 무렵에는 몹시 피곤했다. 셀마에서 내 생활이 대체로 그랬다. 늘 동분서주하며 온 시내를 돌아다녔다. 일 때문에 그럴 수밖에 없었고 어느새 그런 생활이 몸에 익어버렸다.

그날 집 현관문을 두 번째로 열었을 때 느닷없이 구역질이 올라왔다. 잠시라도 엉덩이를 붙이고 앉아 있으라고 몸이 내게 보내는 경고로만 여겨졌다. 숀에게 식사 준비를 거의 다 시키고 소파에 앉아 롤빵에 버터를 바르며 아무 생각 없이 텔레비전을 보았다. 숀이 롤빵을 가지러 다가와서 그릇을 들여다보았다. 롤빵이 하나밖에 남아 있지 않았다. 내가 그릇을 움켜쥐고 하나 남은 롤빵을 뚫어져라 내려다보았다. 나도 모르게 그만 버터를 바르면서 다 먹어치운 것이었다.

숀이 눈을 들어 나를 똑바로 바라보았다. "임신 아냐?"

이튿날 아침, 눈을 뜨자마자 밖으로 나가서 임신 테스트기를 사왔다. 몹시 떨리는 마음으로 임신 테스트기를 집어 들었다. 2년 전에도 한 번 임신한 적이 있었다. 그때는 유산했다.

임신 테스트기를 들고 집으로 들어오는데 숀이 호들갑을 부리며 나를 텔레비전 앞으로 데려갔다. 2주 전 우리가 가장 좋아하는 래퍼 비기 스몰스*가 살해당했고 새로 발표한 노래의 뮤직비디오가 MTV

에서 막 나올 참이었다. 욕실로 살짝 들어가서 임신 테스트기를 사용해볼 짬이 있었다. 임신일 리 없다고 생각했다. 변기에 앉아 겉포장을 뜯고 속포장을 벗겼다. 설명서를 꼼꼼하게 읽었다. '한 줄이 나오면 임신이 아닙니다. 두 줄이 나오면 임신입니다.' 막대기 모양 테스트기에 소변을 누었다. 3분을 기다렸다. **침착해.** 설명서에 나온 그대로 따라 했다. 임신 테스트기에 바로 두 줄이 나타나자 그 조그만 플라스틱 막대를 세면대로 던지고는 두 눈을 감았다. 변기에 앉은 채 말했다.

"좋아요. 하느님. 임신이 아니란 걸 아니까 기다리겠어요. 설명서에 쓰인 대로 3분을 꼬박 기다리겠어요."

눈을 감고 변기에 앉아 있었다. 숀이 그만 욕실에서 나오라고 소리를 쳤다. 내가 정신을 가다듬고 임신 테스트기를 손에 꼭 쥐고서 거실로 달려 나왔다. 때마침 뮤직비디오 첫 부분이 나오고 있었다. 영상에서는 비기와 퍼프가 쾌속정을 타고 하얀 물거품을 일으키며 물살을 갈랐다. 비기가 미소를 지었다. 한 번도 본 적 없는 미소였다. 두 사람 모두 하늘로 날아갈 듯 보였다. 숀과 나는 소파 끝에 앉아 있었다. 뮤직비디오가 다 끝나자 MTV는 처음부터 영상을 다시 틀었다. 우리도 다시 TV를 보면서 함께 노래를 따라 불렀다. 뮤직비디오가 끝나고 숀이 소파 등받이에 등을 기대고는 웬 임신 테스트기

---

* 정식 명칭은 노토리어스 비아이지Notorious B.I.G이다.

냐고 물었다.

내가 임신 테스트기를 말아 쥔 주먹을 펴고 내려다보며 말했다. "어, 두 줄이 나왔어."

고개를 들어 손을 바라보며 손가락 두 개를 펴 보였다.

숀은 벌떡 일어서더니 임신 테스트기를 움켜쥐고 소파 위에서 깡충깡충 뛰며 소리쳤다. **"우리 아기가 우리 아기를 가졌대!"** 숀이 계속 외쳐댔다. 문을 열고 뛰어나가 커다란 가림막을 쳐놓은 현관에 서서 한낮의 고요함을 뚫고 크게 소리를 질렀다. **"우리 아기가 우리 아기를 가졌다고!"**

나는 숀더러 집 안으로 들어오라고 외쳤다. 숀이 들어오고 나서 그는 내 손을 잡고 막 지어낸 짤막한 노래를 불렀다. **"우리 아기가 우리 아아기를 가졌다네, 우리 아기가 우리 아아아기를 가졌다네."** 숀이 이토록 행복해하다니, 그런 모습은 처음이었다.

내 속은 불안과 초조로 엉망진창이었다. 하지만 그렇게 들뜬 숀의 모습을 보니 나도 덩달아 들뜬 기분이 들었다. 결국 숀을 따라 함께 노래를 불렀다. 가사를 약간 바꾸기까지 했다. **"내가 우리 아기의 아아아아기를 가졌다네. 내가 우리 아기의 아아아아기를 가졌다네."** 우리는 지칠 대로 지칠 때까지 노래하고 춤추다가 서로 뒤엉켜 잠이 들었다.

이 기쁨은 오래가지 못했다.

아기가 생겼다는 사실을 안 지 일주일도 채 지나지 않아 숀의 태도가 변했다. 우리는 다시 얼굴만 보면 으르렁댔다. 숀이 집에 들어오지 않는 날이 더 잦아졌고 삐삐에 이상한 번호들이 찍혔다. 임신 2개월에 접어들자 몸도 마음도 정말 힘들었다. 일에 집중하려 애썼지만 집에서 벌어지는, 연속극에나 나올 법한 온갖 일로 그마저도 힘겨웠다. 집 분위기는 긴장감 때문에 하루 묵은 옥수수 알갱이만큼이나 버석거렸다. 임신 3개월이 끝날 즈음에는 관계가 곪아 터지기 일보 직전까지 치달았다. 으르렁거리는 소리나 짤막한 문장이 우리가 나누는 대화의 대부분이었다. 숀이 집에 있으면 속이 울렁거렸다. 어느 날 오후 출산을 앞둔 한 친구의 베이비 샤워 파티가 열렸다. 나는 그 준비로 집 안을 바쁘게 돌아다녔다. 숀에게서 '오줌 냄새가 나기'* 시작했다. 흑인이 즐겨 쓰는 표현이었다. 숀이 마음을 굳힌 듯 나를 똑바로 마주 보았다.

그는 꽤 이성적인 태도로 말문을 열었다. "우린 대화가 필요해, 타라나."

"지금은 안 돼. 말리카의 출산 파티를 준비하고 있잖아." 요점만 짧고 간단하게 말했다. 그러자 숀이 폭발했다.

"늘 무슨 일이 있거나 늘 누군가에게 가야 하지! 난 어디에도 없어! 도대체 난 뭐야? 내겐 당신이 필요하다고!" 숀이 꽥 소리를 질

---

* 흑인의 속어 표현으로, 지나치게 거만해지거나 자만심이 가득한 사람을 묘사할 때 쓰인다.

렀다. 솔직히 그런 태도에는 이미 익숙했다. 종종 그런 음높이로 대화를 나누곤 했으니까. 그런데 헛소리는 가만히 참고 들어줄 수가 없었다. 숀의 곁을 스치듯 지나쳐 부엌으로 향했다. 숀이 나를 붙잡고 손목을 움켜쥐더니 벽으로 밀쳤다. 그 속도며 그 공격성이며 전혀 예상치 못한 전개였다.

"뭐 하는 거야? 날 떠민 거야? 당장 내 몸에서 손 떼."

"아냐. 나랑 얘기 좀 하자는 거야." 숀이 이를 악문 채 으르렁거리며 나를 더욱 밀어붙였다. 내가 그 손아귀에서 빠져나오려고 실랑이를 벌였다. 간신히 팔을 뒤로 홱 뺐는데 꼭 숀을 한 대 치려는 모습처럼 보였다. 이미 우리는 이런 상황을 너무 많이 겪었기 때문에 내가 방어하리라는 걸 숀도 잘 알거라고 생각했다. 숀이 얼굴을 가리거나 내게서 몸을 돌리기를 기다렸다. 그런데 숀은 꼼짝도 하지 않았다. 곧바로 내게 달려들더니 내 양 팔목을 다시 움켜쥐었다. 그러고는 나를 때리기 시작했다. 나는 아기를 배고 있었다. 몸이 약한 상태였다. 숀도 알았다. 나는 엄마와 의붓아버지가 싸우는 광경을 볼 만큼 보아왔다. 싸움과 가정 폭력이 서로 엄연히 다르다는 점을 알고 있었다. 가정 폭력은 영화 〈불타는 침대〉**의 파라 포셋한테나 일어나

** 10여 년간 남편의 성적 학대와 폭력에 시달려온 가정주부 프랜시스 휴즈(파라 포셋 분)가 어느 누구한테도 도움을 받지 못하자 결국 남편이 잠자고 있는 침대에 기름을 붓고 불을 질러 남편을 죽인다. 살인죄로 기소되면서 남편이 저지른 악행이 만천하에 드러나는 내용의 영화로 실화를 바탕으로 했다.

던 일이었다. 그 순간까지 가정 폭력은 자기 자신을 방어할 수 없는 여성한테나 벌어지는 일이라고 생각했다. 피해자한테나 생기는 일이라고 여겼다. 나는 싸움꾼이었다. 숀과 내가 한 건 싸움이었다. 내가 나를 방어할 수 없던 순간이 닥치기 전까지는. 그 자리에 서 있는 동안 아기를 지켜야 한다는 본능이 난생처음 꿈틀거리면서 나를 뿌리째 흔들어놓았다. 몸에서 힘이 풀려나갔다.

내 모성 본능이 고개를 치켜들 때 숀의 공격 본능도 치켜들었다. 내가 버둥거리기를 멈추자 숀이 나를 거실로 질질 끌고 가 소파에 내동댕이쳤다. 이어 숀이 곁에 앉았다. 내 가슴에 그가 기댄 탓에 움직일 수가 없었다. 나를 공격하던 모습을 떠올리지 않으려고 온 힘을 쥐어짰다. 하지만 이제 기억들이 물밀 듯이 밀려들었다. 더 이상 숀과 싸우고 싶지 않았다. 그럼에도 막다른 길에 몰려 옴짝달싹못한다는 느낌을 도저히 견딜 수 없었다. 숀에게서 벗어나려고 바둥거렸다. 내 행동에 숀이 더욱 화를 냈다. 길게 땋은 내 머리를 잡아채어 하나로 그러당기더니 정원 호스를 말듯 주먹으로 말아 쥐었다. 머리채를 돌돌 감은 주먹이 내 정수리에 이르자 나를 소파에서 바닥으로 끌어내려 두 다리 사이에 꼼짝도 못 하게 가두었다. 내 머리를 무릎에 놓고 두 다리를 내 어깨에 걸쳤다. 그런 자세로 두 시간 넘게 앉아 있었다. 그러는 동안 숀은 자신이 나를 얼마나 사랑하는지, 새 생명이 찾아온 우리 가족이 얼마나 먼저 배려되어야 하는지, 내가 떠나면 나와 배 속의 아기를 어떻게 죽일 것인지 주저리주저리 늘어놓았다. 나 때문에 메릴랜드를 떠나 셀마로 왔지만 내가 자신을 얼마나 외롭게 하고 부당하게 대했는지 불만을 터뜨렸다. 악을 쓰며 울부짖었다. 위협하고 애원하고 고백했다. 그렇게 속에 쌓인 말을 쏟아내면서 내 땋은 머리를 힘껏 움켜쥐었다. 그 고통으로 머리가 욱신거렸다. 나는 눈도 깜빡이지 않고 앉아 있었다. 대신 부드럽고 달콤하게 말을 건넸다. 숀이 몹시 듣고 싶어 하는 그렇고 그런 말로 자격지심을 달랬다. 지금까지 그 누구보다 당신을 사랑했고 앞으로도 사랑할 남자는 숀 당신 한 사람뿐이라고 약속했다. 우리 가족을 무엇보다 우선해야 한다는 점에 정말 공감한다고 말했다. 숀이 몇 년 전 아파트 지붕에서처럼 행동할 때 달래주었던 것처럼 나오는 대로 다 지껄였다. 우리가 더 행복하던 시절의 기억을 새록새록 떠올리게 했다. 연속극에나 나올 법한 일을 겪고 나서 우리가 나누던 사랑, 힘들게 헤어졌지만 서로 다시 찾았을 때 곁에 있든 없든 우리가 느꼈던 행복을 되돌아보게 했다.

내가 달콤한 밀어와 약속을 속삭이자 숀이 손아귀에서 힘을 뺐다. 나는 가만히 앉아 있었다. 나와 현관문 사이가 몇 걸음인지 속으로 헤아렸다. 출산 파티에 갈 옷을 다 차려입지도 못한 채 브래지어에 셔츠를 걸치고 속옷에 속바지만 입은 채 슬리퍼를 신은 차림새였다. 멀리 갈 수 없었지만 친구가 대여섯 블록 건너에 살았다. 슬리퍼를 신고서도 그 정도는 갈 수 있다고 생각했다.

숀의 기세가 한풀 꺾였다. 땋은 머리 몇 가닥이 숀의 주먹에서 풀려나와 흘러내렸다. 숀이 소파에서 자세를 다시 잡으려는 순간 벌떡 일어나 달렸다. 그런데 문이 잠겨 있었다. 자물쇠를 따고 문을 열만한 시간이 없을 것 같았다. 눈길을 아래로 떨구었다. 문득 거의 아무것도 입고 있지 않았음을 깨달았다. 몸을 돌려 침실로 뛰어들어갔다. 침대에 몸을 던졌다. 걷잡을 수 없이 눈물이 흘러나왔다. 이토록 무서운 공포와 씁쓸한 패배감은 정말 오랜만이었다. 숀이 침실로 들어와 침대로 올라오더니 내 옆에 무릎을 꿇었다. 한순간에 완전히 딴사람이 된 것 같았다. 숀이 내게 바로 사과하기 시작했다. 무수히 많은 말을 쏟아냈다. 숀이 그때 무슨 말을 했는지 이제는 기억조차 나지 않는다. 하지만 자신을 용서해달라고 빌었다. 과거에도 이런 달콤한 덫에 갇힌 적이 있었다. 비열하고 졸렬한 짓을 해대고는 내가 눈물을 흘리거나 화를 퍼부으면 온갖 사탕발림으로 사과를 하며 그 자리에서 당장 사과를 받아들이라고 강요할 터였다. 어떤 일이 벌어졌는지 미처 소화할 시간도 없을 터였다. 봇물처럼 터져나오는 이 후회를 어떻게 다스려야 할지 자신이 서지 않았다. 아주 격렬하게 몸싸움을 벌이거나 정말 미친 듯이 화를 내던 순간에도 오늘같은 숀의 모습은 본 적이 없었다. 내 배 속에서 자라는 아기 때문이라도 그런 숀을 다시는 보고 싶지 않았다. 나 스스로 그 점을 똑똑히 깨달았다.

내가 터뜨리는 절규 사이로 숀의 목소리가 간간이 들렸다. 그는 아주 부드럽게 달래는 어조로 내게 말을 건넸다.

내 사랑, 그만 울어. 그러다 아기가 다치겠어.

타라나, 그만 진정해. 병나겠어.

사람이 어떻게 이처럼 바뀔 수 있을까? 내가 울음을 멈추지 않으면 숀은 또다시 바뀔까? 지칠 대로 지쳐서 숀이 벌이는 이 줄다리기를 감당할 수 없었다. 긴장으로 머리가 깨질 듯이 아파왔다. 쏟아지는 눈물에, 숀이 내뱉는 속 빈 강정 같은 말에 맥이 다 빠져버렸다. 그 사이 어디쯤에서 잠이 들었다. 잠에서 깨어났을 때는 방향감각을 완전히 잃은 뒤였다. 언제 잠에 빠졌는지 기억나지 않았다. 그저 울던 기억만 났다. 속이 좋지 않았다. 소변도 마려웠다. 그런데 침대에서 일어날 기운조차 끌어모을 수 없었다. 숀이 아직 내 곁에 누워 있었다. 내 기척에 숀이 눈을 떴다. 그가 기어서 내 몸 위에 자리를 잡고는 부드럽게 내 얼굴을 어루만졌다. 숀의 손길이 닿자 내 몸이 딱딱하게 굳었다. 무서워해야 할지 역겨워해야 할지 갈피를 잡지 못했다. 하지만 이것만은 분명히 알았다. 이제 내 몸에 닿는 숀의 손길을 원하지 않는다는 것.

벗어나야 했다. 그런데 그럴 수 없었다. 겨우 몸을 움직여 보았지만 나는 여전히 옷 무더기 속에 파묻힐 듯 누워 있었다. 숀이 위에서 버티고 있어 쉽사리 몸을 빼낼 수 없었다. 숀이 내게 입을 맞추었다. 혀를 내 입속으로 밀어 넣으려 했다. 나는 꼼짝하지도 않고 누워 있었다. 숀이 단추가 끌러진 셔츠 사이를 비집고 내 가슴에 입을 맞추었다. 여전히 나는 꼼짝하지도 않고 누워 있었다. 곧 내 속바지에 손의 손이 닿았다. 나는 몸을 비틀어 두 다리를 꼭 붙였다. 숀이 내 두 다리를 벌리며 나를 핥았다.

"그만!" 내가 말했다. 마침내 그 말을 밀어낸 내 성대에게 고마움을 느꼈다.

숀은 똑똑히 내 말을 들었다. 웃으며 이렇게 말했으니까. "그만 해주기를 바라지 않을걸."

나는 그만하기를 바랐다. 조금도 즐겁지 않았으니까.

"그만!" 이번에는 좀 더 큰 소리로 말했다.

"알았어. 그만할게." 숀이 침대에서 일어섰다.

살갗에서 벌레가 스멀스멀 기어 다니는 것 같았다. 겨우 기운을 끌어모았다. 일어나서 욕실로 향했다. 얼른 얼굴과 몸을 물로 씻어 내고 싶었다. 그때 정신이 들면서 무슨 일이 벌어질지 알아차렸다. 침대에서 일어난 숀이 바지를 벗었다. 이어 속옷도 벗었다. 이 순간 을 나는 지금까지도 머릿속에서 몇 번이고 되풀이해서 살펴본다. 조각 하나하나를 선택해 샅샅이 해부한다. 마음속으로 과학수사대 요원이 되어 침실로 들어가 구석구석 훑어보며 정보를 모은다. 하 지만 대개는 내 얼굴을 뚫어지게 내려다보다가 숀의 얼굴로 시선을 옮기고는 다시 우리 둘을 바라본다.

내가. 어떻게. 해야. 했을까?

내가 어떻게 해야 했을까?

내가 어떻게 했어야 했을까?

내가 한 건 아무것도 없었다.

아무것도.

내가 침대에서 내려서기도 전에 숀이 다시 내 몸 위로 올라탔다. 무릎으로 내 다리를 벌렸다. 그리고 성기를 내 안으로 밀어 넣었다. 이전에도 수없이 그랬던 것처럼.

그렇게 숀과…… 관계를 가졌다. 적어도 내 머릿속으로는 그렇게 말한다. 내 아이를 위해서도 그리고 내 정신을 온전히 지키기 위해서도. 그렇게 말해야만 했다.

나는 내내 울부짖었다. 꼼짝도 하지 않고 내내 누워만 있었다. 내가 이 관계를 원하지 않았음을 숀이 알아야 했다.

그런데 어쩌면 나도 원했을까?

때때로 내 머리는 나도 원했다고 설득한다. **그만두게** 하지 못했으니까. 때때로 숀은 몰랐다고도 생각한다. 하지만 어떻게 숀을 멈춰 세우고 집에서 안전하게 빠져나올 수 있었을까? 게다가 숀은 아기 아빠인데? 그 모든 이유에도 불구하고 **이런** 순간이 세상에 존재해서는 안 된다는 걸 나는 알았다. 숀이 몸을 일으키자 나는 등을 돌렸다. 억지로 다시 잠을 청했다.

전날 밤에 관계를 가졌기 때문에 숀은 우리 사이가 다 잘 풀렸다고 철석같이 믿었다. 집 안을 누비고 아침을 차리고 내게 이것저것 질문을 던졌다. 나는 무엇을 해야 할지 알았다. 일어나 샤워를 하고 옷을 갈아입고 숀에게 말 한마디 하지 않고 집을 나섰다. 그렇게 며칠을 지냈다. 되도록 집에 들어가지 않았다. 집에 들어가더라도 거의 말을 섞지 않았다. 이따금 시내 사무실까지 걸었고 이따금 친구네까지 걸었으며 이따금 정처 없이 걸어 다녔다. 늘 헤드폰을 끼고 시디플레이어를 틀었다. 메리 J. 블라이즈의 앨범 〈내 인생〉을 반복해 들었다. 〈행복해져Be Happy〉라는 곡을 듣고, 듣고 또 들었다. 가사는 소박했지만 그때 내게는 그 노래가 기도처럼 들렸다. **"내가 진짜 바라는 건 오직 하나, 행복해지는 것. 내 사랑을 찾는다면 정말 달콤하겠지."** 내 인생을 위해, 내 배 속에서 자라고 있는 아기의 인생을 위해 내가 바라는 것도 오직 그뿐이었다. 바로 그것을 내가 잃어버렸음을 깨달았다. 어째서 나는 행복하지 않은 걸까? 그리고 이제 더 중요한 질문이 남아 있었다. 이런 불행이 내 아기한테 어떤 영향을 미칠까?

그 일이 일어나고 일주일이 지났다. 점심때 집으로 와서 숀을 찾았다. 이번에는 내가 그에게 할 말이 있었다. 숨을 깊게 들이쉰 다음, 숀이 집에서 떠나기를 바란다고 말했다.

"떠나라고?" 숀이 뻔뻔스레 되물었다. 못 믿겠다는 표정이 역력했다. 그런 모습에 나도 화가 돋았다. "아기를 배고 있으면서, **지금** 내가 떠났으면 싶다고? 알았어, 타라나. 그거 참 말이 되는 소리네!"

나는 입을 다물고 잠자코 서서 숀을 쏘아보았다. 말이 많아지면 내가 나를 설득해 결정을 바꾸게 하거나 숀이 나를 교묘하게 조종하여 움츠러들게 할지도 몰랐다.

"그래, 언제 떠나면 되는데? 당장? 바로 지금 짐을 싸서 떠나? 그

238

럼, 난 어디로 가라고?" 숀이 한층 거들먹거리는 어조로 말했다. 나는 숀을 잘 알았다. 숀이 실은 떨고 있다고 눈치챌 만큼. 숀도 나를 잘 알았다. 내가 아주 진지하다고 알아차릴 만큼. 그래서 숀은 미친 듯이 화가 난 것처럼 보였다. 나는 숀이 떠나주기를 바랐다.

"시간을 얼마나 주면 돼?" 내가 묻자 숀이 대답했다.

"몰라. 일주일, 아니 두 주…… 이건 미친 짓이야, 타라나. 아기가 있잖아!"

"지난주에 날 밀치고 떠밀 때 우리 아기는 안중에도 없었어. 아니야?" 내가 그 일을 언급했다.

"아냐, 타라나. 그렇지 않았어. 알잖아. 화를 못 참았을 뿐이야. 그 일은 용서했잖아." 숀이 아전인수 격인 태도로 간살스럽게 말하며 이렇게 덧붙였다. "그럴 수는 없는 법이야."

나는 **용서**라는 말에 충격을 받았다. 우리 사이에 있었던 일을 어떻게 내가 용서한 것으로 받아들일 수 있을까? 속이 버글거렸다. 넌더리가 났다.

"네가 떠나기를 바라. 일주일 줄게."

대화를 끝내야만 했다. 막다른 두려움이 자꾸 나를 잡아당겼다. 하지만 주저앉고 싶지 않았다. 울고 싶지도 않았다. 나를 덮치며 오래전부터 거부할 수 없었던 저 달콤한 매력을 거미줄 삼아 칭칭 옭아맬 터였기 때문에 그에게 내가 흔들리는 어떤 모습도 들키고 싶지 않았다.

"알았어, 타라나. 떠날게." 손이 내게서 등을 돌리고 방을 나갔다.

나는 손가방을 들고 다시 문밖으로 뛰쳐나왔다.

집에서 한 블록 정도 멀어지고 나서야 팔려고 내놓은 어느 집 앞 계단에 주저앉았다. 가쁜 숨을 돌려야 했다. 손가방을 더듬어 책을 한 권 꺼냈다. 몇 주 동안 손에서 놓지 않던 책이었다. 얼마 전 알게된 이얀라 반젠트라는 작가의 책이었다. 흑인 여성인 이얀라는 흑인 여성은 소중한 존재이며 평화가 필요하다고 역설했다. 그 글은 내게 커다란 위안이 되었다. 살아오면서 만난 여성 어른이 가진 지혜가 내 삶을 이끈 복음의 지혜와 함께 담겨 있었기 때문이다. 《고난의 가치 The Value in the Valley》를 읽었고 이어 그 책과 짝을 이루는 《고난의 믿음 Faith in the Valley》을 손에 들었다. 《고난의 믿음》은 《고난의 가치》에서 중요한 내용을 추려 내용을 보강한 여러 교훈과 주장을 담은 조그만 책이었다. 날마다 두세 쪽씩 읽어나갈 계획이었다. 출근길에, 점심 시간에, 잠자기 전에, 이따금 지금처럼 조언이 절실하거나 어둠 속에서 빛을 찾을 때에.

아무 쪽이나 펼쳤다. 211쪽이 나왔다. 이 책의 각 쪽 왼쪽 맨 윗부분에는 한 문장이 쓰여 있고 오른쪽 맨 윗부분에는 두 단어가, 그 아랫부분에는 좀 더 긴 구절이 나와 있었다. 211쪽에는 왼쪽에 "나는 당신이 내가 제정신이 아니라고 생각함을 압니다"라는 문장이 쓰여 있고 오른쪽에 "계시"와 "영감"이란 두 단어가 나와 있었다. 아래에 쓰인 구절은 다음과 같았다.

기쁨과 평화, 풍요와 건강, 그리고 균형에 이르는 길을 찾으려면 우리가 소중히 여기는 모든 것을 고찰하고 평가해야 합니다. 마음과 뜻을 다해 평가를 해나가다 보면 성령이 깃들어 참인 것과 거짓인 것을 구별할 것입니다. 꼭 필요한 것과 더 이상 여러분 삶의 목적에 이롭지 않은 것을 구분할 것입니다.

익숙하고 소중한 것과 헤어지는 일은 두렵기 그지없습니다. 하지만 성령은 빛의 영혼입니다. 당신이 놓지 못하는 것이 어떤 어둠을 지녔는지 드러낼 것입니다. 어둠이 드러나면 한때 소중하다고 여기던 것이 다르게 보입니다! 경우에 따라서는 다르게 행동하기도 합니다! 사실 다른 것은 없습니다. 평가를 해나가는 여정에 성령이 깃들면 새로운 빛으로 세상을 바라볼 수 있는 능력이 생겨납니다. 바라건대 그 빛으로 당신이 자유롭기를.

맨 아랫부분에는 간단히 이렇게 적혀 있었다. "영혼의 빛이 닿으면 모든 것이 다르게 보입니다." 정말 그랬다. 지난주부터 모든 것이 다르게 보였다. 나는 해로움과 치유하지 못한 상처와 사랑에서 소속감을 찾으려는 갈망이 뒤섞인 채 병들어가는 숀의 모습을 보고도 눈감으려 했다. 내가 무슨 일을 당했는지 이해하기 전부터 그랬다. 진심으로 숀과 이어져 있다고 여겼다. 그런데 내 안에서 또 다른 존재가 자라고 있었다. 그때는 내 아기와 더욱 강하게 이어져 있다고 느껐다. 아기는 내가 이제 겨우 풀려난 족쇄에서 자유롭게 살기를 바라는 마음이 더욱 컸다. 그런 결론에 다다르자 분명하게 보이는 현실 앞에서 눈을 감지 않기로 선택했다. 다른 세상을 보기로 선택했다. 내 아기를 선택하기로 했다.

숀이 떠나던 날은 무척 힘들었다. 내가 수백만 개 먼지 입자로 바스러질지도 모른다고 생각했다. 숀이 집을 떠나면서 마지막으로 한 말은 이랬다. "내 딸에게 꼭 말해줘. 아빠가 사랑한다고." 그렇게 아기가 딸이라는 사실을 알게 되었다. 숀이 내 삶에서 영영 사라지기 전에 한 일은 약속을 깨버리는 것이었다.

또다시 태풍

손이 떠나고 우리 아기 카이아가 태어났다. 뉴욕으로 다시 돌아가야겠다고 결심했다. 셀마에 사는 동안 가족이 몹시 그리웠기 때문이다. 그런데 엄마 집에서 잠깐 지내는 동안 그런 애틋한 감정이 말라버렸다. 엄마와 나는 이미 오래전에 화해했다. 하지만 엄마를 다시 만나기 전부터 내가 구상하고 계획해놓은 삶을 카이아에게 선사하려면 다른 길을 찾아야 했다. 더구나 뉴욕은 물가가 비쌌고 내가 하고 싶은 일은 보수가 낮았다. 카이아와 나, 모두에게 이로운 방향으로, 내가 원하는 삶을 카이아에게 마련해줄 길을 찾을 수가 없었다.

결국 셀마에서 카이아와 나는 내가 맡은 단체인 블랙벨트예술문화회관 건물 위 다락에 보금자리를 꾸몄다. 블랙벨트예술문화회관은 2005년 태풍 카트리나가 지나간 뒤 새롭게 자리를 잡고 다시 개

관한 상태로 이제 셀마 시내의 대로변에 있는, 샌더스 집안이 소유한 건물 안에 있었다. 예전에는 가라테 교습소로 사용한 곳이어서 학생을 수용할 목적으로 지은 건물이었다. 다락은 교습소를 운영하던 전 주인이 사용했다. 그 공간을 보자 트라이베카나 소호 같은 뉴욕의 고급 주택가에 있는 화려한 아파트가 떠올랐다. 물론 그 화려함과는 아주 거리가 멀었지만. 그래도 30평이 훌쩍 넘어 꽤 널찍했다. 소박한 편이었지만 전 주인이 집처럼 꾸미려고 공들인 흔적이 여기저기 보였다. 다락으로 이어지는 계단은 짧고 어둡고 좁아서 오르내리기가 버거웠다. 꼭 죄악의 소굴로 이끄는 듯 여겨졌다. 하지만 들어서자마자 매우 근사한 창문들이 가장 먼저 눈에 띄었다. 창문은 맨 안쪽 벽이 천장과 만나는 곳부터 단단한 마룻바닥까지 이어져 나 있었는데 창가 공간이 여유로워 편안하게 앉아 있을 수 있었다. 맨 안쪽에는 간이부엌이 있었다. 조리대에는 개수대와 식기세척기와 가스레인지가 설치되어 있었다. 집 안쪽을 향해 임시변통으로 만든 방도 있었다. 벽이 미처 천정까지 닿지는 않았지만 문이 달려 있어 사생활을 보호받을 수 있으리라는 착각을 불러일으켰다. 임시변통으로 만든 방 바로 뒤쪽인 맨 왼쪽 구석에는 욕실이 있었고 맨 오른쪽 구석에는 또 다른 문이 있었다. 그 문을 열면 아주 오래된 유물 같은 승강기로 이어졌다. 세기가 바뀔 무렵 이곳이 창고로 쓰였을 때 오르내리던 승강기였다. 놀랍게도 승강기는 아직 작동했다. 도르래로 움직였기 때문이다. 호기심 왕성한 우리 아이가 일어날지 모를 어떤 위험에 뛰어들지 않도록 단단히 주의를 기울이며 그 문을 단속했다. 다락은 전반적으로 보수를 해야 했다. 마룻장 일부가 오래되어 썩었고 고리짝에 쓰던 냉난방 시스템이 말을 잘 안 들어 온도가 아주 높거나 아니면 아주 낮았다.

  태풍 카트리나가 덮치기 이전 해는 고달팠다. 공동체에 할 일이 없지는 않았지만 보수가 형편없었다. 당시 일을 세 개나 하고 있었지만 겨우 입에 풀칠할 정도였다. 2004년 드디어 글을 쓰고 싶다는 열망을 좇아 밴더빌트대학교의 저널리즘 펠로우십 과정에 지원하여 입학했다. 자유포럼다양성연수라는 과정이었는데 어느 정도 경력이 있는 유색인종 전문가들을 언론인으로 훈련시킨 다음, 전국 보도국에 배치하기 위한 것이었다. 내슈빌에서 나는 석 달을 지내야 했지만 그럴 가치가 있었다. 셀마로 돌아온 나는《셀마 타임스저널》에서 드디어 일자리를 잡았다. 존 걸리온과 함께 일했는데 그는 머지않아 내 언론계 스승이 되었다. 드디어 전업작가가 되었다는 생각에 뛸 듯이 기뻤지만 보수가 최저임금을 약간 웃도는 소도시 보도국의 현실을 받아들일 각오가 부족했다. 신문사에서 정규직으로 일하면서 내 하루는 반으로 나뉘었다. 오전 8시부터 오후 2시까지는 보도국이나 현장에서 보도기자나 교열기자로 일했다. 2시가 되면 신문사를 나와 시내 여러 학교를 돌아다녔다. 카이아를 비롯해 여러 학생을 태워 블랙벨트예술문화회관의 방과 후 수업에 데려다주었다. 이 수업을 듣는 서른 명 남짓한 아이들에게 나는 '아프리카 춤 선생님'이었다. 아프리카 예술과 문화 수업에는 춤 수업 말고도 여러 수업이 있었지만 이 아프리카 춤이 톡톡히 인기몰이를 했다. 그때 기억으로 가장 오래 잊히지 않는 건 아이들이 반기는 함성이었다. 당장 주저앉아도 이상하지 않을 블랙벨트예술문화회관 하얀색 승합차가 학교 앞에 서면 아이들이 이렇게 외쳤다. "와, 아프리카 춤 선생님이다!" 아이들은 옹기종기 모여 기다리고 있다가 내가 도착하면 승합차를 향해 있는 힘껏 우르르 달려왔다. 수업이 끝나면 아이들을 일일이 집에 내려다주고 다시 국립투표권박물관으로 향했다. 이 세 번째 일과로 하루를 마쳤다. 카이아가 어느 한 전시실에 누워 있는 동안 기사를 완성하고 박물관 기획 업무를 조금씩 진행했다.

당시 박물관에서 받는 보수는 고정급이 아니었다. 성과급에 더 가까웠다. 나는 박물관 측이 요구하는 기획을 추진하는 데 필요한 자금을 모으는 업무를 맡았다. 블랙벨트예술문화회관은 자금 사정이 빡빡했지만 격주마다 한 번씩 내게 적으나마 급료를 주었다. 이 시기 나는 빈털터리나 다름없었지만 삶도, 일도 만족스러웠다. 솔직히 돈이 가장 골치 아픈 문제가 아니었다. 먹거리는 늘 넉넉했고 셀마는 공동체가 탄탄했기 때문에 나와 아이가 굶주리는 일은 통계적으로 불가능했다. 공동체야말로 셀마를 단단히 떠받치는 토대이자 접착제였다. 공동체에서 가장 중요한 구성원은 박물관 관장인 조앤 블랜드였는데 우리는 애정을 담아 앤 여사라고도 불렀다. 내게는 어머니를 대신하는 존재였으며 그 자체로 빛나는 우상이었다. 앤 여사와 앤 여사의 자매인 린다 라워리는 피의 일요일에 에드먼드 페터스 다리에서 무참히 짓밟혔던, 가장 나이가 어린 행진 참가자였다. 두 사람은 운동 역사의 산증인으로 이름을 알렸다. 앤 여사는 1965년 당시 어린 린다가 다리에서 머리에 곤봉을 맞아 피를 흘리자 린다를 품에 꼭 안고 있었다. 앤 여사는 셀마의 역사 여행을 기획하며 전 세계 곳곳에서 박물관으로 관광객을 끌어들인 유명 인물이었지만 우리한테는 그저 앤 여사였다. 그는 요리하는 법부터 경계 짓는 법까지 어른들의 삶에 관한 많은 부분을 가르쳐주었다. 나머지 직원들도 그랬지만 그는 유독 가족 같았다. 박물관에서 나온 뒤 걸어서 7분 거리에 있는 샌더스 부부 법률사무소까지, 거기서 다시 블랙벨트예술문화회관까지 셀마 시내를 가로지르며 걷다 보면 기분이 무척 흐뭇했다. 카이아와 나는 늘 따뜻한 사랑이 담긴 인사를 받았다. 이 세 곳이라면 카이아를 안전하게 맡겨놓고 심부름을 하거나 일을 할 수 있었다. 내가 공동체에 보탠 양은 아주 미미했지만 공동체에는 이미 수북하게 쌓여 있는 게 있었다. 바로 신뢰였다.

그런데 이듬해에 그 신뢰에 금이 가버렸다.

카이아와 내가 축제에 참석했다. 투표권 운동을 벌이는 동안 셀마에서 일어났던 사건들을 기념하고 추모하며 3일 동안 열리는 연례행사였다. 공식적인 행사 명칭은 '다리횡단 축제Bridge Crossing Jubilee'였는데 지역 주민은 그냥 축제라고 불렀다. 나는 지난 여섯 달 동안 이 축제 기획을 도왔다. 그때 카이아는 겨우 일곱 살이었지만, 난 카이아와 그곳에서 사람들과 함께 있는 게 좋았다. 우리는 카이아가 태어날 때부터 알던 사람들, 내가 살아오는 시간 대부분을 알고 지내던 사람들 속에 있었다. 그들 곁에서는 더할 나위 없이 편안했다. 내가 다른 곳에 집중할 때면 도움을 받을 손길이 곳곳에 있었다.

내가 맡은 일은 축제 음악 공연을 총괄하는 일이었다. 그해 공연은 남부 힙합 듀오인 에이트볼 앤드 엠제이비였다. 그런데 이들이 두 시간이나 늦게 도착했다. 두 사람이 오기를 기다리는 동안 내 친구 몇몇이 무대 뒤쪽을 서성였다. 그 가운데에는 파야의 아들이자 '독'이라고도 불리며 나와는 남매 같은 사이인 킨다카가 있었다. 독의 친구들도 몇 명 있었는데 역시 나와 친하게 지냈다. 그런데 말리크라는 한 남자아이가 그 무리에 끼어 따라왔다. 독과는 어린 시절 친구였다. 분명 정신 건강에 어떤 문제를 겪어오고 있었지만 독의 친구들은 말썽을 일으키든 말든 개의치 않고 말리크를 무리의 일원으로 받아주었다. 그렇게 그날 말리크가 무대 뒤편으로 들어올 수 있었다. 말리크는 나타나자마자 축제에 위협이 되었다. 말리크가 내 친구의 아내와 다른 여성 두어 명에게 부적절한 말을 하는 바람에 싸움으로 번질 뻔했고 나는 말리크를 데리고 나가달라고 부탁했다. 마침 공연의 주인공들이 도착하지 않은 문제까지 불거지면서 나는 그 사태를 정리하느라 정신이 없었고 말리크가 다시 무대 뒤편으로 들어오지 못하도록 분명히 매듭지었는지 확인하지 못했다. 마침내 힙합 듀오가 도착했고 군중이 뜨겁게 달아올랐다. 힙합 듀오의 매니

저는 자신이 우위를 점하고 있다고 깨닫자 무대에 오르기 전에 몇 가지를 더 요구해왔다. 무대 뒤편에는 카이아와 조카인 프린세스가 같이 있었다. 두 아이를 돌아보고 여기 이 자리에 꼼짝 말고 있으라고 일렀다. 두 아이는 고분고분하게 고개를 끄덕였다. 나는 산산조각 나기 일보 직전인 공연을 수습하러 뛰어갔다. 10분 뒤 누군가 내 셔츠를 잡아당겼다. 돌아보니 내 딸 카이아가 서 있었다. 나를 올려다보는 커다랗고 동그란 두 눈에는 눈물이 글썽글썽했고 조그만 갈색 얼굴에는 핏기가 싹 사라진 듯 보였다.

"카이아! 무슨 일이야?" 내가 물었다. 심장이 벌렁거렸다.

카이아는 대답하지 못했다. 나로서는 무슨 일이 일어났는지 알 도리가 없었다. 이런 눈이며 얼굴을 이제껏 본 적이 없었다.

프린세스가 카이아 뒤에서 나타나 이렇게 말했다. "고모, 저 남자가 카이아를 괴롭혔어요." 프린세스가 대신 대답하며 손가락을 들어 가리켰다. 내 눈이 그 작은 팔을 따라가자 그 끝에는 말리크가 있었다. 말리크는 군중 속에 서 있었다. 분노가 가슴에서 치밀어 올라 금세 머리끝까지 끓어올랐다. 분노는 달리 갈 곳이 없었다. 밖으로 터져나가는 길 외에.

"누가? 저 남자가?" 내가 고함을 지르며 똑바로 말리크를 가리켰다. 천둥처럼 울리는 내 목소리에 말리크가 내 쪽을 바라보았다. 그러고는 우리를 향해 걸어왔다. 카이아는 말리크가 다가오는 모습을 보더니 잔뜩 겁에 질려서 얼른 내 뒤로 숨었다. 말리크가 손을 뻗으면 닿을 만한 거리에 이르자 나는 등 뒤에 숨은 카이아를 잡아당긴 다음, 확인했다. "이 남자가 너를 괴롭힌 사람 맞아?" 이즈음 사람들의 이목을 쏠리기 시작했다. 나와 남매처럼 지내는 독이 무슨 일인지 보려고 다가왔다. 카이아는 여전히 말없이 울기만 하며 고개를 끄덕였다. 말리크는 무슨 말을 하고 싶은 듯 입을 벙긋했다. 아마 자신을 옹호하거나 사과하려는 말일지도 몰랐다. 하지만 발뺌하려는 말일 가능성이 훨씬 높았다. 아무래도 상관없었다. 카이아가 고개를 끄덕이는 순간, 내가 돌아서서 말리크의 그 망할 면상에 주먹을 힘껏 날렸기 때문이다. 말리크가 무슨 짓을 했는지 전혀 알지 못했다. 하지만 중요하지 않았다. 나는 내 아이를 잘 알았다. 평상시에는 밝게 일렁이는 그 두 눈에서 그토록 깊은 공포를 한 번도 본 적이 없었다. 내가 다시 주먹을 휘두르려고 하자 독이 나를 붙잡고 다른 사람이 말리크를 붙잡았다. 나는 주저앉으며 《컬러 퍼플》에 나온 소피아처럼 누군가 우리 아이들을 안전한 곳으로 데려가달라고 소리쳤다. 군중을 통제할 임무를 띠고 무대 뒤편에 있던 경찰관들이 달려왔다. 누군가 내가 말리크를 때렸다고 경찰관에게 신고했음이 틀림없었다. 말리크의 아버지는 지방자치 판사였다. 경찰관들이 나를 붙잡았다. 나를 체포하려는 듯 보였다. 내가 온 힘을 다해 외쳤다. 말리크가 내 딸을 건드렸다고. 그러자 경찰관들이 바로 나를 놓아주고 말리크를 붙들었고 독이 프린세스와 카이아를 다른 곳으로 데려갔다. 결국 무슨 일이 일어났는지 아무도 정확히 몰랐기 때문에 경찰은 말리크를 체포하지 않고 풀어주었다.

공연이 끝나고 나는 곧바로 시상식에 참석해야 했다. 정신을 가다듬고 무대 뒤편을 떠났다. 유명한 퍼블릭 에너미의 척 디Chuck D에게 내가 '자유의 불꽃' 상을 수여할 예정이었고 퍼블릭 에너미의 열혈 팬이었던 삼촌 닐이 애틀랜타에서 올라와 시상식을 지켜보았다. 나는 샤워를 할 시간도, 내가 미리 골라놓은, 시상식에 어울리는 멋진 의상으로 갈아입을 시간도 없었다. 솔직히 방금 일어난 일을 정리할 시간조차 없이 무대에 올라가야 했다. 무대에 서서 청중들한테 거짓말을 했다. 힙합을 지켜내려고 아주 단단히 마음을 먹었기 때문에 화려한 의상이 아니라 양키 야구모자와 청바지, 티셔츠와 가죽 신발을 갖춰 입었다고 둘러댔다. 내내 사시나무 떨듯 떨면서 1960년대에 불렸던 운동 가요 같은 노래를 우리 세대에게도 들려주어서 척 디에게 감사하다고 전했다. 말을 마치자마자 서둘러 무대를 내려왔다. 가능한 한 빨리 아무도 눈치채지 못하게 살짝 빠져나올 수 있는 틈을 기다렸다. 삼촌이 집으로 돌아가려고 일어섰다. 내게는 기회였다.

삼촌이 강당 뒤쪽으로 걸어가 문을 향했다. 나 역시 자리에서 일어나 삼촌을 따라갔다. 문밖으로 나가자 삼촌이 뒤돌아보았다. 애틀랜타로 돌아가기 전에 나를 만날 수 있어 크게 기뻐하는 표정이었다. 하지만 내 안을 가득 채운 불안을 느끼고는 곧 표정이 어두워졌다. 내게 무슨 일이 생기지는 않았는지 찬찬히 살펴보고 무언가 잘못되었다는 걸 바로 알아채고는 괜찮은지 물었다. 머리가 어질어질

하고 얼굴이 벌겋게 타올랐다. 꼭 일곱 살짜리 아이가 되어 다시 의 붓아버지였던 웨스 아저씨 앞에 서 있는 기분이었다. 이른 저녁나절 에 일어난 일을 자세하게 말한다면 삼촌은 말리크를 두들겨 팰 때까 지 마음이 풀리지 않으리라 걸 잘 알았다. 삼촌은 여러모로 내게 보 호자 같은 존재였다. 그런 보호는 자연스레 카이아에게로 향했다. 카이아가 태어나던 순간부터 그랬다. 하지만 삼촌은 예전과는 다른 사람이었다. 한때 그는 거리의 삶을 살았지만 지금은 교사이자 아버 지이자 남편이었다. 그가 거닐던 거리가 결코 손이 닿지 않을 만큼 멀리 있지 않았다.

망설였다. 그날 있었던 일을 털어놓아야 할지 말아야 할지 마음 을 정하지 못했다. 하지만 결국 그러지 못하리라 걸 알았다. 내 아이 를 성추행한 쓰레기만도 못한 놈 때문에 만에 하나라도 삼촌의 인생 을 어그러뜨리고 망가뜨리게 둘 수는 없었다. 다시 거짓말을 했다. 삼촌이 염려를 털어내도록 잘 지낸다고, 좀 피곤할 뿐이라고 대답 했다. 이번에는 일곱 살짜리 어린아이가 아니었다. 어른다운 결정을 내렸다. 그 순간에 나는 내가 옳다고 여기는 대로 행동하는 어른이 었다.

그날 늦은 밤이 되어 상황이 진정되고 나서야 카이아가 무대 뒤 편에서 일어난 일을 털어놓았다. 말리크가 다가오더니 두 아이 옆에 섰다고 했다. 카이아가 서 있는 쪽이었다. 카이아는 프린세스한테 옆으로 좀 가라고 말했다. 말리크가 너무 바짝 붙어 서 있었기 때문이다. 그러자 말리크도 아이들이 이동한 거리만큼 따라왔다. 카이아에게 숨결이 닿을 만큼 그가 붙어 서더니 허리를 굽히고 이렇게 속삭였다고 했다. **"네가 이제까지 한 번도 못 본 걸 보여줄 수 있어."** 그러고는 카이아의 넓적다리에 대고 위아래로 몸을 비벼댔다. 바로 그때 와락 겁이 몰려와서 카이아와 프린세스가 내게로 달려왔다. 이야기를 다 듣자 나는 내 몸을 공처럼 똘똘 말아 웅크리고 싶었다. 엉엉 소리 내어 울고 싶은 충동과 말리크에게 고통스러운 죽음을 선사할 계획으로 내면이 꽉 차버렸다. 하지만 그 어느 것도 실행에 옮기지는 않았다. 대신 말리크가 다시는 카이아와 프린세스를 괴롭히게 두지 않겠다고, 둘 다 손끝 하나 다치게 두지 않겠다고 카이아에게 약속했다. 그렇게 믿었기 때문이다.

머지않아 우리와 함께 일하는 이들이 축제 날 말리크와 카이아 사이에 무슨 일이 일어났는지 다 알게 되었다. 그때 그 자리에 있어 그 사태를 지켜보지 않았더라도 이런저런 이야기를 전해 들은 터였다. 그래서 한 달쯤 뒤 박물관에 차를 세우며 말리크가 밖에서 오들오들 떠는 모습을 보고 나는 소스라치게 놀랐다. 안타깝게도 카이아가 먼저 말리크를 보았다. 나는 주차하느라 다른 데 신경 쓸 겨를이 없었다. 그때 카이아가 비명을 내지르며 안전띠에서 빠져나와 차 바닥에 잔뜩 웅크렸다. 깜짝 놀라 밖을 내다볼 생각조차 못 했다. 계속 카이아에게 물었다. "왜 그래? 카이아, 무슨 일이야? 무엇 때문에 그렇게 겁에 질렸어?" 그러고 나서야 말리크를 발견했다. 말리크는 만남의 장소 가로대에 기대어 담배를 피우고 있었다. 그 문 바로 옆은 박물관과 이어진 구역이었다. 온몸이 화끈거렸다. 소리를 지르며 뛰어나가 한 대 걷어차줄지 아니면 주차장에서 빠져나와 카이아를 가능한 한 빨리 그곳에서 벗어나게 해줘야 할지, 어느 충동이 더 강한지 판단이 서지 않았다. 산란스러운 생각들을 이해하려고 애쓰는 그때, 앤 여사가 밖으로 나왔다. 창문을 내려 앤 여사를 불렀다. 앤 여사가 차로 다가왔다.

"앤 여사님! **저 사람**이 왜 여기 있어요?" 속삭인다고 속삭였지만 목소리가 컸다.

앤 여사는 말리크를 똑바로 바라보며 아무도 속삭인다는 표현을 쓸 수 없을 만큼 깊고 걸걸한 목소리로 내용이 다 들리게 대답했다.

"몰라요. 말리크 말이 법률사무소에서 무슨 일을 하라고 이곳으로 보냈대요. 그런데 내가 당장 여기서 나가서 다시는 오지 말라고 호통쳤어요. 내가 말을 우물거렸나 **보네요**. 저보다 더 멍청할 수 없는 모습으로 아직도 밖에 서 있는 걸 보니!" 말리크가 길을 따라 발걸음을 옮겼다. 나는 카이아를 일으켜 앞 좌석에 다시 앉혔다. 그때에서야 카이아가 오줌을 쌌다는 걸 깨달았다. 카이아의 옷이 다 젖어 있었다. 마음이 무너져 내렸다. 안전하다고 여긴 곳에서 자신을 다치게 한 사람을 보았으니 얼마나 무서웠을까. 카이아를 집으로 데려가 옷을 갈아입힌 다음, 다시 차를 몰아 박물관으로 돌아왔다. 어찌 된 일인지 알아야 했다.

내가 문을 확 열고 들어갔다. "앤 여사님, 말리크가 왜 여기 있었다고요?"

"몰라요. 그 비쩍 마른 엉덩짝을 씰룩대며 걸어오더니 법률사무소에서 어떤 일을 하라고 이곳으로 보냈다고 말했어요. 그 일이라는 게 내게 중요한 의미라도 띠는 것처럼 말이에요!"

"도대체 누가 말리크를 여기로 보냈을까요? 카이아에게 한 짓이 있는데? 도무지 이해가 안 돼요." 당황스러웠다. 샌더스 부부가 돈을 더 벌어야만 하는 공동체 구성원에게 기회를 주고 편의를 봐주는 일은 흔했다. 지역민들은 샌더스 부부한테 늘 청소할 일이나 짐을 옮기거나 분배해야 할 업무들이 있다는 점을 잘 알았다. 임시로 할일을 찾는 사람들 대다수가 소수의 유력한 용의자 무리에 속했지만 나는 그 무리에서 말리크를 본 적이 없었다.

"누가 보냈어요?" 내가 따져 물었다. 하지만 이미 누군지 알고 있었다. "로즈 파야. 파야가 말리크에게 여기로 가라고 했답니다." 앤 여사가 대답했다.

이미 알고 있었지만 심장이 쿵 내려앉았다. 도무지 믿기지 않는 표정으로 앤 여사를 뚫어져라 바라보았다. 파야는 말리크 엄마와 친구 사이였다. 말리크 엄마는 말리크가 아직 어린아이였을 때 갑자기 세상을 떠났고, 나는 파야가 친구 자식을 보살펴야 한다는 책임감을 느끼고 있다고 이해해왔다. 하지만 그 순간만큼은, 어째서 나와 내 아이에게는 그런 책임감을 똑같이 느끼지 않은 건지 도저히 이해할 수 없었다.

열다섯 살이던 해 난생처음 워싱턴 D.C.에서 열린 캠프에 참가했었다. 그곳에서 파야를 처음 만난 순간부터 나는 파야를 흠모했다. 파야는 내가 이제껏 만난 여성들 가운데 가장 빼어난 사람이었다. 정의로운 분노와 요절복통하게 하는 유쾌함을 동시에 지닌 파야 같은 사람을 이 전까지 난 만나본 적이 없었다. 초신성이란 바로 그런 의미였다. 파야는 천재적인 법률가로 널리 알려진 데다가 음악을 작곡했고 노래를 부르며 피아노도 쳤다. 언제나 예리했고 그 눈을 거의 속일 수 없었다. 만약 그랬다면 반드시 두 배로 돌려주며 잘못된 부분을 바로 잡았다. 파야를 향한 내 애정은 그저 존경을 보내고 지혜를 높이 사는 것으로만 그치지 않았다. 나는 파야 같은 사람이 되고 싶었다. 그럴 수 없다면 파야를 꼭 기쁘게 하고 싶었다. 파야가 나를 충직하고 헌신적인 사람으로 보는 게 내게는 중요했다. 파야가 보내는 인정은 내가 지칠 줄 모르고 공동체에 투신할 수 있는 원동력이었다. 파야의 눈에 우리는 당시 어떤 대의든, 정확하게는 파야가 가진 어떤 대의든, 그 대의에 희생하는 만큼만 가치를 지녔다. 달마다 제시하는 최고 리더십 과제를 성실하게 완수하던 고등학생 시절부터, 박물관 자원 활동에 나서고 샌더스 상원의원의 선거 운동 유세를 펴던 대학생 시절을 지나, 블랙벨트예술문화회관에서 최저임금에도 미치지 못하는 보수를 받고 방과 후 활동을 꾸리는 지금까지 나는 파야가 나를 가치 있는 사람으로 보기를 바랐다. 나 역시 나 자신을 그렇게 보고 싶었기 때문이다.

　동시에 그것은 내 숙제였다. 그 점을 깨달았다. 그 점을 똑똑히 깨달았기 때문에, 내가 소중한 존재라고 여기고 또 스스로 소중한 존재라고 여기도록 키운 카이아를 함부로 바라보거나 함부로 대하는 그 누구와도 마주치게 하지 않겠다고 마음먹었다. 분노가 끓어올랐다. 사실 파야가 성범죄 혐의를 받는 소년이나 남자를 곁에 두기로 선택한 듯 보이는 일은 이번이 처음이 아니었다. 21세기청소년리더십운동 캠프에는 흑인 역사를 가르치는 교사가 있었다. 언젠가부터 그 교사한테 캠프에서 한 여자아이를 성폭행했다는 소문이 붙어 다녔다. 그런 뒤에도, 우리 대다수가 그 소문이 사실임이 틀림없다고 믿을 때까지도 그는 수년 동안 몇 번이나 캠프에 합류하여 수업을 맡았다. 파야네 가족 구성원에도 그런 사람이 있었다. 되풀이해서 성폭행으로 기소를 당했지만 어찌 된 셈인지 그는 법적으로도 공동체 안에서도 아무런 대가를 치르지 않았다.

　늑대가 양의 탈을 쓴 채 버젓이 돌아다니도록 내버려 두지 않을 작정이었다. 곧장 파야의 법률사무소로 쳐들어갔다. 파야와 정면으로 맞섰다. 치미는 분노를 감추지 않았다. 파야는 아무 잘못도 저지르지 않았다고 주장했다. 정확히 무슨 일이 일어났는지 알지 못했고 말리크와 내가 축제에서 '싸웠다'라고만 들었다고 말했다.

　"말리크를 왜 박물관으로 보낸 거예요? 말리크와 내가 '싸웠다'는 걸 알았다면서요? 박물관은 내 일터잖아요." 내 숨소리가 점점 거칠어지는데 파야는 차분하게 책상에 앉아 있었다.

"**당신이** 말리크한테 화가 나 있다는 이유만으로 말리크가 먹고 살지 못하게 할 수는 없어요, 타라나. 당신이 사람들한테 왜 부아를 내고 성을 내는지 누가 다 알겠어요? 더구나 내가 왜 카이아를 다치게 하고 싶겠어요?"

이는 파야 로즈 투레 샌더스가 잘 쓰는 특유의 가스라이팅이었다.

말문이 막혔다. 마음에 상처를 입었다. 파야에게 논쟁을 열거나 닫는 일이란 예술 행위였고, 그 일에 관한 한 파야는 대가였다. 침묵을 강요당했다는 느낌에 마음이 영 심란한 채로 법률사무소를 나왔다. 그런 느낌이 희미한 북소리처럼, 내 영혼 어딘가에 숨어 있던 두드림처럼 슬금슬금 기어 나왔다. 무엇이라고 딱 꼬집어 말할 수는 없었지만 똑바로 깨달았다. 자라면서도 이런 느낌을 분명 받은 적이 있었지만 그때는 너무 두려웠다. 그래서 그때는 무시해버렸다. 이번에는 아니었다. 똑똑히 알아차렸다. 법률사무소 밖 자동차 안에서 나는 꼼짝도 하지 않고 앉아 있었다. 나를 삼킬 듯이 세차게 휘몰아치는 감정 속에 스스로 가라앉도록 내버려 두었다.

오래전 나비 효과라고 부르는 현상을 배운 적이 있었다. 카오스 이론에서 토대를 이루는 내용이었다. 나비 효과에 따르면 자연계에서는 나비가 날개를 팔락이는 일만큼 작은 사건이라도 꼬리에 꼬리를 물고 사건이 이어지면서 지구 반대편에 이를 때쯤에는 해일 같은 엄청난 사태를 일으킬 수 있다고 했다. 처음 그 이야기를 들었을 때 생각했다. 나비가 날개를 팔랑이며 살갗을 간질이는 그 부드러움과 아름다움에 혹하여 그 일을 무시한다면, 어떤 일이 내 삶과 나를 에워싼 여러 사람의 삶에 커다란 파괴를 드리울 수 있다고 깨닫지 못한다면, 얼마나 무시무시한 불행으로 되돌아올까. 그런 사건들은 혼돈처럼, 무작위처럼, 무관한 일처럼 보일지 모른다. 그러나 사실 서로 긴밀하게 이어져 있을 수밖에 없기 때문에 깨닫기 전에는 알 수 없는 어떤 특정한 결과를 낳을 수도 있었다. 그때 자동차 안에 앉아 있던 그 순간 불안으로 요동치던 마음은 나비가 파닥이는 날갯짓이었다. 그 감각을 무엇이라고 불러야 할지, 그 날갯짓이 어디로 나를 이끌지 그때는 알지 못했다. 그렇지만 그 감각이 중요하다는 건 알았다. 다만 그 감각이 내 인생 전체가 그리는 궤도를 어떻게 바꿔놓을지는 알지 못했다.

자비를, 자비를 베푸소서

　내가 사랑하는 사람이 진심으로 나를 사랑하지 않는 모습을 지켜보는 것만큼 고통스러운 일도 없다. 겉으로 야멸차거나 쌀쌀맞게 굴지는 않지만 정작 내게 절실하고 마땅한 사랑이 무엇인지 이해하려고도 않은 채 사랑처럼 들리는 말을 건네고 사랑처럼 보이는 지지를 주었을 때는 더욱 그렇다. 바로 그런 아픔을 2005년 말 샌더스 가족한테서 맛보았다. 샌더스네한테 이토록 헌신을 다하는 내 모습에 나는 샌더스 가족뿐 아니라 나 자신에게도 의문을 갖기 시작했다. 2004년 태풍 이반이 앨라배마주를 강타했다. 그때 나는 생일을 맞아 남자친구와 주말여행을 즐기고 있었다. 테네시주 산속으로 떠나는 터라 파야의 딸이자 어릴 적 친구이며 조카 프린세스의 엄마이기도 한 말리카한테 카이아를 맡겨놓았다. 샌더스 가족은 다가오는 태풍을 피해 셀마를 떠나 대피 장소를 찾기로 결정했다. 그때 말리카가 당시 나와 가깝게 지내던 친구 애니에게 전화를 걸어 카이아를 와서 데려가라고 말했다. 애니는 황당하기도 하고 당황하기도 했다. 샌더스 가족 자신들은 안전한 곳을 찾아 셀마를 떠나면서 카이아는 남겨두고 가려고 했기 때문이다. 그들은 우리가 모두 한 가족이라고 했다. 그때 나는 처음으로 이 가족 관계를 이전과는 다르게 바라보게 됐다. 셀마에서는 샌더스 가족을 지도자처럼 우러렀다. 투표권 운동이 한참 전성기를 지난 뒤에도 샌더스 가족은 블랙벨트*에 사는 흑인에게 법률 지원을 해왔다. 대부분은 무료였으며 역사적인 흑인 농부 소송에서 수석 변호사를 맡았고 신기원을 이룬 판결도 이끌어냈다. 국립투표권박물관과 부속연구소, 블랙벨트예술문화회관, 그리고 21세기청소년리더십운동처럼 유산으로 남을 단체도 조직했다. 시민권 운동을 연구하는 역사학자는 샌더스 가족이 이룬 업적을 매우 중요하게 다루었다. 샌더스 가족이 남긴 유산은 굳건했으며 귀중했다. 내게는 그런 유산을 샌더스 가족한테서 빼앗을 능력도, 의도도 결코 없다. 하지만 운동 공동체 안에서 샌더스 가족을 떠받드는 일은 몸에 밴 습관 같았다. 어긋난 행동을 해도 책임을 묻지 않았다. 운동 공동체 밖 사람들에게는 존엄과 책임을 요구하면서 공동체

---

* 앨라배마주 중부의 메이컨군과 블록군에서 미시시피주 북동부의 블랙프레리에 이르는 비옥한 평지를 가리킨다. 자연지리적인 지역을 뜻하기도 하지만 남부 지역 가운데 흑인 노예를 소유한 농장들이 여럿 모여 있는 지역을 가리키기도 한다.

안 사람들에게 존엄과 책임을 요구하지 않는다면 해방 운동을 백날 해봤자 무슨 소용이 있을까? 내가 곧 자신들이라고 주장하는 사람들한테 마음이 찢겨나가는 상처를 받으며 이 교훈을 아주 어렵사리 깨우치고 있었다.

샌더스 가족이 외치는 사랑은 행동을 뒷받침하지 않는 공허한 메아리였고 그 때문에 무척 혼란스러웠다. 더구나 여러 면에서 샌더스 가족이나 다른 사람들이 나를 얼마나 사랑하는지에 따라 내 가치를 정의해온 터라 더욱 그랬다. 이제야 처음으로 그것만으로는 부족하다고 여겼다. 내 마음은 다른 무언가를 더 갈구했다. 그런데 무엇을 찾아야 할지 알 수 없었다. 그것이 내가 지닌 전부였기 때문이다. 하느님에게 내가 지금 겪고 있는 일을 이해할 수 있도록 도와달라고 간구했다. 하지만 기도만으로는 그 가족 같은 유대가 한계점에 다다른 순간을 예비할 수 없었다.

●

제임스 루터 베벨 목사는 시민권 운동의 거목이었다. 또 킹 박사의 수석 전략가이자 직속 참모이기도 했다. 버밍햄 어린이십자군운동과 셀마-몽고메리 행진을 비롯해 시민권 운동 역사에서 가장 대담하고 중요한 운동을 설계하고 조직했다.

그리고 그는 연쇄 아동성추행범이기도 했다.

베벨 목사가 셀마를 방문해오다가 2004년 아예 셀마로 이주했을 때 이 사실을 알던 사람은 거의 없었다. 나는 21세기청소년리더십운동에서 캠프 참가자로 베벨 목사를 처음 만났다. 베벨 목사는 캠프의 초대 발표자였다. 그는 피부가 캐러멜색이었고 체구는 자그마했다. 머리가 벗어져 정수리 부근에서 U자형을 이루었고 흰머리가 옆선을 타고 턱수염과 콧수염으로 이어졌다. 늘 목회자 복장을 했지만 이제껏 내가 만나본 여느 목사와 달리 괴벽스럽고 저속했다. 한번은 캠프에 참가한 남자아이들한테 백인 여자 밑구멍 근처에도 잠지를 갖다 대어서는 안 된다고 설교했다. 어렸을 때는 이상하지만 재미있는 사람이라고 생각했다.

베벨 목사가 셀마에 도착했을 때 작은 군단이 따라왔다. 그 가운데에는 아내인 에리카도 있었다. 에리카는 베벨 목사가 좋아할 법한 외모를 지녔다. 피부색이 짙지 않고 아름다웠으며 백인 여성에 거의 (아니 정말) 가까웠다. 또 순하고 여렸다. 베벨 목사와 에리카 사이에는 딸이 하나 있었다. 일곱 살로, 카이아와 프린세스와도 나이가 같았다. 다른 추종자 중에는 나이든 남자도 한 명 있었다. 브루스 리로이*처럼 옷을 입고 마체테**를 휘두르고 다니며 사람들에게 괴성을 질러댔다. 그 남자에게는 열세 살쯤으로 보이는 손자도 있었다.

---

* 영화 〈라스트 드래곤〉(1988)의 주인공 리로이 그린의 별명이다. 그는 자신의 우상 브루스 리처럼 훌륭한 무술인이 되고 싶어 한다.
** 밀림에서 길을 내는 용도나 무기로 사용하는 넓고 길다란 칼.

여성들도 여럿 있었는데 이름만으로는 누가 누군지 구별해내기 어려웠다. 그리고 베벨 목사의 수석 참모가 있었다. 이름이 프랭클린이었다. 우리 공동체는 곧 그들을 받아들였다. 그들은 조금도 지체하지 않고 자신들이 얼마나 갈등을 일으키는지, 얼마나 적의를 지녔는지 여지없이 드러냈다. 베벨 목사와 추종자들이 마음에도 없는 아첨을 떠는 모습은 섬뜩하기조차 했다. 좌중의 시선을 끌 만한 기회가 있을 때마다 '조직의 철학'을 주제로 일장 연설을 폈다. 베벨 목사의 주장에 따르면, 주기도문에 나와 있는 조직 여섯 개가 토대를 이루었다. 교회와 정부, 기업과 가정, 학교와 병원이었다. 요상하기 짝이 없었지만, 우리가 곧 발견할 마지막 조직이야말로 가장 중요한 토대였다. 적어도 베벨한테는 그랬다.

베벨이 셀마에 도착하면서 동시에 내 삶에도 변화가 생겨났다. 블랙벨트예술문화회관에서 주최하는 아이들 활동에 점점 결함이 드러났다. 수업은 남자아이와 여자아이를 대상으로 했다. 그런데 남자아이가 더 관심을 받는 경향이 종종 있었다. 소극적으로든 적극적으로든 그랬다. 여자아이한테는 청소부나 도우미처럼 오래전부터 가정생활과 관련된 역할을 맡기는 일이 우리에게는 제2의 천성처럼 이미 몸에 배어 있었다. 남자아이가 수업의 기본 방침에 귀를 기울이거나 잘 따라오면 그에 상응하는 보상을 열심히 챙겨주었지만 여자아이한테는 그러지 않았다. 여자아이는 얌전하다는 점을 기정사실로 못 박았다. 나는 학습 부진이든 집단 따돌림이든 가정 문제든 수업 밖에서 문제를 겪고 있는 여자아이 숫자와 그 문제가 수업 참여에 어떤 영향을 미치는지 조사하기 시작했다. 당시 한 집안 아이들이 모두 내 수업에 참석하고 있었다. 회관에서 무슨 일이 일어나면 십중팔구 그 집안의 네 여자아이들 가운데 한 명이나 아니면 그 집안의 하나뿐인 남자아이가 연루되었다. 아이들이 사는 곳은 셀마에서 구름다리라고 불리는 곳이었다. 작은 구름다리가 연이어 놓여있는 곳 옆에 있는 동네였기 때문이다. '노예 마을'이라고도 불렸는데 몹시 가난한 거주민들이 그 지역에 몰려 살았기 때문이다. 셀마의 변두리였으며 종종 수돗물이나 실내 화장실 같은 기초 생활 시설이 없는 집도 있었다.

네 여자아이는 세 자매와 사촌 언니인 다이아몬드였다. 내가 만나본 아이들 가운데 손에 꼽도록 사랑스러운 아이들이었다. 특히 가장 나이가 많은 다이아몬드가 그랬다. 다이아몬드는 흑인 노인이 흔히들 말하는 '검은 미녀'였다. 살결은 비단처럼 보드라웠고 광대뼈는 오똑 솟았으며 눈썹은 초승달처럼 아름다웠고 환한 미소가 활짝 피어날 때면 진주처럼 하얀 이가 반짝거렸다. 자란 환경 말고는 일류 패션모델로 경력을 쌓아나가는 데 아무런 걸림돌이 없을 외모였다. 다이아몬드는 사고뭉치였다. 특히 까다로웠다. 게다가 문제 일으키는 것을 즐기기까지 했다. 화를 돋우거나 상황을 주무르는 데 도가 튼 아이였다. 무슨 일을 저지르든 항상 내게로 돌아와 소리쳤다. "뭘 어쩔 건데요? 날 쫓아내기라도 할 거예요? 뭐, 맘대로 해요.

쫓아낼 테면 쫓아내보라고요!" 나는 이 아이를 시험으로 받아들였다. 주저앉지 않겠다고 단단히 결심했다. 나를 바짝 긴장시킨 이 가족들은 나뿐만이 아니라 나머지 직원한테서도 지대하고 각별한 관심을 불러일으켰다.

그러던 어느 날 오후였다. 만남의 장소에서 다이아몬드와 사촌들이 다른 아이들과 크게 싸움을 벌였다. 다른 교사 두 명과 함께 싸움을 말리러 나섰다. 곧 여자아이들이 휘두르는 주먹이 날아왔다. 몸집이 큰 어른들과 맞싸우려 들었지만 여의치 않자 여자아이들은 기다란 접이식 탁자를 건물 정면의 유리창을 향해 던졌다. 탁자는 유리에 부딪히며 쾅 하고 큰 소리를 내고는 바닥에 떨어졌다. 다행히 두꺼운 판유리가 끼워져 있어 깨지지는 않았다. 다른 두 교사와 함께 망연자실하게 그 자리에 가만히 서 있었다. 다이아몬드에게 지지 않겠다고 단단히 마음을 먹었지만 이 일은 정도가 정말 심각했기 때문에 단호하게 대처해야만 했다. 상황을 수습하고 나서 다이아몬드를 한쪽으로 불러냈다. 엄마가 와서 나와 면담하지 않으면 집으로 돌아갈 수 없다고 못 박았다.

나머지 아이들이 예술회관 승합차를 타고 집으로 돌아갔다. 나는 남아 다이아몬드 엄마를 기다렸다. 한바탕 실랑이를 벌이고 나서 전화를 걸어 음성 메시지를 남겼다. 다이아몬드도 함께 수업을 듣는 사촌들에게 내가 자신을 여기 붙잡아두고 있다며 가족에게 알리라고 시켰다. 그래야 와서 '나를 깔아뭉개고' 자신을 구해낼 수 있다고 덧붙였다. 우리는 앉아서 기다리고 기다리고 또 기다렸다. 한 시간쯤 지나서 지나가던 자동차가 예술회관 앞에 섰다. 누군가 소리쳤다.

"어이, 괜찮아? 여기서 뭐 하고 있어?" 다이아몬드 사촌의 차였다. 차에 탄 젊은 남성들은 다른 사촌이거나 그 친구들이었다. 나는 지쳐 있던 터라 마침내 누군가가 다이아몬드를 태우러 왔다는 데에 고마움마저 일었다.

다이아몬드가 엄마는 어디 있냐고 되물었다. "네 엄마? 네 엄마는 떠났어! 디트로이트로 간다고 들은 거 같은데." 이 새로운 소식이 다이아몬드에게 날아와 박히는 모습을 나는 가만히 지켜보았다. 꼭 벌에 쏘인 것 같았다. 다이아몬드가 잠시 넋 나간 표정을 짓더니 곧 불같이 화를 냈다.

"아니야! 엄마가 망할 디트로이트로 갈 리가 없어! 입 닥쳐! 엄만 지금 이리로 오는 중이야. 나를 건드린 대가로 이 여자를 가뿐히 때려눕히러 말이야!" 맞다. 이 여자는 바로 나를 가리켰다. 그런다고 눈 하나 깜짝할 나도 아니지만. 젊은 남자들이 자동차를 몰고 떠나고 다이아몬드와 나는 앉아서 기다렸다. 다시 한 시간이 지났다. 예술회관 승합차가 저녁 하원 길을 다 돌고 돌아왔다. 나는 다이아몬드를 직접 집에 데려다주어야겠다고 결정했다. 다이아몬드네 앞에 승합차를 세웠다. 집에는 분명 아무도 없었다.

"엄마가 집에 안 계시면 어디로 가니?"

"아무 사촌네로요." 다이아몬드가 대답했다. 불과 몇 시간 전 바락바락 악을 써대던 목소리에 비하면 맥이 하나도 없었다.

"거기가 어딘데?"

다이아몬드가 턱을 가슴팍에 묻은 채 고개도 들지 않고 한쪽 손만 들고는 거리 남쪽을 가리켰다. "아래 민터."

나는 그 길을 따라 승합차를 몰고 민터 스트리트를 따라 올라갔다. 다이아몬드네에서 4분도 걸리지 않았다. 다이아몬드가 어느 집 앞에서 멈추라고 말했다. 승합차를 세우고 차창 밖으로 현관을 바라보았다. 사람들로 북적거렸다. 거의 남자들이었다. 카드놀이를 하거나 음악을 틀거나 담배를 피우거나 술을 마시고 있었다.

"여긴 누가 살아?"

"할머니랑 다른 사람들이요." 다이아몬드 말을 듣고 현관을 꼼꼼히 살펴보았다. 할머니는 머리카락 한 올도 보이지 않았다. '다른 사람들'만 잔뜩 보였다.

다이아몬드에게 다시 질문을 몇 가지 던졌다. 그사이 한 아이가 승합차로 달려오더니 외쳤다. "안녕하세요, 아프리카 춤 선생님!" 그 아이가 누군지 단번에 떠오르지 않았다. 그 목소리를 들은 다이아몬드가 고개를 확 들더니 창문을 내려 사람들을 향해 소리쳤다.

"우리 엄마 못 봤어요?" 다이아몬드가 내지른 소리가 음악 사이로 흩어졌다. 아무도 대답하지 않았다. 다이아몬드가 경적을 울려달라고 부탁했다. 내가 빵 하고 경적을 울렸다. 그 소리에 한 남자가 이

쪽을 쳐다보더니 승합차로 건들건들 다가왔다. 웃통을 드러낸 채 한 손으로는 맥주병을, 다른 손으로는 존경의 표시라도 되는 듯 바지춤을 잡고 있었다. 남자가 승합차 바로 앞까지 오더니 한쪽 팔을 유리창에 걸쳤다. 그 바람에 가느다랗게 째진 눈을 더 제대로 들여다볼 수 있었다. 키가 매우 커 보였다.

"에에에에, 시답잖게 엄마라니, 뭔 일이야? 네 엄말 찾아?" 남자가 다이아몬드에게 물었다.

남자의 질문에 다이아몬드는 남자가 엄마가 어디 있는지 알지도 모른다는 실낱같은 희망을 품은 듯 보였다. 몸을 바싹 일으키며 물었다. "네, 엄마 봤어요?"

그 젊은 남자는 입술을 핥으며 나를 똑바로 바라보더니 다시 다이아몬드에게로 눈길을 돌리면서 말했다. "네 엄만 떠났어. 어떤 흑인 남잘 따라 디트로이트로 떠났다고. 너도 엄말 잘 알잖아."

다이아몬드는 분명 그 누구보다 엄마를 잘 알았고 그 말이 사실임을 깨달았다. 다이아몬드가 기운이 쑥 빠진 듯 뒤로 풀썩 기댔다. 잠시 정면을 노려보고는 엄마가 언제 떠났는지 물었다. 남자는 이제서야 내게 인사를 건네더니 자신을 다이아몬드의 사촌이라고 소개했다. 그러고는 대답했다. "제길, 내 생각엔 오늘 아침쯤이던가…… 잘 모르겠다. 하지만 맨을 여기 버려뒀어. 맨이 여기 있어."

다이아몬드는 세 남매 중 가운데였다. 다이아몬드와 어린 남동생이 내 수업을 들었다. 맨은 열네 살로 그중 첫째였다.

“들어올래?” 남자가 승합차에서 떨어져 한 걸음 뒤로 물러섰다. “당신도 들어올 수 있어요. 아프리카 춤 선생님…… 내게 아프리카 거시기를 가르쳐줄래요?”

남자가 현관 계단을 오르는 동안 나는 다이아몬드를 여기 내려 주지 않기로 마음을 굳혔다.

“다이아몬드, 할머니와 이야기하지 않고 널 여기 두고 갈 순 없어.”

“아뇨, 할머니는 주무실 거예요. 괜찮아요.”

“이 집에 있지 않아도 돼. 네 이모네로 데려다주면 안 될까?”

“아뇨, 이모네에도 이미 사람이 많을 거예요. 집도 작고요. 여기 있을게요.” 다이아몬드의 목소리는 실망감을 애써 감추려는 노력을 저버리고 있었다. 나도 내세울 핑곗거리가 다 떨어져버린 뒤였다. 다이아몬드가 승합차 문을 열고 깡충 뛰어내렸다. 나도 운전석 문을 열고 뛰어내렸다. 다이아몬드에게 다시 물어보려고 승합차를 휘돌 았다. 이제 우리는 얼굴을 마주 보고 섰다. 내가 말했다. “정 내키지 않으면 이 집에 있지 않아도 돼.”

다이아몬드가 내 얼굴을 똑바로 쳐다보며 물었다. “내키지 않을 이유가 없잖아요?” 다이아몬드가 절망을 감추려고 마지막 젖 먹던 힘까지 끌어모아 반항했다. 그 말투에 내 머릿속에서 빨간 불이 켜 졌다. 어렸을 때 항상 나는 누군가 내게 올바른 질문을 **해주기를** 바 랐다. 차마 내가 먼저 말을 꺼낼 수 없었다. 하지만 질문을 받았다면 속마음을 털어놓았으리라고 믿고 싶다. 적어도 한 줄기 빛처럼 여겼을 것이다. 속내를 **풀어놓을** 누군가가 있는 것처럼 느꼈을 것이다. 털어놓고 싶었다. 정말 그게 다였다.

"이 집에서 누가 널 괴롭히니?"

다이아몬드는 사촌들과 몸피부터 달랐다. 타고나기가 늘씬했다. 아직 어린 아기 같은 젖살이 몽실했지만 또래 흑인 여자아이들이 그러하듯 성숙한 태가 나기 시작했다. 다이아몬드를 바라보았다. 말랑말랑한 곰 인형 같았다. 동그란 얼굴에 작고 오뚝한 코를 하고 두꺼운 안경으로 아몬드 모양의 커다란 눈을 감추고 있었다. 하지만 다른 사람들이 다이아몬드를 볼 때면 탄탄한 넓적다리 위에 자리 잡은 둥그스름한 엉덩이로, 나이든 흑인 여성이 흔히들 말하는 '자식 쑥쑥 잘 낳게 생긴' 실팍한 엉덩이로 바뀌어가는 모습에 곧 눈길을 주리라는 점을 나는 알았다.

다이아몬드가 화들짝 놀라더니 몹시 분을 내면서 대답했다. "아니요!" 그 대답은 내가 꼭 알아야 할 내용을 모두 말해주고 있었다. 대꾸하지 않았다. 하지만 시선을 돌리지도 않았다. 우리는 서로 노려보았다. 다이아몬드의 눈동자가 위로 아래로, 오른쪽으로 왼쪽으로 눈길을 둘 곳을 찾아 헤맸다. 나는 조금도 흔들리지 않고 다이아몬드를 똑바로 바라보았다.

"누가 널 괴롭혀?" 다시 물었다. 다이아몬드가 이번에는 기어들어가는 목소리로 대답했다.

"아니요, 선생님."

"그럼, 됐어. 흠, 이렇게 물어볼게. 이 집에 있고 싶어?"

"아니요, 선생님."

다시 나지막하게 대답했다.

"승합차에 타렴."

가슴이 요동쳤다. '도대체 지금 무슨 짓을 하는 거야, 타라나?' 지금 나는 책에 나온 청소년 활동가 제1 규칙을 깨고 있었다. '부모나 보호자의 명시된 허락 없이는 아무것도 하지 말 것.' 그런데 부모도 보호자도 찾을 수 없었다. 게다가 이 일은 화급을 다투었다. 다이아몬드가 숨을 한 번 깊이 들이쉬고 승합차에 올라타자 나도 곧 차에 올라탔다. 우리는 안전띠를 매고 출발했다. 우리 집에 다다라 내가 내렸다. 다이아몬드는 바로 내리지 않았다. "다이아몬드야" 하고 이름을 불렀다. 승합차 뒤쪽으로 막 걸음을 옮기려는데 다이아몬드가 모습을 드러냈다. 우리는 서로 부딪혔다. 미처 보지 못해서 미안하다고 정신없이 사과하는데 다이아몬드가 팔을 내밀어 나를 안았다. 두 팔로 나를 꼭 끌어안았다. 온몸을 들썩이며 눈물을 펑펑 쏟아냈다. 나는 깨달았다. 위험을 무릅쓸 만큼 가치 있는 일이었음을. 그리고 또 깨달았다. 내 활동이 지금 막 변곡점에 서 있음을.

다이아몬드는 일주일 정도 나와 같이 지냈다. 함께 매장에 가서 학생복을 골라줄 수 있을 만큼 긴 시간이었다. 마침내 다이아몬드 엄마가 돌아왔고 나는 다이아몬드를 집에 데려다주었다. 다이아몬드는 내가 자신을 왜 데리고 있었는지 단 한 번도 묻지 않았다. 아직 나한테는 누군가를 돕기 위해 꼭 필요한 자원이 없었다. 하지만 몇 년 전 헤븐 때와는 달리 도전해볼 정도로 나는 자신감이 차올랐다.

　다이아몬드 덕에 겪은 새로운 경험으로 셀마의 선배들이 벌이는 활동에 환멸이 쌓여갔다. 헤븐이나 다이아몬드 같은 흑인 여자아이가 자존감을 높일 수 있는 활동에 초점을 맞추어야 했다. 다이아몬드나 사촌들, 그리고 수많은 다른 흑인 여자아이에게는 잃어버린 고리가 있었다. 내가 보기에는 현재의 삶이든 미래의 삶이든 삶이 지닌 소중한 **가치**와 이어지는 끈이었다. 흑인 여자아이가 피부를 맞대며 살아가는 환경 속에서는, 살아가거나 죽어갈 때, 또는 사랑을 받거나 학대를 받을 때 그 끈이 참으로 중요하다고 그 누구도 알려주지 않았다. 그 결과 학대도, 자살충동도, 어린 삶을 한없이 얽히고설키게 하는 저 두 지점 사이에 놓인 파란곡절도 입 밖으로 꺼내지 못했다. 자신들이 가치 있는 존재라는 말을 들었을 때도 "무엇 때문에요?"나 "상관하지 마세요"라는 말만 주문처럼 외워야 했다. 나 역시 오랫동안 나 자신을 딱 그렇게 느끼며 살아왔다. 마침내 도망칠 수 있을 때까지 때를 기다린다는 해결책은 누군가가 내 얼굴에 반짝이는 거울을 비추는 기분이 들게 하는 것 같았다. 나는 나 자신을 보고 싶지 않았지만 그 자리를 떠나지도 못했다. 눈부신 빛에 눈이 시려 와서 눈을 꼭 감아야 할 때조차도 따뜻한 기운이 전해졌기 때문이다. 헤븐은 보듬지 못했지만 이 아이들은 보듬어야겠다는 이유 하나만으로도 나는 나 자신을 가치 있는 존재로 바라볼 수 있었다.

그해 나는 친구 애니와 다른 가까운 지인 몇몇과 힘을 모아 '젠데이 아자'라는 이름의 과정을 시작했다. 아프리카의 가르침이 중심을 이루었는데 응구조 사바Nguzo Saba 또는 콴자Kwanzaa의 일곱 가지 원칙*이나 마트Maat**의 원리에 토대를 두었다. 청소년기 여성의 리더십이라는 영역으로 모험을 찾아 나서면서 흑인 여자아이에게도 각별한 관심을 기울여야 한다는 점이 더욱 분명해졌다. 이듬해 활동을 이어가면서 그 과정은 저스트 비 주식회사라는 조직으로 발전했다. 이 조직은 셀마의 두 중학교, C.H.A.T. 예술학교와 대안학교인 피닉스 학교에서 성공적인 첫발을 내디뎠다. 거의 모든 여자아이가 열두 살에서 열네 살 사이였는데 '주얼스' 과정을 들었다. 그 토대 역시 젠데이 아자가 최초로 주창한 원칙을 기준으로 삼았다. 처음부터 이 과정을 성폭력에 맞서 싸우려는 의도로 시작하지는 않았다. 흑인 여자아이는 소중한 존재가 아니라고 막무가내로 밀어붙이는 세상의 편견에 맞서도록 도구를 쥐여 주어 그 자존감을 높이는 데 목적이 있었다. 흑인 여자아이들이 역사를 알아나가기를, 공동체에 어떤 이바지를 하고 싶은지 진지하게 고민하기를, 자신을 구해줄 마법 같

---

* 미국 흑인 사회는 12월 26일부터 1월 1일까지 콴자라는 기념일을 지킨다. 이날은 한 해의 첫 번째 수확에 감사 축일을 열던 아프리카 전통에 바탕을 두고 있으며 응구조 사바라는 일곱 가지 원칙, 즉 단결, 자결, 협동과 책임, 협력경제, 목적, 창의력, 신앙 등을 강조했다.
** 법과 정의를 주관하는 이집트의 여신.

은 존재를 기다리느니 목표를 이룰 구체적인 계획을 세우기를 바랐다. 그러나 대개는 여자아이들이 이 과정을 알아봐주고, 들어주고, 소중한 존재임을 느끼기를 바랐다. 체육 시간을 빌려 일주일에 두 차례 학교에서 진행하던 우리 수업에서 여자아이들은 우리보다 말이 더 많았다. 너무 시끄럽다, 너무 캐묻는다, 너무 수다스럽다, **너무 하다**는 핀잔을 듣고도 1분 정도 지나야 그런 활동 시간에 익숙해졌다. 하지만 아이들은 일단 마음을 터놓으면 완전히 경계를 풀었다.

블랙벨트예술문화회관과 저스트 비 주식회사 사이만을 오가는 통에 베벨 목사나 추종자들과 부딪힐 기회가 없었다. 골치 아픈 사람들이어서 그 주변에 한시도 있고 싶지 않았다. 그러던 중 내 하루 일과가 바뀌었다. 신문사를 그만두었기 때문이다. 이제 매일 아침 일주일에 네 번 두 시간씩 박물관으로 나갔다. 오후에는 C.H.A.T. 예술학교나 피닉스 학교에 나간 다음, 블랙벨트예술문화회관에서 방과 후 수업을 진행했다. 저녁에는 다시 박물관으로 돌아와서 하던 일을 마무리했다. 베벨 목사는 박물관 시설이나 박물관 옆에 바로 붙어 있는 만남의 장소를 폭넓게 이용했다. 파야는 21세기청소년리더십운동의 지역 지부를 되살리려는 노력의 일환으로 '평화의 전사'라는 모임을 시작하며 그 모임을 이끌어갈 지역 아이들을 모았다. 파야의 특기였다. 그렇게 모인 아이들은 베벨 목사가 이끄는 수업을 일주일에 한 번씩 들어야 했다. 그 가운데 몇몇 아이들이 우리 방과 후 수업에도 나왔다. 베벨 목사의 수업에 관한 이런저런 말들이 귀에 들어왔다. 그 내용이 영 꺼림칙하여 하루는 내가 직접 두 눈으로 확인해보기로 마음먹었다.

나는 애니와 함께 두 블록을 걸어 베벨 목사가 설교하는 장소로 향했다. 출입문에 선 지 1분 남짓 되었을까. 베벨 목사가 한 남자아이를 억지로 강당 앞쪽으로 끌고 가서는 두 손에 성경을 밀어 넣었다. 남자아이는 성격도 온순했으며 태도도 얌전했다. 아이는 수줍어하며 나머지 아이들 앞에 서 있었다. 베벨 목사가 남자아이한테 앞으로 나란히 뻗은 두 팔 위에 성경을 놓고 떨어지지 않도록 균형을 잡으면서 앞에 보이는 작은 칠판에 적힌 헛소리를 외우라고 시켰다. 애니와 나는 남자아이가 외우는 뚱딴지같은 소리를 이해할 수 없었다. 베벨 목사가 느닷없이 "동성애와 사음*!"이라고 버럭 소리를 질러댔다. 그 단어를 들은 나와 애니는 어쩔 줄을 몰랐다. 서둘러 나왔지만 정확히 어떻게 해야 할지 판단이 서지 않았다. 결국 우리가 목격한 광경을 행크 샌더스에게 그대로 전하기로 결정했다. 이 아이들을 베벨 목사와 이어준 이가 파야였다. 남편인 행크는 파야를 다잡을 유일한 인물이었고 파야보다 사려가 깊어 보여 도움을 받을 수 있으리라고 여겼다.

이후로도 박물관을 지나갈 때마다 베벨 목사가 아이들을 향해 부적절하고 음란한 말을 내뱉는 모습을 보았다. 행크가 무슨 조치든

---

* 열 가지 죄악 중 하나로 아내나 남편이 아닌 자와 하는 음탕한 짓을 말한다.

취하기를 기다렸다. 그런데 몇 주가 지나도 아무런 변화가 없었다. 더 이상 팔짱만 끼고 있을 수 없었다. 하루는 승합차를 출입문 가까이 세우고 자동차 옆문을 열어놓았다. 그러고는 만남의 장소 출입문 쪽으로 다가갔다. 출입문이 열려 있었다. 베벨 목사가 아이들에게 설교를 할 때면 늘 그랬듯이. 나는 베벨 목사가 등을 돌릴 때까지 기다렸다가 한 아이에게 아주 낮은 목소리로 출입문 쪽으로 오라고 말했다. 그 아이가 열린 출입문 쪽으로 살금살금 소리 없이 다가왔다.

"여기 있고 싶어?" 내가 묻자 아이가 고개를 저었다. 나는 아이한테 승합차로 가서 타라는 손짓을 보냈다. 베벨 목사는 알아차리지 못했다. 그런데 아이의 두 친구가 무슨 일이 벌어지고 있는지 금세 알아차리고는 역시 나가고 싶어 했다. 다시 한번 두 아이가 베벨 목사가 잠시 한눈을 판 사이를 틈타 살그머니 빠져나와 승합차에 먼저 타고 있던 아이 곁에 앉았다. 도망쳐 나오던 순간 살짝 소리가 났다. 건물을 나오며 킥킥 웃었던 것이다. 베벨 목사가 돌아보면서 도끼눈을 부릅뜨고 나를 험악스레 노려보았다. 분기탱천하여 예배를 방해하고 있다고 호통쳤다. 하지만 이미 때를 놓친 터라 내게 아무런 위협도 되지 못했다.

나는 전혀 주눅 들지 않았다. 이렇게 된 마당이니 나는 아예 당당하게 출입문으로 걸어 들어가 아이들에게 큰 소리로 알렸다. "꼭 여기 있지 않아도 돼. 춤 수업을 받고 싶거나 만들기 활동을 하고 싶으면 나랑 같이 가자."

아이들이 꼼짝도 하지 않고 앉아 있었다. 한 아이가 입을 열었다. "파야 선생님이 자리를 뜨면 안 된다고 말씀하셨어요."

애니와 내가 당황스러워 서로 바라보았다.

"파야 선생님 말을 꼭 따르지 않아도 돼." 애니가 말했다. 아이들이 말귀를 알아듣는 데는 몇 초도 채 걸리지 않았다. 곧 아이들 대다수가 일어서서 그곳을 빠져나가 승합차에 올라탔다. 베벨 목사는 한마디도 하지 않았다. 이 일이 앞으로 어떤 파장을 일으킬지 한번 지켜보고 싶다는 표정이었다. 아이 세 명 정도가 베벨 목사 곁에 남았다. 얼마 전 베벨 목사 앞에서 성경을 들고 창피를 당한 아이도 있었다. 그 아이한테 이리 오라고 소리쳤다. 하지만 그럴 수 없다는 대답이 돌아왔다. 억지로 권하지는 않았다. 나머지 아이들이 모두 밖으로 나갔다. 돌아가고 싶으면 언제든 돌아갈 수 있었다. 나는 베벨 목사가 얼마나 타락했는지 전혀 알지 못했다. 하지만 저 아이들을 반드시 빼내어 와야만 한다는 점은 잘 알았다. 자유를 찾아 북부로 향하는 것 같았다.

해방

베벨 목사라는 무시 못 할 존재가 셀마에서 사사건건 어깃장을 부리긴 했지만 거침없는 우리 활동을 멈춰 세우지는 못했다. 중학교에서 진행하던 수업 과정도 커다란 성공을 거두었고 이제 고등학교 한 군데와 방과 후 학교 한 군데로도 과정을 더 확대하기로 했다. 각 과정은 초점이 달랐다. 고등학교 여학생들은 젠데이 아자 통과의례를 익히게끔 지도했다. 이는 삶을 계획하는 일을 도울 목적으로 고안해낸 것으로, 인생을 살면서 앞으로 한 걸음 나아가야 할 때 되풀이해서 사용할 수 있는 방법이었다. 상호 협력과 자매애와 가치의 문제도 다루었다. 중학교 여학생들은 주얼스 과정을 들었다. 여기서는 세상이 말하는 자신과 스스로 생각하는 참된 자신 사이의 간극에 관해 고민해보도록 했다. 자신을 둘러싼 관계를 탐색하고 자신의 삶

속에서 진정 어떤 모습으로 보이고 싶은지 이해하도록 도왔다. 방과
후 과정에서는 예술과 문화를 매개로 공동체 활동을 어떻게 벌여나
갈지 고민했다. 연구와 춤, 연극과 다른 여러 창의적인 표현 양식을
개발해나가면서 공동체에 가장 요긴한 일로 이바지할 수 있는 수단
을 여학생들한테 제공했다. 우리 활동에서는 성적 학대나 성폭행이
나 성착취를 구체적으로 다루지는 않았다. 하지만 이 세 과정 모두
그 문제를 도외시하지도 않았다. 집단 성폭행을 당한 두 중학교 여
학생과는 그 고통을 함께 나누었다. 한 명은 그 후 자살을 시도했고
다른 한 명은 열네 살에 임신하여 '다리를 벌린' 벌로 아기를 키워야
할 처지에 놓여 있었다. 지역 위탁보호 제도인 어린이의 집에 있던
한 여자아이와도 진로를 놓고 함께 고민했다. 여자아이는 엄마의 남
자친구한테 성폭행을 당해 아이를 낳아 키우면서 또 다른 학대자로
인해 아기를 임신했다. 열여섯 살에 서른다섯 살 유부남한테 성폭력
을 당해 임신한 여자아이와도 상담을 이어갔다. 그 아이의 엄마는
고소하기를 거부했는데 **'누구한테든 보상을 받지 않을까?'** 싶었기 때
문이다. 또 우리는 지역 고등학교의 한 관리자를 상대하고 있었다.
우리가 알아낸 바에 따르면 그 관리자는 여학생들이 사무실로 와서
무릎에 앉아 춤을 추거나, 우리 춤 수업을 듣는 여학생의 경우처럼
관리자 앞에서 교복을 입은 채 홀로 율동을 선보이면 방과 후 남는
벌이나 다른 곤경에서 벗어나게 해주었다고 했다.

　내 역량이 부족해도 한참 부족하다는 자괴감에 휩싸여 자칫 나

스스로가 잡아먹힐 위험에도 빠졌다. 모든 이야기를 귀 기울여 들었지만 해결책을 찾을 수 없어서 몇 날 며칠 마음이 괴롭기도 했다. 성폭력 문제는 우리 과정에 포함되어 있지 않았지만 그 문제를 다루는 일이 어느새 우리 활동에서는 필요 불가결한 부분이 되었다. 일주일에 이틀간 자존감을 일으켜 세웠다가도 나머지 닷새 동안 세워둔 자존감이 와르르 허물어진다면 과연 무슨 의미가 있을까? 여러 작은 일들이 계속해 일어났지만 우리는 헤쳐 나갈 수 있었고 포기하지 않았다. 그러던 중 뉴욕 출신으로 정말 어린 여동생 같은 설레스트가 21세기청소년리더십운동에서 내 직속 직무를 맡게 되었다. 여러모로 어설펐던 풋내기 설레스트는 열아홉 살 남자아이가 동네 공원 옆 덤불 속에서 열두 살 여자아이를 성폭행하는 장면을 목격하고는 남자아이를 죽도록 두들겨 팼고 결국 체포되었다. 담당 변호사인 파야는 설레스트와 남자아이가 모두 감옥에서 나오려면 합의해야 한다고 설득했다. 우리가 수업을 할 때나 행사를 벌일 때면 시시때때로 손위 남자아이나 성인 남자를 쫓아내기도 해야 했다. 다이아몬드처럼 어쩔 수 없는 상황에 부딪히기도 했지만 뾰족한 대책이 없으면 여자아이들은 집으로 데려왔다. 물론 그것만으로는 부족했다. 자원이 한정되어 있고 공동체 지원은 훨씬 열악한 상태에서 우리 딴에는 이 방법이 미비할지언정 최선이라고 여겼다. 사회 정의 운동권에서는 이제 막 부상하는 이 활동을 진정한 '운동'이라고 여기는 사람이 거의 없었고 오직 사회복지 활동으로 분류했다. 자신들은 "누가 아이들을 대신해 목소리를 높일 것인가?" "누가 아이들 이름을 부를 것인가?"라고 구호를 외치며 거리를 행진하는 그 사람들이 아니라는 듯. 위선, 무관심, 그리고 이 활동에 대한 사람들의 얇디얇은 이해를 도저히 견딜 수 없었다.

하루는 박물관으로 가서 앤 여사를 찾았다. 앤 여사는 창가에 앉아 밖을 뚫어져라 내다보고 있었다. 악마 그 자체를 본 듯한 표정이었다. 카이아는 곧장 안쪽에 마련된 아이 방으로 향했다. 카이아가 사라지자 앤 여사가 일어서더니 내 손을 꼭 잡고는 긴 복도를 따라 나를 잡아끌었다. 전시물을 다 지나 앤 여사가 쓰는 작은 개인 사무실로 들어갔다. 이때까지도 앤 여사는 단 한 마디도 하지 않았다. 문을 닫고 책상으로 가서 접힌 편지를 집어 들고는 내게 건넸다.

"읽어보세요. 한 글자도 빼놓지 말고."

연극의 한 장면 같아 웃고 싶었지만 내 안의 무언가가 지금은 그럴 때가 아니라고 다독였다.

"앤 여사님, 무슨 일이에요?"

"읽기나 하세요. 그 편지를."

편지를 펼쳤다. 앤 여사 앞으로 쓴 편지였다. 읽기 시작했다.

안녕하세요, 조앤 블랜드 관장님.

제임스 루터 베벨 목사의 자식과 가족 구성원, 그리고 제임스 루터 베벨 목사한테서 수업을 듣는 몇몇 아이들의 엄마입니다. 우리가 판

단하건대 안타까운 일이지만 꼭 알아야 할 시급한 문제를 당신과
나누기 위해 이 편지를 씁니다.

첫 단락을 읽자마자 눈이 화등잔처럼 커지고 입이 쩍 벌어졌다.
놀란 눈으로 앤 여사를 바라보았다. 더는 읽고 싶지 않았다.
"끝까지 읽으세요."

나는 다시 꾸역꾸역 편지를 읽어 내려갔다. 베벨 목사의 '소아성
애적 행동'에 관한 내용과 그가 사회 운동에 이바지한 공로가 무척
중요하다는 이유로 그 행동을 못 본 척 외면하고 은폐하려는 시도들
을 읽었다. 종교와 권위를 이용하거나 교묘하게 조종하여 주변에서
가장 힘없는 약자를 어떻게 현혹하고 학대해왔는지 그 악행들을 읽
었다. 다음과 같은 내용을 읽고 나서는 더 이상 읽을 수가 없었다.

⋯⋯ 셀마 공동체에서 저명한 사람들이 몇 달 동안 연루해 있었습니
다. 여기에는 베벨 목사와 그 자식들에 관한 '지역사회 법원community
court'* 문제도 포함되어 있습니다. 지난 30년 이상 베벨 목사가 보이

---

* 오스트레일리아와 미국, 영국과 캐나다, 남아프리카공화국을 비롯한 몇몇 국가에
서 실시하는 제도다. 지역사회 법원에서는 이웃 중심의 문제 해결을 표방하며 지역
범죄나 안전 문제를 주로 다룬다. 사법 체계 안에서뿐 아니라 사법 체계 밖에서도
주민이나 상인, 교회와 학교 같은 이해당사자 사이에 새로운 관계를 정립하는 데
역점을 둔다.

는 행동이 소아성애적 장애임을 인정하라고 설득하려는 시도였습니다. 지역사회 법원 심리에서 베벨 목사는 이들 혐의의 정확성에 이의를 제기하지 않는다고 말했습니다. 자신의 딸 네 명에 대한 성적 학대를 비롯해……

목구멍에서 울화가 치밀며 눈물이 차올랐다. 도무지 믿지 못하겠다는 마음과 절망에 잠긴 심정이 뒤엉킨 눈빛으로 앤 여사를 바라보았다.

앤 여사가 한 걸음 앞으로 다가와 두 팔로 나를 감싸 안았다.

"압니다……. 알아요……. 타라나. 끔찍하기 그지없지요. 그런데 그들은 알았어요, 타라나. 알고 있었답니다."

저 마지막 두 단어가 내 귀를 지지며 구멍을 뚫었다. 가슴에도 구멍을 뻥 뚫어놓았다. 그들은. 알았다. 그들이란 샌더스 부부였다. 그들이란 말리카 샌더스였다. 내 친구이자 내 자매인 사람. 말리카도 알았다. 그런데도 말리카는 베벨 목사의 자칭 '수석 참모'이자 오른팔이라는 프랭클린과 사귀고 있었다. 말리카는 프랭클린이 그 무리의 지도자인 베벨 목사가 말리카와 사귀는 걸 탐탁스럽지 않게 여겨서 베벨 목사와 갈라섰다고 내게 말했다. 베벨 목사가 아직도 공동체 아이들한테 다가가고 있었다. 자신이 다가갈 수 없으면 수하들이 그랬다. 박물관 사무실을 산들바람처럼 거리낌 없이 자주 드나들었다. 카이아한테도 접근할 수 있었다. 구역질이 치밀었다.

앤 여사와 나는 곧 정신을 가다듬고 새로운 문제가 생겼음을 인지했다. 이 문제에 어떻게 대처해야 할까? 언뜻 해답이 분명해 보였지만 생각만큼 간단하지 않았다. 적용할 수 있는 절차가 전혀 없었다. 성폭력 문제에 이처럼 정면으로 부딪친 경우도 처음이었다. 흑인 사회에서 일어나는 성폭력 사건에는 단순히 가해자를 보호하려는 마음 때문이 아니라 비밀을 유지하고 침묵을 강요하는 문화가 매우 복잡하게 얽혀 있었다. 흑인 남성을 상대로 한 성폭력 무고 문제와 더불어 법 집행을 지켜보며 우리가 분노를 삭인 세월이 아주 오래되었다는 점도 한 요인으로 작용한다. 성적 학대 행위를 덮으려 새 변명거리를 찾아내고, 이를 어린 흑인 여자아이 탓으로 돌리면서 스스로 일그러지는 모습을 지켜보아야 하는 고통 또한 성폭력 문제에 한몫했다. 구조적인 인종차별과 극심한 빈곤 같은 상황 앞에서 성폭력 문제를 대체로 가볍게 치부하는 태도 또한 일조했다. 성폭력이라는 괴물한테서 끝까지 눈을 돌리지 않고 마땅한 이름을 붙이기까지 얼마나 힘겨웠는지 모른다.

우리는 백인우월주의가 가혹하리만치 맹위를 떨친 환경에서 살아왔다. 그런 과거가 우리가 짊어지지 않아도 되는 수치심을 떠안도록 길들였다고 생각한다. 이렇게 길들다 보면 우리가 무언가 잘못을 저질렀거나, 이런 해를 입히는 데 아무리 사소하더라도 어떤 구실을 했음이 틀림없다고 은연중에 생각하기 마련이다. 앤 여사와 나는 지금까지 베벨 목사에 관한 사실을 전혀 알지 못했다는 점이, 또 지금까지 아무런 행동에 나서지 않았다는 점이 부끄러웠다. 앤 여사가 편지를 들고 샌더스 상원의원을 찾아가 우려를 전하기로 했다. 나도 그 의견에 동의했다. 그리고 편지는 앤 여사 앞으로 왔기 때문에 나도 편지를 읽었다는 사실은 밝히지 않기로 했다.

앤 여사가 샌더스 상원의원과 만났지만 소득이 없었다. 그는 사과조차 하지 않았다. 오히려 샌더스 상원의원은 앤 여사 말고 누가 또 편지를 읽었는지 물었다. 앤 여사 말고 아무도 읽지 않았다고 대답하자 아무에게도 보여주지 말라고 부탁했다. 그러고는 조치를 마련하는 중이라며 안심시켰다. **그게 다였다.** 베벨 목사의 자식들이 셀마로 와서 지역사회 법원을 통해 베벨 목사한테 두 번째로 맞서던 때부터 이 편지가 쓰일 때까지 거의 1년이나 지나 있었다. 첫 번째 대립은 두 번째 대립이 일어나기 몇 달 전 역시 셀마에서 벌어졌다. 베벨 목사와 자식들 간의 관계가 폭력으로 얼룩지며 사건은 막을 내렸다. 앤 여사가 샌더스 상원의원을 찾아간 이후 베벨 목사는 점점 눈에 덜 띄는 듯했다. 하지만 그 촉수는 이미 셀마 전역으로 뻗어 있었고 그 그림자가 곳곳에 드리웠다. 베벨 목사 추종자의 십 대 손자가 우리 수업을 듣는 여섯 살 아이를 성폭행했다. 베벨 목사의 한 아들이 부적절한 성적 행위 때문에 여러 십 대 여자아이들한테 고소를 당했다. 무엇보다 최악은, '평화의 전사' 안에 십 대 여자아이와 관련한 밀매 조직이 있었다는 사실이다. '평화의 전사'는 파야가 베벨 목사한테 그 가르침을 전하라고 허가한 청소년 교육 과정이었다.

내가 더없는 사랑을 보내고 그런 사랑을 되받고 있다고 믿던 바로 그 사람들, 선배며 스승이며 선생 들이 베벨 목사한테 은신처를 마련해주었다. 추악한 비밀을 묻어버렸다. 아이들을 보살펴야 하는 대상이라고 부르짖으면서 정작 아이들에게, 공동체의 아이들과 자신의 아이들과 내 아이에게 베벨 목사가 다가들도록 내버려두고 있었다. 배반감에 어질어질했다. 살아오는 내내 나는 어떤 피해를 입게 되면 무엇이 되었든 받아들인 다음, 깔끔하게 용기에 집어넣어 한쪽으로 치워버리고는 했다. 그런데 이제 피해를 입는 사람은 내가 아니었다. 내가 마음을 써야 하고 책임을 느껴야 하는 사람이 피해를 입고 있었다. 그 피해를 고스란히 떠안아야 하는 이가 내가 아니라는 점도 이해할 수 없었지만, 그렇다고 그 당사자가 카이아가 되어서도, 우리 공동체 아이들이 되어서도 안 된다는 점은 분명했다.

그날 이후 일어난 변화는 신속했지만 수월하지 않았다. 한 사람을 흠모하면서도 증오하는 일이 있을 수 있다고는 알고 있었다. 그런데 그 두 감정을 동시에 품고 있는 사람에게 이 감정들이 어떤 영향을 미치는지는 알지 못했다. 한 감정이 주도권을 잡아야 한다. 그렇지 않으면 두 감정이 서로를 없애버려 두 감정이 한때 머물던 곳에는 빈껍데기만 남게 된다. 나는 아무 일도 없는 척 행동하려고 애썼다. 하지만 정상의 범주에서 훌쩍 벗어나 있던 탓에 자칫 돌아가는 길을 찾지 못하면 어쩌나 무서웠다. 몇 주가 흐르고 다시 몇 달이 흘렀다. 베벨 목사의 실체를 폭로하는 편지는 큰 파장을 불러일으켜야 했지만 그렇지 못했다. 나는 저스트 비 주식회사에 다니는 여자아이들이 성적 학대를 당한 경험을 밝히는 데 적극적으로 나서도록 돕겠다고 결의를 다졌다.

C.H.A.T. 예술학교 상담교사에게도 연락하여 도움을 구하기로 했다. 상담교사는 학교에서 인기가 좋고 우리 과정을 대체로 인정해주었지만 나와는 늘 의견이 맞지 않았다. 하루는 내가 주먹을 쥐지 않고 손바닥을 펴서 권투하는 법을 우리 모둠 여자아이들에게 가르치고 있었다. 상담교사가 다가오더니 내게 물었다. "싸움꾼 같은 놀이나 하면서 어떻게 이 여자아이들이 젊은 숙녀가 되도록 가르치겠습니까?" 내가 지도교사 바로 앞까지 다가가서 대답했다. "이따금 목구멍에 거시기가 박히느니 눈물 쏙 빠지게 흠씬 패주는 일이 더 낫지요. 안 그렇습니까?"

그런 내가 지금 상담교사 사무실을 찾고 있었다. 내 역량에 한참 부치는 일을 해나가야 한다고 여겼기 때문이다. 나는 상담사로 훈련받은 적이 없었다. 사회복지 분야를 공부하지도 않았다. 자칫 헛발질을 해서 피해를 더 키우지는 않을까 걱정스러웠다. 내가 부딪힌 문제를 설명하자 상담교사는 의자를 뒤로 빼고 일어서더니 책상 뒤편으로 걸어갔다. 기다란 책장이 놓여 있었는데 두툼하게 철해놓은 책자가 가득했다. 상담교사가 1분 정도 이 두꺼운 책자를 몇 권 꺼냈다 넣었다 하다가 마침내 하얀 표지의 두둑한 책자를 찾아냈다. 그 책자를 집어 들어 뽀얗게 쌓인 먼지를 후 불어 날리고는 책상에 탁 올려놓았다. 나는 말없이 앉아 있었다. 내가 맡은 여학생들을 돕기 위해 무엇이 필요하든 그 내용이 이 책자에는 들어 있지 않으리라는 점을 이미 나도 알고 있었다. 상담교사가 성적 학대가 일어났을 때 당국에 보고해야 할 법적 의무를 가진 자들인 법정 보고자와 교사와 다른 학교 관리자 들을 죽 훑어나가는 동안 나는 귀를 세우며 이야기를 들었다. 상담교사가 잠시 말을 멈추고 내가 법정 보고자인지 확인했다. 확실하게 그렇다고 말하지 못하자 모범 사례를 장황하게 늘어놓았다. 장담컨대 이 사람도 대충 시간만 때우고 돈만 받는 작자임이 틀림없었다. 그곳을 나왔을 때 실망이 이만저만이 아니었다. 하지만 방법을 꼭 알아내고야 말겠다고 마음을 다졌다.

나는 선배인 팻 선생에게 실망감을 털어놓았다. 그때 팻 선생이 성폭행위기대처센터를 찾아가보라고 조언했다. 나는 셀마에 그런 기관이 있는지 전혀 알지 못했다. 검색해보니 성폭력과 가정폭력을 다루는 곳이었다. 주소를 확인하고 자동차를 몰고 센터로 향했다. 주차장에 자동차를 세웠다. 센터라기보다는 평범한 가정집에 가까워 보였다. 바로 옆집은 모텔 같은 건물이었다. 한 줄로 늘어선 문 앞에 기다란 발코니가 있었다. 남자 몇 명이 발코니에 접이식 의자를 펴고 앉아 있었다. 내가 자동차에서 내리자 두세 명이 내게 희롱 섞인 야유를 던졌다. 의연하게 무시했지만 만약 내가 성폭행을 당한

지 얼마 되지 않았다면 이런 식의 인사가 얼마나 끔찍하게 다가왔을까 하는 생각을 떨쳐낼 수 없었다. 출입문으로 걸어갔다. 철문을 덧대어 단 문은 잠겨 있었다. 이 모든 것이 이상하게 여겨졌다. 센터 운영시간보다 늦게 도착한 거라고 생각했다. 소개 글에 나와 있는 운영시간까지는 아직 30분이나 남아 있었다. 초인종을 찾아 눌렀다. 2분쯤 지나자 한 여성이 나와 딱 자신이 빠져나올 만큼만 문을 열었다. 나이가 지긋한 백인 여성이었는데 머리가 새하얬다. 무선전화기를 든 채 귀에서 살짝 떼어놓고 내게 말을 건넸다.

"무엇을 도와드릴까요, 아가씨?" 말은 그렇게 했지만 그 목소리가 실린 어투에 담긴 진짜 의미는 '뭘 원해?'였다.

이미 기대는 무너져 내렸지만 그래도 부딪혀보았다. "안녕하세요. 전 지역 중학교에서 일하고 있어요. 제 수업을 듣는 어린 여학생들한테 도움이 될 만한 방법을 찾고 있어요. 이 여학생들은……."

"잠깐만요, 아가씨. 이렇게 다짜고짜 찾아오시면 안 돼요. 어떤 **일을 당했다**면 저 아래 경찰서로 가서 신고서를 작성하세요. 그러면 우리가 경찰서로 사람을 보내 당신을 만나거나 아니면 경찰이 우리를 다시 찾아가라고 소개해줄 겁니다. 아시겠어요?"

여성이 안내를 마치고 다시 안으로 들어가며 문을 닫으려 했다. **일을 당했다**라는 말이 머릿속에 맴돌며 웅웅 울렸지만 곧 정신을 차렸다. 여성이 내 눈앞에서 문을 쾅 닫기 전에 겨우 붙잡을 수 있었다. 내가 발끈 성이 나서 물었다.

"아, 알겠어요. 그런데 제 학생들이 요긴하게 쓸 만한 정보를 좀 얻을 수 있을까요? 소책자나 뭐 그런 거 말이에요."

"소책자라." 여성이 내 말을 따라 하더니 이렇게 대답했다. "잠시만요." 여성이 집 안으로 들어갔다. 그사이 나는 집 안을 재빨리 휘둘러보았다. 내 눈에 들어온 광경은 무척 간소하고 수수했다. 여성이 안내 책자를 몇 권 들고 돌아와 내게 건네며 잘 가라고 말했다. 내게 도움을 줄 사람을 찾을 수 없다니, 특히 전문교육을 받은 사람들 가운데서도 찾을 수 없다니 도무지 믿기지 않았다. 화를 내고 싶었지만, 화도 나지 않았다. 내 가슴속 깊은 곳에서 다른 무언가가 우르릉거리며 울려댔다. 자동차로 돌아왔다. 마음이 한없이 불편했다. 차에 올라타 차 문을 닫자마자 그 감정이 온통 나를 집어삼켰다. 운전석에 앉아 몸을 앞뒤로 마구 흔들었다. 발코니에서 남자들이 나를 지켜보고 있다는 사실도 잠시 잊었다.

고함을 지르고 눈물을 쏟았다. 걷잡을 수 없을 정도로 눈물이 쏟아졌다. 주먹으로 운전대를 쾅쾅 쳐댔다. 여자아이들을 집으로까지 데려오기도 했고 선배와 스승한테 맞서기도 했으며 1년 전이라면 꿈에서라도 볼 일이 없을 사람들에게까지 도움을 청했다. "이럴 순 없어요, 하느님!" 분노와 절망이 목소리에 고스란히 담겨 터져 나왔다. "정말이지! 하느님! 이럴 순 없는 법이에요!" 이제는 애원했다. 지금까지 나는 한 번도 이 우르릉거리는 소리를 밖으로 터뜨린 적이 없었다. 하지만 그 소리는 아주 오래전부터 내 안에 자리하고 있었다. 두 눈을 꼭 감았다. 양손을 무릎에 힘없이 떨어뜨렸다. 그 순간 무력감이 엄습하며 손가락 하나 까딱할 힘도 남아 있지 않음을 느꼈다. 이 모든 일이 나를 어디로 데려가는지 하느님에게 물었다. **이제 무엇을 할 수 있을까요? 이 어린 여자아이들을 어떻게 도울까요?**

정적이 나를 감쌌다. 우르릉거리는 소리도 잦아들었다. 대답을 들은 것 같았다. 아니, 느꼈다. **너뿐이다.** 눈을 뜨고 주위를 둘러보았다. 하지만 이미 알고 있었다. 소리가 아주 또렷했기 때문에 오히려 두려울 정도였다. 그 소리를 듣지 못한 듯이 계속 울부짖고 싶었다. 그런데 이미 난 듣고 말았다. 듣지 않을 수가 없었다. **왜 하필 저인가요?**

과거 경험과 현재 상황이 온갖 형태로 다가와 나를 괴롭힐 때마다 나는 내 딴에 강력하다고 할 만한 대응 기제를 마련해놓았다. 내 삶을 여럿으로 경계 지어 가른 다음, 널찍한 빈 공간을 만들어 나쁜 일들을 저장하는 것. 내면에 숨어 있는 나만의 더러운 다락방. 내 다락방은 폭력과 죽음과 절망과 그 일가붙이들이 점령하고 있었다. 지금껏 그 문을 열어본 적이 없었다. 다락방으로 이어지는 복도조차 걸어본 적이 없었다. 이 체계는 효과가 괜찮았다. 어쩌면 그렇다고 설득해왔는지도 모른다. 그런데 이제 그 빗장이 풀리고 있었다. 나를 그쪽으로 이끌고 있었다.

나는 더 이상 샌더스 가족과 시간을 보내지 않았다. 우리 관계가 어느 정도로 망가졌는지 그들은 아직 알지 못했다. 말리카는 그 후 프랭클린과 결혼했다. 베벨 목사의 전 수석 참모였던 그는 이제 베벨 목사와 그 가르침을 앞장서서 비난했다. 베벨 목사의 아내를 비롯해 몇몇 추종자는 우리 공동체에 아직 은신처를 두었다. 베벨 목사는 모습을 거의 드러내지 않았다. 적어도 겉으로 보기에는 그런 듯했다. 나는 샌더스 부부가 주관하는 행사에도 참석하지 않았다. 사람들도 하나둘씩 상황을 눈치채기 시작했다. 나는 하루가 멀다 하고 베벨 목사 사건이 어째서 더 큰 사건이 되지 않았는지 고심을 거듭했다. 말리카와 프랭클린과 맞부딪히기도 했지만 두 사람은 짜증 날 정도로 잘 다듬은 답변만을 늘어놓았다. 프랭클린은 베벨 목사의 최측근이었다. 그런데도 근친상간이나 베벨 목사의 소아성애적 행위는 전혀 모르는 일이라고 애니와 내게 맹세까지 하며 딱 잡아뗐다. 결국 나는 그 문제를 그대로 두기로 했다. 그렇다고 그 문제가 **나를** 그대로 두었다는 의미는 아니었다. 그 편지를 읽고 난 뒤 나는 만성 두통을 앓기 시작했다. 의사는 안경을 쓰지 않아서 그렇다고 진단했지만 이상한 증상들이 더 있었다. '발작'을 일으켰다. 증상은 태풍 카트리나가 맹위를 떨치는 동안 처음 나타났다가 정도가 점점 심해졌다. 갑자기 방이 빙글빙글 돌았다. 아니면 온몸이 찌릿찌릿 저려와서 안정을 취해야만 했다. 정신 건강도 점점 나빠졌다. 수업을 받는 아이들을 보면 행복했다. 활동을 해나가면서도 뿌듯했다. 하지만 여전히 성폭행과 관련하여 똑같은 문제에 부딪혔다. 돌파구를 찾는 일이 요원하게 다가왔다. 주얼스 과정에서는 컬러리즘 colorism*부터 정신적 사랑의 관계를 건강하게 맺는 법에 이르기까지 모든 주제를 다루었다. 나는 이제 여기서 한 걸음 더 나아갈 때라고 여겼다. 해답을 찾아 헤매는 내내 두 손을 초조하게 비비며 방지책을 고민하면서 동시에 누구나 다 아는 당연한 부분을 간과했다. 여자아이들이 이야기를 털어놓거나 할 이야기가 있다고 내비친다면 이미 상처는 곪을 대로 곪아버린 단계였다. 그렇다. 예방이 꼭 필요했다. 그러나 예방은 내 부족한 역량으로는 벅찬 일이었다. 다만 치유는 그렇지 않았다. 내가 자기계발을 위해 해왔던 일들을 아주 사소한 것까지, 짧게 연수를 다니는 동안 내가 모았던 정보를 하나하나 세세한 것까지 모두 적어보기로 했다. 그러고 나서 그 내용들을 다듬어 연수회 형식으로 빚어냈다.

나는 헤븐에 관한 이야기를 자세히 썼다. 나만의 수치심에 갇혀 세상 속으로 발을 내딛지 못한 탓에 내가 되고자 하는 사람이 되지 못했다고 썼다. 메리 J. 블라이즈와 판타지아, 퀸 라티파와 개브리엘 유니언과 오프라 윈프리, 그리고 마야 안젤루처럼 여자아이들이 우러러보는 유명인과 수년 동안 내게 영감을 준 그들의 생존 이야기를 썼다. 내 나이가 그들 또래였을 때 누군가 내게 알려주었더라면 얼마나 좋았을까 하는 단어들을 죽 써내려 갔다. **그루밍, 성폭행, 근친상간, 폭로, 수치** 같은 단어들을 정의했다. 고개를 들었을 때는 밖

* 인종 간의 차별이 아니라 피부 톤에 의한 차별로, 같은 흑인이어도 피부가 어두운 흑인이 더 차별받는 경향을 말한다.

에 벌써 어둠이 내린 뒤였다. 몇 시간 동안 꼬박 앉아 손으로 글을 써 내려 갔던 것이다. 종이에 써놓은 내용을 보니 기분이 좋았다. 그런데 뭔가 빠져 있었다. 내가 직접 겪은 경험 가운데 일부는 새로 꾸리는 활동에 담겨 있었다. 하지만 진짜 이야기를, 이제껏 **한 번도** 나누려 하지 않았던 이야기를 나누어야 할 때임을 깨달았다. 어디서 시작하면 좋을까 막막하기까지 했다. 수첩을 내려놓았다. 가부좌를 틀고 이불 끝에 앉았다. 등을 둥그렇게 말고 고개를 숙였다. 나지막이 기도를 읊조렸다. 하느님이 나와 함께하기를, 내게 힘을 주기를 빌었다. 그러고는 상상도 할 수 없는 일을 했다. 떠올렸다. 처음부터 끝까지 빠짐없이. 목적과 의식을 갖고서.

두 눈을 감았다. 작은 갈색 얼굴이 보였다. 파란 겨울 외투에 달린 인조털에 내 얼굴이 감싸여 있었다. 매우 아끼던 외투였다. 언덕길을 걸어 올라갔다. 브라이트 아이 씨의 사탕 가게로 향했다. 친구 KK와 러몬트가 내 곁에 있었다. 우리는 함께 사탕 상자를 들여다보았다. 그가 사탕 가게로 들어와 우리 쪽으로 다가오더니 말을 걸었다. 무슨 말을 했는지는 모른다. 어쩌다 그와 남게 되었는지도 모른다. 다음 순간 내가 그 손을 잡고 언덕을 내려갔다. 그 기억 속에서 나를 꺼냈다. 손을 뻗어 물을 마시고 이불맡에 놓인 성경을 들었다. 시간이 좀 걸렸지만 마침내 기억을 온전히 더듬어냈다. 사이사이 한숨을 돌렸다. 하지만 늘 되돌아갔다. 어린 타라나 곁에서 나란히 걸어가는 나를, 내 작은 얼굴을 뚫어져라 바라보는 거대한 악마를 상상했다. 내 마음속을 읽어내려고 애썼다. 내가 위험에 빠졌다고 깨닫는 순간을 짚어내려고 애썼다. 무슨 일이 벌어질까봐 겁을 내며 우리 아파트 건물로 들어서는 내가 보였다. 방금 겪은 혼란스러운 일을 정리하려고 애쓰는 일곱 살 타라나의 뒤죽박죽 헝클어진 머릿속 이야기에 귀를 기울였다. 어린 타라나와 나란히 걸으며 엄마와 웨스 아저씨를 마주 보았다. 이제 멈추어야 했다. 두 눈을 떴다. 눈가에 눈물이 고였다. 그대로 누워 나 자신을 다독였다.

내게 말했다. **괜찮아.** 팔을 꼬집었다. **살아 있어. 아프잖아.** 가슴을 자꾸 쓸어내리며 불타는 다리를 향해 터덜터덜 걸어가는 나를 다시 붙잡아 데려오려고 애썼다. 잠시 그대로 누워 있었다. 눈이 무거웠다. 그런데 눈을 감으면 한 장면이 나타나고 이어 다른 장면이 나타났다. 이불 위에 똑바로 앉았다. 내가 소리쳤다. "안 돼!" 다른 장면이 튀어나왔다. 다시 더욱 힘을 주며 외쳤다. "안 돼! 타라나! 안 돼! 가지 마!" 머릿속에서 있는 힘껏 언덕을 내달려 마음속 다락방 문에 다다랐다. 그만 실수를 저질러버렸다. 건물이 불길에 휩싸였다. 나마저 불길에 잡아먹힐 찰나였다. 다른 장면이 다가왔다. 몸을 들썩이며 흐느꼈다. 이제 모든 것이 저 문으로 쏟아져 나오리라는 걸 알았다. 심장이 환풍기 날개 사이에 낀 카드처럼 빠르게 뛰었다.

그때 카이아가 부르는 소리가 들렸다. "엄마……"

잘못 들으려야 잘못 들을 수 없는 소리, 카이아가 다락의 기다란 거실을 가로지르며 천천히 다박다박 내딛는 발걸음 소리가 들렸다.

얼른 두 손을 들어 비명이 또 터져 나오지 못하도록 입을 꽉 틀어막았다. 그러고 나서 두 손을 살짝 풀어 또박또박 말했다.

"아가, 가서 자렴. 엄마는 괜찮아. 엄마 방으로는 들어오지 말고. 알았지?" 어떤 불안도 드러나지 않도록 안간힘을 써서 목소리를 가다듬었다.

카이아가 어둠 속에서 다정하게 물었다. "엄마 울어?" 우르릉거리는 내 소리가 곧 터져 나올 듯 둘러댔다.

"아니. 엄마가 기분이 약간 안 좋을 뿐이야. 아가, 네 방으로 돌아가렴." 카이아가 얼마만큼 멀어지고 있는지 가늠하려고 눈을 가느다랗게 뜬 채 어둠에 귀를 기울였다.

"물 좀 갖다 줄게, 엄마."

카이아를 잘 알았다. 카이아는 내가 여자아이들을 보살피듯 나를 살뜰히 보살폈다. 심장이 쿵쾅거렸다. 눈물을 더는 참을 수 없었다. 이 방에서 어떤 일이 일어나든 카이아를 멀리 떨어뜨려놓아야 했다. "아니, 괜찮아. 아가, 잘 자렴." 대꾸하고 나서 잠시 기다렸다. 적막한 거실에 서서 고민에 고민을 거듭하는 카이아가 느껴졌다. 마루가 약간 삐걱거렸다. 이어 다시 삐걱거렸다. "안녕히 주무세요, 엄마." 카이아의 발소리가 집 안쪽으로 향했다.

이불에서 벌떡 일어났다. 온 마음을 끌어모아 기도를 올렸다.

"하느님, 제발. 이러시면 안 돼요. 제발, 제발, 제발, 하느님. 카이아가 들어오지 않도록 해주세요!" 혼잣말로 크게 기도했다. 집 안쪽 화장실에서 물 내려가는 소리가 작게 들렸다. 숨듯이 이불에 납작 엎드렸다. **말 그대로** 숨었다. 내 아이를 피해, 내 기억을 피해. 뺨이 눈물에 젖어 번들거렸다. 물기가 이불 속에 스며들었다. 땀과 눈물이 풀이라도 되는 양 그 자리에 단단히 붙었다. 자제력을 잃었다. 장면들이 의식 속으로 거침없이 쏟아져 들어왔다. 그리고 또렷하게 보았다. 결코 잊을 수 없던 모습을. 더럽혀진 채 견뎌내는 어린 여자아이를. 이제는 파란 외투를 입은 어린 타라나가 아니었다. 희생자였다. 다른 타라나가 탈출구를 찾았다. 영혼처럼 내 주변을 돌아다니고 있었다. 몸싸움이라도 벌여 밀쳐내고 싶었다. 그런데 그러려면 비명을 지르고 울음을 터뜨려야 했다. 카이아가, 내 아이가 알 수밖에 없었다. 가만히 누워 있었다. 두 눈을 크게 뜨고 내 평생 가장 끔찍한 악몽이 펼쳐지는 광경을 지켜보았다. 더 이상 소리치지도 흐느끼지도 않았다. 목구멍이 불에 타는 듯했다. 조용히 기도를 읊조렸다. 하느님에게 도와달라고 애원했다. 이 고문을 멈춰달라고 간청했다. 가위에 눌려 이렇게 손가락 하나 까딱할 수 없는 상태로 얼마나 누워 있었는지 알지 못했다. 어느 순간 해가 떠올랐다. 여전히 이불에 딱 붙은 채 누워 있었다. 이제는 얕은 신음 소리만 새어 나왔다.

다시 화장실 물 내리는 소리가 들렸다. 잠깐 정신을 차렸다. 팔을 움직일 수 있었다. 핸드폰이 손에 닿았다. 애니에게 전화를 걸었다. 애니한테는 우리 집 열쇠가 있었다. 애니에게 카이아를 데려가달라고 부탁했다. 한 블록 떨어진 곳에 살고 있던 애니는 몇 분도 안 되어 우리 집 계단을 올라와 집 안으로 들어왔다. 바닥에 깔린 매트에 누워 있던 터라 애니의 발만 보였다. 애니가 곧장 카이아 방으로 향했다. 잠시 뒤 애니가 내 방에 들렀다. 종종걸음을 치며 왔다 갔다 했다. 고맙게도 내게는 한마디도 건네지 않았다. 그토록 공포에 사로잡힌 내 목소리는 그때 처음 들었다고 나중에 애니가 말해주었다. 애니는 곧 카이아를 데려가야 한다고 직감했다. 두 사람이 떠나고 마침내 나는 잠에 빠져들었다.

새벽 어스름이 깔렸을 때 비명을 지르며 잠에서 깨어났다. 이불이 땀에 흠뻑 젖어 있었다. 앞이 거의 보이지 않았다. 하지만 마음의 눈으로는 볼 수 있었다. 눈을 뜨려고 애쓰는데 다른 끔찍한 장면이 나타났다. 이번에는 가위에 눌리지 않았다. 몸을 이불에 내던지다시피 하면서 격렬하게 엎치락뒤치락했다. 소리를 지르고 또 질러댔다. 큰 소리로 기도를 올렸다. 가톨릭 신자였던 어린 시절로 되돌아갔다. 성모송과 주기도문과 통회 기도를 외우고 외우고 또 외웠다. 목이 몹시 말랐다. 물이 없었다. 물 한 방울이 간절했다. 이불에서 기어나와보려고 했지만 그럴 수 없었다. 이 발작이 생겨나고 나서 처음으로 정신을 잃었다. 이불 위를 기어 다니며 빙빙 돌았다. 하느님에게 왜 내게 이런 시련을 주느냐고 물었다. 성경을 폈다. 큰 소리로 읽었다. 펼친 곳은 〈룻기〉였다. 남편이 죽은 뒤에도 시어머니인 나오미와 함께 살겠다고 맹세한 여인의 이야기였다. 기독교와 유대교 신앙에서 이 여인은 충절과 헌신의 상징으로 알려져 있다. 몇 번을 더 읽었다. 그러고는 다시 책장을 넘겼다. 이번에는 〈시편〉 139편이 나왔다. 큰 소리로 읽으려 했다. 그런데 첫 구절에서부터 막혔다. "주님, 주님께서 나를 샅샅이 살펴보셨으니 나를 환히 알고 계십니다." 그 구절을 외우고 또 외우며 나를 다독였다. 다시 잠에 들었다.

아침에 잠에서 깨어났다. 바닥부터 천장까지 걸려 있는 창문으로 햇살이 쏟아졌다. 그 빛이 방을 온통 에워쌌다. 눈을 감고 잠시 그대로 누워 있었다. 햇빛을 쬐며 따스한 온기가 내 얼굴을 어루만지도록 놔두었다. 천천히 눈을 뜨고 방을 둘러보았다. 이불 위에는 성경과 찢어낸 종잇조각이 어지러이 흩어져 있었다. 성경과 종잇조각에는 짤막한 글이 휘갈겨 쓰여 있었다. 이불이 반쯤 침대 밖으로 떨어져 있었고 군데군데 구겨져 있었다. 몸을 움직여보려 했지만 흠씬 두들겨 맞은 듯 온몸이 아팠다. 살금살금 일어나 욕실로 갔다. 집 안의 모든 것이 어느 순간에 딱 멈춰선 듯 보였다. 방으로 돌아와 잠시 가만히 앉아 어지러움이 가시길 기다렸다.

가슴이 여전히 뛰었다. 이번에는 참혹한 기억 때문이 아니었다. 호기심 때문이었다. 수많은 질문이 떠올랐다. 머릿속이 질문들로 넘쳐났다. 하지만 두렵지 않았다. 한 번에 하나씩 떼어내어 펼쳐놓았다. 아직 무아몽에서 헤어 나오지 못한 상태였다. 지난 하루하고도 반나절 동안 일어난 일을 분석하는 데 몰두했다. 기억이 또렷하게 떠오를 때마다 "아" "와" "좋아" 하며 크게 소리쳤다. 기억이 쉴 새 없이 흘러나왔다. 하지만 더 이상 두렵지 않았다. 머릿속을 울리던 오싹한 북소리가 부드러운 선율로 바뀌었다. 그 선율이 나를 달랬다. 그리고 헤븐을 만났다. 리더십 여름 캠프의 복도에서 마주 섰던 그 날부터 10년 가까이 지나 있었다. 헤븐이 생각날 때마다 억장이 무너졌다. 내게 헤븐이 지녔던 용기 가운데 한 조각만이라도 있었더라면 헤븐의 인생은 얼마나 달라졌을까? 베벨 목사며 샌더스 가족이며 이 여자아이들이며, 이 모든 일이 얼마나 달라졌을까? 조금만 더 용기를 냈더라면 상황이 얼마나 달라졌을까? **그런데 용기란 무엇이었을까? 궁금했다. 용기가 어떻게 생겼는지 모른다면 무슨 수로 찾을 수 있을까? 헤븐은 나를 만났기 때문에 용기를 냈는지 모른다. 공동체가 용기를 불러일으킬 수 있을까? 용기가 공동체를 일으켜 세운다면 어떨까? 스스로에게 공감할 수 없으면 어떻게 다른 이들에게 공감을 표현할 수 있을까? 공감과 용기가 치유의 핵심일까?** 이제 질문들이 기억보다 빠르게 솟아났다. 대답도 그랬다. 머릿속에서가 아니라 마음속에서. 곧 봇물처럼 터질 기세로. 난생처음으로 내 이야기가 내 몸에서 완전히 벗어났다. 그리고 마침내 그 이야기를 꼭 들어야 할 한 사람, 바로 나 자신에게 들려주었다.

두리번거리며 빈 종잇조각을 찾았다. 이야기가 흘러나오는 동안 꽉 붙잡고 싶었다. 아직 쓰지 않은 수첩을 찾아냈다. 연필을 집어 들었다. 수첩을 폈다. 첫 쪽 맨 위에 두 단어를 썼다.

나도 당했어Me, too.

길이 끝나는 곳

더 이상 셀마에 머물 수 없었다. 몸과 영혼과 마음에 변화가 몰아쳤다. 독을 품은 이 작은 도시에서는 도저히 숨을 쉴 수가 없었다. 나는 이곳 사람들을 무척 사랑했다. 하지만 나나 카이아가 갈 곳이, 아니 우리가 성장할 곳이 아무 데도 없었다. 내가 아끼는 사람들과 친구들이 최근 몇 년 동안 내게 그 점을 충고하곤 했다. 하지만 지금까지 귀 기울이지 않았다. 개인적인 활동을 이어온 덕분에 나머지 활동을 뒷받침할 수 있었다. 그러나 이제 새로운 모색에 나설 때가 되었다고 느꼈다.

고통스럽게 지난 기억을 떠올렸던 일이 있은 지 얼마 지나지 않았을 때였다. 저녁상을 차리고 있었다. 문득 우리가 떠나야만 한다는 느낌이 가슴속에서 강렬하게 일어났다. 아프지도 않았고 놀랍지도 않았다. 그저 그 생각에 꼼짝없이 사로잡힌 느낌이었다. 음식을 가스 레인지에서 내려놓고 나서 불을 끈 다음, 카이아에게 자동차에 타라고 말했다. 월마트로 갔다. 여느 때처럼 전자제품이나 여성복 매장을 기웃거리지 않았다. 곧장 이사 상자 진열대로 성큼성큼 걸어갔다. 손수레에 짙은 회색 상자를 꽉꽉 채워 싣고 바로 계산대로 향했다.

종업원이 상자들을 차에 실을 때 도움이 필요한지 물었다. 손수레에 실은 상자들이 떨어지지 않도록 균형을 잡으랴 카이아도 챙기랴 내가 땀을 뻘뻘 흘리고 있었기 때문이다. 종업원의 안내에 따라 요리조리 주차장을 가로질렀다. 파도처럼 쉴 새 없이 밀려드는 손님들로 주차장이 북새통을 이루는 통에 종업원은 손수레를 미는 나보다 더 애를 먹었다. 인사치레로 사소한 대화를 걸어왔지만 별 도움이 되지 않았다.

"이 상자들을 다 어디다 쓰시게요, 부인?" 종업원이 가쁘게 숨을 몰아쉬면서 회색 플라스틱 상자로 쌓은 탑 너머로 앞을 보려고 애썼다.

"짐을 싸려고요." 대답을 건네며 종업원이 걸음을 옮기는 쪽으로 손수레를 천천히 밀었다. 드디어 내 자동차 앞에 도착했다. 트렁크를 열었다.

"아, 그래서 이렇게 많이 구입하시는 거군요. 싹 쓸어 담다시피 하셨어요. 곧 이사 가시나 봐요!"

"언제 갈지는 아직 몰라요." 말하면서 상자를 가능한 한 많이 트

링크에 차곡차곡 채워넣었다. 뒷좌석도 채워나갔다.

"모르신다고요?" 종업원이 어리둥절해하는 것도 무리가 아니었다. "언제 이사 갈지도 모르면서 짐을 싸신다고요?"

"네." 나는 차분하게 대답하며 계속 이 테트리스 게임을 마치려고 애썼다.

"그럼, 어디로 이사할지는 정하셨어요?" 종업원이 물었다. 이 대화를 이어가겠다고 단단히 마음을 먹은 듯 보였다.

"모르겠어요." 똑같은 말투로 대답했다.

종업원이 손수레에서 상자를 꺼내다 말고 뒤로 물러섰다. "알겠어요. 제게 말씀 안 하셔도 돼요. 괜찮습니다." 종업원이 슬며시 웃었다. 그 모습에 나도 웃음이 났다.

"정말 몰라요! 말 그대로예요. 당신한테 말을 안 하려는 게 아니에요. 그랬더라면 남 일에 신경 끄라고 말했겠지요."

"그러면, 부인. 자꾸 물어봐서 실례인 줄 알지만, 이 많은 상자를 사고 짐도 다 꾸렸는데 언제 이사할지도 모르고 어디로 갈지도 모른다면 어떡해요?" 종업원이 한 손은 내 자동차 뒤쪽에 대고 다른 한 손은 허리께를 짚고서 놀란 표정으로 나를 똑바로 바라보았다.

"얘기해도 못 믿을 거예요." 그렇게 말했는데도 종업원에게는 꽤 끈질긴 구석이 있었다.

"어, 아니에요, 부인. 꼭 알아야겠어요. 무슨 말을 하시든 다 믿을게요."

종업원을 도발해볼 심산으로 이렇게 대답했다. "좋아요. 하느님 때문입니다."

"하느님이 부인한테 그렇게 말했다는 거예요?" 내가 대답 대신 고개를 끄덕이자 종업원이 말을 이었다. "그럴 줄 **알았어요**. 그렇게 말할 줄 알았어요. 맹세컨대 정말이에요."

"어떻게 알았어요?" 이번에는 내가 궁금했다.

종업원이 똑바로 서더니 내게 얼굴을 가까이 댔다. 이어 고개를 살짝 숙이고는 이렇게 속삭였다. "걸어가는 모습이 성유를 바른 듯 했기 때문이에요."

정말 깜짝 놀랐다. 성유를 바른 듯했다니. 선배인 팻 선생도 내게 여러 차례 그런 소리를 한 적이 있었다. 그 젊은 종업원이 말할 때는 꼭 팻 선생의 목소리가 들리는 듯했다. 나는 그게 무슨 의미냐고 팻 선생한테 되묻곤 했다. 그러면 항상 때가 되면 **하느님**이 말씀하리라 는 대답이 돌아왔다. 그런 대답을 들을 때마다 실망감을 감추지 못 했다. 그런데 지난해 내내 나는 팻 선생이 했던 말을 진지하게 믿기 시작했다. 목소리가 들리듯 하느님이 내게 말하는 소리를 들었다고 말하려는 게 아니다. 저녁을 차리던 그 순간 실천에 옮겨야 할 때임 을 또렷이 깨달았다.

월마트를 몇 번 더 다녀왔다. 몇 달에 걸쳐 상자와 포장용품을 더 사다 날랐다. 목적지도 이사 날짜도 아직 정해지지 않았다. 곧 카이 아와 나는 상자에 둘러싸여 살게 되었다. 이제 행동에 적극적으로 나서야 할 때였다. 필라델피아의 한 청소년 리더십 및 능력 개발 단체에 일자리를 지원했다. 두 차례에 걸친 전화 인터뷰를 마치고 함께 일해보자는 제안을 받았다. 서로 얼굴 한 번 본 적이 없었음에도 그 제안을 받아들였다. 내가 그 일에 적임자라고 믿었으니 나 역시 그렇게 믿어야 한다고 여겼다. 물론 필라델피아를 염두에 둔 적은 한 번도 없었다. 그러나 내가 기대했던 뉴욕이나 애틀랜타, 캘리포니아나 다른 지역에서는 일자리가 나지 않았다. 그러던 차에 필라델피아에서 이 일자리가 게시판에 올라왔고 그 일자리를 잡았다. 어떤 징조였는지도 모른다.

이사가 두 주 앞으로 다가왔는데 아직도 집을 구할 수 없었다. 기도를 올렸다. **하느님께 맡기겠습니다. 저로서는 어찌해볼 도리가 없습니다. 온 마음으로 따르겠습니다. 당신의 뜻이 이렇다면 내게 오셔서 이 빈칸을 채워주소서. 기도를 마치겠습니다. 다시 한번 말씀드립니다. 권능의 하느님께 온전히 맡기겠습니다.**

올바른 방향으로 나아가고 있다는 데 만족하며 이삿짐 트럭을 예약했다. 소득세 환급을 받고 급료에서 조금씩 떼어 모아놓은 돈이 있었다. 하지만 정작 내가 의지하던 돈은 따로 있었다. 셀마에서 지내던 마지막 몇 달 동안 박물관에서 대규모 전시회를 개최했다. 내가 전시 책임을 맡으면서 박물관 측으로부터 정산받아야 할 돈이 있었다. 딱 하나 빠진 조각이 있다면 파야한테 내가 떠난다는 사실을 알리는 일이었다. 지난해 나는 파야나 샌더스 가족과 거의 마주치지 않았다. 앤 여사 같은 공동체의 다른 식구나 선배들 대부분은 내 계획을 이미 알고 있었다. 하지만 파야는 전혀 몰랐다.

박물관 일을 마무리 짓다가 우연히 파야와 마주쳤다. 속으로 도미니크 도스*가 공중회전에 보란 듯이 성공한 뒤 짓는 표정을 따라 하려 안간힘을 쓰면서 파야한테 다가갔다.

"파야 선생님, 할 말이 있습니다."

파야가 내게 가까이 다가섰다. 내가 곧 어떤 비밀이라도 털어놓으리라는 기대감을 비치며 고개를 약간 기울였다. 별보배조개 껍데기로 장식한 파야 특유의 땋은 머리 가닥 하나가 이마로 흘러내렸다. 순간 내 심장이 멈췄다. 파야와 그 가족이 베벨 목사와 함께 한 활동이 대참사로 끝나며 실패를 거두었을 때 내가 느낀 혐오감이나 실망감은 이루 말할 수 없었다. 하지만 그 상처만큼이나 이 여성을 깊이 흠모했다. 20년 가까이 나를 살뜰하게 보살폈고 내게 아낌없이 애정을 쏟아부은 사람이었다. 내게는 힘이 있다고, 내가 지도자라는 점을 의심할 때에도 분명 그렇다고 용기를 북돋아준 사람이었다. 내가 그 점을 믿을 수 있도록 지지와 지원을 아끼지 않은 사람이었다. 하지만 인간적으로는 아름다웠을지언정 결함을 지닌 사람이었다. 내가 살면서 만난 다른 어른들과 다르지 않았다.

---

* 미국의 국가대표 체조 선수로 10년 동안 세 차례나 올림픽에 참여했다. 미국 체조계에서는 '오섬 도섬Awesome Dawsome'이라는 별명으로 불린다.

"전 떠납니다, 파야 선생님." 내 목소리가 낮아 파야가 제대로 듣지 못했다.

"뭐라고 말했어요?"

"떠난다고요."

"**떠난다니** 무슨 말이에요? 뉴욕으로 엄마를 보러 간다는 거예요?" 파야가 정말 헷갈렸는지 아닌지 알 수 없었다.

"아니에요. 셀마를 떠나요. 이사를 갈 거예요."

10초 남짓 지나서야 파야가 그 말을 온전히 이해했다. 그제야 고함을 질렀다. "안 돼, 타라나!" 그러고는 나를 힘껏 떠밀었다. 너무 세게 떠미는 바람에 나는 뒤에 있던 문에 쾅 부딪혔다. 갑작스럽게 공격을 가한 행동에 우리 둘 다 놀랐다. 나는 웃는 것 말고 달리 어떤 반응을 보여야 할지 알지 못했다.

"괜찮아요, 파야 선생님. 아이코." 내가 씩 웃었다. 파야는 웃지 않았다. 내가 거의 보지 못했던 표정이 얼굴 위로 떠올랐다. 아랫입술이 가늘게 떨리고 미간을 찌푸렸고 두 눈에서는 살짝 고인 눈물이 반짝였다.

"왜……?" 파야가 말을 시작하려다 말았다. 우리 둘 다 잠시 말없이 서 있었다. "왜 떠나려는 거죠? 게다가 왜 이렇게 갑자기?" 평상시에는 걸걸하던 목소리가 지금은 부드러웠다.

"사실 갑작스러운 일은 아니에요. 1년 넘게 고민해왔어요."

"1년이나!" 목소리에서 부드러운 기미가 사라지더니 얼굴에 분노가 드러났다.

"네, 1년쯤 됐어요."

"그런데 내게 일언반구 말도 안 비쳤다고? 그냥 짐 싸서 떠날 생각이었어?" 파야는 시시각각으로 점점 화가 치밀어 오르는 듯했다. "우린 가족이잖아!" 그 말이 내 얼굴을 차갑게 후려쳤다. 맞고함을 치고 싶었다. '**가족? 가족이라면서 어떻게 내 아이가 그 성추행범을 맞닥뜨리게 했어요? 아니, 아동성애자로 잘 알려진 사람과 맞닥뜨리게 했냐고요? 가족이라면서 의료보험도 보장해주지 않고 겨우 입에 풀칠이나 할 형편으로 살아가게 했어요?**' 이 모든 말을, 이보다 더 많은 말을 속에 품고 있었다. 그 자리에서 다 쏟아낼 수 있었다. 하지만 나는 파야와 싸우고 싶지 않았다. 내가 꼭 해야 할 말만 했다.

잠자코 서서 파야가 다시 입을 열기를 기다렸다. "언제 떠나는데?"

"2주 뒤에요."

"2주라고?" 파야가 소리쳤다. 그러고는 크게 혀를 차더니 바로 뒤돌아서 무어라 투덜거리며 성큼성큼 걸어갔다. 내게 더는 한 마디도 하지 않았다.

나는 박물관 사무실로 걸어갔다. 방금 무슨 일이 있었는지 사무실 사람들한테 줄줄 풀어놓았다. 박물관에서 일하는 한 직원이 내 어깨에 손을 올려놓았을 때야 입을 닫았다. "무슨 일이 일어날지 알지, 응?"

무슨 일이 일어날지 아주 잘 알았다. 설마 했겠지만 파야는 앙심이 깊기로 악명이 높았다. 나는 파야의 총애를 받았기 때문에 자주 그 분풀이 대상이 되지 않았지만 그가 정신 나간 사람처럼 한없이 관대할 수도, 사악한 마녀처럼 가차 없이 냉혹할 수도 있음을 똑똑히 보았고 온몸으로 느꼈다.

올 것이 오기까지 그리 오래 기다릴 필요가 없었다.

떠나기 일주일 전 마지막 보수를 받으러 박물관으로 갔다. 전부 다 해서 5000달러였다. 사무실로 들어서는데 뭔가 문제가 생겼음을 직감했다. 앤 여사와 다른 직원들이 어두운 낯빛으로 나를 바라보았다. 내가 물었다.

"무슨 일이에요?"

한 직원이 고개를 젓고는 창가로 걸어가 앉았다.

앤 여사가 먼저 입을 열었다. "파야가 당신 보수에 결재를 하지 않는대요. 말로는 당신이 임대료 3000달러를 빚지고 있다는데. 그만큼 당신 보수에서 뺀답니다."

누군가 내 머리를 방망이로 한 대 친 기분이 들었다. 다시 휘두르는 그 방망이를 피하려는 듯 얼른 뒤로 한 걸음 물러섰다. 다음 숨결을 고르는 데 정말 애를 먹었다. "그럴 순 없어요. 이사를 하려면 이 돈이 꼭 필요해요." 눈물이 고였다. "왜 이러는 거죠? 난 아무 짓도 안 했는데. 그저 떠나고 싶을 뿐이라고요!" 이제 눈물이 뺨을 타고 하염없이 쏟아졌다. 다른 직원이 거들고 나섰다.

"알죠, 타라나. 정말 부당한 일이에요. 파야도 치사하고. 어째 제대로 돌아가는 게 하나도 없어!"

"도대체 내가 무슨 임대료를 빚졌다는 거예요?" 이제 슬슬 부아가 치밀었다.

친구 애니가 끼어들었다. "그때 기억나? 박물관에 재정 지원이 끊겼을 때. 우리한테 봉급도 주지 못했잖아. 파야가 우릴 앉혀놓고 말했지? 우리가 한 집에 살아서 그만큼 비용이 줄어드니 한 달에 총 500달러를 주겠다고?"

"응. 물론 기억나고말고! 정말 길고 긴 다섯 달이었잖아."

"맞아. 네가 자신의 임대주택에 살고 있으니 임대료를 낼 필요가 없다고 한 말도 기억나?"

"응. 나한테 임대료는 받지 않겠다고 말했어."

"흠, 어…… 그러니까, '지금은 받지 않겠다'는 말이었다고 주장하고 있어. 네가 다시 자립할 때까지만 임대료를 받지 않으려 했다는 거지. 체납 임대료로 3000달러를 빼겠대." 우리는 서로를 뚫어져라 바라보았다. 애니는 두 눈으로 많은 이야기를 했다. 지금 그 두 눈이 이렇게 말했다. **내가 말했지. 이 사람들은 악마야. 네 가족이 아니라고. 망할 놈들. 그러니 얼른 떠나.**

앤 여사가 앞으로 나섰다.

"이런 일을 기대하진 않았을 겁니다. 알아요. 나도 마음이 아파요. **그런데** 우리가 까맣게 잊고 있던 일이 있었어요. 그 일을 해낸 당신한테 우리가 응당 지불했어야만 했는데 말이죠. 자, 여기 당신의 밀린 보수!"

그러고는 활짝 웃으며 내게 2000달러 수표를 내밀었다. 나머지 박물관 직원들도 환하게 웃었다.

"정말 다들! 이럴 순 없어요!" 내가 소리를 치며 다시 흐느꼈다.

한 직원이 내게 다가와 두 손을 내 어깨에 올렸다. **"우리**는 그럴 수 있고 **우리**는 그렇게 했어요. 당신은 이 작은 곳에 머물기엔 훨씬 큰 사람이에요. 이 작은 문제로 발목을 잡히기엔 아까운 사람이랍니다. 이제 가서 당신이 뜻하는 일을 하세요."

나는 한 사람 한 사람 돌아가며 꼭 안았다. 수표를 들고 문을 걸어 나왔다.

●

셀마를 떠나기 전에 필라델피아에 있는 고향 친구 네이트와 모처럼 연락을 주고받았다. 네이트와는 서로 아는 친구를 통해 만났는데 도착하면 트럭에서 짐을 내리는 일을 도와주기로 했다. 이제 살 집을 찾고 신용 조회를 통과하고 이사만 하면 되었다. 일주일 뒤에는 새 일을 시작해야 했다.

우리가 본 첫 번째 집은 문에 나치 문양이 그려져 있었다. 가보지도 않고 퇴짜를 놓았다. 두 번째 집은 내가 마지막으로 확인한 뒤 이

틀 후에 다른 사람한테 임대되었다. 세 번째 집은 형편없었다. 마지막 집은 아라밍고라는 거리에서 떨어져 있었는데 꽤 외진 듯 보였다. 마음이 몹시 급했다. 마음에 드는 구석을 찾아야만 했다. 집은 괜찮은 편이었다. 작고 깨끗했다. 하지만 평소라면 절대 고르지 않았을 집이었다. 백인 노동자 계층이 모여 사는 동네였기 때문이다. 그 점이 약간 불안했다. 하지만 다시 마음을 다잡았다. 나는 이와 비슷한 사람들과 고등학교를 다녔으니 잘 헤쳐 나갈 수 있다고 여겼다. 집을 다 둘러보고 나서면서 임대 계약을 하겠다고 말했다. 그런데 집을 보여준 사람이 자신은 외국에 나가 있는 친구를 대신해 보여주었다고 털어놓았다. 그러고는 임대 계약을 진행하는 일에 관해 친구와 연락을 해보겠다며 시일이 좀 걸릴 수 있다고 덧붙였다. 전화로 통화할 때 당장 집이 필요하다고 사정을 분명히 밝혔던 터고 그 사람도 언제라도 이사할 수 있다고 장담했었는데 말이다. 어떻게 해야 할지 판단이 서지 않았다.

실망이 컸다. 몇 주는 이삿짐 트럭에서 지내야 하나 하는 생각까지 했다. 애니는 주 경계선들을 가로지르며 나와 함께 차를 타고 와서는 내가 이 대장정을 무사히 마치도록 곁에서 도왔다. 우리는 필라델피아를 가로질러 그날 저녁 우리를 저녁 식사에 초대한 애니의 대모를 만나러 갔다. 대모에게 그날 겪었던 일을 이야기했다. 모든 상황이 내가 오지 말았어야 한다고 가리키는 듯하다며 속마음을 털어놓았다. 그때 대모가 불쑥 이렇게 말했다. "나는 엎어지면 코 닿을 거리에 있는 꽤 괜찮은 단지에 살고 있답니다. 세를 내놓은 집을 알고 있어요. 내가 그 부인한테 전화를 넣어볼까요? 내가 정말, 정말 잘 아는 사람이에요."

애니와 내가 대모를 바라보았다. 그리고 동시에 좋다고 대답했다. 한 시간 만에 식사를 마치고 그 단지로 향했다. 다정한 노부인이 우리를 맞이하며 네 가구가 사는 2층 건물로 우리를 안내했다. 노부인이 먼저 들어가서 불을 켰다. 내가 노부인을 뒤따라 들어갔다. 원목을 깐 마루와 20세기 중반의 정취를 풍기는 집을 한번 쓱 훑어보고는 말했다. "당장 계약하겠어요." 카이아와 내가 살기에 더할 나위 없는 집이었다. 침실이 둘에, 욕실이 하나였다. 거실 크기도 딱 알맞았다. 창밖으로는 단지 중앙에 심어놓은 푸른 나무들이 바로 보였다. 필라델피아 시내로 나를 태워다줄 기차역도 단지 뒤편에 있었다. 게다가 집세가 쌌다.

비로소 내 계획이 궤도를 이탈하지 않았다는 기분이 들었다. 노부인을 따라 사무실로 갔다. 서류를 다 채웠다. 이튿날 아침 노부인이 전화를 걸어 내게 승인을 받았다고 알려왔다.

전화를 끊고 한바탕 웃었다.

"하느님, 계획이 있으셨군요! **계획이 다 있으셨어요!** 이번에는 아슬아슬했다고요. 다 된 밥에 코 빠뜨릴 뻔했어요. 그래도 고맙습니다. **정말 고맙습니다. 결코 실망시키지 않겠어요.**"

필라델피아에서 하느님은 나를 시험에 들게 했다. 나는 셀마에서 여자아이들과 함께 시작했던 활동을 다시 이어갈 수 있는 길을 무척 찾고 싶었다. 내가 수첩에 쓴 '미투'라는 단어가 계기가 되어, 성적 학대와 성폭행과 성착취를 당하고 살아남은, 피부색이 검거나 짙은 생존자를 지원하는 활동을 어떻게 하나로 묶을 수 있을지 구체적으로 전망을 세우기에 이르렀다. 이 주제를 중심으로 잠깐 고심했던 예비 연수회 초안에 그 전망을 접목시키며 주얼스 과정을 강화하여 새로운 과정을 마련했다. 일부 지역 교사와 청소년 활동가가 그 과정을 자신들의 공동체에 도입하고 싶다는 요청이 들어오면서 순회 연수로 발전시켜나갔다. 머지않아 이는 전국 단위의 운동으로 성장했다. 셀마를 떠나기 전 저스트 비 주식회사와 미투 운동을 전개할 마이 스페이스라는 페이지를 새로 늘렸는데, 이 페이지가 도화선이 되어 생존자가 빗발치듯 지원을 요청하고 가입을 문의해왔기 때문이다. 하지만 나는 미국 전역에 도구 상자와 자원을 보내는 수준에 머무르지 않고 활동을 보강할 수 있도록 더 할 수 있는 일이 없는지 모색했다. 또 나뿐만 아니라 카이아도 전혀 새로운 장소에, 멀리 떨어진 낯선 곳에, 내가 셀마에서 우리 두 사람에 맞춰 꾸린 것과는 아주 다른 생활에 적응해야 했다. 이런저런 일들이 내 삶을 이루는 모든 방향에서 늘 나를 찾아왔다.

주말이면 나는 카이아와 함께 영화를 보러 갔다. 내가 카이아의 머리를 땋아주거나 매만져주는 동안 카이아는 느긋하게 앉아 있었다. 나는 종종 이 시간을 즐기며 카이아와 마음을 터놓고 속 깊은 대화를 나누었다. 학교가 끝난 뒤에도 이야기는 나눴지만 항상 숙제나 집안일에 초점을 맞출 수밖에 없었다. 5학년이 되자마자 필라델피아로 전학 온 카이아는 심리적 압박이 심했다. 자유로운 영혼 그 자체인 카이아는 도시 생활이나 다른 학생들이 드러내는 적의를 이해하지 못했다. 이사 온 지 첫날부터 집단 따돌림이 시작됐다. 셀마에서 살 때 생긴 감정들이 풀리지 않은 채로 더욱 엉켜버리면 어쩌나 겁이 났다. 우리는 우리가 흔히 겪지만 실은 소화해낼 정도로는 다시 들여다보지 않는 일들에 관해 이야기를 나누었다. 그러다가 카이아가 틀림없이 숨기는 게 있다는 생각이 들면 내가 그 내용을 애써 캐내려는 듯한 기분을 자주 느꼈다. 내 눈에 띌 정도로 사람들을 기쁘게 하거나 인정을 구하려는 행동을 보인다 싶으면 그런 변화가 지나친 추궁이 낳은 결과인지, 아니면 축제 사건 이후 다른 무언가가 일어나 그런 변화를 일으켰는지 확신할 수 없었다. 무언가를 놓친 건 아닐까 늘 걱정스러웠다. 그런 걱정 때문에 긴장의 끈을 놓을 수 없었다. 어느 토요일 오후였다. 이날도 나는 카이아 머리를 매만지고 있었다. 느닷없이 어떤 감정이 밀려와 나를 휘감았다. 1년에 한두 번 나는 늘 카이아한테 똑같은 질문을 던졌다. **누가 널 괴롭힌 적 없어?** 그런데 이날따라 질문을 다르게 하는 법을 찾아보자는 생각이 문득 들었다.

당시 내가 알던 성적 학대나 성폭행에 관한 내용은 전부 내가 직접 겪은 체험이나 친구와 사랑하는 사람이 털어놓은 경험이나 공동체에서 만난 어른과 아이들이 나와 나눈 경험에서 나온 것이었다. 미투 연수회에서는 성폭력을 겪은 유명한 여성 이야기를 항상 들려주었다. 이름을 먼저 밝히지 않고 인터뷰에 나온 내용을 전했다. 이야기를 다 한 다음, 범주를 나눠 정리했다. 이를테면, 이렇게 표현한 내용은 미성년자 강간, 이렇게 당한 일은 성폭행, 이렇게 겪은 경험은 성적 학대라고 분류했다. 이야기를 구분하고 각 범주를 설명하고 나서야 이름을 밝혔다. 가브리엘 유니언이나 판타지아 같은 이름이 나오면 언제나 파문이 일었다. 오프라 윈프리나 마야 안젤루를 언급하면 일대 소동이 일어났다. 어린 여자아이들은 자신이 흠모하고 존경하는 흑인 여성이 똑같은 일을 겪고도 중요하고 유명한 인물로 성장했다는 점을 믿지 못했다. 이어 나는 그 누구도 자신의 이야기를 반드시 나눌 필요가 없다고 아이들한테 말했다. 하지만 이들 이야기에서 자신을 보았다면 이름과 연락처가 적힌 종이 옆에 '나도 당했어'라고 쓸 수 있다고, 그러나 아무것도 쓰지 않아도 괜찮다고 덧붙였다. 때때로 자신에게서 아주 좁쌀만 한 내용을 꺼내더라도 그것만으로도 자기 자신에게 필요한 전부를 꺼낸 것일 수 있었다. 그것만으로도 다음을 기약하며 마음을 진정할 수 있었다. 이 모든 과정을 마치기까지는 적어도 두 시간이 걸렸다. 뒤따라오는 질문과 일대일

상담과 그토록 고통스러운 주제로 이야기한 뒤에도 관계를 이어가고자 하는 요구 때문에 종종 더 시간이 길어졌다. 참가자가 모두 성폭력 피해 생존자는 아니었다. 하지만 성폭력이 삶을 얼마나 일그러뜨리는지, 촘촘한 공동체를 건설하는 일이 치유와 변화에 얼마나 꼭 필요한지 이해의 폭을 넓히며 떠났다. 나는 항상 공동체를 언급하며 끝을 맺었다. 어떻게 공동체의 지원을 받을 수 있는지부터 이 운동 속에서 어떤 공동체를 세우려는지, 그런 공동체가 어째서 대규모 집단일 필요가 없는지에 이르기까지 다양한 내용을 아울렀다. 이따금 공동체는 겨우 두 명일 때도 있다고, 하지만 신뢰와 사랑, 공감과 연민이 존재하는 한 공동체라고 설명했다.

그날 나는 카이아와 함께 집에서 쉬고 있었다. 우리 두 사람뿐이었다. 셀마에서 일어난 일에 대해 속을 다 터놓고 말할 수 없어서 우리 두 사람으로 이루어진 공동체는 실패했다는 기분에 휩싸였다. 그 날따라 그런 느낌이 온몸에 밀려들며 내 등뼈까지 깃들었다. 그래서 몸을 곧추세우고 앉았다. 내게 속삭였다. **너 때문만은 아니야.** 열두 살 때 생각이 났다. 엄마와 할머니와 거리를 걷고 있었다. 두 사람이 **딱 한 가지** 질문을 해주었으면 하고 간절히 바랐다. 그런데 두 사람이 물었더라도 내가 솔직히 대답했을까? 그러지 않았으리라는 점을 곧 깨달았다.

카아아의 머리를 매만지다 말고 깊이 숨을 들이쉬었다. 몸을 굽혀 귓가에 가까이 다가가 속삭였다. "잘 알 거야. 그 어느 것도 우리

딸을 엄마의 사랑으로부터 절대 떼어낼 수 없어." 카이아가 벌떡 일어서더니 뒤를 돌아 나를 바라보았다. 눈동자가 심하게 흔들렸다. 종종 그러듯 그 작고 귀여운 얼굴을 감싸고는 이마에 쪽 입을 맞추었다. 이어 다시 그 말을 되풀이했다. 다만 이번에는 한층 강조하면서 맥락을 설명했다. "우리 아가, 엄마 말은 정말 그 어느 것도 그럴 수 없다는 거야. 네가 어떤 행동을 하고 어떤 말을 하고 어떤 생각을 하든 너를 사랑하지 않도록 할 수 없어. 뭐든, 말 그대로 뭐든 엄마한텐 얘기할 수 있어. 널 여전히 사랑할 테고. 널 도울 수 있는 일이라면 힘이 닿는 한 무슨 일이든 다 할 거야."

카이아가 고개를 들어 나를 바라보았다. 눈물이 글썽했다. 가만히 고개를 끄덕였다. 두 눈에는 내 말뜻을 이해하지만 말은 하지 않겠다는 고집이 담겨 있었다. 곧 카이아의 작은 몸 안에 강렬한 감정이 쌓여가는 게 느껴졌다. 두려움이 그 순간을 장악해나가도록 내버려두고 싶지 않았다. 하지만 그렇다고 밀어붙이고 싶지도 않았다. 그래서 우리 집에서만 하지 않았던, 그러나 여러 곳에서 아이들과 해왔던 활동을 끌어왔다.

"카이아, 잘 알고 있겠지만 하고픈 말이 있는데 어떻게 해야 할지 모를 때 엄마가 아이들한테 말한 대로 하면 돼. 글로 쓰렴."

"알았어요." 마침내 카이아가 기어들어가는 목소리로 말했다.

내가 일어서서 침대 옆 탁자로 가 수첩과 연필을 꺼내 내밀었다. 그러자 곧 카이아가 일어나서 자신의 방으로 가서 써도 괜찮은지 물었다. 방문이 다시 열리기까지 영원의 시간이 흐르는 듯했다. 드디어 카이아가 방에서 나왔다. 턱을 가슴에 푹 묻고 있었다. 내게 접힌 쪽지를 건넸다. 눈도 마주치지 않았다. 사방에 정적이 감돌았다. 나 역시 숨도 쉬지 못했다. 오랫동안 이 순간을 기다려왔지만 무슨 일과 마주칠지 짐작조차 하지 못했다. 카이아가 건넨 쪽지를 받아들었다. 카이아가 종종걸음을 치며 방으로 들어갔다. 나는 짤막하게 기도를 올렸다. **하느님, 이 쪽지에 어떤 내용이 담겼든 함께 헤쳐 나가겠습니다. 저 홀로 견뎌나가려면 당신의 힘이 필요합니다. 제게는 이를 감당할 힘이 아직 부족합니다.**

쪽지를 펼쳤다. 내용은 다음과 같았다.

캠프에 참가한 한 남자아이였어요. 걔 형이랑 둘이 내게 몹쓸 짓을 했어요. 난 원하지 않았어요. 죄송해요, 엄마.

가슴속에서 심장이 오그라들었다. 마지막 문장이 커다란 쇠망치처럼 나를 후려쳤다. 우리 아이가 내게 미안해했다. 우리 아이가 내게 사과를 했다. 내가 그랬듯이 규칙을 어겼다고 생각했기 때문이다. 스스로 나쁜 아이라고 여겼기 때문이다. 어떻게 이 일을 이제껏 눈치채지 못할 수 있었을까? 내 아이가 나와 똑같은 경험을 겪지 않도록 막는 데 지나치게 열중한 나머지, 막상 그 일을 당하고 나서 나와 똑같은 경험을 갖지 **않도록** 공간을 마련하는 데는 소홀했던 것이다.

카이아를 방으로 다시 불렀다. 내 곁에 앉혔다. 카이아는 여전히 바닥만 뚫어지게 내려다보았다. 눈물이 무릎 위로 뚝뚝 떨어졌다.

"엄마, 죄송해요." 카이아가 울었다. 내 무릎에 쓰러져 엉엉 울었다. 나도 카이아를 부둥켜안고 목이 메도록 같이 울었다.

"카이아, 엄마를 봐. 넌 아무런 잘못도 하지 않았어. 네 잘못은 없어. 전혀. 나쁜 아이가 아니야. 곤경에 빠지지도 않았어. 엄마 말, 알아들어?"

카이아가 천천히 고개를 끄덕였다. 내 말에 동감은 했지만 울음을 멈추지는 않았다. 카이아가 정말 그렇게 생각하지 않는다는 걸 알 수 있었다. 하지만 스스로 그 점을 깨닫도록 공간을 마련해주고 싶었다. 카이아가 한동안 내 무릎에 엎드려 서럽게 눈물을 흘렸다. 카이아 머리카락을 만지작거렸다. 잠시 뒤 카이아가 일어나 앉아 무슨 일이 있었는지 이야기를 들려주었다. 다섯 살 때였고 21세기청소년리더십운동 여름 캠프에서 벌어졌다고 했다. 누가 그랬는지 어떻게 했는지 자세하게 말했다. 듣는 내내 나는 분노를 억누르느라 이를 악물었다. 솔직하게 털어놓지 않은 일에 대해 카이아는 내게 다시 사과했다. 자신이 곤경에 빠지리라고 생각했기 때문에 그랬다고 덧붙였다. 그 순간 아직 내 역할이 제대로 끝나지 않았음을 깨달았다. 시간과 노력을 쏟아 미투 운동을 고민하며 발전시켜나가는 동안 늘 공감의 힘이 중심에 놓여야 한다는 내 입장은 확고했다. 그런데 연수회에서 나는 내 경험을 나누지 않았다. 카이아에게 무슨 일이 일어났는지 털어놓게 하려고 애를 쓰면서도 정작 내게 무슨 일이 일어났는지 단 한 번도 이야기를 나눈 적이 없었다.

"카이아, 잘 들으렴." 내가 카이아를 일으켰다. 카이아와 내가 서로 마주 보았다.

"어린아이였을 때 엄마도 그런 일을 당했어. 그래서 네 잘못이 아니라는 말이 무슨 의미인지 정확히 아는 거야."

카이아가 나를 똑바로 바라보았다. 두 눈에 믿기지 않는다는 기색이 역력했다. "엄마, 누가 엄마한테 그런 짓을 했는데요?"

"응, 아주 오래전 너 나이쯤이었을 때야." 나는 태연함을 가장하기 위해 내 안에 존재하는 힘이란 힘을 싹싹 끌어모아야 했다. 그때 카이아가 두 팔로 나를 안았다. 더 이상 태연한 척할 수 없었다.

"엄마, 미안해요. 내가 몰랐어요! 괜찮아요?"

카이아를 꼭 끌어안고 눈물을 훔쳤다. "엄만 괜찮아, 우리 아가. 그러니 너도 괜찮을 거야. 네가 그 점을 꼭 알았으면 좋겠어."

피부색이 짙은 여자아이들에게

필라델피아행은 나 자신과 카이아를 위해 가장 씩씩하지만 가장 두려웠으며 가장 훌륭한 결정이었다. 단 하루도 후회해본 적이 없었다. 이 결정으로 나는 내 목소리를 들을 수 있었을 뿐 아니라 내 결정을 믿을 수 있는 자유를 찾았다. 시행착오야 여러 차례 거쳤지만. 또 오랜 마음의 짐을 덜어낼 수 있는 용기도 찾았다. 하지만 무엇보다 내가 품은 이상을 또렷하게 다듬고 날카롭게 벼릴 수 있었다. 세상이 성적 학대나 성폭행이나 성착취를 바라보는 시선을 바꾸고 싶었다. 그래서 다른 모든 사회 병폐에 저항하듯 성폭력에도 저항하기를 바랐다. 완전히 뿌리 뽑을 때까지, 해일처럼 덮치는 상처를 나처럼 오랜 세월 가슴속에 묻으며 살아가야 하는 어린 흑인 여자아이가 단 한 명도 생기지 않기를 바랐다. 다른 일은 하지 못하더라도 적어도 그 일은 할 수 있을 듯싶었다.

2015년 필라델피아를 떠나 뉴욕으로 돌아갔다. 카이아가 고등학교를 졸업한 뒤였다. 2년이 더 흐르고 나서 #미투가 입소문을 탔다. 인터넷으로 해시태그가 빠르게 퍼지면서 수많은 생존자가 숨 쉴 수 있는, 그 누구도 경험해보지 못한 공간이 생겨났다. 많은 이들이 앞으로 나서서 자신이 겪은 이야기를 털어놓았다. 그저 '나도 당했어Me, too'라고만 말한 이들도 많았다. 이들은 모두 다른 이들한테 인정을 받거나 책임을 묻기를 고사하고 스스로 그런 말을, 아니 그와 엇비슷한 말이라도 입 밖으로 꺼낼 수 있으리라고는 전혀 생각도 하지 못한 사람들이었다. 전대미문의 일이었다. 하지만 아무리 해시태그가 수많이 달려도, 아무리 기념행사에 수없이 참석해도, 아무리 유명 인사들이 앞다퉈 대의에 지지를 보내도 나는 언제나 '미투'가 잉태된 공동체로 되돌아갔다. 성폭력은 구별되지 않는다. 그런데 성폭력에 대한 반응은 구별된다. 여러모로 성폭력은 놀랄 만큼 똑같다. 어떤 인구 통계나 집단에서도 예외가 없다. 그런데 다른 이들이 자신의 경험을 털어놓는 모습에 보이는 반응은 전혀 똑같지 않다. 주로 그런 이유 때문에 내 활동에서 늘 중심을 이루는 대상은 피부색이 검거나 짙은 사람, 특히 여성과 여자아이 들이다. 흑인 여성이 내면에 품은 상처나 그들이 밝히는 진실에 사람들이 보이는 반응은 백인 여성에게 보이는 반응과 사뭇 다르다.

#미투가 입소문이 난 뒤 많은 백인 여성이 대중적인 기념식에

참여하며 자신을 옥죄던 이야기에서 해방되었다고 느꼈음을 털어놓았다. 하지만 흑인 여성은 백인 여성만큼 그렇지 못하다는 점이 내게는 분명해 보였다. 흑인 여성이 더욱 앞으로 나섰으면 싶었다. 내가 미투 연수회를 시작할 때 인용하는, 손으로 꼽을 만큼 적은 몇몇 유명한 흑인 여성을 제외하고, 흑인 여성이 기념식에 참여하여 성폭력 경험을 사람들 앞에서 말하는 경우는 극히 드물었다. #미투가 널리 퍼졌을 때도 이런 현상은 같았다. 흑인 여성은 주류 언론에 매일 모습을 드러내지 않았다. 지금도 용감하게 자신이 겪은 경험을 나누는 여성들의 얼굴이 자신을 대변한다고 여기지 않았다. 우리 역시 다양한 얼굴을 보지 못했다. 아시안계와 라틴계와 인디안계, 성소수자와 성전환자들에게서 흘러나오는 목소리는 터무니없을 정도로 작다. 이 같은 공동체 사람들과 이야기를 나누어보면 대체로 비슷한 정서가 느껴진다. 이들에게는 떠안아야 할 위험이 더 컸다는 점.

시슬리 타이슨이 세상을 떠나기 전 게일 킹과 나누었던 이야기는 내가 이제껏 들은 가운데 가장 가슴이 미어지는 이야기였다. 시슬리는 유명한 연기 지도자인 폴 만한테 성폭력을 당할 뻔했다고 게일에게 털어놓았다. 폴은 시슬리를 처음 만난 날 덤벼들었다. 폴은 시드니 포이티어, 해리 벨라폰테, 루비 디 같은 배우들이 경력을 쌓아나가도록 길을 터준 사람이었다. 따라서 폴이 가르치는 수업은 시슬리가 꿈을 펼쳐나갈 수 있는 탄탄한 길이었다. 눈물을 떨구며 시슬리는 게일에게 그 일을 겪고 나서 이렇게 자세하게 이야기하며 울어보기는 처음이라고 고백했다. 이어 그 남자 한 명 때문에 꿈을 포기할 수는 없었기에 돌아와 수업을 끝까지 마쳤다고 덧붙였다. 그 이야기를 들으며 나는 펑펑 눈물을 쏟았다. 시슬리처럼 '앞으로 나아가는 길' 외에 다른 뾰족한 수가 보이지 않았기 때문에 자신을 해친 사람과 관계를 이어갈 수밖에 없는 여성이 얼마나 많을까 하는 데 생각이 미쳤기 때문이다. 또한 피부색이 검거나 짙은 수많은 여성이 백인 여성이 소신에 따라 결단을 내리고 자신의 이야기를 고백하는 모습을 지켜보며 얼마나 마음이 아팠을까 하는 생각도 들었다. 할리우드의 여성들은 물론 목소리를 낸 대가로 고통스러운 조사와 끝없는 희롱을 견뎌내야 했지만 그래도 목소리를 냈다. 피부색이 검거나 짙은 여성은 그런 결단조차 내릴 수 없었다.

　오랜 시간 나는 내가 왜 살아남았을까 이해하려고 무진 애를 썼다. 생존과 치유를 연습이 필요한 개념으로 접했을 때 특히 그랬다. 셀마에서 살았을 때도 그럴듯한 이유를 붙여 정말 그렇다고 여겼다. 그 덕분에 내가 하는 활동을 이어갈 수 있었다. 필라델피아에서도 똑같이 생각했다. 활동이 아무리 힘겨워도, 자원이 아무리 빈약해도, 고되고 화나고 지쳐 떨어져나갈 지경에 이르더라도 항상 그 입장으로 돌아왔다. 아이들을 사랑하고 생존자를 지원하는 활동에 강한 애착이 있었기 때문만은 아니다. 내가 견뎌낸 일들에 어떤 의미를 채워 넣어야 했기 때문이다. 흑인 여성이 정당성과 책임감, 공동체와 가치를 찾아낼 수 있는 공간을 이 운동 속에서 더 늘리려고 노력했다. 내가 있어야 할 자리에 이르기 위해 온갖 일을 마다하지 않았음에도 여전히 지원이 필요했다. 다큐멘터리 〈서바이빙 R. 켈리〉에 참여하기로 결심한 내 선택 이면에는 그런 이유가 원동력으로 자리하고 있었다. #미투가 들불처럼 번져나간 뒤 몇 달 동안 또 다른 해시태그 '뮤트R켈리'#muteRKelly가 성폭력을 둘러싼 분위기가 바뀐 덕분에 탄력을 받기 시작했다. 실은 #뮤트R켈리가 #미투보다 날짜로는 먼저 등장했다. 나는 다시 한번 흑인 여성으로서 우리 공동체를 위해 올바른 일을 하려고 고군분투했다. 2018년에는 라이프타임 다큐멘터리에 참여해달라는 요청을 받았다. 전문 작가이자 영화제작자, 문화 활동가이자 조직가인 드림 햄프턴이 총괄책임을 맡았다. 나는 이미 R. 켈리를 지목하며 수년 동안 흑인 여성에 포식 행위를 저질러왔다고 목소리를 내고 글을 쓰고 소셜미디어에도 경고를 올려왔다. 2013년 《빌리지 보이스》도 엄청난 R. 켈리 폭로 기사를 실었다. 기사에서는 수년에 걸친 혐의와 체포, 은폐와 보상과 소송을 자세하게 보도했다. 약자인 어린 흑인 여성을 목표물로 삼아온 연쇄성 포식자라는 주장을 뒷받침했다. 기사는 일대 파란을 일으켰다. 그런데 오로지 흑인 여성주의자들만 그 사실에 고함을 내고 비명을 지르는 듯 보였다. 백인은 도저히 R. 켈리의 노래를 끄지 못하는 듯보이는 흑인만큼이나 (그보다 더는 아니더라도) 〈이그니션Ignition〉을 좋아했다. R. 켈리는 인기가 떨어지지도 망신을 당하지도 않았다. 우리 모두가 알다시피 그 저속한 노래가 걸신들린 듯 어린 여성을 범한 성폭력를 자꾸 떠올리게 했지만. R. 켈리는 음악 역사상 가장 성공한 R&B 가수이자 작곡가이자 제작자였다. 공연을 열면 여전히 표가 매진되었고 라디오 단골손님이었으며 전 세계 시상식이나 음악 축제에 초대되어 노래를 불렀다.

R. 켈리가 남긴 조종과 학대, 착취와 후안무치의 발자국 하나하나가 어린 시절과 셀마 같은 공동체에서 겪은 경험에 다시 귀 기울이게 했다. 셀마에서 나는 R. 켈리 같은 포식자가 보호받는 모습을 똑똑히 보았다. 생존자는 늘 침묵을 강요당하고 수치심을 끌어안아야 했다. 공동체는 그 공동체 안 어린 흑인 여성의 삶과 생계보다는 포식자가 대변하는 명예와 명망에 더 가치를 두는 듯했다.

다큐멘터리에서 내가 맡은 부분을 녹화하면서 나는 R. 켈리가 어린 여자아이 입에 오줌을 싸는 만행을 저질렀다고 밝혔다. 동시에 내가 학대를 당하던 순간, 수치심과 당혹감이 몰려들던 순간, 사정한 정액을 오줌이라고 착각하던 순간의 기억이 다시 물밀 듯이 밀려들었다. 그때의 기억은 왜 내게 이런 짓을 하는지에 관한 의문으로 이어졌었다. 대답은 분명했다. 흑인 여성과 여자아이는 이런 일을 당할 만하다는 것. 흑인 여성과 여자아이들은 오랫동안 침묵 속에서 고통을 견뎠으나 저 침묵의 장막이 서서히 걷힐 때쯤엔 그 존재가 무시되었다. 그러니 이번만큼은 우리가 겪은 이야기가 주목을 받고 다른 무엇보다도 우리가 겪는 고통이 먼저 조명되어야 마땅했다.

흑인 공동체 전체가 이 점을 똑똑히 깨달아야 했다. 흑인 남성에게도 한목소리로 듣고 일어나 이렇게 외칠 기회가 필요했다. "그 사람이 흑인 남성을 대표하지 않는다. 그 사람을 단호히 거부하며 흑인 여성의 지위 향상과 역량 강화와 보호에 헌신해야 한다."

그러나 그런 일은 일어나지 않았다. 오히려 흑인 공동체에서 미투 운동에 대한 공격의 파고를 낮추지 않은 사람들은 대부분 남성이었다. 나는 지금까지 온 삶을 공동체 안에서 보냈고, 공동체를 위해서 헌신적으로 활동해왔다. 나와 같은 흑인이 보인 반응에 놀라지 않았어야 했다. 하지만 놀랐다. 공격과 조롱에는 적의가 가득했고 폭력이 난무했다. 피부색이 검거나 짙은 사람을 중심에 놓고 활동을 계속 이어나가려면 이 '가족 간 대화'를 어떻게 풀어야 할지 방법을 찾아야 한다는 점을 깨달았다. 이들은 비난과 공격을 퍼부었지만 수많은 여성이 R. 켈리에 맞섰다는 사실을 바꾸지는 못했다. 마찬가지로 흑인 여성이 당하는 성폭력 비율이 미국에서 두 번째로 높다는 사실도 바꾸지 못했다. 이 같은 현실에도 나는 흑인 남성이 어떤 혐의로 비난받을 때 흑인들이 드러내는 혼돈과 고통을 이해했다. 성폭력이 무기가 되어 흑인 남성을 공격하는 도구로 쓰인 고통스러운 역사가 미국에는 엄연히 존재했다. 흑인 공동체가 미국 백인 여성의 눈물에 대응하는 방법을 찾다가 서로 뭉치게 되었다는 사실을 너무나도 잘 알고 있었다. 흑인들은 백인 여성이 흘리는 눈물이 이렇게 저렇게 흑인 남성의 인생에 종지부를 찍는 낙인이 되는 사례를 수없이 보아왔다. 하지만 이런 생각이 들었다. 흑인 공동체에서 백인들의 거짓말로 누명을 쓰고 감옥에 가는 흑인 남성과, 흑인 남성한테 당한 피해를 폭로하는 흑인 여성 사이에 분명 어떤 차이가 있지 않을까?

어떤 면에서 그런 반발은 우리를 길들여 기껏 침묵하게 한 문제를 왜 들이쑤시는지에 대한 분노였다고 생각한다. 흑인들은 같은 흑인의 명예를 드높이는 일에 늘 책임감을 갖고 있다. 흑인의 존엄성과 가치를 깎아내리는 사람들한테 이골이 날 대로 나 있기 때문이다. 우리는 흑인이, 특히 여성과 성소수자가 백인 남성한테 당하는 폭력을 뿌리 뽑기 위해 명명을 하고 활동을 이어나가야 한다. 무엇보다 구속 여부를 결정하는 법 집행 과정에서 더욱 그렇다. 하지만 같은 흑인인 배우자와 목사, 삼촌과 사촌, 급우와 교사, 지도교사와 다른 이들한테 당하는 폭력을 막을 해결책을 모색하기 위해서도 명명을 하고 활동을 이어나가야 한다. 그 과정에서 흑인 남성 전체를 매도해서는 안 되겠지만 동시에 흑인 남성도 이 이야기에 기꺼이 귀 기울이고 이해할 태도를 갖추어야 한다. 어떤 경우에는 자신이 안긴 피해에 마땅히 책임을 지고 흑인 여성과 성소수자가 숨 쉴 수 있는 공간을 만들어야 한다. 우리 모두 가부장제에서 성장하고 사회화되었기 때문에 흑인 여성도 함께 책임을 져야 한다. 내 활동이나 삶에서 흑인 남성을 사랑하지 **않겠다는** 말이 아니다. 윤리와 실천과 책임감이 결합되지 않는 한 사랑을 행할 수도 없으며 공동체 안에서 사람들과 공존할 수 없다.

　이런 생각들 때문에 우리 공동체를 들여다보면 마음이 아리다. 내 활동은 남성이나 흑인 남성이나 남자아이들이 드러내는, 오래되고 익숙한 잔학 행위와 삐뚤어진 책임감에 부딪히고 있다. 그들은 나와 같은 흑인이고 내가 깊이 사랑하는 이들이다. 나는 십 대였을 때부터 줄곧 **못생겼다**는 의미로 통하는 단어로 불렸다. 그런 말을 하는 이들은 거의 항상 흑인 남자아이나 남자 어른이었다. 캐리 피셔가 회고록인 《위시풀 드링킹Wishful Drinking》에서 쓴 글이 떠오른다. "분노는 독을 마시면서 상대가 죽기를 기다리는 것과 같다." 모욕에 가까운 잔인한 말을 던지는 사람들은 나를 부서뜨리고 싶어 한다. 내게 상처를 입히고 싶어 한다. 그런 태도는 그들 내면에 깊이 도사린 상처, 성폭력이란 말이 들릴 때마다 도망가서 숨는 장소에서 나온다. 어쩌면 스스로 저지른 만행이 기억나서, 스스로 저지른 학대가 기억나서 그럴지도 모른다. 어느 쪽이 되었든 이처럼 쉽지 않은 대화를 풀어놓을 공간을 찾기 전까지는 우리 공동체에서 실제로 일어나는 일에 어떤 영향도 미칠 수 없음을 잘 안다. 배려와 집단 책임의 정치학 외에 백인우월주의가 남긴 유산에서 해방되고 치유될 수 있는 길이 내게는 보이지 않는다. 이는 우리가 서로를 돌보아야 한다고 요구한다. 해시태그가 빠르게 퍼지면서 공공 대화의 장부터 법정 소송과 수많은 비흑인 여성에 대한 허울 좋은 책임감에 이르기까지, 모든 것을 담아낼 공간이 탄생했다. 하지만 피부색이 검거나 짙은 여성들은 이 공간에 발을 디딜 수 없다.

흑인 공동체에 안전을 보장하고 치유를 확산하고자 하는 이상을 늘 가슴에 품어왔다. 그러려면 육성하고 개발하고 실행할 공간이 필요했다. 할리우드와 소셜미디어는 눈부시게 빛나지만 그런 방향으로 나아갈 길을 열어놓지 못한다. 우리 공동체에서는 오직 우리만이 그 길을 개척해나갈 수 있다. 그래서 끝까지 버티며 노력을 쏟아붓는 것이다. 그 노력을 멈출 생각은 전혀 없다. 그렇기에 내 이야기를 전하는 것이며 미투가 어떻게 생겨났는지 이야기를 나누는 것이다. 자신이 상처 입은 바로 그곳에서 살고, 배우고, 사랑하고, 성공하려고 노력하는 일 외에는 달리 어떤 선택도 하지 못하는, 헤븐과 다이아몬드, 카이아와 어린 타라나, 그리고 피부색이 짙은 모든 어린 여자아이들을 위해.

셀마의 성폭행위기대처센터 주차장에서 눈물을 펑펑 쏟았던 그때처럼, 지금도 나는 내 영혼이 한 운동을 대표하는 얼굴이 되는 것 이상의 일을 하도록 이 순간으로 부름받고 있음을 똑똑히 알고 있다. 또한 이 운동이 하나의 해시태그보다 더 많은 의미를 지니고 있음을, 어느 한 개인에 머무르지 않고 보다 커다란 흐름으로 나아가고 있음을 잘 안다.

불친절이 정말 연쇄살인마였다면, 나를 죽인 살인자는 바로 나였다. 내가 나한테 먼저 불친절하게 굴면서 무릎을 꿇으라고 가르쳤다. 다른 이들이 던진 불친절을 견뎌내기 위해서였다. 이제 더 이상 무릎을 굽히지 않겠다.

미투 운동이나 흑인 공동체에 대한 공감을 확산하는 일은 아직도 갈 길이 멀다. 나는 계단 우물에 앉아 있던 그 어린 여자아이, 약국에 줄 서 있던 그 못생긴 여자아이, 스스로를 저 더럽고 낡아빠진 행주 같다고 여기던 그 여자아이였지만, 동시에 열심히 책을 읽던 여자아이, 다른 여자아이들과 싸우는 아이에서 자유를 위해 싸우는 아이로 성장한 여자아이, 한 여성으로 당당히 서며 지도자로서 강한 목소리를 내게 된 여자아이였기도 하다. 조직하고 투쟁하고 교육하는 여성이며, 온갖 역경에 부딪히고 내면의 상처와 맞닥뜨려도 우리가 치유하는 법과 스스로의 가치를 찾을 때까지 이 여정을 결코 포기하지 않을 여성이다.

나는 당신이다.

당신은 나다.

그래서 우리는 자유롭다.

에필로그

　몇 년 전, 해마다 돌아오는 아버지의 날을 축하하려고 옛 동네를 찾았다. 웨스 아저씨가 세상을 떠난 뒤로는 그 동네에 가본 적이 별로 없었다. 그곳에는 내게 남겨진 게 거의 없었기 때문이다. 엄마는 이따금 그곳을 찾아가 기념 티셔츠를 챙겨 오곤 했다. 기념 티셔츠에는 그 공동체에 살던, 이제는 고인이 된 아버지들 명단이 새겨져 있었다. 많은 이웃이 웨스 씨 또는 빅 웨스라고 불렀는데 그 이름이 늘 명단에 들어 있었다. 매년 티셔츠에 새겨진 그 이름을 보면 웨스 아저씨의 삶을 기념하는 듯한 기분이 들었다. 올해에는 나도 엄마와 삼촌과 사촌들과 함께 그곳을 찾았다. 우리 집안은 하이브리지 출신이었다. 그래서 꼭 친족 모임을 여는 것 같았다. 참석을 앞두고 내 안에서 피어오르던 불안은 도착하자마자 온데간데없이 사라졌다.

여기저기서 어릴 적 친구들을 만났다. 서로 얼싸안고 웃으며 추억을 나누었다. 마냥 즐거웠다.

그리고 그를 보았다.

일곱 살이던 나를 성폭행했던 젊은이는 이제 머리가 희끗한 중년 남자가 되었다. 그가 나를 똑바로 쏘아보았다. 하얀 옷을 차려입고 철테 안경을 쓰고 있었다. 우리 엄마의 친구인 그의 엄마를 비롯해 그 가족들이, 내 친구 몇몇이 옹기종기 앉은 자리 바로 옆 탁자에 모여 있었다. 내 발이 석고처럼 굳어갔다. 그 자리에 얼어붙고 말았다. 겁에 질린 어린아이가 되어 어둠을 응시하던 것처럼 그를 뚫어져라 바라보며 서 있었다. 꼭 귀신이 그곳에 나타난 것 같았다. 그런데 내가 그 눈을 피하지 않고 똑바로 노려볼수록 그는 오히려 내 눈을 똑바로 마주하지 못했다. 그 사실이 점점 분명해졌다. 그는 내 **뒤쪽** 어딘가를 바라보았다. 내가 누군지 **알아보지도** 못했다. 그토록 오랜 세월 내 악몽과 몽상에 등장한 이 괴물은, 내 어린 시절에서 모든 가능성을 거의 다 빼앗아간 이 아동 성폭행범은, 이 뻔뻔스러운 포식자는 나를 뇌리에서 싹 지워버리고 나를 알아보지도 못하는 철면피한이자 파렴치한이었다. 몸이 풀리면서 피가 들끓었다. 한달음에 달려가 그 면상에 냅다 주먹을 꽂고 싶었다. "파괴자!"라고 비명을 질러대고 싶었다. 피범벅이 되도록 흠씬 두들겨 패주고 싶었다. 하지만 그 가운데 어느 것도 하지 못했다. 불안 발작이 몰려왔고 황급히 출입구로 걸음을 옮겼다. 넓게 탁 트인 공간 한복판을 가로지를 때쯤 엄마와 마주쳤다. 몇 해 전 마침내 엄마한테 첫 사건을 털어놓았었다. 누가 그랬는지도 말했다. 엄마가 내 표정을 보자마자 무슨 사달이 났음을 알아챘다.

"무슨 일이야?" 엄마가 다급하게 물었다.

"엄마, 그가 여기 있어. 날 똑바로 쳐다봤어. 근데 내가 누군지 알아차리지도 못했어!" 눈물이 솟았다.

"누굴 말하는 거야?" 엄마가 이름을 물었다. 표정에서는 당황한 기색이 역력했지만 엄마는 그를 응징할 적당한 기회를 찾기를 바랐다.

"도트 씨 아들. 그가 여기 있어. 저쪽 우리가 앉던 곳 옆에." 엄마가 우리가 모여 있던 공원 끝자락 쪽으로 눈길을 주었다. 그러고는 다시 내 눈을 바라보았다. 그 두 눈에는 안타까움이 담겨 있었다. 엄마가 실제로 무엇을 할 수 있었을까? 엄마는 이제 거리에서 남자들과 드잡이할 나이가 한참 지나 있었다. 내 말을 정말로 믿었다고 해도 30년이나 지난 케케묵은 범죄로 남자와 어떻게 맞서야 할지도 분명 몰랐으리라. "엄마, 그냥 가면 안 될까?" 작은 목소리로 간절하게 말했다.

"그래, 그럼. 그냥 가자." 엄마가 나와 함께 곧바로 자리를 떴다. 아무에게도 말하지 않았다. 큰 소리로 밝히지 않았다. 거리로 걸어 나와 택시를 잡고 엄마네로 향했다. 택시를 타고 오면서 엄마가 내게 괜찮은지 물었다. 나는 충격을 받았다고 대답했다.

"어쩌면 아주 어렸을 때 이후로 날 본 적이 없어서 못 알아봤을 지도 몰라."

"아니, 네가 똑똑하고 아름답고 다재다능한 여성으로 성장했기 때문에 못 알아본 거야. 네게서 그런 너를 빼앗아가려고 했지만 말이야." 나는 몸을 뒤로 기대어 더 울었다. 이번에는 혼자 속으로. 그가 나를 알아보지 못했다는 점은 이제 중요하지 않았다. 엄마가, 마침내 처음으로 나를 알아보았다는 기분이 들었기 때문이다. 그는 이기지 못했다. 내가 이겼다.

감사의 글

이 지면을 채운 말들을 한 번에 불러내기란 정말 어려웠다. 내 머리와 가슴 밖에 존재하는 그 말들한테 깃들 집을 찾아주어야 할 때임을 잘 알았다. 하지만 그 말들이 이따금 나를 집어삼켜 처음과 끝을 이루는 길을 찾아낼 수 없을 것만 같았다. 하느님의 은총과, 우리 공동체가 이루 헤아릴 수 없을 만큼 보내는 너그러움과 다정함, 인내와 지혜, 이해와 조언, 정직과 사랑에 힘입어 다행스럽게도 그런 일은 일어나지 않았다.

내가 이 여정을 포기하지 않고 걸어갈 수 있도록 직간접적으로 도움을 준 이들에게 얼마나 고마워하는지 그 깊이를 말로 표현해내기도 무척 어려웠다. 한 사람 한 사람 고맙지 않은 사람이 없다.

엄마. 엄마를 얼마나 사랑하는지, 얼마나 고마워하는지 전하는 새로운 표현법을 찾을 수 있었다면 더 좋았을 텐데. 엄마는 내 첫 스승이었고 엄마가 씨앗처럼 심은 가르침이 뿌리를 내려 세상을 풍요롭게 하는 데 도움이 되었다.

카이아. 사람 모습을 한 내 심장. 먼저, 나를 엄마로 선택해주어서 고맙다. 항상 사랑과 신뢰를 보내주어서 고맙다. 덕분에 내가 보다 나은 존재로 거듭날 수 있었다. 한없이 고마운 마음을 전한다. 이 엄마를 참아주어서, 다시 한번 세상으로 내보내주어서 고맙다.

이 책을 쓰는 내내 매일같이 나를 떠받치던 지원 체제가 없었다면 이런 글을 떠올리거나 세상에 선보일 길을 찾지 못했을 것이다. **게릭 케네디**는 첫 책을 내는 내게 조언을 아끼지 않았다. 애정 어린 지도와 최고의 글을 향한 헌신은 말로 다 담아낼 수 없다. 나를 앞에서 끌어주고 뒤에서 밀어주었다. (이따금 떠밀기도 했지만!) 우리는 해냈고 어찌 된 셈인지 나는 당신을 더욱 좋아하게 되었다. '더 울프'라고도 불리는 **이마니 페리**, 앨라배마주에 '쾅' 하는 충격을 불러왔다. 사람 모습을 띤 '변속 장치'이며 진짜 숨은 영웅이다. 이 비밀은 끝까지 지킬게! 여러모로 신세를 많이 졌다. 고마움을 전한다. 사랑으로 이 고마움을 갚는다는 것만 꼭 알아주었으면 좋겠다. **머빈 메르카노**와 **야바 발리.** 두 사람을 내 상관이라고 여겼을 뿐 아니라 실제로도 그랬다. 정말 고맙다. 항상 자주 찾아준 점도 고맙다. 이 책은 이 네 명이 없었다면 세상에 나올 수 없었다. 모두에게 사랑을 보낸다.

대니 에이어스와 **데니스 비크, 카디자 오스틴**과 '미투' 국제 팀 모두에게. 내가 나를 잊고 이 활동에 온전히 전념할 수 있게 해주어 고맙다. 내 꿈과 이상이 결실을 맺을 수 있도록, 이 활동에 깊이 헌신할 수 있도록 도움을 주어 고맙다.

자매들과 이모들. **버네타 휘트니 라토샤 쿠키 카미카 마오리 조앤 라다 엘리사 은징가 타미카 아키바 에이프릴 알리야 커스틴 샨트렐 바세이 비아니 대니 데니스 찬시와, 마크 네이트 크리스 클리프 바바페미 마르완 독**에게. 모두 내게 정말 소중한 사람들이다. 가족처럼 가까운 사람들. 지금까지 내게 베풀어준 모든 것, 하나부터 열까지 아무리 고마운 마음을 표현해도 모자라다.

어마어마한 응원이 없었다면 내게는 이 같은 인생을 헤쳐 나갈 길이 없었을 것이다. 이 책에서는 내가 얼마나 많은 지원을 받았는지 모두의 이름을 일일이 밝히지 않았지만, 특히 이 세 명에게는 진심 어린 감사를 전하고 싶다. **조앤 블랜드**(앤 여사)와 **설레스트**와 **애니**다. 모두 내가 인생 최악과 최고의 시간을 보내는 모습을 지켜보아 왔다. 더 중요한 점은, 이들의 강단과 헌신과 사랑이 없었다면 이 활동은 어떤 결실도 맺지 못했을 것이다. 덕분에 내가 전혀 다른 사람으로 다시 태어났다. 영원히 고마운 마음을 잊지 않을 것이다.

체바라 오린과 **바카르디 잭슨**. 두 사람은 내가 만난 사람들 가운데 가장 너그러운 영혼을 지녔다. 인내심과 관대함에 감사를 보낸다. 여러모로 우리 이야기들은 서로 얽혀 있다. 내게 일부나마 자신들을 믿고 맡겨주어서 고맙다. 내가 적임자였기를 바란다.

파티마 고스 그레이브스와 **아이젠 푸**와 **모니카 라미레스**와 **조앤 스미스.** 많은 사람이 최근 4년 동안 내가 잘 이끌어나가도록 아낌없이 도와주었지만 이들만큼이나 더 깊은 인내심과 사랑, 호의와 헌신을 베푼 사람은 없다. 그 모든 배려에 고마운 마음을 전하고 싶다.

러비 드닝 데메트리아 카렌 패트리스 켈리 마리 에리카 타야리 스테이시 바세이 브리트니 셰이 헤더 서맨사 알리야 커스틴 캐럴린 태머라 디샤. 덕분에 내가 한 단계 성숙했다. 더 이상 무슨 말이 필요할까. 오랜 친구들에게 사랑을 전한다.

키세. 사랑과 감사를 보낸다. 덕분에 여기 눈에 띄는 곳에서 덜 외로웠다. **글레넌.** 재치와 지혜는 어느 누구도 감히 흉내 낼 수 없다. 그대로를 내게 늘 열어주어서 고맙다. 프렌티스와 샤리. 내가 새로운 이상을 품고 새로운 인간으로 태어날 수 있도록 도와주어서 고맙다.

브레네(브레니지). 내 친구는 내가 나은 방향으로 이 배를 잘 이끌어나가도록 도움을 주었다. 그 점뿐만 아니라 뛰어난 안목을 빌려주어 갚을 길 없는 신세를 졌다. 지혜를 나누어주고 마음을 열어주어서 고맙다. 무엇보다 내게 흔들림 없는 믿음을 보내주어서 고맙다.

제니퍼 윌시와 **도리안 카르치마르.** 고마움을 보낸다. 처음부터 끝까지 두 사람 덕분에 불가능도 가능하다고 여기게 되었다. 용기를 북돋는 뜨거운 격려의 표현에 고마운 마음을 전한다.

브린 클라크. 뛰어난 조련사다. 망아지 같은 나를 순혈종 경주마로 길들이기로 마음먹었다. **플랫아이언북스의 나머지 직원들, 낸시**와

말레나와 다른 여러 사람의 도움 덕분에 이 책을 세상에 선보일 수 있었다. 고마움을 보낸다.

오프라 윈프리, 당신의 '긍정' 정신에, 용기와 포부를 꺾지 않은 태도에 감사를 드린다. 무엇에도 비할 바 없이 귀중한 마음이었다.

우리 가족에게, 모두 내가 앞으로 나아갈 수 있도록 지지를 아끼지 않았다. 특히 최근 1년 동안 **맬컴**과 **티렐**, **라티샤**와 **저스틴**, **자비에**와 **네키아**, **세실리아 이모**와 **닐 삼촌** 덕분에 내가 온전한 정신으로 활동에 집중할 수 있었다. 모두에게 사랑을 보낸다.

할아버지, 당신은 나의 귀감이다. 나를 위해 정성스레 빚어낸 삶 이외에 다른 삶은 상상할 수도 없다. 버크가의 일원이라는 점에, 당신의 손녀로 태어난 점에 영원한 감사를 전한다.

할머니, 나를 자랑스러워하기를 바란다. 어리석게 굴지 않을 것이며 허튼 소리에 귀 기울이지 않을 것이다. 당신이 나를 잘 가르쳤다.

테일러 베어에게, 지루한 나날이 이어져도, 늦은 밤까지 일해도 이해해주어서 고맙다. 늘 다정하게 포옹하며 환하게 미소를 보내주어서 고맙다. 덕분에 수많은 밤을 헤쳐 나갈 수 있었다.

파티마, 언제나 따뜻하게 안아주어서 고맙다. 뜻밖의 선물처럼 너를 갖게 되어 정말 기뻤다. 우리는 하나란다, 딸들아!

내 남편 **신시어**에게, 매일 사랑으로 나를 꼭 안아주어서 고맙다. 덕분에 내가 누군가에게 필요한 사람임을, 가치 있는 사람임을, 사랑받는 사람임을 느낄 수 있었다. 식탁에 차려놓는 샌드위치, 수시로 하는 확인, 시도 때도 없는 포옹은 나를 지피는 연료였다. 자문역이 필요할 때는 자문역이, 과묵한 상대가 필요할 때는 과묵한 상대가 되어주어서 고맙다. 내 곁에는 늘 당신이 있었다. 사랑을 보낸다.

수많은 사람들 덕분에 이 책이 세상에 나올 수 있었다. 또 수많은 사람이 제 역할을 해준 덕분에 내 삶이 현실에 뿌리를 내릴 수 있었다. 많은 이름이 빠졌음을 잘 안다. 크든 작든 이바지한 일에 감사하는 마음을 보내니 받아주기를 바란다. 다채로운 면모를 지닌 내 자신과 오래도록 살고 싶다. 감사의 마음을 간직하는 한 그런 내가 되기에 결코 부족함이 없을 것이다.

타라나, 너에게, 그래서 너는 마침내 자유를 알게 되었다.

옮긴이 김진원

이화여자대학교에서 국어국문학을 공부했다. 사보 편집기자로 일했으며 환경
단체에서 텃밭 교사로 활동했다. 어린이 도서관 자원봉사 활동을 하면서 어린
이와 청소년 책에 관심을 갖게 되었고 '한겨레 어린이청소년책 번역가그룹'에
서 활동했다. 《보노보 핸드셰이크》《경제학자의 시대》《폴 크루그먼, 좀비와
싸우다》《경제학의 모험》《노인을 위한 시장은 없다》등을 우리말로 옮겼고
동화 《호모 플라스티쿠스》를 썼다.

해방

1판 1쇄 찍음	2024년 3월 2일
1판 1쇄 펴냄	2024년 3월 8일

지은이	타라나 버크
옮긴이	김진원
펴낸이	김정호

주간	김진형
편집	김진형, 이형준, 원보름
디자인	형태와내용사이, 박애영

펴낸곳	디플롯
출판등록	2021년 2월 19일(제2021-000020호)
주소	10881 경기도 파주시 회동길 445-3 2층
전화	031-955-9503(편집)·031-955-9514(주문)
팩스	031-955-9519
이메일	dplot@acanet.co.kr
페이스북	facebook.com/dplotpress
인스타그램	instagram.com/dplotpress

ISBN	979-11-982782-7-2 03800